Trazos de placer

ELENA MONTAGUD

Trazos de placer

Primera edición: septiembre, 2015

© 2015, Elena Montagud
Publicado por acuerdo con MJR Agencia Literaria
© 2015, Penguin Random House Grupo Editorial, S. A. U.
Travessera de Gràcia, 47-49. 08021 Barcelona

Printed in Spain – Impreso en España

ISBN: 978-84-253-5323-9
Depósito legal: B. 15.769-2015

Compuesto en Revertext, S. L.

Impreso en Liberdúplex
Sant Llorenç d'Hortons (Barcelona)

GR 5 3 2 3 9

Penguin
Random House
Grupo Editorial

A ti, lector/a, que estás leyendo esto,
para que vuelvas a soñar.

A mi amiga María José, que justo este mes
da el gran paso de su vida.
No dejes nunca de soñar y de sonreír.
Gracias por tu amistad incondicional
desde que éramos niñas.

1

¿Seguro que ya has hecho esto antes? —me pregunta con una ceja enarcada.

Me retuerzo ante su profunda mirada. Si continúa observándome así, tendré que darme una ducha fría una vez que acabe con todo esto. Hacía tiempo que no sentía en mí esas agradables cosquillas que anteceden a la excitación más intensa y magnífica.

—Claro que sí —respondo con sequedad, como si estuviese muy molesta. Procuro disimular para que no se dé cuenta de que todo mi cuerpo despierta bajo sus atentos ojos.

—Pues te noto muy tensa… —Se aproxima más a mí y me coge de los brazos, pasándolos por encima de mi cabeza. Mi corazón se echa a la carrera como un potro desbocado—. Relájate. Vamos, Melissa, hazlo.

Su rostro está demasiado cerca del mío. Esos ojazos azules se clavan en mis pupilas sin piedad. ¡Oh, Dios…! ¿Por qué tiene una mirada tan ardiente? Aprovecha para acariciarme la parte interna de los brazos, que aún tengo levantados. Todo mi cuerpo tiembla con tan solo ese roce. Qué hombre tan osado… Y cuánto me gusta que me toque de esa forma. Si me atreviese, me lanzaría sobre él para juguetear con esa boca tan carnosa que me sugiere besos húmedos y apasionados.

—¿Ves? No es tan difícil —dice con una voz tremendamente sensual—. Ahora estás mucho más receptiva. —Noto su cálida respiración en mi rostro. Me muerdo el labio inferior y cierro los ojos, tratando de escapar de su mirada. Me dan ganas de gritarle que me bese.

Se aparta de mí. Abro los ojos de golpe. ¿Le habré parecido una tonta al hacerlo? Me habría gustado tanto que hubiera seguido rozando mi piel... Pero tampoco quiero demostrarle que estoy babeando por él como una jovenzuela.

—Muy bien. Colócate como estabas antes —me ordena, situándose tras su caballete—. Pero baja los brazos.

Ah, vaya... Todavía los tengo encima de la cabeza como una tontaca. Los bajo y los pongo a lo largo del cuerpo. Se asoma por la derecha del lienzo y vuelve a arquear una ceja. Con un gesto le indico que se tranquilice, y poso como me ha pedido en un principio. Inspiro y suelto todo el aire para relajarme. Parece que lo consigo porque, al cabo de unos segundos, él reanuda su tarea.

Poso durante un par de horas que se me hacen eternas. Me gustaría preguntarle algo o iniciar una conversación, pero lo cierto es que está demasiado concentrado en su trabajo y me da miedo interrumpirlo, no sea que se enfade. No conozco a ningún artista, así que no sé si estas cosas se las toman muy en serio. De vez en cuando se asoma, hace gestos raros, se acerca con el pincel y lo agita por delante de mí como dibujándome en el aire. Cuando acaba, siento un sinfín de hormiguitas correteando por todo mi cuerpo. Se me han dormido hasta las pestañas por permanecer dos horas en la misma postura sin apenas mover un solo músculo. Sacudo los brazos y las piernas y muevo el cuello a izquierda y derecha para hacer desaparecer esa molesta sensación. ¡Puf! No podría trabajar de modelo por nada del mundo. Me gusta ir de un lado a otro y no suelo estarme quieta ni dos minutos. Aún no sé cómo he aguantado esto tanto rato.

—Por hoy está bien —murmura secándose el sudor de la frente.

La camiseta de tirantes se le pega a la piel. Puedo observar todos sus músculos. Y me parecen fascinantes. Me pregunto cómo ha logrado estar tan en forma. Únicamente cabe definirlo con una palabra: «perfección». Ha conseguido una musculatura ideal. Y tengo que reconocer que jamás en mi vida había visto a un tío así. ¡Pensaba que solo existían en las pelis, en las novelas o en la tele! Pero ahora mismo tengo a uno delante que me está mirando casi sin parpadear. Y lo único que puedo hacer es apartar el rostro porque sé que me estoy sonrojando.

Como él no dice nada y yo estoy cada vez más nerviosa, cojo el bolso con la intención de despedirme y salir pitando de allí. Sin embargo, como me tiemblan tanto las manos, se me cae y todo su contenido acaba en el suelo. Me agacho desesperada, con tan mala pata que él también se lanza a ayudarme. Así que nuestras frentes chocan sin poder evitarlo.

—¡Au! —me quejo llevándome una mano a la cabeza mientras él continúa con la suya gacha.

Me fijo en que le tiemblan los hombros. A continuación oigo un sonido… ¡Se está riendo de mí! Me dispongo a preguntarle qué es lo que le hace tanta gracia cuando me doy cuenta de que sostiene algo en la mano. ¡Oh, no…! ¡Es mi pato vibrador! El que uso en mis noches más solitarias.

—Mmm… ¿Qué tenemos aquí? —Lo alza ante su rostro y lo escruta con curiosidad, sin borrar la sonrisa de la cara.

Intento arrebatárselo, pero me lo impide echándose hacia atrás. Siento que cada vez me pongo más roja. Ambos nos levantamos. Él balancea el juguete ante mis ojos y enarca otra vez una ceja con expresión interrogativa.

—Es Ducky, mi mascota —digo con un hilo de voz.

—Una mascota muy especial, ¿no? —Noto que toda esta situación le parece muy divertida. Me estoy mosqueando cada vez más. ¡No puedo sentirme más avergonzada!

—¿Me lo devuelves, por favor? —Estiro el brazo y pongo mi mejor cara de niña buena para que me lo dé.

Aprieta la colita del pato ante mi atónita mirada. Y entonces el juguete empieza a vibrar en su mano. Su sonrisa se ensancha y a continuación me mira. Por un momento se me pasa por la cabeza que puede entrever en mis ojos todas las cochinadas que he hecho con Ducky. Ay, que se acabe ya esta penosa situación.

Se rasca la barbilla.

—Ya entiendo qué clase de mascota es.

No lo aguanto más. Alargo la mano con toda mi mala leche para arrancarle de la suya el pato. Lo guardo a toda prisa. «Melissa, ¡solo a ti se te ocurre llevar un juguete erótico en el bolso!», me digo. Pero es que a veces las tardes se me hacen tan interminables en el despacho que no lo puedo evitar. Sí, sé que suena mal y puede parecer una falta de respeto que use ese chisme en la oficina, pero juro que lo he hecho en un par de ocasiones nada más y cuando ya no quedaba nadie. Y luego dejo todo como los chorros del oro. Que conste que siempre he sido una trabajadora de lo más responsable, pero una tiene sus necesidades.

Trato de pasar por su lado para largarme y terminar con esta vergonzosa situación, pero me sorprende cuando se mueve hacia la derecha y me bloquea el paso. Al alzar la mirada y toparme con la suya, un escalofrío desciende por mi espalda. No entiendo por qué me está observando de esa forma. Lo que consigue es que me ponga más nerviosa. Sus ojos se me antojan demasiado familiares y, durante unos breves segundos, un molesto pinchazo me punza el corazón. Me dan ganas de apartar la mirada, pero logro sostenérsela para demostrarle que estoy tranquila. ¡Ja! Menuda mentira...

—¿Me dejas pasar, por favor? —le pido en un murmullo.

Mi sorpresa es todavía mayor cuando me roza el brazo con mucha suavidad. Todo mi cuerpo reacciona ante esa caricia. Ha sido discreta, pero sumamente sensual. No puedo creer que esté pasando todo esto. Este tío bueno me está tocando, ¡a mí!, y solo puedo pensar que quiere coquetear. Y ahora mismo no me viene nada bien tontear con nadie, y mucho menos con alguien como él, que debe de llevarse a las mujeres de calle para luego dejarlas bien solitas. Sí, tiene aspecto de Tenorio moderno que se acuesta con una y con otra, día sí y noche también.

—Quizá te apetezca quedarte un poco más para charlar sobre Ducky —dice con voz grave.

Intenta mostrarse seductor. Y, en realidad, lo es. De hecho, lo ha sido desde el primer momento, cuando me abrió la puerta y apareció ante mí con ese aspecto de dios. Un dios totalmente exótico, de mirada salvaje, piel tostada y cuerpo que convierte a la más santa en una auténtica pecadora.

Niego con la cabeza. Me siento vulnerable y, aunque no me gusta, no puedo evitarlo. Quiero quedarme únicamente con Ducky, que solo me proporciona placer y jamás dolor. No, mi patito nunca me haría daño. Después de lo que me pasó con mi ex no tengo ganas de juntarme con ningún hombre. Ha pasado bastante tiempo de aquello, pero el corazón todavía me duele. Ahora mismo no me siento con fuerzas para lidiar con un nuevo acercamiento, aunque solo sea sexual.

—Tengo que irme a casa, discúlpame. Debo terminar un trabajo. —Acabo de darle demasiada información. ¡Qué le importa lo que yo tenga que hacer! He venido aquí porque otra chica me pidió que la sustituyera y punto. ¡Y la verdad es que me arrepiento! Si me hubiera negado, ahora no me encontraría ante este tío… que tiene que estar pasándoselo muy bien.

Se queda observándome con gesto grave. Al final asiente y se aparta, permitiéndome el paso. Por unos segundos una parte de mí se entristece. Soy tonta. Hace nada quería largarme de aquí cuanto antes y ahora, en cambio, me da un poco de penita que no insista más. Bueno, supongo que no me ve lo bastante buenorra para perder el tiempo en seducirme. Sin embargo, cuando paso por su lado, me roza la mano de forma deliberada. Sus dedos me traspasan tanta electricidad que doy un brinco y se me escapa una pequeña exclamación. Ambos nos damos cuenta y nuestras miradas se cruzan en un instante que a mí se me antoja casi irreal. Madre mía… Pero ¿por qué me sube este calor desde los pies?

Me lanzo al pasillo sin mirar atrás. Sé que él me sigue a una distancia prudente en completo silencio. Abro la puerta y, no sé por qué, me detengo. ¿Qué estoy anhelando? Ni yo misma lo sé.

—Te espero el viernes —dice justo a mi espalda.

Puedo apreciar incluso su cálida respiración acariciando mi nuca. Me sobresalto al notarlo tan cerca una vez más.

—Vendrá Dania.

Dania es mi compañera en la oficina, a la que he hecho el favor de sustituir posando en esta sesión.

—Ni hablar —suelta él con voz dura. Vuelvo la cabeza para mirarlo. Parece enfadado—. Ahora eres tú la modelo. ¿Crees que te cambiaría por otra después de todo el trabajo que he hecho hoy? Ni se te ocurra pensar algo así. —Cada vez está más serio—. Espero que vengas el viernes. No me hagas ir a buscarte.

Me quedo sin respiración. Ha sido demasiado brusco, pero, a pesar de todo, me ha encantado que me lo pida así, aunque sé que únicamente lo hace por conveniencia. Casi como una autómata, asiento con la cabeza. Una parte de mí no quiere volver, pero sé que al final cederé. Además, me sabe mal dejar a medias la sesión y… Bueno, no sé cuáles son los motivos reales, pero se me antoja como algo a lo que no debo acercarme y ese sentimiento de prohibición me atrae aún más.

—Puedo pedir a Dania tu número de teléfono —continúa cuando ya estoy bajando la escalera. Esta vez no lo miro porque no quiero caer en la seducción de sus ojos—. Y te juro que soy muy persuasivo.

No hace falta que lo jure. Estoy segura de que lo es. Me lo

ha demostrado en tan solo un par de horas. Y es esa capacidad de persuasión la que me asusta porque, como ya he explicado antes, apenas tengo fuerzas para nada y no sabría cómo defenderme si él intentara algo.

—¡Tranquilo, no hará falta! ¡Vendré! —grito desde el portal porque sé que sigue en el rellano. Le contesto como si me molestase un poco tener que volver, para disimular todos los gestos y las miradas que le han confirmado que me he sentido atraída por él.

Salgo a la calle conteniendo la respiración. Espero hasta haber doblado la esquina para soltarla. Jadeo inclinada hacia delante con un leve pinchazo en el costado y, de nuevo, con un nudo en la garganta que no sentía desde hacía tiempo. ¿Por qué siempre hago favores a los demás? No tendría que haber venido. Estaba la mar de bien en mi burbuja, convencida de permanecer alejada durante una buena temporada de los hombres, en especial si tienen el cuerpo y el rostro de un dios. Y unos ojos que... Sacudo la cabeza, golpeándome con mis propios mechones en las mejillas para apartar de la mente el recuerdo doloroso que me invade.

Me doy la vuelta y observo el edificio en el que estaba hace unos minutos. Alzo la barbilla hasta posar la vista en la terraza del ático. Pero ¿qué hago? ¿Acaso espero que se asome por la ventana? Suelto un bufido y, con el bolso bien cogido para que no se me caiga otra vez, echo a andar con paso ligero, alejándome de ese hombre tan provocador.

Al llegar a la esquina de la calle me doy la vuelta de manera casi mecánica una vez más. La terraza está desierta, como antes. Ay, Dios, me he convertido en la protagonista de una de esas películas empalagosas que están loquitas por el tío que pasa de ellas. No puede ser que me esté comportando como una quinceañera. Ir hasta el edificio del chico que me gustaba y llamar a su timbre para después echar a correr... Eso lo hacía cuando aún no tenía pechos. Así que continúo caminando hasta llegar a mi coche y me meto en él a toda prisa. Apoyo la cabeza en el respaldo del asiento y dejo escapar un suspiro.

Y entonces sus ojos azules y rasgados se dibujan en mi mente una vez más… Esos ojos me traen demasiados recuerdos.

2

Confieso que lo que más me gustó de Germán en un principio fueron sus ojos... grandes, rasgados y de un azul intenso, y eso que no suelen gustarme las personas con los ojos azules, mucho menos en el caso de los hombres; me provocan cierta inquietud, especialmente si son demasiado claros, e imagino que su dueño es un psicópata o algo por el estilo. Los de Germán, en cambio, eran del color del mar cuando lo agita una tempestad y con ellos era capaz de expresar infinidad de sentimientos, aunque, estoy segura, ni él sabía que podía hacerlo.

Pero, por encima de todo, lo que más me gustaba de sus ojos era la forma en que me miraban. No siempre fue así. De hecho, no se posaron en mí —del modo en que hacían que el corazón me diese un vuelco— hasta que empezamos la universidad. Hasta entonces Germán tan solo me miraba para saludarme o para dedicarme una sonrisa, nada más. Y jamás pensé que eso fuera a cambiar; además, tampoco es que me importara mucho.

Germán y yo nos conocimos en el instituto. Los dos éramos alumnos nuevos. Él se había mudado de ciudad ese mismo año y yo acababa de terminar mis estudios en un colegio de monjas. A pesar de que ninguno de los dos conocía a nadie, pronto nos hicimos amigos de los demás chicos y chicas de la clase, aunque reconozco que no era una amistad sincera; solo nos arrimábamos a aquellos adolescentes porque necesitábamos compañía, nada más.

Pronto me enteré de que las aficiones de Germán eran muy parecidas a las mías. A él le encantaba leer y a mí escribir. Aun así, no llevaba a clase ninguno de mis cuadernos de notas. El caso es que las otras chicas ocupaban su tiempo en pintarse las uñas de un color rojo intenso, en leer la revista *Superpop* o la *Bravo* y en comentar lo guapos que eran algunos actores —por aquel entonces la mayoría estaba loquita por un jovencísimo Leonardo DiCaprio—, y como yo era bastante camaleónica, me camuflé entre ellas muy bien y enseguida me encontré manteniendo insustanciales conversaciones sobre cuál era el tío más macizo del instituto o haciendo los tontos test —«¿Crees que eres una buena besadora?» o «¿Está el chico más popular de tu clase enamorado de ti?»— de esas revistas.

Sin embargo, Germán acudía al instituto con un libro diferente bajo el brazo cada semana, y lo sorprendente era que ni siquiera los matones se metían con él cuando se sentaba a leer durante los recreos. Tenía la capacidad de gustar a los demás tal como era, con su particular carisma, su sonrisa espectacular y sus tremendos ojos. Podía conversar con todos sobre cualquier tema, y lo hacía de manera natural, a diferencia de mí, pues a veces me costaba horrores mostrarme entusiasmada con las bobadas de mis compañeras. Germán era uno de esos chicos a quienes todo el mundo quiere acercarse. Y a mí eso me daba rabia en cierto modo porque me habría gustado caer bien a los demás siendo yo misma, como él.

A pesar de que no era uno de los tíos más guapos, todas mis compañeras iban detrás de él como palomas en busca de un poquito de caso y, aunque en ocasiones tonteaba con alguna de ellas, siempre lo hacía de una forma tan elegante que me fascinaba. Durante ese primer año de instituto no coqueteó conmigo jamás y yo tampoco me molesté en acercarme a él. Por otra parte, despertaba en mí una gran curiosidad debido a lo diferente que era del resto de los adolescentes.

Pero algo cambió durante el segundo año tras volver de las vacaciones de verano. Al fin y al cabo, íbamos a comenzar nuestro último curso académico y estábamos a punto de cumplir los dieciocho. Todos teníamos las hormonas tan revolucionadas que hasta los profesores se daban cuenta. Las chicas ya no se fijaban tanto en sus compañeros de clase porque preferían a los hombres mayores, y fue entonces cuando empezaron a enamorarse del profe de matemáticas o del de lengua y literatura. En cuanto a mí, me había convertido en una mujer de la noche a la mañana, algo sorprendente porque hasta entonces mi cuerpo no había sido demasiado llamativo. Y si yo había cambiado, eso significaba que Germán podría haberlo hecho también.

Cuando el primer día lo vi entrar, casi me dio un patatús. Dios mío, estaba tan… «follable». Sí, esa fue la palabra que acudió a mi mente. Supongo que los años de estudio en las monjas habían cohibido mi sexualidad, pero justo ese día empecé a redescubrirla con Germán. Entró con sus andares despreocupados, la mochila colgando de un hombro, un libro de Shakespeare en la otra mano… Pero lo que más me llamó la atención fue su camiseta. Vale, no, lo que realmente me dejó la boca seca fue el torso que se le marcaba bajo esa camiseta. Tan trabajado, tan duro, tan diferente del que tenía el año anterior… Aquello no era para nada normal, así que recuerdo haberme preguntado si durante el verano habría estado yendo al gimnasio o ejercitándose con pesas. Continuaba sin ser el hombre más guapo del universo, pero con esa sonrisa y esos ojos, ¿quién necesitaba una belleza extraordinaria? Tenía su propio atractivo y le bastaba.

Mis compañeras también se dieron cuenta de su espectacular cambio y pronto se pusieron a revolotear a su alrededor.

Me las quedé mirando fijamente y luego pensé en el reflejo que el espejo me había devuelto esa mañana. Bueno, yo también era atractiva y se me había formado un bonito cuerpo. Tenía las mismas posibilidades que las demás, ¿no? Mientras él hablaba con las chicas, nuestras miradas se cruzaron de repente y las mantuvimos fijas más rato que nunca. Por si fuera poco me sonrió, y lo único que yo hice fue sacar los bártulos de la mochila y fingir que pasaba de él… Cosas de adolescente tontaina.

Pero los días y las semanas se sucedieron, y para cuando llegó Navidad podría decirse que éramos muy buenos amigos. Fue él quien se acercó a mí un día, durante una de las pausas entre clase y clase, y sin borrar la sonrisa del rostro me preguntó:

—¿Por qué tú y yo nunca hemos intercambiado más de dos palabras, Meli?

A cualquier otro lo habría mandado a la mierda por llamarme Meli. No obstante, entre que mi nombre con su tono de voz me pareció una maravilla y que esa sonrisa me provocaba cosquillas en ciertas partes, se lo permití para siempre. Y de esa forma empezaron nuestras charlas durante los recreos, y fuimos conociéndonos más poco a poco y descubrimos todas las cosas que teníamos en común. De esas conversaciones en el instituto pasamos a las citas en un café todos los sábados después de comer. Yo le contaba mis más profundos secretos, como que quería ser escritora, y él me confesaba otros, como que también le gustaba escribir, aunque prefería la novela histórica y soñaba con crear una sobre Alejandro Magno.

—Soy tan ambicioso como él. Podría conseguir todo lo que quisiera —me dijo.

«Eso no lo dudo», pensé, aunque no lo solté en voz alta, por supuesto. Ni ese día ni nunca. El caso es que no me gusta mostrarme como una tontita delante de los hombres y darles la razón en todo. Hay que hacerlos sufrir un poco, ¿no? Además, pensaba que esa sería la forma en que seduciría a Germán. Recuerdo que con esa frase sobre Alejandro Magno me hizo reír. Fue el primer tío que consiguió que lo hiciera de modo abierto. Germán era muy divertido a su manera que, en el fondo, era también la mía.

Me presentó a su grupo de amigos y yo un día lo llevé a conocer a mis amigas. Alguna que otra vez quedamos con ellos, pero lo cierto era que preferíamos vernos a solas para pasar horas y horas hablando. Eran mis mejores momentos, mis días más preciados. Me encantaba charlar con él porque podíamos hacerlo sobre cualquier cosa. Jamás había gastado tanta saliva con nadie, aunque tengo que reconocer que me moría de ganas por gastarla de otro modo. En realidad, no creo que por entonces estuviera enamorada hasta los tuétanos de él, sino que sentía una gran atracción y me preguntaba a qué sabrían sus carnosos labios. Lo nuestro no empezó como una intensa historia de amor; más bien ese sentimiento fue surgiendo poco a poco entre nosotros, a pesar de que Germán solía decir que había sucumbido a mi hechizo desde el primer momento en que me vio. Pues o eso era mentira o él era un gilipichi, porque tanto tiempo tratándonos únicamente como amigos no era normal.

En el instituto corrió el rumor de que éramos novios. A esa edad en el fondo solo somos críos que intentan mostrarse como adultos, así que estaba encantada de que los demás pensaran eso, aunque también trataba de desmentirlo como si salir con Germán fuera vergonzoso. De todos modos, pronto dejó de circular el rumor, ya que un día lo pillamos besándose con la que en aquella época era su verdadera novia. Casi se me salieron los ojos de las órbitas al ver cómo se morreaban, de una manera tan… ¿sucia? Bueno, al menos eso pensé. La chica era muy rubia —aunque creo que no natural—, con unos enormes ojos azules y pinta de pilingui. Vale, quizá no era así y mi mente distorsionó su imagen. En cualquier caso, aquella fue la primera vez que sentí celos. Celos a lo bestia. Me puse tan furiosa que se me saltaron las lágrimas, y estuve toda una semana sin hablar a Germán y sin hacerle caso en clase.

—¿A qué viene que estés así conmigo, Meli? —me preguntó al final, un día que nos tocaba recoger el aula.

Al principio no contesté porque no quería mostrarme como una mujer celosa, mucho menos si, como se suponía, éramos solo amigos. Tampoco deseaba que descubriera que por las noches, cuando estaba sola en la cama, pensaba en él. No sé, era un poco orgullosa en cuestión de hombres. Me gustaba fingir que era una chica dura y que pasaba de ellos, que era una tía difícil. Pero al final me molestó su insistente mirada y... le lancé un borrador. Le ensucié todo el suéter y él, en lugar de enfadarse, se echó a reír y empezó una batalla con borradores y tizas. No sé cómo sucedió, pero en un momento dado ambos nos encontramos muy cerca, manchados de polvo blanco, con las respiraciones agitadas. Sí, era como en esas escenas de las películas románticas que a mí aún me gustaban. Pero, a diferencia de lo que pasaba en ellas, cuando Germán debería haberse inclinado para darme un morreo de cinco estrellas, lo que hizo fue plantarme en toda la mejilla el borrador que tenía en la mano.

Acabé llorando y gritándole que no me había contado que tenía novia mientras me observaba con gesto confundido, sin saber qué decir. Como consecuencia de nuestro juego y la consiguiente pelea —no, no lo fue porque él no abrió la boca; solo yo solté improperios como una loca—, tardamos tanto tiempo en recoger el aula que cuando salimos ya era de noche. Se empeñó en acompañarme a casa. Por el camino no hablamos porque yo estaba demasiado avergonzada de mi actitud de barriobajera. Al llegar a mi portal, se despidió de mí dándome un beso en el dorso de la mano, como un galán de otra época. Sentí un escalofrío por toda la espalda y una extraña sensación en el vientre, como si se me descolgara.

—Meli, las cosas buenas se hacen esperar —dijo de repente con mi mano aún en la suya—. A mí me gusta saborearlas poco a poco porque luego todo es mucho más intenso y se disfruta más.

Pensé que era gilipollas. A mí esperar no me gustaba nada. Sin embargo, cuando más tarde estuve tumbada en la cama empecé a pensar en Germán de otra forma. Ya no lo veía solo como un polvete. Había en mí algo más que deseo y ganas de estar en la cama con él. Quería que me abrazara, y no como lo había hecho hasta entonces. Empezó a ocupar mi mente más a menudo, y cada vez que la rubia iba a recogerlo al instituto yo los observaba a escondidas, muerta de celos y devanándome los sesos sobre qué le daba ella para que la hubiese elegido. Parecía mayor que nosotros, al menos debía de tener dos años más. Pero ella estaba plana y yo tenía unos pechos bastante apetitosos —o eso decían—, aunque no parecían llamar la atención de Germán. Ella tenía un coche fantástico y yo iba al instituto con mi vieja moto. Ella le comía los morros y yo solo lo imaginaba. Él jamás me presentó a esa novia, por supuesto, y yo tuve algún que otro rollete cuando salía de fiesta con mis amigas.

Y así pasó el último curso de instituto, y Germán se marchó a Londres mientras yo me quedaba trabajando de camarera en un restaurante cutre. Íbamos a estudiar lo mismo en la universidad, pero él bien lejos, porque le interesaba mejorar su inglés y quería ser profesor en Inglaterra o en otro país extranjero. Me envió algún mensaje durante el verano… Mensajes que no contesté. Si no iba a volver, prefería no alargar lo que fuera que sintiera por él, que no lo tenía claro del todo. Mucho mejor olvidarlo y a otra cosa, mariposa. Lo sorprendente fue que no derramé ni una sola lágrima, ni siquiera el día que nos despedimos. Puede que sintiera que Germán jamás me vería como una mujer —me culpaba diciéndome a mí misma que había sido por hablar con él del culo de otras—, así que

únicamente lo recordaba con una serena nostalgia. Bueno…
y a veces con unos pinchacitos en el corazón.

Y también pasó el verano y llegó el momento de entrar en
la universidad. Estaba emocionadísima porque tenía claro que
iba a comerme el mundo. ¡Ay, si esa Melissa viera a la de ahora, cuánto se reiría y se burlaría! La cuestión es que era la
única de mi clase que había decidido estudiar filología, así
que allí estaba, solita, sentada a una de las largas mesas, observando a la gente que iba entrando en el aula y pensando que
no había ningún hombre guapo. No, en filología no los hay,
de manera que si pretendéis pescar novio en la facultad no
estudiéis esa carrera. Id a medicina, a Inef o a derecho —en
esta última, además, los tíos suelen tener pasta—. Pero lo que
yo quería era estudiar lo que más me gustaba, no encontrar
marido.

La cuestión fue que por lo visto me distraje con la lista de
las asignaturas que me tocaban ese primer curso y no fui lo
suficientemente rápida para huir. Me explico: alguien estaba
llamándome por mi nombre y, al alzar la cabeza, me topé con
esos ojos que, si bien había conseguido borrarlos de mi mente
durante el verano, en tan solo unos segundos volvieron a golpearme el corazón con una fuerza tremenda.

—Pero ¡tú estabas en Londres! —protesté, un tanto molesta por el hecho de que irrumpiera de nuevo en mi vida.

—Pues ya ves, cómo cambian las cosas —respondió con su
rompedora sonrisa. Y se sentó a mi lado sin preguntarme si se
lo permitía y sin darme más explicaciones.

Después contaría a nuestros amigos y a mi familia que regresó por mí, porque en Inglaterra se había dado cuenta de
que me necesitaba. Jamás traté de averiguar si había ocurrido
otra cosa. Al fin y al cabo, esa razón era una de las más bonitas
y románticas que me habían dado en mi vida.

Al principio me comporté de forma distante y fría, pero
poco a poco nuestra amistad retornó, y con más intensidad

que antes. Pasábamos los días en la facultad, muchas veces comíamos en la cafetería, quedábamos para estudiar y nos íbamos de fiesta, siempre juntos. Parecíamos una pareja auténtica, una que llevara toda la vida saliendo. Y, aunque él estaba más cariñoso conmigo de lo que jamás lo había estado, continuaba sin demostrarme nada más que amistad. En ocasiones me quedaba mirándolo embobada. Me encantaba esa fina barba que se había dejado. La espalda se le había ensanchado todavía más y me provocaba toda una serie de fantasías en las que me imaginaba lo que habría bajo sus pantalones. Si me tocaba o me abrazaba, la piel se me erizaba y el vientre me daba más vueltas que una centrifugadora.

Cuando salíamos de fiesta los jueves, como todos los universitarios, me emborrachaba hasta que no podía más. Entonces bailábamos, nos rozábamos y estábamos más cerca que nunca. Pero nada de besos, caricias y mucho menos sexo. Ya no sabía qué hacer para incitarlo; Germán siempre se mostraba más duro que una piedra. Iba a clase con mi ropa más sexy, a veces le soltaba frases sugerentes sin venir a cuento —que él siempre esquivaba de manera ágil— y le hablaba de otros hombres con la intención de despertar sus celos.

El primer año universitario también terminó y yo empecé a conformarme con lo que tenía, tal como había ocurrido en el instituto. Una compañera de clase nos invitó a una fiesta que daba en su casa y allá que fuimos, yo no sé él, pero yo dispuesta a darlo todo, a cogerme el pedo de mi vida y a encontrar algún buenorro. Estaba bailando con un chico bastante guapete —o eso me parecía bajo los efectos del alcohol—, cuando me di cuenta de que alguien me separaba de él.

—¿Qué haces con ese tío? Es un fumeta —me dijo Germán con sus dedos rodeándome el brazo.

—Tú tampoco es que seas muy sano —contesté, riéndome y tambaleándome.

—Perdona, Meli, pero hago deporte, no fumo y... —empezó a protestar, como si eso me importara en ese momento. Alcé una mano para que se callase. Pero ¿qué quería? «Menudo aguafiestas», pensé.

—Mira, no estés celoso, que tú estás más bueno —le dije toda atrevida yo, clavando mi dedo en su pecho y dedicándole una sonrisa—. Sí, tú estás bien bueno… Madre mía, Germán, ¡no sabes lo caliente que me pones! —Así se lo solté, como si nada, empujada por el alcohol en mis venas y enganchada a él como un koala. Germán me miraba con una ceja enarcada, pero también con una expresión divertida.

En ese momento estaba sonando *Sorry Seems To Be The Hardest Word*. Elton John cantaba: «*What I got to do to make you love me? What I got to do to make you care?*» («¿Qué tengo que hacer para me quieras? ¿Qué tengo que hacer para que te importe?»), y a mí no se me ocurrió otra cosa que imitarlo.

—¿Qué tengo que hacer para interesarte, Germán? —le pregunté con los ojos entrecerrados. Me aparté de él y le señalé mis pechos, que se desbordaban de la escotada camiseta que me había puesto—. ¿Te planto las tetas en la cara como todos los ligues que has tenido?

Se lo estaba diciendo en broma porque, total, no perdería nada. Y entonces sucedió algo inesperado. Me empujó contra el rincón en el que estábamos y, al instante, noté sus carnosos labios pegados a los míos y su lengua buscando la mía en el interior de mi boca. Sí, así de repente, esa vez como en una peli. Una en la que estás esperando durante toda la hora y media a que el macizorro bese a la prota mientras estás en el sofá apretando a tu perro y rogando que lo haga ya, aunque no tienes muchas esperanzas porque quedan dos míseros minutos para que termine. Pero entonces él la coge entre sus brazos y le da semejante morreo que contienes la respiración en tu salón y acabas llorando de alegría y envidia. Pues de la misma manera ocurrió entre Germán y yo. Por supuesto, aproveché la ocasión y me apreté contra él hasta que su erección me rozó

26

la cadera. Por poco me dio un soponcio. Allí estábamos los dos, arrinconados, comiéndonos a besos y soltando jadeos que, por suerte, la música apagaba.

No sé cómo, pero acabamos en una de las habitaciones de la casa de la anfitriona de la fiesta, medio desnudos sobre la cama, devorándonos el uno al otro. Jamás había acariciado de esa forma a nadie y nunca ningún hombre me había besado así, de esa manera tan hambrienta y pasional. Mi sexo palpitaba bajo la ropa interior, deseoso de acogerlo, tanto que ni siquiera hubo muchos preliminares.

—¡Ay, joder! —exclamé cuando se introdujo en mí y apretó.

Me miró con los ojos muy abiertos y expresión preocupada. Sí, entregué mi virginidad a Germán, pero no me pareció algo importante. Siempre he pensado que la virginidad está sobrevalorada y que si la persona es la correcta da igual que sea la primera o la última. No estaba esperando a mi príncipe azul ni nada por el estilo, simplemente no había pasado de compartir tocamientos con los otros tíos con los que había salido porque no me ponían lo suficiente. Pero con Germán, en cambio… Dios mío, cómo me sentí cuando el dolor se me pasó y pude disfrutar de todo él. No fue tal como lo había imaginado tantas noches… No, qué va, fue mucho mejor.

—¿Tú eras…? —me preguntó deteniéndose.

—Cállate y sigue. Bésame. —Lo cogí de la nuca y le mordí el labio inferior. Él estaba sonriendo. Hay que ver cuánto les gusta a los hombres que una sea virgen.

Y así fue como empecé a enamorarme más de su cuerpo y de la forma en que sus ojos recorrían el mío. Dos semanas después nos declaramos novios de manera oficial. Y lo fuimos durante tantos años… Yo estaba orgullosa de ser su pareja. Realmente lo quería. Amaba a Germán. Y mucho.

La vida con él era sencilla y divertida. Pasó mucho tiempo hasta que tuvimos nuestra primera discusión y ni siquiera yo la pude tomar en serio. Nos compenetrábamos tanto que la gente se mostraba sorprendida. Yo pensaba que nosotros éramos una pareja diferente de las otras, aunque supongo que es algo que todos imaginamos alguna vez. Aquella Melissa sentía que realmente podía hacerlo todo al lado de Germán. Lo pasábamos tan bien juntos… Siempre estábamos riendo. Incluso tras hacer el amor, yo no podía dejar de reír.

—Quiero oír ese sonido el resto de mi vida —solía decirme él aún desnudo a mi lado, transmitiéndome todo el calor de su esbelto cuerpo. Y a mí el corazón se me derretía.

Los días con Germán eran luminosos, incluso las noches de tormenta brillaban pasándolas con él. Por supuesto que tuvimos problemas, pero nunca relacionados con el otro. No al menos hasta muchos años después… Así que, mientras yo estuviera con él, me parecía que ninguna puerta se me cerraría porque Germán siempre estaba ahí para darme palabras de ánimo.

Era atento, cálido, abierto, divertido, caliente… Lo era todo para mí. Todo mi mundo. Es lo que sucede cuando te enamoras por primera vez. Habrá quien piense que el primer amor acaba olvidándose, pero lo cierto es que yo no lo he borrado de mi memoria. ¿Cómo se pueden dejar atrás tantos recuerdos, palabras, gestos, miradas, sonrisas, besos y caricias? Es inevitable que estén guardados dentro de ti, aunque sea en un pequeño rincón sin mucha luz.

Los mejores años de mi vida los compartí con Germán. Los peores también me los dio él. Pero los excepcionales lo fueron porque podía ser yo sin tener que fingir: natural, de mal humor o partiéndome de risa, con maquillaje perfecto o con ojeras hasta los pies, con dolores menstruales o fresca como una rosa… Germán me quería y me aceptaba de todas las formas posibles, con mis luces y mis sombras y con todas mis caras. No éramos la pareja más guapa del mundo, ni tampoco la más rica o la más perfecta y elegante. Pero a mí me parecía que nuestra belleza y nuestra riqueza se hallaban en nuestros corazones loquitos el uno por el otro.

Me encantaba su forma de ver la vida, un carpe diem moderno; él deseaba vivirlo todo, probar siempre cosas nuevas y aprovechar hasta el último instante.

—Y entonces ¿por qué tardaste tanto en quererme? —le preguntaba haciéndole la puñeta.

—Quererte, te quería… Pero te estaba experimentando de distintas maneras.

—¿Y cuál te gusta más?

—La de ahora, claro.

Y acabábamos haciendo el amor porque Germán era muy fogoso y siempre estaba dispuesto a darme placer. Hice tantas cosas a su lado… La vida tenía un color diferente si me despertaba junto a él. Con él pasé de ser una joven a una mujer, y maduramos el uno con el otro.

Por eso… me costó muchísimo hacerme a la idea de que todo ese amor se rasgara en apenas un instante. Era incapaz de entenderlo. ¿Cómo pudo ser tan fácil para él cuando para mí resultó tan difícil? Tantos años entre mis brazos no fueron suficientes para conservarlo.

Y por eso lo odié. Odié el recuerdo que sus labios dejaron en mi boca.

Odié la brillante imagen de sus ojos deslizándose por mi piel, calentándomela.

3

Llego al trabajo con más mala leche que de costumbre. Aunque, de todas formas, ya me he ganado la fama de ser la empleada que menos sonríe. Es más, el año pasado, durante la cena de empresa de Navidad había organizada una sorpresa en la que unas cuantas empleadas entregaban a cada uno de sus compañeros una especie de diploma con un mensajito divertido. A mí me tocó el de «Para la tía más avinagrada». No me hizo ni puñetera gracia, pero supongo que tienen razón.

Mis tacones resuenan en el linóleo aumentando el dolor de cabeza con el que me he despertado esta mañana. Cuando paso al lado de los hombres de la oficina se oyen algunos cuchicheos. También tengo fama de ser un poco estrecha. Imagino que eso está relacionado con lo anterior. Los tíos de la empresa temen acercarse a mí, incluso en las fiestas. En esa de Navidad en la que recibí el puñetero diplomita, uno se atrevió a coquetear conmigo. Estaba muy borracho y a mí no me gustaba para nada, así que cuando intentó besarme a pesar de que le había estado dando largas, le derramé el cubata por encima y me disculpé alegando que había bebido demasiado y estaba mareada. Recuerdo que Dania rió como una loca ante mi ocurrencia y me dijo que a ver si me deshacía ya de toda la mala leche y me acostaba con alguien, que la falta de sexo me estaba convirtiendo en la señorita Rottenmeier.

Al darme la vuelta, compruebo que un par de tíos todavía están murmurando. Les lanzo una mirada mortífera que automáticamente les hace callar y volver a su trabajo. ¡Será posible...! Me pregunto sobre qué cuchicheaban. Lo hacen día sí y día también, y ya empieza a molestarme ser la comidilla de la empresa. Bueno, lo somos Dania y yo, pero a ella le parece fantástico estar siempre en boca de todos. A mí me encantaría pasar desapercibida, y mira que lo intento con faldas largas, pantalones sobrios y blusas que me cubren hasta el cuello.

Antes de ir al despacho giro a la derecha y me dirijo a la salita del café. En ella hay dos mujeres y uno de los becarios con una tremenda cara de sueño. Ellas me sonríen, removiendo con la cucharita el café. Las saludo con una inclinación de la cabeza y me sirvo una taza.

—Melissa, el jefe te estaba buscando —me dice Julia, la asistente editorial. Lleva trabajando aquí hace eones. No sé cuántos años tiene, pero imagino que unos cuarenta y pico. Y es mucho más divertida que yo. Hasta parece más joven (de espíritu, claro, que no físicamente). Pero se nota que sabe divertirse y eso me molesta un poco. ¿Cuándo dejé de ser yo el alma de la fiesta? Ya ni me acuerdo.

«Joder», murmuro para mis adentros. Sé por qué me busca y no sé qué voy a responderle. Doy un sorbo a mi café y contesto a Julia:

—¿Puedes decirle que me ha bajado la menstruación y me encuentro fatal? —Ella niega con la cabeza. Le suplico con la mirada hasta que lanza un suspiro y sé que la he convencido. Le doy un beso en la mejilla—. ¡Gracias!

—Me debes ya muchas cenas —me advierte poniendo los ojos en blanco.

—Te prometo que te invitaré a lo que te apetezca. Si quieres, esta semana. —Le sonrío, tratando de parecer maja—. Ve pensando dónde te gustaría.

También dedico una sonrisa a Marisa, la otra mujer. Es

periodista y se encarga de realizar las entrevistas y demás. Sé que no le caigo nada bien y que no entiende por qué Julia es tan permisiva conmigo. Ellas se conocen desde hace mucho y son muy amigas. Pero son el día y la noche. Marisa tiene tanta mala fama como yo. Bueno, quizá un poco menos porque como es una señora se le permite ser más seria. Yo debería comportarme como una mujer joven alocada o qué sé yo. No entiendo aún los mecanismos de la empresa, a pesar de llevar tres años en ella.

Las dejo en la salita con el becario, que está dormitando con su taza de café en la mano. Me recuerda tanto a mí cuando tenía su edad... Salía cada noche y llegaba a las prácticas con unas ojeras hasta los pies. ¡En esa época no me habrían llamado «cara avinagrada»!

Saco del bolso la llave del despacho. No obstante, antes de introducirla en la cerradura, noto una presencia a mi espalda. Ah, vaya... ya está aquí. A Julia no le habrá dado tiempo de decirle que estoy enferma —algo que es mentira, claro está—. Antes de que pueda abrir la boca, oigo una grave voz masculina:

—Melissa Polanco, te estaba buscando.

No lo miro. Giro la llave y abro la puerta, entrando en mi despacho seguida de él. Dejo mi bolso en el perchero y, dándole la espalda todavía, respondo:

—Me ha bajado la regla.

—Perfecto. Pues ve al baño y ponte una compresa —dice aún muy serio.

—Tengo mucho dolor...

—Tómate algo. En el botiquín hay ibuprofeno.

Me limito a sentarme tras el escritorio y a conectar el ordenador. Espera a que todo esté listo para continuar hablándome.

—Melissa Polanco, ¿dónde están las correcciones? —Se cruza de brazos—. No las he visto en mi correo, y quedamos en que me las enviarías ayer por la noche.

—Eso es explotación —me quejo sin apartar la mirada del ordenador—. ¿Por qué los demás no tienen que trabajar hasta tan tarde?

—Quizá es que tú pospones demasiado tus tareas —se mofa.

—No es cierto. Solo ha pasado esta vez. —Por fin me siento capaz de alzar la mirada y la clavo en la suya.

Héctor es el único hombre que se atreve a dirigirme la palabra. Claro, es mi jefe, un jefe muy joven y muy atractivo. Tiene treinta y un años, y puedo asegurar que la mayoría de las mujeres de la compañía están loquitas por él. Corren rumores de que alguna que otra se ha enredado en sus sábanas. En las mías no, desde luego. Para estas cosas soy muy tradicional. Sé que Héctor está para lamerse los dedos después de habérselo comido, pero yo no mezclo el trabajo con el placer. Además, él tampoco parece interesado en mí. No al menos en ese aspecto. Se dedica a acosarme solo para pedirme una corrección tras otra, para denegarme las vacaciones o para ordenar que me quede una hora más.

—¿Me las vas a pasar o qué? —insiste rodeando el escritorio y situándose ante mí.

—No las he terminado —respondo mientras me encojo a la espera de un rapapolvo.

No llega. Alzo la cabeza con un ojo abierto y el otro cerrado. Héctor aún tiene los brazos cruzados, pero me observa con expresión divertida. Tiene la boca entreabierta y, poco a poco, se le va formando una sonrisita que se me antoja peligrosa.

—¿Has estado divirtiéndote esta noche acaso? —pregunta de repente.

—¿Perdona? —Doy media vuelta en la silla giratoria hasta quedar frente a él.

—Te perdono la tardanza, si tienes una buena excusa. Como que estuviste trincando hasta la madrugada o algo así.

Me quedo con la boca abierta. Héctor nunca me había dicho algo así. Vuelvo el rostro, tratando de entender lo que sucede. Ah, claro, está llegando el verano. Supongo que la sangre se altera en esta época, y no en primavera. Aun así, ¿cómo puede hablarme de este modo mi jefe? ¿Y qué clase de persona utiliza todavía la palabra «trincando»? ¡Qué horrible, por Dios! O sigue en la época de los noventa o a saber qué se le pasa por la cabeza.

—Siento decepcionarte, pero me dormí —respondo.

Es una verdad a medias. Cuando llegué a casa me propuse terminar las correcciones y olvidarme de todo lo sucedido por la tarde, pero fue meterme en la ducha, recordar las manos del pintor en mi cuerpo y desatarme. Me pasé un buen rato usando a mi Ducky y luego, del cansancio, me quedé traspuesta. Pero eso es algo que jamás contaría a mi jefe, por supuesto.

—Entonces estás castigada —dice Héctor señalándome con un dedo que casi roza mi nariz.

—¿Qué? ¿Hemos vuelto a primaria y no me he enterado?

—A la hora del almuerzo las terminas —ordena muy satisfecho. Le encanta mandarme. Seguro que así se siente superior. Pues ni de coña pienso perderme el almuerzo, uno de mis momentos favoritos del día.

—¡Eh! Pero quiero mi bocadillo… —Hago un mohín con los labios.

—No te morirás por un día que no almuerces. —Se separa del escritorio y se acuclilla ante mí. Lo miro bizqueando un poco. Pero ¿qué está haciendo ahora?—. Así te deshaces de esta tripita. —Me da una palmadita en el vientre.

Le lanzo una mirada furiosa. ¿A santo de qué este atrevimiento?

—Héctor, ¿qué cojones haces tocándome la barriga? —Me levanto de golpe de la silla y casi lo hago caer al suelo—. Eres mi jefe, ¿recuerdas? Hasta hace unas veinticuatro horas me tratabas como lo que soy: tu empleada.

Se levanta también, observándome con una media sonrisa. Da un paso hacia atrás y me echa una mirada de arriba abajo, una que me parece que es diferente a las anteriores. No entiendo nada de lo que está pasando.

—Cualquier otra mujer se habría enfadado por haberle dicho que tiene tripita. En cambio, tú lo haces porque estoy coqueteando contigo.

—¡Y es totalmente comprensible! —exclamo alzando los brazos en un gesto de exasperación—. Eres mi jefe y lo único que tienes que hacer es mandarme más correcciones, no intentar ligar conmigo. Ni siquiera funcionaría. —Me cruzo de brazos y pongo mi mejor cara de enfado, aunque en realidad me siento totalmente sorprendida.

—Eres única, Melissa Polanco. —Y, a pesar del atrevimiento que ha tenido hace un minuto, continúa sin llamarme solo por mi nombre. Se dirige hacia la puerta con esos andares tan seguros que lo caracterizan—. Ya sabes: termina las correcciones. Las quiero en mi correo a las doce. ¡Ni un minuto más tarde! —Sale y cierra con un portazo.

Me siento otra vez, soltando maldiciones. En ese momento la puerta se vuelve a abrir. Es él de nuevo. Lo miro con fastidio.

—Te he oído —dice sin borrar la sonrisa. Alarga un brazo y me señala—. Por cierto, bonito escote. No sabía que tenías… —Y cierra, esta vez sin el portazo.

Dirijo la mirada a mi camiseta. Vale, quizá sea un poco atrevida. Pero no tenía más ropa limpia en casa. Soy un desastre. Eso sí: mañana no vuelvo así. Prefiero que todos en la empresa sigan pensando que soy la Vinagres; en especial, que lo crea Héctor.

Tal como me ha ordenado, me paso la hora del almuerzo en el despacho corrigiendo sin parar. En ocasiones este trabajo es muy aburrido. Este texto en concreto es un coñazo. ¡Y luego dicen que soy una sosa! Pues no quiero ni pensar cómo ha de ser la persona que ha escrito esto. El estómago me ruge una y otra vez, echando en falta el bocadillo que le regalo todas las mañanas, ese de tortilla recién hecha con mahonesa que es mi favorito.

La puerta se abre una vez más. Voy a soltar un gruñido cuando descubro que no es Héctor, sino Dania, mi compañera. Bueno, podría decirse que somos más que eso: a veces nos vamos de copas juntas y nos contamos nuestra vida a menudo; además, intentó ayudarme con lo de mi ruptura, así que imagino que es justo que la llame «amiga».

Durante aquella cena de Navidad a Dania le regalaron un diploma que decía que era la pelirroja más ardiente. No le molestó ni un pelo; más bien, hizo que se sintiera orgullosa. En realidad, no es pelirroja natural, pero eso a nadie le importa porque no es precisamente la parte que más atrae de ella —aunque es un complemento—. Dania tiene unos pechos descomunales, mucho más grandes que los míos, y ya es decir. Si a eso le añadimos su cintura de avispa, sus piernas infinitas y su rostro sensual, el conjunto es una mujer explosiva. Según las malas lenguas, ha sido una de las que se ha revolcado en las sábanas de Héctor. Pero nunca me lo ha contado, así que supongo que es mentira, ya que me sé con pelos y señales todas sus aventuras. Muchas veces acabo gritándole que se calle, por favor, porque suele ser demasiado explícita con las imágenes y no siempre son agradables.

—¿Por qué no has venido a almorzar? —pregunta sentándose encima de la mesa. Le veo todo el tanguita debido a lo minúscula que es su falda.

—Héctor me ha castigado —contesto casi con un gruñido. Desvío la vista del ordenador a ella—. ¿Por qué no llamas a la puerta?

—Bueno, hoy no estás con Ducky, ¿a que no? —Suelta una risita.

Me pilló una vez con el pato en la mano. Por suerte, aún

no había empezado la tarea. Desde entonces me recuerda que necesito un hombre en mi vida.

—Creo que Héctor me ha tirado los trastos —le confieso. Dania puede aconsejarme. Sabe de estas cosas más que yo.

—¿En serio? —Da una palmada en la mesa y se inclina hacia delante—. ¿Nuestro Héctor?

—Tu Héctor será, porque el mío no. —Continúo tecleando para terminar las correcciones cuanto antes. Faltan solo diez minutos para las doce, y él es capaz de ponerme otro castigo si no las recibe a esa hora.

—Madre mía, Mel, ¡cómo estás últimamente…! —Al oírla alzo la vista y me doy cuenta de que me mira con los ojos brillantes.

—¿Qué insinúas?

—Esta mañana he hablado con Aarón… —Ah, se refiere al pintor, el hombre que tuvo la culpa de que no hiciera las correcciones. Insto a Dania a continuar. Sonríe y acerca su rostro al mío—. Me ha dicho que fuiste una buena modelo… y que espera que vuelvas el viernes.

—Lo de que regrese el viernes ya lo sé; casi me lo ordenó. —Reanudo mi trabajo, pero ya no puedo concentrarme. Dirijo la vista de nuevo hacia Dania y le pido—: Ve tú.

—¿No comprendes que ahora eres tú su modelo? ¿Cómo va a pintarme a mí?

Agacho la vista y suelto un suspiro. No puedo encontrarme otra vez con esos ojos que me han desarmado por completo. Mi amiga da un chasquido con los dedos para que la mire—. ¿Verdad que está cañón?

—No sé —respondo encogiéndome de hombros.

—Vamos, Mel, ¡que tienes ojos en la cara! —Dania frunce las cejas—. Y sé que no quieres volver porque te pone perraca.

—¡Dania, calla! —exclamo notando que las orejas se me tiñen de rojo.

—Aarón podría haberse tirado a un montón de mujeres

37

—continúa ella, aunque no le he pedido ninguna explicación—. Vale, en realidad seguro que se las habrá tirado. Pero, por lo que sé, es muy selectivo.

—¿Y eso por qué? —pregunto con curiosidad. Bueno, supongo que tan solo se acostará con mujeres atractivas; vamos, con tías que estén a su altura.

—Pues porque mira que he intentado veces algo con él y no…

—No quiero saberlo, Dania. —Me tapo las orejas.

Me señala con un dedo y una sonrisa más ancha que su cara. Se remueve encima de la mesa, enseñándome más su tanga. A veces pienso que lo hace a propósito, que debe de sentirse muy orgullosa del amplio surtido de ropa interior que tiene en casa.

—¡Ajá! No quieres porque hace que se te caigan las bragas.

—¡Vete ya, que tengo que terminar esto! —le grito agitando una mano.

Da un saltito para bajar de la mesa y se dirige hacia la puerta con sus tacones de infarto. Me mira en silencio mientras continúo dándole a las teclas.

—Ya sabes, el viernes te espera. Tira a Ducky a la basura de una vez. ¡Necesitas carne entre tus piernas, no plástico!

Sin darme tiempo a contestar, Dania sale del despacho entre risitas. Está tan loca… Le encanta el sexo. Y eso me parece maravilloso, a pesar de que a veces me saca los colores con las cosas que dice. A mí también me gusta, por supuesto, pero no voy por ahí contando mis escarceos sexuales. Vale, escarceos inexistentes. Pero ¡podría hablarle de todo lo que hago con Ducky!

Termino las correcciones unos minutos antes de la hora indicada. Se las envío a Héctor con una sonrisa de alivio y orgullo. Inclino la silla hacia atrás, estirando los brazos y esbozando una sonrisita. Ahora no podrá echarme en cara que no he cumplido con mi trabajo. Voy a desconectar el ordenador para tomarme un pequeño descanso, pero entonces me llega un correo electrónico. Es de Héctor. Lo abro para ver qué quiere. Lo mismo le da por decirme que las correcciones están mal... ¡Qué sabrá él!

De: hectorplm@love.com
Asunto: Tu escote

Melissa Polanco:

Quiero que tú y yo vayamos esta noche a cenar.
La dirección: Sueños de sabores. Avenida de la Hispanidad, 5.
A las nueve y media allí.
Trae tu escote. Quizá pueda ser mi postre.

H.

Releo el correo sin poder dar crédito a lo que la pantalla me muestra. Pero ¿qué...? Entonces ¿de verdad estaba coqueteando conmigo? ¿Ha sido culpa de mi escote que se haya fijado en mí? Intento subirme rápidamente la camiseta, a pesar de que en el despacho no hay nadie. Estoy actuando como una tonta, lo sé. ¡Ni que estuviera viéndome por webcam! La cuestión es que Héctor jamás me había sugerido nada y ahora, de repente, me envía este mensaje que tiene mucho de insinuación. Si cree que voy a acudir a la cita, es que no me conoce nada. Y puede que así sea, porque las pocas frases que cruzamos son para hablar sobre trabajo o para discutir porque yo quiero salir antes o porque él me exige demasiado.

Echo otro vistazo a la pantalla con los ojos entrecerrados, notando que el pulso se me acelera. Suelto un bufido rabioso y, a continuación, cierro el correo sin responder a Héctor.

¿Se ha vuelto loco todo el mundo o qué?

4

M e presento con diez minutos de retraso. He estado a punto de no acudir, ya que esta especie de cita no me parece ni correcta ni normal. Llevo tres años trabajando en la empresa… ¡y ahora Héctor se muestra interesado en mí! Todavía no logro entenderlo. La verdad es que hasta me había puesto el pijama, dispuesta a pasar una velada de cine con palomitas. Pero al final, viéndome así, sola en casa y aburrida, me ha dado un subidón y he pensado que podría estar bien, que hacía demasiado tiempo que no tonteaba con un hombre y que hacerlo no es tan malo. Ahora me arrepiento. También de haberme puesto este vestido tan ajustado, tan corto y tan escotado. Estoy llamando la atención de todo el mundo. Parece que llevo un cartel luminoso que reza: HOLA, SOY UNA BUSCONA. QUIERO SEXO. Bueno, en realidad no sé si quiero. Y menos si es con Héctor, mi jefe. ¡Alerta, alerta: No te acuestes con tu jefe aunque sea uno de los machos más buenorros del universo!

Me planto ante el ventanal del restaurante y echo un vistazo al interior. Es grande pero acogedor. Ya hay bastantes personas ocupando las mesas, pero no veo a Héctor por ninguna parte. ¿Y si solo pretendía gastarme una broma y no viene? Todo ha sido demasiado extraño: pasa de ser un jefe autoritario y gilipollas a uno bromista y seductor en un momento. ¿Es eso posible? Pues no, solo en las pelis o en las novelas eróticas que a veces saco de la biblioteca con la excusa de que son para una amiga. Me observo en el reflejo del ventanal y me doy cuenta de que mis pechos están demasiado apretados. Pensará que quiero que sean su postre. Pero no quiero, ¿no? Y entonces ¿por qué me he puesto este vestido que llevaba hace al menos seis años, cuando me encantaba lucirme? Aparto la vista de mi cuerpo y la dirijo a mi reloj: ya pasan quince minutos de la hora acordada. El muy estúpido no va a acudir y, si le da por contar en la oficina el plantón, me convertiré en el hazmerreír de todos.

De repente noto que algo me roza el cuello. Una respiración cálida sobre mi piel. Voy a volverme, pero la voz de Héctor me paraliza.

—Buen perfume. *Sexy*, de Carolina Herrera.

Por fin logro darme la vuelta para encontrarme con su atractivo rostro. Esos ojos del color de la miel me observan con picardía. Se ha puesto una camisa celeste que contrasta con su piel tostada. Sin poder evitarlo, bajo la mirada hacia sus vaqueros, que se le ciñen a las piernas, delgadas pero bien torneadas. Y después, casi inconscientemente, la subo hacia su entrepierna. Ay, Dios, pero ¿qué estoy haciendo? Alzo los ojos y los clavo de nuevo en su cara. Héctor me observa de manera divertida, con una sonrisa ladeada. Seguro que se ha dado cuenta de que estaba mirándole el paquete.

—¿He fallado?

Me saca de mis pensamientos.

—No —atino a decir con un hilo de voz. Me pregunto cómo habrá sabido que la colonia que me he puesto es de Carolina Herrera. Puede que sea porque se ha acostado con tantas mujeres que se sabe de memoria todos los perfumes del mercado.

Apoya la mano en mi espalda desnuda y me conduce hacia el interior del restaurante. Los segundos que tardamos en llegar

41

hasta la mesa me parecen un sueño. No me cabe en la cabeza que estoy aquí con Héctor. ¡Y menos con este vestido! Y con sus dedos rozándome la piel. Pero por favor, ¿qué he hecho? Le estoy pidiendo guerra. Va a creer que quiero meterme en su cama. Oh, Dios… ¿Es lo que mi subconsciente desea? Me veo deshojando una margarita y preguntando: «¿Me acuesto con él o no me acuesto?». Ese es un dilema mucho más grande que el de si me quiere o no.

—¿Te apetece vino blanco o tinto? —La voz de Héctor me llega lejana.

—¿Qué? —Parpadeo con confusión. Anda, pero ¡si ya estamos sentados! Miro a Héctor y a continuación al camarero que espera con paciencia—. Ah, tinto. —Agacho la cabeza avergonzada.

Una vez que el hombre se ha marchado con nuestros pedidos, Héctor cruza las manos por delante de la cara y me mira con una sonrisa. Contemplo su bonito rostro, sus expresivos ojos y ese cabello castaño que normalmente suele llevar arreglado y hoy, por el contrario, luce despeinado, lo que le da una apariencia informal y… sexy. Aprovecho para dejarle las cosas claras.

—Mira, si estoy aquí es porque me aburría y me apetecía cenar bien.

Arquea una ceja sin borrar su encantador gesto. Me obligo a sostenerle la mirada. A ver, es mi jefe, pero eso no quiere decir que tenga que sentirme intimidada. En estos momentos solo somos un hombre y una mujer que van a cenar juntos. No hay cargos de por medio, así que… Tengo que mantenerme tranquila.

—Claro, a mí también me apetece una buena cena. —Me parece que lo ha dicho con doble sentido.

—Es un poco extraño, ¿no? —Me llevo una mano al cuello y me lo rasco de manera disimulada.

—¿Qué?

—Estar aquí, uno frente al otro…

—¿No pueden cenar juntos dos amigos? —Su sonrisa se ensancha mostrándome una hilera de dientes perfectos.

—Ah… Vaya, acabo de enterarme de que somos amigos —lo digo en tono irónico.

Subo la mano por el cuello hasta llegar a la parte de atrás de la oreja. Dios, ¡cómo me pica todo! Siempre me pasa cuando me pongo nerviosa. Tengo ganas de rascarme toda la cara.

El camarero regresa con nuestras copas de vino. Deja también un platito con unas aceitunas condimentadas. No me atrevo a alargar la mano para coger una porque, aunque él creyera que no, me molestó un poco lo que dijo de mi tripita. Un par de segundos después mando a la mierda lo que piense de mí. No me veo barriga y tengo hambre, así que me lanzo a por la aceituna y me la como con deleite. Él no aparta la vista de mí, provocando que me sienta un poco incómoda. Bueno, pues vamos allá, que ya toca sincerarnos.

—¿Es esto una cita, Héctor? —pregunto mientras me limpio los dedos con la servilleta.

—Claro. ¿Qué si no?

Me encojo de hombros. Pruebo el vino. Está fresco y delicioso. Él acerca la copa para brindar. Una vez que lo hemos hecho, se lleva la suya a los labios y da un sorbo.

—No sé… Nunca te habías fijado en mí.

Héctor se queda pensativo durante unos instantes. Acerca la mano a un botón de la camisa y lo toquetea.

—Eso no es cierto. —Su respuesta me sorprende. Ah, entonces ¿él antes ya…? Guardo silencio para ver con qué sale—. Pero recuerda que cuando llegaste a la empresa tenías pareja. No soy una de esas personas que rompen una relación.

—¿Y cómo sabes tú eso? —pregunto con el ceño fruncido. Ahora resultará que mi jefe, al que yo pensaba que solo le interesaba para mandarme montañas de trabajo, ha estado espiándome.

—Fui preguntando sobre ti por ahí —dice como si fuera algo tan normal. Pero ¿a él qué le importaba si yo tenía pareja o no?

—¿Y quién te lo contó? —Antes de que pueda contestar, se me ilumina la bombilla—. Ah, espera, ya lo sé. —Claro, Dania. ¡Será posible!

Sonríe y vuelve a beber de su copa de vino. Yo también. No sé qué decirle. ¿De qué puedes hablar con tu jefe en una cita? Por suerte, continúa la charla y me libra de tener que hacerlo.

—Y después, cuando él te dejó, te volviste una aburrida.

Hala, ya la ha cagado. ¿Cómo es tan descarado de soltarme algo así? Tuerzo la boca y agacho la cabeza, observando la servilleta.

—Creo que confundes términos. No me volví una aburrida. Solo estaba mal. —Clavo mi mirada en la suya—. ¿Acaso nunca has sufrido tú por amor?

—No —contesta sin pensarlo—. Yo no me enamoro.

—Ah, vale. —No se me ocurre nada más.

Su mirada se desliza desde mi rostro hasta mi cuello, y al final se detiene en mis pechos. Cruzo las manos sobre ellos de manera automática.

—¿Por qué te tapas? —Alarga una mano para retirar las mías, pero yo me echo hacia atrás—. Es un escote muy sexy, Melissa Polanco. Y sé que te lo has puesto para mí —lo dice de forma sensual y atrevida.

—Ya que estás opinando sobre mi escote con tanta facilidad... ¿podrías dejar de llamarme por el apellido?

—Solo si apartas las manos y me permites hablar más de él. —Me guiña un ojo.

Sonrío porque en el fondo me ha hecho gracia. A cada minuto que pasa me demuestra que es un seductor nato. Al final caigo y retiro las manos. Incluso me echo hacia delante ligeramente. Me apetece torturarlo un poquito.

—¿Con cuántas mujeres de la oficina te has acostado? —le pregunto.

Quiero hacerle sufrir, pero no sé si me habré pasado. Primero me muestro recatada y al segundo le estoy hablando de sexo. Esto no es normal. Y no puedo echarle la culpa al alcohol porque apenas he bebido vino.

Sea como sea, se queda pensativo y contesta de forma natural:

—Siete.

—¿Siete? —Alucino. Joder, pero si somos nueve.

—Te estoy contando a ti ya.

—Oh… —Me llevo la copa a los labios y doy un sorbo. ¡Qué sofocón! Hace bastante tiempo que no me acuesto con nadie. Para ser exacta, desde que mi ex y yo…

Durante la cena charlamos sobre la gente del trabajo. También sobre lo que estudió y lo que habría querido hacer si no se hubiese dedicado a esto. Sin embargo, la conversación acaba subida de tono otra vez. Me suelta una pullita tras otra, y lo único que hago es reír y beber hasta que me muero de calor. Una vez terminada la cena salimos a la calle, donde agradezco el frescor de la noche.

Héctor me pasa una mano por la cintura. Me aparto de inmediato, un tanto avergonzada. Todavía no he bebido lo suficiente para permitirme esta intimidad con mi jefe. Se da cuenta y me mira divertido.

—¿Vamos a tomar una copa?

Asiento con la cabeza. Me inquieta pensar que quizá volverá a ponerme una mano encima, pero no lo hace. Echa a andar delante de mí. Lo sigo y, para disimular, saco un tema cualquiera de conversación. Por lo menos el trayecto no se hace demasiado largo. Diez minutos después nos encontramos en uno de los locales más modernos de la ciudad. Eso parece, aunque no me suena de nada. Héctor se fija en mi expresión de extrañeza y dice:

—Se han trasladado hace poco. Antes estaban en otra zona.

Pasamos junto al segurata sin que el tío mueva un solo músculo. Una vez dentro, la música nos envuelve. Unas cuantas personas bailan en la pista, pero la mayoría se encuentra alrededor de las mesas y en los sillones repartidos por el enorme local. Héctor vuelve a cogerme de la cintura y se lo permito esta vez porque me incomoda caminar entre tanta gente.

—¿Qué quieres beber? —me pregunta al oído alzando la voz.

—Lo mismo que tú —respondo.

Pide dos gin-tonics. Me entrega el mío un par de minutos después. Muerdo la pajita bajo su atenta mirada. No sé qué estoy haciendo aquí con él. Acerca el rostro a mi cuello. Noto su respiración en la piel y siento un escalofrío. ¿Así de rápido va a ser todo?

—Espero tenerte en mi cama en menos de una hora —me susurra detrás de la oreja.

Se me acelera el corazón. Hace tiempo que no me dicen algo así, y jamás habría pensado que lo oiría de sus labios. Me hago la remolona, apoyándome en la barra. Mi jefe acaba de soltarme que quiere acostarse conmigo, así sin más, sin tapujos ni rodeos. Señala una mesa libre. Nos dirigimos hacia allí y al tomar asiento me fijo en que, unas mesas más allá, hay alguien que me resulta familiar. Héctor llama mi atención en ese momento, desviando mi mirada hacia él.

—Melissa Polanco…

—Llámame solo Melissa, por favor —le digo un tanto malhumorada.

Posa una mano en mi rodilla. Esto me parece irreal. ¿Es mi jefe quien está acariciándomela y subiendo lentamente por mi muslo? Alzo los ojos y lo miro con timidez. Sonríe con ese aspecto de chico travieso que seguro que vuelve locas a docenas de mujeres. Sin embargo, sigo interesada en esa mesa que…

—Melissa —me susurra Héctor al oído—, ¿cómo te gusta que te lo hagan?

Madre mía… No puedo creer que me esté preguntando algo así. Vale, es sumamente atractivo, pero jamás me había planteado que él fornicara. Bueno, al menos no conmigo.

—Soy bastante tradicional —miento. Nunca he sido de hacer el misionero y ya está, pero no quiero hablarle de mis gustos sexuales.

Empieza a emocionarse, lo noto. Acerca su sillón al mío y me huele el cuello. Aprovecho que está ocupado para ladear la cabeza y mirar hacia la mesa del fondo. Héctor piensa que tiene acceso libre a mi cuello y me lo acaricia con la nariz. La canción que acaban de poner también propicia que el ambiente se caldee. «*Dirty babe, you see these shackles? Baby, I'm your slave*» («Nena sucia, ¿ves estas cadenas? Nena, soy tu esclavo»), canta Justin Timberlake con una voz de lo más sensual.

Y entonces caigo en quién es esa persona de la otra mesa que me ha resultado familiar. ¡Es Aarón! ¡El pintor sexy! Casualidades de la vida. Está con una mujer muy joven. ¿Diecinueve…? Veinte, como mucho. Parece que están coqueteando. Y no sé por qué, me molesta un poco.

—Joder, Melissa, ¡cómo me está poniendo tu perfume! —oigo decir a Héctor. Ups, casi lo había olvidado.

Cuando vuelvo la vista hacia la otra mesa, me doy cuenta de que Aarón me ha descubierto. El corazón se me desboca. Está mirándome de una forma tan intensa, tan ardiente… Como ayer. Me muero de ganas de regresar al estudio y que me pinte, de que cada parte de mi cuerpo sea observada por esos ojos felinos.

Aarón acerca una mano al rostro de la chica que está con él y le acaricia la mejilla con suavidad. Pero me mira a mí. En ese momento Héctor me da un beso apenas perceptible en el cuello. Mi mente está tan loca que se imagina que es Aarón quien me besa. Sí, pienso que soy esa chica a la que está tocando. Sueño despierta con que las caricias de Héctor provienen de Aarón. ¡Qué perversión! La canción me activa todo el cuerpo… «*It's just that no one makes me feel this way… Get your sexy on…*» («Es solo que nadie me hace sentir de esta forma… Muestra lo sexy que eres»).

Aarón lleva la mano a la nuca de la chica y se la coge con firmeza. Atrae hacia sí su cara, hasta tenerla cerca de los labios, que tiene entreabiertos. Observo toda la escena como si fuese la espectadora de una película subidita de tono. ¡Quiero ser la prota! Eso quiero… Los labios de la chica se abren esperando los de Aarón. Él la besa sin apartar los ojos de mí. Ella los tiene cerrados, así que no se da cuenta de que la atención del hombre que la besa está en otro lugar. No puedo apartar la vista del morreo que le está dando. Es tan sensual, tan caliente… Esa forma que tiene de lamerle los labios, de jugar con ellos, me está poniendo a mil. Aprieto las piernas para contener las cosquillas que siento en el sexo.

De repente, la lujuria se me mezcla con la rabia. ¡Deseo ser yo la que está entre los brazos de Aarón! Pero no lo soy. Así que me vuelvo hacia Héctor, ahora concentrado en el lóbulo de mi oreja, y lo agarro del cuello de la camisa, atrayéndolo hacia mí. Lo beso con desesperación, con ansiedad. Imagino que son los labios de Aarón los que se están perdiendo con los míos. Héctor me abraza con fuerza, me aprieta contra él, sorprendido y excitado al mismo tiempo.

—Vámonos a tu casa —le propongo entre jadeos.

Asiente sonriendo. Me coge de la mano y nos levantamos. Cuando pasamos junto a la mesa en la que Aarón se encuentra, cruzamos nuestras miradas. Y tal como sucedió ayer en su piso, me estremezco de la cabeza a los pies sin necesidad de que me toque. Él me observa muy serio. Entreabre los labios, como si quisiera decir algo. Y en ese instante la chica lo toma de la barbilla y vuelve a arrimarlo a ella. Sin embargo, pone mala cara cuando Aarón se aparta alegando alguna excusa.

Entonces Héctor tira de mí y me saca del local. Pierdo de vista a Aarón.

Una vez fuera, el deseo me vence. Me lanzo a los brazos de Héctor una vez más y lo beso con desesperación. Introduzco mi lengua en su boca y la saboreo. Desliza sus manos hasta mi trasero y me lo aprieta con fuerza. Jadeo y se pega a mí, clavándome su erección en el vientre. La canción resuena desde el interior del local: «*Come let me make up for the things you lack... Cause you're burning up I gotta get it fast*» («Vamos, déjame darte todo lo que te hace falta. Como estás ardiendo, te lo daré rápido»).

—He traído mi coche. Está a unos cinco minutos. —Héctor me mira con picardía—. ¿Crees que podrás aguantar?

Suelto una risita. Me coge de la mano y echamos a correr hasta el automóvil. Una vez dentro, Héctor se lanza sobre mí, agarrándome de la nuca, y vuelve a besarme. Muerde mi labio inferior con delicadeza. Mi cuerpo está vibrando. Se separa de mí, observándome con lujuria. Agacho la cabeza un poco avergonzada. ¡Y pensar que la semana pasada lo único que Héctor hacía era mandarme montañas de trabajo y soltarme alguna regañina que otra...! Ahora, sin embargo, lo que quiere ordenarme son otras cosas.

Al fin arranca y nos perdemos por las calles de Valencia. Cada vez que nos detenemos en un semáforo, él alarga la mano y me acaricia la rodilla, provocándome temblores por todo el cuerpo. Nerviosa, me remuevo cambiando de postura, rozando mi sexo con el asiento. Hacía tiempo que no estaba tan caliente.

Unos quince minutos después llegamos a su apartamento. Vive en la última planta de una finca muy moderna situada en las afueras. Es un hombre con recursos, guapo y adinerado, jefe de una importante revista. ¡Y voy a acostarme con él esta noche!

Sin darme tiempo a pensar más, cierra la puerta y me empotra en ella. Mi culo choca y me quejo, pero Héctor me hace callar con un apasionado beso. Siento en mi boca el sabor de su excitación. Enrosco mi lengua en la suya. Entrelazo mis manos alrededor de su cuello y le acaricio el suave vello de la nuca. Me coge en brazos sujetándome por el trasero y le rodeo la cintura con las piernas. Se me queda mirando con una sonrisita orgullosa.

—Joder, Melissa Polanco, ya era hora de meterme entre tus piernas —dice.

—¡Que no me llames así! —lo regaño. Se limita a darme un lametón en el labio.

Me lleva en brazos por el amplio y moderno salón y a continuación me sienta sobre la mesa del comedor. Se sitúa entre mis piernas y frota su pantalón contra mi piel. Aprecio el bulto que hay en él y de inmediato me pongo colorada.

—Te lo voy a hacer aquí.

Me sube el vestido hasta las ingles y me acaricia con delicadeza, mirándome de una manera muy lasciva. Pero a mí lo único que se me ocurre es preguntar:

—¿Seguro? ¿No será muy incómodo? Porque se me está clavando esta esquina y... —Héctor me tapa la boca.

—No lo fastidies, Melissa Polanco. Follar en la mesa es sensacional.

¡Y dale con llamarme por mi nombre completo! Así al final se me va a cortar todo el rollo. Sin embargo, él no me da tregua. Me acaricia la parte interior de los muslos, provocándome un escalofrío. Besa mi cuello con sensualidad, lo lame y le da suaves mordisquitos. Se me escapan un par de gemidos y cierro los ojos para dejarme llevar. Los dedos de Héctor son muy expertos. Sabe cómo y dónde tocarme. Cuando está a punto de rozar mis braguitas, aparta la mano y la dirige a mis pechos. Me coge uno con firmeza y me lo acaricia por encima de la ropa. Me echo hacia atrás sin abrir los ojos. Héctor me baja un tirante del vestido y deja al descubierto mi pecho derecho. Se inclina sobre él y lo besa; a continuación lame mi pezón, que ha despertado por completo con sus roces. Me baja el otro tirante y me descubre el pecho izquierdo. Coge ambos, me los masajea y estruja. Los mira con lujuria.

—Joder, Melissa Polanco, ¡qué tetas! —Chupa el otro pezón y lo mordisquea. Se aparta con un jadeo y en cuestión de segundos se ha quitado la camisa—. Me tienes cachondísimo. —Se lleva las manos al cinturón y empieza a desabrochárselo—. Voy a follarte ahora mismo.

Lo observo mientras deja que el pantalón caiga al suelo. Dirijo la mirada al tremendo bulto que me apunta desde su bóxer. Se da cuenta de que estoy anonadada, así que se lo señala y dice:

—Es todo para ti. —Coge una de mis manos y la pone encima. La aparto, asustada, y se me queda mirando sin comprender—. ¿No la quieres? —Sonríe.

—Claro que sí… Es que hace tiempo que no… Y tan…

—¡Qué recatada eres! —Me separa las piernas otra vez, pasa las manos por mi trasero, me lo agarra con fuerza y me atrae hacia él. Toda su erección se clava en mi sexo, tanto que incluso me hace daño. Suelto un suspiro sin poderlo evitar—. Y así solo consigues que me ponga más.

Hace a un lado la tela de mis braguitas. Me tenso ante el contacto de sus dedos en la parte interior de los muslos. Sube hasta las ingles. Cierro los ojos y me inclino hacia atrás. Acerca su rostro al mío y me besa la mandíbula, la lame y acto seguido se dedica a darme pequeños besos en la comisura de los labios. Me sujeto a su espalda y trato de relajarme. Introduce su lengua en mi boca casi con rabia y empieza a devorarme con ganas. Por un momento se me pasa por la cabeza que lo que le excita es tener a una subordinada también en la cama, no solo en el trabajo.

Dejo que me bese al tiempo que su mano busca mi sexo. Cuando su dedo roza mis labios, doy un brinco. Aprieto los ojos con fuerza. «Concéntrate, concéntrate.» Oh, maldita sea. ¿Qué me pasa? ¿Por qué no puedo relajarme con este pedazo de hombre? Es todo culpa del gilipollas de mi ex. ¡Cabrón, que no me deja ni echar un buen polvo!

Siento que toda la excitación se me está yendo. Me pongo nerviosa con los apasionados besos de Héctor y con las caricias que me está dedicando entre las piernas, así que intento apartarlo. Se resiste, impidiéndome respirar, pero al fin, lo consigo. Se me queda mirando con expresión aturdida. Trata de besarme una vez más, pero ladeo la cabeza.

—No puedo —digo en un susurro.

—¿Qué? Creo que no he oído bien.

Me subo los tirantes del vestido y doy un saltito hacia delante, empujándolo con mi cuerpo. Se echa hacia atrás con las cejas fruncidas. Me observa anonadado mientras cojo mi bolsito y echo a correr hacia la puerta. ¡Estoy huyendo, qué triste!

—Por tu madre, Melissa Polanco, no me hagas esto... —El tono de Héctor es duro. Está bastante cabreado, y lo entiendo.

—Lo siento, de verdad. Pero ¡eres mi jefe!

Se me dobla un pie a causa del altísimo tacón. Suelto un gemido de dolor, pero no me detengo. En realidad, no me estoy escabullendo porque sea mi jefe, sino porque he empezado a sentir en el pecho una presión demasiado dolorosa.

—Vuelve aquí, aburrida, o...

Viene en mi busca. Me vuelvo para ver si va a alcanzarme. Oh, estoy dejando atrás ese espectacular cuerpo, ese rostro tan atractivo, esa mirada ardiente... Sí, definitivamente lo dejo atrás. Estoy demasiado asustada.

Héctor me llama, pero hago caso omiso. Por fin, cierro la puerta a mi espalda y bajo a toda prisa la escalera. Cuando llego al rellano, el corazón me late a mil por hora. Me recoloco el vestido antes de salir a la calle. Una vez fuera, camino durante un rato hasta encontrar un taxi. Ya en él, me pongo a pensar.

¡Dios, soy patética! Menuda oportunidad desperdiciada.

5

La pasión nos desbordaba cada vez que nuestras miradas se cruzaban o en los breves segundos en que nuestras manos se rozaban. Con él jamás podría haberme quejado de no tener buenas relaciones sexuales. Era sorprendente que, a pesar del tiempo que llevábamos juntos y lo bien que conocíamos nuestros cuerpos, siempre había algo nuevo por descubrir: una peca diminuta en un lugar que creíamos haber explorado, una caricia en una zona que despertaba todas mis terminaciones nerviosas, un beso mucho más apasionado que el anterior, una mirada nueva que me redescubría.

Me encantaba hacer el amor con Germán, y él parecía no tener nunca suficiente de mí. Desde la primera vez, en aquella cutre fiesta universitaria en la que averigüé a qué sabían sus labios, no pude desengancharme de él. Su boca tenía un aroma diferente de cualquiera que hubiera probado y, cuando su lengua me recorría, sentía que todo mi cuerpo se iluminaba.

Germán me enseñó que el sexo es una de las partes fundamentales del amor, porque con él puedes hablar en silencio, con jadeos y palabras entrecortadas, con miradas bañadas por el placer que dejan entrever muchos más sentimientos que cualquier frase bonita. Me mostró que no hace falta subir a una nave espacial para sentir que se están rozando las estrellas y que no es necesario morir para alcanzar el cielo. La forma en que él besaba cada milímetro de mi piel, la manera que tenía de desnudarme, el modo en que su lengua se internaba en lo más hondo de mí... Era difícil encontrar todo eso en otro hombre.

Hacíamos el amor allá donde se nos antojase. Teníamos tantas ganas el uno del otro que, a veces, las esperas se nos hacían eternas. En la playa, con la luz del amanecer asomando por el horizonte; en los lavabos de la estación, cuando ya se había quedado vacía; en los probadores de El Corte Inglés —en los que a punto estuvieron de pillarnos, pero eso lo hizo todavía más divertido y excitante—; en la cama de mi hermana, porque sabía que para ella eso era algo pecaminoso y quería chincharla cuando descubriera las sábanas revueltas; en el coche del padre de Germán, en un descampado y con la BSO de *Dirty Dancing* de fondo; en la tienda de campaña durante nuestro viaje de fin de carrera con dos compañeros más al lado... Cualquier lugar y cualquier momento eran buenos para demostrarnos lo mucho que nos deseábamos. Si había una palabra para definir nuestro sexo era «hambriento». Nos devorábamos el uno al otro siempre con las mismas ganas, y eran muchas.

Con Germán también descubrí el placentero y sorprendente mundo de los juguetes sexuales —de ahí viene mi afición a mi patito favorito, que me compré cuando comencé a sentirme sola— y lo mucho que podía ofrecernos. Primero empezamos con un pequeño vibrador que parecía una bala y al que llamamos en plan de coña el Correcaminos porque con él yo alcanzaba el orgasmo muy pronto. La verdad es que le dimos tanto uso que al final tuvimos que sustituirlo por otro, pero ya no fue lo mismo. Después vinieron las bolas chinas, las esposas, los aros vibradores, los látigos —aunque estos no llegamos a usarlos porque se me antojaban peligrosos— y un sinfín de artefactos más. Sin embargo, con Germán me bastaba... Con sus dedos y su experta lengua, y con su sexo que parecía estar hecho para mí.

Recordaba cada encuentro y cada juguete a la perfección. No obstante, hubo uno que fue especial y que, por más que intentara evitarlo, me provocó una sensación de enorme vacío durante mucho tiempo. Quizá me pareció tan maravilloso porque fue de los últimos en los que Germán se mostró tan apasionado, con tantas ganas de mí. Hacía unos meses que no practicábamos sexo con tanta frecuencia; yo tenía ganas, pero me daba cuenta de que él no actuaba de la misma forma. Me negaba a darle importancia, como tampoco se la daba a las pequeñas discusiones que en ocasiones teníamos como consecuencia de su falta de deseo. Sin embargo, esa vez él volvió a mostrar al Germán que ensanchaba mi corazón y que sabía hacerme vibrar como nadie.

Estábamos en el banquete de boda de una de mis primas, una de esas celebraciones que son lo más horrible del mundo porque hay muchísima gente y, encima, conoces a casi todo el mundo, con lo que todavía es peor. Tienes que dar besos y más besos, sonreír hasta que los músculos de las mejillas te duelen y cotillear sobre el vestido que lleva fulana o mengana. Lo único que me consolaba era que Germán estaba a mi lado y no me sentía tan sola porque a él tampoco le gustaban las bodas. Se había comprado para la ocasión un traje que le quedaba a la perfección. Me había fijado en que a lo largo de la noche muchas mujeres posaban la mirada en su cuerpo, y cada vez que eso pasaba me agarraba a él y lo toqueteaba más de la cuenta, como diciéndoles: «Sí, estáis en lo cierto: es un dios en la cama. Y, fijaos, ¡este hombre es solo mío!».

También me había encantado el hecho de que, a pesar de tratarse de una celebración más o menos formal, él llevaba el cabello revuelto como de costumbre, algo que mi familia detestaba. Pero Germán era así: le gustaba ir contracorriente y a mí, en el fondo, me parecía maravilloso porque tanta perfección por parte de mi familia materna me cansaba. Mis padres son de lo más normal, pero unas cuantas tías y primas se creen duquesas o a saber qué. La cuestión era que Germán tenía el cabello tan rebelde que siempre parecía despeinado, aunque se lo arreglara. Le quedaba genial, a pesar de que Ana, mi hermana, opinase lo contrario. Pero estaba claro que ella pensaba así porque le tenía una manía que yo no entendía.

Cada vez que los tres quedábamos Ana se pasaba lanzándole pullitas y saltaba a las primeras de cambio. Al principio me incomodaba y acabábamos peleándonos, pero terminé por acostumbrarme a sus ataques y los dejaba pasar o, simplemente, me los tomaba con humor. Germán, por el contrario, había empezado a molestarse. Habíamos sufrido el proceso inverso, pero yo suponía que ya se había cansado de que mi hermana no se dirigiese a él más que para darle la vara. Durante mucho tiempo Germán se rió de esas pullitas, y después comenzó a enfadarse o a devolvérselas. En los últimos meses se tomaba muy en serio todo lo que los demás decían y su gran sentido del humor estaba desapareciendo. Más de una vez le pregunté qué sucedía, y siempre me contestaba que las oposiciones habían acabado con él y que tenía que hacer un gran esfuerzo para recordar cómo era el Germán de antes. No obstante, esa noche de la boda parecía haber recobrado su humor habitual, aunque las copas de vino que llevábamos encima ayudaron mucho.

Estábamos charlando alegremente cuando una de mis tías vino a sentarse a nuestra mesa. Es una de esas mujeres pesadas que siempre meten la pata y encima lo hacen a propósito. Me molestaba muchísimo que sonriera de forma tan falsa y que me interrogara sobre todo con tal de ir con el chisme luego al resto de la familia. Mi hermana era su sobrina favorita y, aunque me daba un poco igual, a veces se me hacía duro soportarla.

—Mel, cariño, ¿cuándo vas a dejar de dar tumbos por ahí? —preguntó con su voz de pato. La miré sin comprender, y ella se volvió hacia Ana y la señaló con una uña puntiaguda pintada de rojo oscuro—. Anita consiguió trabajo en la notaría en cuanto terminó la carrera, pero tú...

Ni siquiera mis padres me echaban eso en cara, así que me ponía negra que esa mujer —que encima tampoco es que fuera una tía cercana— metiera las narices en todo. Era cierto que yo había pasado por unos cuantos empleos y que ninguno había sido maravilloso, pero no quería coger el camino de las oposiciones, como Germán, porque no me agradaba la idea de dar clases. Para colmo, mi carrera, filología, no tenía muchas más salidas. Hasta entonces había trabajado de profesora de repaso y de idiomas, y también de correctora en una diminuta editorial que ni siquiera me pagó el último mes. Yo misma sabía que necesitaba un empleo más estable y con un sueldo mejor, por lo que odiaba que esa mujer irritante me lo recordara.

—Pues mire... —empecé a decir cogiendo una servilleta y jugueteando con ella de manera nerviosa—, hace unas semanas fui a hacer una entrevista a una empresa bastante importante... y resulta que me han cogido. Llevo un par de días trabajando allí y estoy la mar de bien.

—¿En serio? —Parpadeó muy sorprendida, como si yo no fuera capaz de conseguir nada y le estuviera contando una trola.

—Meli es correctora en una revista muy famosa. —Germán salió en mi defensa.

Le lancé una mirada de agradecimiento.

—¿Ah, sí? —Mi tía echó un vistazo a mi novio, pero de inmediato volvió a dirigirse a mí—. Y lo de los libros ¿qué? Eso no te dará dinero, Melissa...

—No pienso dedicarme a eso profesionalmente —mentí.

Ser escritora era mi sueño desde cría. Lo que más deseaba en el mundo era vivir de ello, pero tampoco me atrevía a mostrar mis historias a nadie, mucho menos a un editor. Ni siquiera Germán se interesaba por ellas.

—Pues esperemos que te vaya bien en el nuevo trabajo.

—Seguro que sí —contesté con una sonrisa forzada. Durante el primer día en la revista me habían encargado revisar una enorme cantidad de textos y algunos eran de lo más aburrido, pero tenía mi propio despacho y podía escribir sin que nadie se enterara cuando no estaba demasiado ocupada.

Pensé que mi tía se había cansado ya de meterse conmigo, hasta que volvió a tomar la palabra y lo hizo con algo que solía preguntarme en las bodas familiares y que lograba ponerme histérica.

—¿Y cuándo vais a casaros Germán y tú?

Solté un suspiro silencioso para que no se diera cuenta del estrés que me causaba. Miré a Germán y él se encogió de hombros. Reconozco que yo lo había pensado ya alguna vez y que incluso había sacado el tema hablando con Germán, aunque siempre lo comentaba por encima, como si se tratara de algo sin importancia, y no insistía porque él tampoco parecía muy ilusionado.

—¿De verdad crees que estos dos se van a casar? —intervino mi hermana. ¡La que faltaba! Le clavé una mirada mortífera y ella me devolvió una inocente—. Yo creo que Germán tiene cierta alergia al compromiso.

Él no contestó. Se limitó a dar un largo trago a la copa y dirigió la vista hacia la pista de baile. Le hice un gesto de disculpa y, como ya me estaba cansando de todo, me levanté de la mesa con la intención de buscar un gin-tonic. Había ya unas cuantas personas desperdigadas por la sala bailando. Germán me siguió con la mirada pero no hizo amago de acompañarme, así que me puse a bailar sola con la copa en la mano. Al cabo de un rato, mi hermana se acercó y se puso a moverse a su manera, una bien sosa.

—¿Te has enfadado? —preguntó, como si de verdad mi respuesta no estuviera clara.

—¿Tú qué crees?

Le di la espalda y continué moviéndome al ritmo de aquella música pachanguera. Ana se situó delante de mí y me observó con cautela, esperando a que le dijera algo. Es responsable, seria y educada, la perfecta hermana mayor que siempre me había cuidado, pero con Germán se comportaba como una cría.

—Me molesta que te metas con él, en especial delante de toda esa gente y de nuestra tía. —Eché un vistazo a la mesa de manera disimulada. La mujer ya se había marchado, y únicamente estaban Germán y Félix, el novio de Ana, charlando animados—. Menuda bruja está hecha.

—Se preocupa por ti —respondió ella, con su Coca-Cola en la mano, moviendo tan solo los pies—. Como yo.

—No, Ana, lo que vosotras hacéis es tocarme los ovarios.

—No tengo la culpa de que Germán me caiga mal —murmuró con mala cara.

—¿No has podido encontrar algo bueno en él durante todos estos años? —le pregunté con exasperación.

No contestó. Dio un sorbo a su refresco y yo hice más de lo mismo con mi copa.

—Pero ¿os vais a casar?

—Pues algún día sí.

—¿En serio lo crees?

Alcé una mano y le pedí en silencio que se callara. Abrió la boca para protestar, pero supongo que mi mirada le hizo cambiar de opinión.

—Me piro a bailar con gente más simpática.

La dejé allí sola y me dirigí al grupito de primas con las que nunca hablaba excepto cuando iba a las bodas; al menos, estaban medio borrachas y tenían aspecto de estar pasándolo bien. Me uní a ellas y al cabo de cinco minutos había olvidado a mi hermana. Al rato me acabé el gin-tonic y fui hacia la barra para pedir otro. Estaba esperando a que el camarero me lo sirviera cuando noté una presencia a mi espalda y unos dedos haciéndome cosquillas en el cuello.

—¿Baila, bella dama? —me preguntó Germán al darme la vuelta.

—Por supuesto, caballero —respondí con una enorme sonrisa.

Cogí la copa y me agarré a su brazo mientras nos dirigíamos a la pista, mucho más llena que antes.

Me encantaba bailar con Germán porque él llevaba el ritmo en la sangre. Sabía mover el cuerpo con cualquier tipo de música. Creo que hasta se le habría dado bien bailar flamenco. En ese momento sonaba la típica canción que ponen en todas las verbenas de verano y que, aunque tú no quieras, acaba sonando en tu boda. Menos mal que esa no era la mía. Ya intentaría yo contratar una orquesta que tuviera un repertorio menos casposillo. De todos modos, como Germán y yo íbamos con el alcohol en vena, nos pareció una de las mejores canciones del mundo. «Levantando las manos, moviendo la cintura, es el ritmo nuevo que traigo para ti. Levantando las manos, moviendo la cintura, un movimiento sexy…»

—«Juntooo, juntooo, quiero bailar juntooo… Quiero bailar junto contigo, mi amooor» —me desgañité, dándolo todo con los cantantes.

Germán me quitó la copa de las manos, le dio un trago y después la dejó en una mesa vacía para que pudiéramos movernos mejor. Me arrimó a su cuerpo y me cogió de las caderas, al tiempo que sacudía las suyas de una manera de lo más sensual. Me acerqué a él todo lo que pude, y pronto estábamos tan pegados que el aire no podía correr entre nosotros. Noté que una de sus manos ascendía por mi muslo y me subía un poco el vestido. Le di un cachete juguetón y me dedicó una sonrisa devastadora. Su otra mano ascendió por mi espalda hasta posarse en mi nuca. Me atrajo hacia él y me susurró al oído:

—Este vestido tan corto y ajustado te lo has puesto para mí, ¿verdad? —Su voz ronca me acarició parte del cuello y un escalofrío me recorrió la espalda.

—«Soy una rumbera, rumbera…» —canté, pues se habían

pasado al «Baile de los gorilas» de Melody, haciéndome la remolona.

Apoyó las manos en mi trasero y me empujó contra su cuerpo aún más, hasta que pude notar el bulto debajo de los pantalones de su traje.

—Me has estado provocando toda la noche con tu escote, Meli —continuó susurrándome, y después me lamió el lóbulo de la oreja y acabó dándole un suave mordisco.

Me aferré a sus hombros sin dejar de bailar, intentando calentarlo más y más.

—«Y como los gorilas… Uh, uh, uh…»

—¡Como un gorila me estoy poniendo yo! —dijo, divertido.

La estrategia funcionó porque, quince minutos después, de nuestras miradas saltaban chispas. Vamos, que nos estábamos desnudando y comiendo con ellas, y todos nuestros gestos dejaban claro que estábamos al rojo. Quien no se diera cuenta de cómo íbamos era porque estaba ciego. En ese momento pusieron *Dile*, de Don Omar, la típica canción de reguetón que cuando eres joven te emociona porque puedes bailarla como una descocada sin que te reprochen nada. Aproveché el momento y aún me emocioné más bailando, poniéndome de espaldas a Germán y restregándole todo mi trasero. Me dio la vuelta de nuevo y nos marcamos un baile que ya les habría gustado a muchos. «Cuéntale que beso mejor que él, cuéntale. Dile que esta noche tú me vas a ver. Cuéntale que te conocí bailando. Cuéntale que soy mejor que él. Cuéntale que te traigo loca…»

En un momento dado Germán me cogió de la barbilla y profanó mi boca de una manera brutal. Su lengua se enroscó con la mía, traspasándome todo el sabor de su excitación. Al abrir los ojos me topé con los de mi hermana, que me observaba con el ceño arrugado. Ay, por Dios, qué aguafiestas era. ¿Por qué no se morreaba con Félix y me dejaba en paz? Siempre me decía que Germán y yo dábamos espectáculos, pero no, lo único que hacíamos era compartir nuestro amor y nuestra pasión, y a quien no le gustara podía irse bien lejos.

—¿Por qué no vamos a los baños? —me preguntó Germán.

Ladeé la cabeza y lo miré con curiosidad.

—¿En serio? ¿Ha vuelto el Germán que perdía el culo por un polvo? —Me salió un tono mucho más irónico del que había querido en un principio.

—No te hagas más la dura… —Su lengua se posó de nuevo en mi oído. Yo le acaricié la espalda mientras me balanceaba al ritmo de la música—. Esta noche te necesito. —Se pegó a mí de forma que pudiera notar su dureza.

—¿Y si entra alguien? Aquí hay mucha gente. —Eché un vistazo alrededor.

—Ya me las apañaré para que no nos pille nadie. —Me clavó sus ojazos azules y después me dio un beso rápido que me supo a gloria—. Ven al baño dentro de unos cinco minutos. Al de los hombres.

Me soltó de la cintura y lo vi perderse entre la gente. Disimulé y continué bailando sola en la pista bajo la atenta mirada de uno de los amigos del novio, que no nos había quitado ojo en toda la noche. Me volví y me olvidé de él, rogando por que los minutos pasaran más rápidamente. Con tan solo pensar lo que iba a suceder en el baño, mi sexo había empezado a humedecerse. No llevaba reloj, así que cuando creí que ya habían pasado los cinco minutos, atravesé la sala en busca de Germán. No obstante, antes de salir alguien me cogió del brazo. Era la inoportuna de mi hermana.

—Mel, hay alguien que quiere conocerte —me explicó señalando al *voyeur* amigo del novio.

—Yo no quiero conocerlo a él —me negué y me solté de Ana.

—Es un chico muy majo y parece muy interesado en ti —continuó, sin importarle lo más mínimo lo que yo quisiera.

—Pero ¿de qué vas? —Empujé las puertas, pero ella me siguió.

—¿Adónde vas?

—¿A ti qué te importa? —Se me escapó un bufido de impaciencia.

—Sabes que no me gusta que…

—Pues muy bien, pero a mí déjame en paz. No tengo la culpa de que seas una reprimida —le solté sin darme la vuelta.

Oí que profería una exclamación y después se colocó a mi lado, caminando tan deprisa como yo.

—¡Eso no es cierto! —se quejó con cara de ofendida—. Solo quiero tu bien.

—Vale, pues entonces dime dónde están los baños.

—¿Por qué?

—¡Porque me estoy meando! ¿Tampoco te parece bien? —Esa vez sí me detuve y la miré con toda mi mala leche—. Ana, por el amor de Dios, ¡déjame en paz! Vuelve a la sala y diviértete un poco con Félix.

Mi hermana abrió la boca para protestar, pero al fin la cerró sin añadir nada. Chasqueé la lengua y continué con mi búsqueda de los baños mientras oí el ruido de sus tacones al alejarse. Por su culpa se me había bajado por completo la libido y me había puesto nerviosa. ¿Cuándo iba a entender que yo era una adulta y que mi elección había sido pasar la vida con Germán? Al girar la esquina encontré los aseos. Me abalancé hacia la puerta con un agradable cosquilleo en el estómago. Comprobé cuál era el de hombres y abrí con cautela, asomando levemente la cabeza. No vi a Germán por ninguna parte. Por si fuera poco, el baño era enorme, con un montón de pilas y retretes.

—¿Germán? —pregunté en un susurro, entrando.

De repente unas manos me cogieron desde atrás y me apretujaron los pechos. Se me escapó un jadeo de sorpresa y cerré los ojos cuando la agitada respiración de mi novio se posó en mi nuca.

—Has tardado mucho —murmuró con voz ronca, señal de lo excitado que estaba.

Me masajeó la delantera al tiempo que me besaba el cuello. Como deseaba sentir sus labios, me volví y lo rodeé con las manos, buscando su boca. Nos besamos casi con desesperación, como si fuera la primera vez que lo hacíamos. Me apartó un poco y yo protesté porque quería más.

—Espera, espera… —Alzó la mano y me enseñó una llave. Después la metió en la cerradura.

—¿Y eso? ¿Cómo la has conseguido?

—Meli… —dijo mientras se acercaba a mí y me tomaba de las caderas—. Soy un hombre con muchos recursos.

Empecé a reírme, pero me cortó empujándome contra una de las puertas del retrete. Me besó en el cuello, sobre las clavículas, y después deslizó los tirantes de mi vestido hasta que mis pechos, sin sujetador, quedaron al descubierto. Los estrujó entre sus manos al tiempo que se agachaba y me besaba el vientre. Me apresuré a subirme el vestido y a mostrarle el tanguita negro.

—Me pones a mil —susurró entrecortadamente, con su nariz hundida en la tela de mi ropa interior.

Apoyé las manos en su cabeza y me agarré a su pelo, con el corazón a cien. Sus manos todavía estaban en mis pechos, masajeándolos tal como solo él sabía hacer.

—Quítate tú las bragas —me pidió.

Lo hice enseguida, azuzada por las ganas de soltar todo el placer que tenía acumulado en el vientre. Mi tanga cayó al suelo con un susurro, y Germán lo cogió y, para mi sorpresa, se lo guardó en el bolsillo de la chaqueta. Unos segundos después tenía sus labios en mi pubis, rozándolo con una suavidad que despertaba en mí un relámpago tras otro. Sus manos subieron desde mis tobillos hasta mis muslos, y entonces alzó el rostro y me miró con una sonrisa traviesa.

—Ábrete tú.

64

Le devolví la sonrisa, embargada por el deseo. Llevé las manos a mi sexo y me lo fui abriendo lentamente para observar todos sus gestos. Me gustaba depilarme casi por completo, así que estaba totalmente expuesta a él. No perdió el tiempo y, cogiéndome de las nalgas con posesión, me acercó a su rostro. En cuanto su lengua lamió la parte interna de mis labios, se me escapó un pequeño grito y pensé que esa noche moriría allí mismo. Todo mi cuerpo se arqueó al notar un mordisquito en el clítoris. Alcé una pierna y la apoyé en su hombro para que pudiera explorarme mejor. Sin soltarme del trasero, recorrió todo mi sexo hasta que las cosquillas me empezaron a asomar por los dedos de los pies y supe que no tardaría en terminar. Germán también conocía mi cuerpo y sus reacciones a la perfección así que, en cuanto notó que mi sexo se contraía, se apartó y me miró con los labios rojos y brillantes.

—¿Por qué paras…? —me quejé con un jadeo.

No me dejó hablar más porque me sostuvo en volandas y me llevó a los lavamanos para sentarme en uno mientras su boca, mojada por mis flujos, devoraba la mía. Puse las manos sobre su pantalón y me apresuré a quitárselo. En cuanto cayó al suelo, me deshice de su bóxer y su increíble sexo apuntó hacia mí.

—Vamos, Germán, fóllame —le supliqué, apoyándome en el lavabo con la espalda arqueada.

Soltó un gruñido y me sujetó del trasero al tiempo que con la otra mano en su sexo buscaba mi entrada. El fuego me quemó en cuanto se adentró en mí, lentamente, haciéndome sufrir. Mi sexo se fue acoplando al suyo hasta que una agradable familiaridad me envolvió. Entonces dio una sacudida y otra, y empezó a penetrarme de manera dura y violenta, provocando que mis nalgas impactaran una y otra vez contra la helada cerámica. Apoyé las manos en sus hombros para no caerme. Nuestros gemidos se entrelazaron en una danza salvaje, sudorosa, llena de constelaciones que flotaban alrededor.

—¡Dios, Meli! Dios… —jadeó en mi cuello, metiéndose y saliendo una y otra vez de mí con profundas sacudidas.

Clavé las uñas en su ancha espalda, con la cabeza echada hacia atrás y los ojos cerrados, meciéndome en las intensas oleadas que aparecían en cada una de las partes de mi cuerpo. Germán trazó círculos con sus caderas, arrancándome un gemido tras otro, sin poder contenerlos ya. Si había alguien fuera, no me importaba. Lo único que deseaba era sentir y dejarme caer en el orgasmo que se avecinaba.

—Quiero oírte gemir cada día de mi vida —murmuró en mi piel—. Me vuelve loco ese sonido… Se me ha clavado en la mente.

Enrollé mis largas piernas alrededor de su cintura y me pegué aún más a él. Me sujetó para que no me hiciera daño con el lavamanos y continuó con sus acometidas, cada vez más fuertes, hasta que algo en el vientre empezó a temblarme y supe que, en cualquier momento, rozaría una estrella.

—Nunca me cansaré de ti, Melissa —me susurró al oído—. Jamás…

Me fui en sus brazos entre gritos y temblores. Me estrechó contra sí, y pronto lo noté derramarse en mí. Sus palabras retumbaron en mi mente, conduciéndome hacia un éxtasis casi místico.

Pero mintió… al final se cansó. Se aburrió de mí y me rompió en cientos de pedacitos. Sus palabras atronaron en mi cabeza durante tanto tiempo…

Aún hoy, de vez en cuando, lo hacen.

6

Me caigo de sueño en la oficina. Es la consecuencia de haber ido a cenar entre semana con tu jefe. Y de haberte marchado después a su casa. Aunque no haya ocurrido nada, claro. Y de haberte pasado la noche dando vueltas a recuerdos que no traen nada bueno.

Esta mañana apenas ha habido trabajo, así que Dania ha entrado un par de veces en mi despacho, todas ellas para hablarme de Aarón.

—Oye, tienes una cara de perro que no te la aguantas ni tú —me dice al cabo de un rato, cuando la cabeza ya me va a explotar de toda su cháchara.

—¿Ahora te das cuenta? —contesto de mala gana.

Ladea la cabeza y se me queda mirando con curiosidad. Aparto la vista y la poso en el ordenador. Ahora mismo me encantaría tener un montón de trabajo para poder pedirle con una buena excusa que se fuera.

—¿No has dormido bien?

—No, nada bien.

—¿Qué ha pasado?

—Estuve recordando. —He bajado la voz, a sabiendas de que Dania va a decir algo que no me gustará.

—¿Otra vez, Mel?

Hago un gesto con la mano como restando importancia al

asunto. Cuando Germán me dejó, Dania tuvo que aguantar mis lloriqueos en la oficina y siempre se quejaba en broma de que le dejaba las blusas húmedas, aunque yo ni siquiera podía esbozar una sonrisa. Así que sabe bien lo mucho que sufrí, las vueltas que estuve dando a todo y el pozo oscuro en el que me sumí. Fue en esa época cuando nos acercamos mucho más la una a la otra y cuando empezó a sacarme de fiesta para que me animara. Aunque, claro, no funcionó mucho, sobre todo al principio. Poco a poco el dolor se fue apagando… No por completo, eso no.

—Pues será cuestión de tomarse unos cafelitos —dice cuando comprende que no voy a contarle nada.

Al cabo de un rato llega con dos cafés con leche y me ofrece uno. Se pone a cotorrear otra vez sobre Aarón. Yo me mantengo callada hasta que, en un momento dado, recuerdo a la chica con la que estaba en el local.

—Aseguraste que no se relacionaba con clientas —le espeto a mi compañera.

Parpadea y me observa confundida. Apura su taza y pregunta:

—¿Qué estás diciendo, loca? ¿Acaso ya te ha tirado los trastos?

La miro con cara de perro y pienso que ojalá hubiese sido yo la tía a la que estaba ligándose en el local. Aunque tengo claro que no me traería nada bueno, lo cierto es que no puedo borrar sus ojos de mi mente, y tampoco la forma tan caliente en la que estaba tocando a la chica aquella.

—¡Para nada! Más bien, estaba comiéndole la oreja a una chavalita que no tendría más de diecinueve años.

—Aarón no es de esos —se apresura a contestar Dania—. No le van tan jóvenes. Lo he visto unas cuantas veces con mujeres maduras, pero de las que tienen un buen polvo. —Deja la taza en la mesa y se me queda mirando.

—Pues no lo parecía. Vamos, que un poco más y se zampa

68

a la chica allí mismo. —Omito el hecho de que él me estaba mirando mientras la besaba, porque si no Dania se pondrá como una loca e intentará sonsacarme algo que no existe. Doy un sorbo a mi café con leche y le pregunto—: ¿Cuántos años tiene él?

—¿Treinta y tres? ¿Treinta y cuatro? —Mi amiga se queda pensativa—. No estoy segura, pero no creo que llegue a los treinta y cinco. Yo más bien le echo treinta y tres... —Aparta su taza a un lado y, como es costumbre en ella, se sienta sobre la madera, ofreciéndome una panorámica de sus bragas negras. Creo que tiene un color para cada día de la semana, aunque parece que el negro es su favorito, junto con el rojo—. Entonces fuiste a su local... —Se acaricia la barbilla y me mira con una sonrisita.

—No sabía que era ese. Me llevó Héctor.

Al instante me arrepiento de haberlo dicho. Pero ¿soy tonta o qué? ¿Cómo se me ha escapado algo así? Quería que fuese un secreto incluso para Dania. ¡Especialmente para ella! Alzo la vista y me topo con la sorprendida mirada de mi amiga. Segundos después, está apuntándome con su uña de esmerada manicura.

—¡Serás cabrona! —Se inclina hacia delante, casi cayéndose de la mesa—. ¿Quedaste ayer con el jefe? ¡Y no ibas a contarme nada! —Entrecierra los ojos como si estuviese muy cabreada.

—Oye, que solo fuimos a cenar. —Hago un gesto con la mano para restarle importancia. Evidentemente, no le contaré que me metió la lengua hasta la campanilla y que por poco lo hicimos en su piso.

—¡Y una mierda! —Se acerca tanto que su nariz roza la mía. Me agarra de la barbilla, clavándome las uñas en las mejillas, y me mueve la cara a un lado y a otro—. No te lo has tirado. —Frunce la nariz como si no haberlo hecho fuese algo horrible.

—¡Pues claro que no! —Pongo los ojos en blanco y a continuación me echo a reír—. ¿Tienes un dispositivo ocular que descubre rastros de sexo o qué?

—Hoy no tienes la piel muy bien —dice ella, como si eso fuese un síntoma clarísimo de que no he tenido sexo.

—¿Acaso tener sexo es como hacerse un lifting? —suelto en tono irónico.

—Por supuesto que sí —responde mirándome como si fuese una verdad universal. Quizá lo sea, pero no es que yo esté muy enterada de eso. Vamos, que si me acuesto con alguien es porque me pone, no porque quiera cuidarme la piel—. Estudios médicos han demostrado que, cuando practicas sexo, tu piel está mucho más sana. De hecho, ¡toda tú lo estás!

—Ahora entiendo que te conserves tan bien. Porque… ¿cuántos años tienes? ¿Cuarenta? —le digo de manera maliciosa.

Dania suelta un bufido y mueve la cabeza, con lo que su cabello de fuego le ondea alrededor.

—Sabes que tengo solo un año más que tú. —Se lleva una mano a la cara y se la toquetea con gesto altanero—. Pero ya ves, me conservo de maravilla. Podría pasar por una veinteañera.

—Claro, Dania. Pues nada, no te gastes tanto dinero en todas esas mascarillas que tienes en casa, que no te hacen falta. —Apoyo los codos en la mesa y continúo mirándola con una sonrisa irónica.

—La cuestión es que me estás llevando por otro camino para no tener que hablar de lo de Héctor. —Se inclina hacia atrás, apuntándome con sus erguidos pechos—. Me parece fatal que no te lo hayas tirado porque seguro que has tenido la oportunidad. Pero bueno, te lo perdono. Lo que tienes que hacer ahora es contarme qué pasó. ¿Cómo y por qué fuisteis a cenar así de repente? ¿Desde cuándo tonteas con él y yo no lo sé?

—No tonteo con él. —Doy unos golpecitos sobre la mesa con los dedos. Empiezo a estar nerviosa—. Fue el propio Héctor quien me propuso ir a cenar.

—¡Flipo! —Ladea la cabeza y se queda mirando la pared, pensativa—. Estás que te sales, siendo seducida por dos tíos que deben de tener una...

Sé lo que va a decir y no me apetece nada oír esa palabra. No, porque entonces recordaré el tremendo bulto que Héctor me descubrió y este no es un buen momento, que Dania es capaz de leerme el pensamiento.

—Bueno... —Me levanto de la silla y le cojo la mano para bajarla de la mesa—. Lárgate de una vez que quiero trabajar.

—Pero si no hay nada que hacer...

—¡Pues ve a buscar algo que hacer!

La empujo hacia la puerta. Si por ella fuese, estaríamos todo el día hablando de tíos buenos, y no es algo que hoy pueda aguantar. Tengo la cabeza hecha un lío y lo que menos necesito son sus consejos, en especial si son sexuales. Por fin consigo sacarla del despacho, no sin que antes me grite que deje el pato. Por Dios, ¿por qué tiene que decirlo así delante de todos? Me fijo en que un par de compañeros se vuelven ante su chillido. Suelto un bufido de exasperación y le doy con la puerta en las narices. Sin embargo, me ha tocado la fibra sensible. Ayer estuve a punto de tener algo entre las piernas que no era de plástico y que no tenía pico. Pero me arrepentí, como la tonta que soy. Y encima en la cama no dejé de pensar en Germán. Había conseguido sacarlo de mi mente. Al menos un poco. ¿Es que tengo que hacerme monja para evitar el contacto con los hombres y así no recordar a mi ex?

—Seguimos estando solos tú y yo —le digo a Ducky.

Lo he sacado del fondo de mi bolso. Mientras lo observo, no puedo evitar pensar en Aarón y en su forma de mirarme cuando cogió el pato. En la vida volverá a tratarme igual después de eso, estoy segura. Debe de pensar que soy una de esas mujeres que tan solo tienen plástico en el cajón de su mesilla de noche. Ay, Dios… ¿Acaso me he convertido de verdad en eso? ¿Qué habría hecho Dania si hubiese acudido a casa de Aarón? Tirárselo en el suelo con el caballete volando por los aires. ¿Y qué habría hecho si hubiese ido al piso de Héctor? Tirárselo en la mesa, tal como él quería. Sí, habría sido ella quien habría llevado la voz cantante. ¿Cuándo dejé de ser yo una fiera en la cama?

La puerta se abre. Ni siquiera tengo tiempo de guardar mi adorada mascota. Hala, otro hombre que va a perderme el respeto… Y encima uno que quiere meterse en mi cama. ¿Puede alguien tener peor suerte que yo?

—Melissa Polanco… —Héctor cierra con un portazo como ya es habitual. Me apresuro a ocultar a Ducky, pero ya lo ha visto—. ¿Qué cojones es eso? —pregunta con una ceja arqueada.

Decido no guardarlo para que no sospeche más. Alzo el pato con una mano temblorosa y, sonriendo, digo:

—Es el juguete de mi perro. —Madre mía, qué excusa más horrible, pero ¡es que no se me ocurre nada más!

Héctor me mira con suspicacia. Se acerca para observar mejor a Ducky, pero procuro taparlo. Y todo sin perder mi sonrisa falsa de anuncio de compresas.

—Tú no tienes perro.

—Me han regalado uno —me apresuro a contestar.

Se inclina sobre el escritorio, con los puños apoyados en él, y me escruta con una ceja arqueada. Esboza una seductora sonrisa. Bajo la cabeza porque no puedo soportar su intensa mirada. Al fin se aparta y da un par de pasos hacia atrás. Con disimulo, echo un vistazo a su pantalón negro; a su camisa blanca, que le hace un cuerpo perfecto, y a su corbata, del mismo color que el pantalón. He de ser objetiva: es tremendamente sexy. Y el traje le queda tan bien… Por si fuera poco, tiene tan solo unos años más que yo. Y es mi jefe, qué leches. Por eso anoche me largué escopetada. Bueno, no, no solo por eso. No debo mentirme más a mí misma.

—Héctor, espero que la próxima vez llames —le digo señalándole la puerta.

Se vuelve y la observa durante unos segundos. Me quedo mirando atontada su estupendo culo. ¡Ay, Dios! Que yo no era así. Se me está adelantando la crisis de los cuarenta o algo, qué sé yo. Pero ahora mismo no puedo dejar de pensar en torsos desnudos y perfectos. En realidad, en el de Aarón, para qué mentir, aunque ni siquiera se lo he visto.

Héctor vuelve a mirarme y, sin apartar sus ojos de los míos, va hacia la puerta y, para mi sorpresa, ¡echa el cerrojo! Pero ¿qué está pasando aquí?

—¿Qué haces? —pregunto con voz chillona.

Me levanto de la silla y corro hacia la puerta, pero él me corta el paso.

—Ahora… estás encerrada. Ya no puedes escapar.

Me fijo en que sus ojos se han oscurecido y reparo en que me está mirando de una forma diferente de las anteriores.

—Esto es un secuestro… O es acoso. Sí, Héctor, ¡es acoso! —Intento pasar otra vez, pero nada. Me cruzo de brazos y suelto un gruñido. La verdad es que tendría que estar asustada por la situación en la que me encuentro, ¿no? Entonces ¿por qué solo me siento enfadada? ¿Y por qué estoy pensando en la cita que tuvimos ayer? Vale, entiendo. Es eso. Está tan enfadado que va a hacerme aquí cualquier cosa—. Gritaré —le digo, desafiándolo—. ¡Me oirá toda la oficina y a ti te meterán en la cárcel por jefe acosador!

—Ya me encargaré de taparte esa boquita…

Alza una mano, con intención de tocarme la cara, pero me aparto un poco. Nerviosa y… ¿Qué es este calor que me sube por las piernas?

Decido pasar de todo, a ver si así se cansa de la tontería. Bueno, eso y que necesito alejarme de él porque su perfume me está mareando. Me doy la vuelta y regreso a mi silla, pero, antes de poder sentarme, me llama.

—Melissa Polanco, ven aquí.

Su voz es autoritaria. En un principio no me atrevo a moverme. Pero sus ojos enfadados me obligan a darme la vuelta. Camino como una autómata. Me ronda la cabeza la idea de que, en realidad, lo que hará es soltarme un sermón terrible para, acto seguido, despedirme. ¡Lo sabía! Está despechado y va a echarme del curro como a una vulgar mujeruca. Más me valdría haberme acostado con él; al menos me habría llevado esa alegría para el cuerpo. Pero a ver, si me despide… quizá pueda reclamar, puesto que no tiene ningún motivo de peso y…

Me sitúo ante él. Me atrevo a devolverle la mirada. No quiero que piense que le tengo miedo. Se mantiene serio y murmura:

—Apóyate en la mesa.

—¿Perdona?

—Que vayas a la mesa, Melissa Polanco. —Su tono cada vez es más duro.

Lo miro totalmente incrédula. No sé muy bien qué es lo que pretende, y tampoco tengo claro que deba obedecerle. Pero como su mirada me está traspasando, lo hago. Sonríe, satisfecho. De repente, sin comerlo ni beberlo, se desanuda la corbata y, ¡plaf!, me la lanza al rostro. La recojo con cara de tonta. Ya se está desabrochando la camisa. La desliza por sus hombros mientras yo lo observo sin poder soltar palabra. La deja caer al suelo. Su tatuaje se muestra ante mí en todo su esplendor.

—¿Qué… qué significa esto, Héctor? —pregunto con voz chillona, apretando la corbata entre mis manos.

—Siéntate en la mesa y súbete la falda —me ordena con voz firme.

Abro la boca sin poder creer lo que está sucediendo.

—Creo que en mi contrato no hay ninguna cláusula que

especifique esto —le digo con socarronería cruzándome de brazos.

No me dejaré intimidar por él... ¿Qué se habrá creído? Debe de tener a todas las mujeres a sus pies y ahora se ha encaprichado de mí. ¡Pues lo lleva claro! ¿Es que no se acuerda de que soy la Vinagres?

Frunce las cejas y me dedica una mirada enfadada. Segundos después, sin que me haya dado cuenta, me tiene empotrada en la mesa. Me coge una pierna y me la sube al tiempo que me acaricia el muslo. Lo miro sin entender nada: la lujuria que descubro en sus ojos me sacude. Y, para qué mentir, me ha excitado un poco.

—Esta vez no te me escapas, aburrida —susurra con voz grave. Aprieta su pecho contra el mío. Oh, Dios, aleja este cuerpo del pecado.

—Llamándome así solo consigues que no quiera acostarme contigo —respondo, mostrándome un poco molesta. En realidad, hasta esa palabra me ha puesto.

—Mientes —exhala cerca de mis labios.

Me empuja contra el escritorio, provocando que mi trasero choque con la madera. Suelto un gritito de dolor, pero no hace ni caso. Me pasa la mano por la nuca, me la coge con posesión y se inclina sobre mí, dispuesto a besarme.

—Te gustan las mesas, ¿eh, Héctor?

—Si estás tú encima, sí.

Oh, oh, vale. No puede decirme esas cosas. ¡Es mi jefe! Mi jefe con una mirada tan ardiente... Permito que sus labios se posen en los míos. ¿Por qué no estoy mostrando más resistencia? ¿Qué va a pensar de mí? Me muerde el inferior con suavidad al tiempo que me acaricia la nuca. Un, dos, tres, cuatro besos muy húmedos... Mi cuerpo ha despertado.

Se aparta de repente, dejándome con ganas de más. Lo observo mientras se quita el cinturón del pantalón con estudiada lentitud. Todos sus movimientos son muy excitantes.

—Y ahora, Melissa Polanco —murmura con una sonrisa y señalando la mesa con la barbilla—, túmbate y demuéstrame que no eres una aburrida.

—Eres mi jefe y esto no está bien —le recuerdo.

—Lo que no está bien es lo que me hiciste anoche. Me dejaste a medias. Eso tiene un nombre, pero soy un caballero. —Ensancha la sonrisa y me muestra su perfecta dentadura—. Mañana salgo de viaje y estaré fuera durante dos semanas. —Se queda callado unos segundos, recorriéndome con su oscurecida mirada—. Y no me marcharé sin haber probado cada parte de tu cuerpo. Incluido tu generoso escote, por supuesto. —Clava sus ojos en los míos.

Me siento como si no tuviera escapatoria.

—Héctor, ¡que te he dicho que no!

Alargo los brazos para que no vuelva, pero él está tan quieto como antes. Parezco tonta.

—¿Por qué no? —Cada vez está más enfadado.

—Aquí no. —Muevo la cabeza a un lado y a otro.

—Aquí sí. —Alarga la «s» de forma sensual.

Podría darle una bofetada y que todo acabara. Pero, en realidad, noto algo extraño en el vientre, unas cosquillas que no deberían estar ahí. Las tengo porque sus ojos están devorándome. Desvío los míos, ya que no puedo sostenerle la mirada. Solo consigo ponerme más nerviosa al encontrarme con su trabajado abdomen y su excitante tatuaje. No puedo evitar que se me acelere la respiración; mi pecho sube y baja de manera agitada. ¡Ay, madre! Qué calor. ¿Quién ha desconectado el aire acondicionado?

—Te mueres por sentir mis manos en tu piel. —Aprovecha que he bajado la guardia y con una mano me acaricia el brazo. Se lo aparto como si me quemara. En realidad, lo hace.

—No es verdad —protesto.

¿A quién intento engañar? Esta inusual situación me ha puesto. Un poquitín solo, ¿vale? Bueno, quizá bastante. Pero sigo pensando que es inaceptable hacerlo aquí, en mi despacho, con los otros empleados fuera.

Mientras medito sobre eso, Héctor se coloca ante mí. Esta vez no lo aparto. No obstante, cuando va a besarme, ladeo la cara. Él suelta una risita y me coge de la barbilla con fuerza, obligándome a mirarlo. Me veo reflejada en sus ojos. Puedo entrever en ellos lo mucho que me desea. Y eso es algo que me excita a mí también.

—Eres una chica dura —dice cerca de mis labios—. Y eso está bien. —Ha bajado la voz hasta convertirla en un susurro—. Está muy bien…

Mi cuerpo se mueve solo. Sin que yo les haya dado permiso, mis brazos se levantan hasta apoyarse en sus hombros. Él sonríe, orgulloso y satisfecho. Se inclina sobre mí y me da un primer beso muy suave, tanteando el terreno. Se separa ligeramente para observar mi reacción. Mantengo los labios separados, ansiando que me dé a probar un poco más. De repente, me siento liberada. Me da igual el resto. Lo que deseo es tener a este hombre muy dentro de mí y no preocuparme por nada. No quiero pensar, no quiero permitir que los recuerdos vuelvan. Tan solo quiero sentir, y estoy segura de que Héctor puede darme todo lo que necesito.

Me sorprendo a mí misma cuando deslizo una mano por su hombro, acariciándole el tatuaje de manera sensual. Me mira muy serio, con la respiración más profunda a cada segundo que pasa. Me inclino para pasar mi lengua por ese dibujo tan sexy. Es una rosa enorme y preciosa con los contornos negros, vacía de color. Le otorga un aspecto un tanto salvaje. Se lo lamo con lentitud, resiguiendo los trazos con la lengua. Inspira y apoya una mano en mi pelo mientras con la otra baja por mi costado.

—Bésame, vamos. Bésame —me ordena agarrándome de la nuca para apartarme de su tatuaje. Me tiraría así el día entero.

—Me despedirás si no te gusta —se me ocurre de repente.

Héctor abre mucho los ojos. A continuación, echa la cabeza hacia atrás y suelta una carcajada. Me mira de nuevo, sin borrar esa seductora sonrisa de niño malo.

—Eres única… —Me observa con los ojos entrecerrados—. ¿Cómo se te puede ocurrir algo así? Sé diferenciar el trabajo del placer —dice a la vez que me acaricia una mejilla. Me tiembla todo cuando noto el contacto suave de su mano… No quiero que sea tan dulce, sino que me bese como antes, con esa fuerza primitiva—. Tú eres mi mejor correctora. Jamás arriesgaría los negocios por un polvo.

Oh, claro. Eso es lo que soy. ¿Por qué me molesta que lo diga? Además, yo tampoco quiero nada más. ¡Y mucho menos con él! No estamos hechos el uno para el otro.

Me agarra de la cintura, me aúpa y me coloca en la mesa. Es la misma situación que anoche, solo que ahora estamos en mi despacho y he decidido que me dejaré llevar. Adiós, miedo. *Bye, bye*, Melissa Polanco «la aburrida». Hola, Melissa «la matajefes».

—De todos modos, sé que me va a encantar —murmura rozando su nariz con la mía. Apoya una mano en mi cuello y se inclina para besármelo. Cierro los ojos al contacto de su tibio tacto en mi piel—. Y ahora ¿me besas?

Roza mis labios con un dedo y se detiene en el de abajo. Mi cuerpo entra en combustión.

7

Ese gesto me ha puesto cardíaca. Asiento con la cabeza, poso una mano en su nuca y atraigo su rostro al mío con impaciencia. Cuando nuestros labios se juntan, no puedo evitar un jadeo. Él me abre de piernas con violencia y se sitúa entre ellas. Jamás me había besado de esta forma tan ardiente con un hombre… al menos desde hace mucho tiempo. Pero no, ni siquiera fue así antes. Mi sexo se está humedeciendo con tan solo el movimiento de su lengua en mi boca. Lo aprieto más contra mí. Muevo la pelvis hacia delante para notar su erección en mi cuerpo. Héctor gruñe y me muerde el labio inferior. Hacía tanto que no me dejaba tocar por nadie que tengo miedo de que se me haya olvidado cómo se hace el amor. Creo que hasta he vuelto a ser virgen. Pero claro, eso no se lo diré porque entonces le estaría confirmando que soy la tía más aburrida del mundo.

Trato de desabrocharle el pantalón, pero me tiemblan tanto las manos que no atino. Me las retira con suavidad y hace el trabajo por mí. Se quita los zapatos, y después su pantalón cae al suelo, permitiéndome ver todo lo que anoche me perdí. Contengo la respiración y mis dedos hablan por mí: lo agarro de las nalgas sin poder contenerme. Uf, qué glúteos más duros… Podría pasarme el día acariciándoselos y clavando mis uñas en ellos. Madre mía, pero ¿esta soy yo? Es lo que pasa cuando tienes delante un hombre así, que pierdes la vergüenza.

—No eres tan aburrida... —se burla, hablando sobre mis labios.

—Soy decente, que es diferente —respondo un poco molesta.

—No tanto... Vas a acostarte con tu jefe en tu despacho —dice con un brillo juguetón en los ojos. ¡Será posible...!

—Podría ser peor... Podría hacerlo en el tuyo. —Lo reto. No va a ser él el último que tenga la palabra. A contestona no me gana nadie.

Para que se calle lo beso una vez más. Sus labios son carnosos, húmedos y calientes. Nuestros cuerpos están ardiendo. Le acaricio toda la espalda, deleitándome con las contracciones de sus músculos cada vez que se mueve. A continuación paso las manos por delante y toco su esbelto torso, sus cincelados abdominales, su vientre plano... ¡Madre mía! No sabía que existían hombres tan perfectos. Lo rozo por encima del bóxer sin apartar la mirada de la suya. Cierra los ojos y suelta un pequeño jadeo que me pone a cien. Me atrevo a meterle la mano. Está húmedo, como yo. Esbozo una sonrisa tímida cuando me clava la mirada. Por un instante entreveo algo en sus ojos que me pone nerviosa, como si supiera demasiadas cosas de mí, como si conociera mi alma a la perfección. Ladeo la cabeza para que el cabello me tape la cara. Me acaricia un mechón y oigo que lo aspira. Segundos después me sitúa al borde de la mesa con una sacudida y me sube la falda hasta las ingles.

Al ver que se va a agachar, se me alteran los nervios. Sí, sé que suena raro, pero me pone histérica que me hagan un cunnilingus. Bueno, en realidad que lo haga él porque me parece algo demasiado íntimo. Héctor se da cuenta y se detiene, observándome con cautela.

—¿Pasa algo?

—No quiero que hagas eso.

—¿Qué?

—Pues… ya sabes… —Hasta me da vergüenza decirlo. La antigua Melissa lo habría cogido de la cabeza y se la habría puesto entre sus piernas con todo el descaro del mundo.

—¿Estás loca o qué?

—No me gusta.

Pero lo que pasa de verdad es que, aunque estoy excitada, todavía lo veo como mi jefe. Eso… y que me da miedo que los recuerdos vuelvan a atosigarme y no pueda disfrutar. ¡Menuda frustración!

—Debe de ser porque no te lo han hecho bien hasta ahora.

Pongo los ojos en blanco. ¿Cuántas veces he oído eso de boca de un hombre? La cuestión es que muy pocos, durante mi vida, me lo han hecho. Y cuando los tíos son adolescentes no es que tengan un máster en cunnilingus. Pensaba que tenía un problema hasta que mi ex novio me lo hizo. Estoy en esos pensamientos cuando me doy cuenta de que Héctor se ha puesto de cuclillas y me está quitando los zapatos.

—¡No! —exclamo, pataleando con suavidad para no darle un golpe en la cara.

Alza la vista y chasquea la lengua como si mi actitud empezase a molestarle. Puede que sea así y que al final me quede sin tenerlo entre mis piernas. De modo que permanezco quieta, con el pecho agitado y el corazón a la carrera, observando sus oscurecidos ojos.

De repente noto su lengua en mi tobillo; va ascendiendo poco a poco, lentamente. ¡Oh, Dios! Vale… Me estoy excitando. Y mucho. La manera en que me está lamiendo es demasiado sexy. Mis braguitas están tan húmedas que se me pegan al sexo. Cuando llega a mi rodilla, ya estoy que no puedo más. Me contoneo hacia delante, tratando de arrimar mi ropa interior a su boca. Héctor me sujeta de los muslos, alza la cabeza y sonríe.

—¿No decías que no te gustaba?

—Cállate y haz lo que tengas que hacer —contesto de forma muy mandona. Eso parece gustarle porque suelta una risita.

Agacha la cabeza otra vez. Tan solo puedo ver su cabello y su maravillosa espalda. Y de pronto uno de sus dedos me roza por encima de las braguitas. Se me escapa un gemido. Me tapo la boca, sorprendida por mi reacción. Pero entonces es su lengua la que serpentea sobre mi ropa interior y dejo que mi grito de placer sea mayor.

—Chis... No querrás que nos oigan, ¿no? —Lo ha dicho con el semblante serio, pero su mirada sonríe. Se siente orgulloso de estar dándome placer.

Con una palmadita me anima a levantar el trasero. Entonces me quita las bragas, las baja por mis piernas y tambien las tira al suelo. Mi corazón empieza a palpitar a una velocidad increíble. El estómago se me contrae en cuanto sus labios besan el interior de mis muslos. Vuelvo a gemir, no puedo evitarlo. Hacía tiempo que no sentía tanto deseo. Es la situación: mi jefe, mi despacho, que puedan pillarnos. ¡Demasiado morbo para mí! Es con lo que disfrutaba tanto tiempo atrás...

Héctor me abre más de piernas y clava los dedos en mis muslos. Doy un brinco al notar su lengua en mi ingle. La desliza con suma lentitud, suavemente, y yo me retuerzo buscándola. Está haciéndome sufrir demasiado. Necesito sentirlo en mi sexo, y lo necesito ahora. Sus manos suben y bajan por mis muslos, acariciándomelos. Acerca la nariz a mi vulva, y al notar su respiración hay algo que se desboca en mí. No quiero porque será demasiado vergonzoso, pero mi cuerpo no responde a mis órdenes. Casi contra mi voluntad, me deshago en olas de placer, conteniendo los gemidos que pugnan por salir de mi garganta. ¡Por Dios santo! Tan solo le ha dado tiempo a rozarme el clítoris con la punta del dedo.

—¿Tú...? —Me mira con los ojos muy abiertos.

Retiro los míos con las mejillas ardiendo. Madre mía, qué vergüenza… No sé si las mujeres podemos serlo, pero si la respuesta es sí, me he convertido en una eyaculadora precoz. Con lo que me burlaba yo del novio de mi hermana porque al principio solo tardaba tres minutos en irse. ¡No sé si habré llegado siquiera a los cincuenta segundos!

Héctor se levanta y me observa desde arriba con una expresión indescifrable. Quiero decir algo, pero no se me ocurre nada. Ya sabía yo que no iba a gustarle tener sexo conmigo. Ahora estará pensando que soy también una aburrida en la cama, que soy de esas que solo hacen el misionero y que no son capaces ni de moverse un poquito.

Pienso que se va a marchar y que me dejará aquí despatarrada. Sin embargo, camina hacia la silla giratoria y, todavía de pie, se deshace del bóxer ofreciéndome una vista fantástica. Bajo de la mesa con la boca abierta, todavía muda por la sorpresa. Su miembro palpita; una gota de excitación brilla en la punta. La rodea con su mano con un gesto que me deja seco el paladar y, a continuación, se sienta.

—Quítate la blusa.

De inmediato, hago lo que me pide. Esa orden me indica que todavía tiene ganas de hacerlo. Pues por una vez haré caso a Dania y continuaré con todo esto. ¡Me lo merezco! Sin que diga nada más, me desabrocho también el sujetador y lo lanzo por los aires. Sonríe y se acomoda en la silla. Su cuerpo al completo se muestra desnudo ante mí. Creo que estoy empezando a adorar ese abdomen y ese vientre marcado en los costados que me indica el camino que tengo que recorrer. Jadeo y trago saliva.

—Ven. —Me hace un gesto con el dedo.

Camino hacia él aún con la falda puesta. No quiero quitármela, quiero hacerlo con ella. Y quizá a él le excite. Cuando me acerco, extiende los brazos y me acoge en ellos. Me siento a horcajadas sobre sus piernas, un tanto tímida. Coge uno de mis pechos, mirándolo con deseo, y se inclina para besarlo. Lame el pezón con lentitud y termina con un mordisco.

—¿Sabes que tienes unas tetas maravillosas?

Creo que me sonrojo. Puede que esté pensando que esto es una fantasía y por eso me dejo llevar. Aún me parece increíble que Héctor me esté diciendo esas palabras tan calientes.

Con la otra mano me acaricia las nalgas. En un momento dado, se pone nervioso y me las aprieta con ganas. Sin darme tiempo a hacer o decir nada, sube hasta mi boca y me besa con ansia. Su lengua parece un látigo que no me da tregua. Pero me encanta su sabor… Ese sabor a excitación que vuelve loca a una mujer. Me apoyo en sus hombros y froto mi sexo contra el suyo. Me coge del culo, tratando de bajarme. Quiero hacerle sufrir un poco más. Me muevo hacia delante y hacia atrás, rozándome con su erección una y otra vez. Entrecierra los ojos y suelta un suave jadeo. Nuestros sexos están tan húmedos que se deslizan a la perfección.

Me agarra del pelo, enroscándolo en su mano, y me da un mordisquito en el labio. Se lo devuelvo de manera juguetona.

—Vamos, siéntate sobre mí. Déjate caer. —La voz le tiembla.

Acaricio su pecho desnudo mirándolo con una sonrisa traviesa. Me atrapa el otro pecho y lo estruja a la vez que se muerde los labios. Rozo mi entrada con su puntita, sacándole otro jadeo. Pero yo tampoco puedo aguantar más. Separo las piernas, me apoyo en su vientre y me deslizo hacia abajo muy lentamente.

—Más… Baja más —gruñe alzando las caderas.

Me dejo caer de golpe. Su dura excitación se clava en mí. Suelto un gritito al tiempo que él abre mucho los ojos y me mira con sorpresa. Pero no le doy tiempo a respirar. Me contoneo arriba y abajo. Su miembro entra y sale de mí provocándome gemidos que intento evitar para que no nos descubran.

—Joder, cómo te mueves, Melissa…

Oír solo mi nombre, sin mi apellido, me sorprende. Siento un cosquilleo en el estómago que desciende.

Quiero demostrarle que aún puedo hacerlo mejor. Muevo las caderas adelante y atrás, y a continuación en círculos. Me coge de ellas con fuerza para ayudarme e intenta atrapar mis pezones con los dientes, pero mis rápidos movimientos se lo impiden. Me echo a reír. Ambos estamos sudando y nuestros cuerpos resbalan el uno con el otro.

Sin soltarme ni salir de mí, me lleva en volandas, una vez más, hasta la mesa. Me sube la falda hasta la cintura. Sus dedos se hincan en mi piel con tanta fuerza que incluso me hace daño. Pero estoy tan enloquecida como él. Lo cojo de la nuca y lo atraigo a mis pechos, levantándolos hacia su boca. Me lame un pezón con delectación, sopla en él, lo mordisquea. Lo único que puedo hacer es echar la cabeza hacia atrás y gemir como una posesa.

—Chis… Te… van… a… oír… —Apenas ha podido formar una frase.

Me incorporo y bajo las manos hasta sus prietas nalgas. Se las cojo para acercarlo más a mí y le clavo las uñas. Entre nuestros cuerpos el aire no puede pasar. Estamos tan pegados que vamos a fundirnos en uno. Estrujo su trasero con más fuerza y me contoneo hacia delante y hacia atrás, sumándome a sus intensas embestidas.

—Joder, nena, ¡qué bien…! Qué… bien…

Nunca me ha gustado que me llamen «nena», pero en su boca, con su voz, resulta muy excitante.

Héctor me coge del culo con una mano mientras con la otra se apoya en la mesa para acelerar las sacudidas. Su pene entra y sale de mí a una peligrosa velocidad. Mi sexo se contrae con cada uno de sus avances. Se abre más a él causándome sorpresa. Sus dedos me aprietan la nalga al tiempo que lo noto bombear en mi interior. Alzo la cabeza. Tiene la mirada perdida y la boca entreabierta. Se le escapa un suspiro de goce.

Doy un golpe seco con mi cadera, introduciéndomelo una vez más hasta el fondo. El placer que siento es demasiado intenso para detenerme. Sé que es difícil, pero creo que voy a correrme otra vez.

—Melissa... —susurra de forma grave.

Es la segunda vez que me llama solo por mi nombre. Me gusta. Siento que me ve de otra forma.

Se aprieta a mi cuerpo con un gruñido. Su sexo explora en mi interior con avidez. Me está devorando con él, y yo lo único que puedo hacer es sentir que estoy a punto de explotar. Llevo mis manos a sus hombros para apoyarme porque el sudor que baña nuestros cuerpos me hace resbalar. De repente, se inclina sobre mí, me coge de la barbilla y me besa con ardor, pero también con una dulzura que me trastoca. Gime sobre mi boca. Lo noto desbordarse en mi interior con un suspiro. Clavo las yemas de mis dedos en sus hombros y cierro los ojos.

Sin entender muy bien por qué, de repente en mi mente se dibujan los ojos de Aarón. Su mirada caliente en el bar de anoche. Su forma de tocar a la chica. Mi cabeza me repite una y otra vez que quien me está follando de manera salvaje es él. Y es vergonzoso, pero me corro como nunca con esos pensamientos. Todo mi cuerpo tiembla y arde. Lanzo un grito escandaloso. La mano de Aarón... No, espera, la mano de Héctor me tapa la boca para que nadie nos oiga. Abro los ojos con sentimiento de culpa y bochorno. Pero oye, ¡qué más da! Héctor es tan solo mi jefe, no alguien a quien le deba fidelidad. Puedo pensar en otros hombres si quiero. ¡Y ha sido de forma inconsciente!

Todavía tiene la respiración agitada. Estoy intentando recuperar la mía y que mi corazón funcione a su ritmo normal porque parece encontrarse al límite de estallarme. Los maravillosos calambres que recorren mis piernas tardan en abandonarme. Jamás un orgasmo me había acompañado durante tanto tiempo. Héctor se queda unos segundos dentro de mí, todavía sujetándome del trasero con una mano y observándome de un modo demasiado intenso. Hay algo en mi interior que se encoge ante su mirada. Empiezo a ser consciente de lo que hemos hecho, y siento ganas de bajar inmediatamente de la mesa y fingir que nada ha sucedido.

Me doy cuenta de que tiene la intención de besarme, pero mi cuerpo reacciona rechazándolo. Lo empujo con suavidad para sacarlo de mí. Su semen resbala por mis muslos y una gota mancha la mesa. ¡Hale, y encima lo hemos hecho sin condón! Tomo la píldora, pero eso no significa que no haya sido una inconsciencia por nuestra parte.

Héctor me mira sin comprender muy bien mi reacción. La verdad es que ni yo misma la entiendo. Me cubro los pechos con las manos y me apresuro a buscar el sujetador. Me lo pongo sabiéndome observada por él, que todavía sigue desnudo a mis espaldas.

—¿Por qué tanta prisa? —pregunta un tanto molesto.

Por un instante se me ocurre que quiere otro polvo. Pero vamos, ni de coña me apetece otro.

Termino de abrocharme la blusa. Me agacho para recoger las bragas. El ardor que me sube por la cara no es normal. Ahora mismo me siento completamente avergonzada. He mantenido relaciones con mi jefe en mi despacho. Eso no está bien. Aunque Dania batiría palmas si lo supiera.

—La gente notará que tardas mucho en salir —respondo como excusa, cubriéndome el rostro con el pelo. No me apetece que nadie vea lo roja que estoy.

—¿Crees que no habrán pensado algo ya?

No me atrevo a darme la vuelta. Cierro los ojos y los aprieto con fuerza.

—¡Por favor, vístete! —le suplico.

No contesta. Durante unos segundos, no se mueve. Empieza a buscar su ropa y un minuto después se coloca ante mí con el pantalón y la camisa puestos. Lleva la corbata en la mano. Me observa muy serio. Desvío los ojos mordiéndome el labio inferior. No me atrevo a devolverle la mirada. Estoy nerviosa, aturdida y avergonzada. Nunca me había comportado de forma tan provocativa. Bueno, no al menos con alguien con quien antes no había tenido ningún acercamiento. Y encima siendo mi jefe… ¿Qué pensará de mí ahora? Pues eso, que soy una más de las mujeres de la empresa que han caído en su juego de seducción. Debería haberme mostrado un poco más dura.

—¿Hay algún problema en lo que hemos hecho, Melissa?

Continúa llamándome solo por mi nombre y, la verdad, echo de menos en este momento que no añada mi apellido. No deseo tanta familiaridad entre nosotros. ¿No sería mejor que volviésemos a la anterior situación, en la que él se dirigía a mí para encargarme trabajo? ¿Qué es lo que me pedirá a partir de ahora, por Dios?

—No, claro que no… —contesto, aún con la mirada gacha. ¡Por favor, Melissa, deberías dejar de comportarte como una adolescente tonta! Estoy segura de que ninguna de las otras mujeres con las que se ha acostado se ha mostrado de esta forma. Pero ¡no puedo evitarlo! Lo único que quiero es que se vaya y me deje reflexionar.

Con un movimiento rápido me coge de la muñeca. No sé lo que pretende ahora, pero mi corazón vuelve a acelerarse. Deposita en mi mano su corbata negra. La observo con curiosidad. Su voz ronca y rabiosa me sorprende.

—Confío en que no olvidarás lo que ha ocurrido en este despacho.

8

He pasado otra noche de perros en la que he dado vueltas y más vueltas en la cama. Mi cabeza debería tener un interruptor que permitiera apagar los malos pensamientos. Espero que en el futuro se encarguen de fabricar un chisme semejante porque, sinceramente, la humanidad se lo merece. Yo, al menos.

A las seis tenía los ojos más abiertos que un búho, así que he decidido ponerme en marcha. Llego a la oficina antes que nadie. Por suerte, Héctor se ha marchado de viaje de negocios. De todos modos, no quiero encontrarme con ningún compañero. No deseo mirarlos ni que me miren. Me da miedo descubrir en sus pupilas burla o reproche. Quizá repugnancia, quién sabe. Mi mente se ha convencido de que ayer nos oyeron o al menos intuyeron que sucedía algo. Me moriré de vergüenza si alguien insinúa cualquier cosa.

Camino de puntillas hacia la habitación del café como si fuese una criminal. Solo me falta la ropa negra y la media en la cara. Uf, qué bien, solita que estoy. Me preparo mi café rápidamente y me sirvo una taza. Ni siquiera le echo azúcar porque me ha parecido oír que alguien se acerca. Al salir por la puerta, me topo casi de frente con uno de mis compañeros. Me disculpo sin mirarlo, así que ignoro de quién se trata. Seguro que se habrá dado la vuelta mientras avanzo hacia mi despacho. ¿Se habrá corrido la voz? ¿Héctor será tan gilipollas de haber contado que se ha tirado a «la aburrida»? No, porque eso podría echar por los suelos su reputación. Imagino que él presumirá de acostarse con leonas, y yo, para todas estas personas, soy una ovejita avinagrada.

Una vez que he cerrado la puerta de mi despacho apoyo la espalda en ella y suelto un suspiro de alivio. No me da tiempo a dirigirme a la silla: la puerta se abre, empujándome hacia delante. Por poco me caigo al suelo.

—Eres una guarra. —La voz de Dania retruena en mis oídos.

—¿Quieres callarte? —Me vuelvo y tiro de ella para hacerla entrar.

—No voy a callarme ni de coña —suelta con cabreo—. Ayer nuestro jefe se tiró un buen rato en este despacho, que lo vi entrar.

Me pongo blanca al oírlo. Apoyo las manos en los hombros de Dania y la miro con ojos suplicantes.

—¿Cuánta gente crees que se dio cuenta?

No contesta, sino que se limita a mirarme con expresión enfadada. Madre mía, ha venido a que le explique todo lo que sucedió y esta vez no podré mentirle. ¿Qué le cuento? ¿Que Héctor vino a ayudarme con un trabajo? Como si me hubiera leído el pensamiento, me suelta:

—No me digas que estabais corrigiendo juntitos porque no me lo creo.

Me aparta de un empujón y se pone a recorrer la habitación, deteniéndose a observar las paredes, la mesa y la silla. Lo escruta todo de manera minuciosa, como una experta detective. La situación podría ser divertida, pero la verdad es que a mí no me parece graciosa.

—¿Qué estás haciendo? —Me acerco a ella con el ceño fruncido.

—Buscando la huella del delito.

—¡No digas más tonterías!

La dejo mientras continúa estudiando todo y me dirijo a mi mesa. Enciendo el portátil con mala cara. Ojalá me hayan encargado muchas correcciones y pueda mandarla a paseo.

—Oye, no me seas puta y cuéntame la verdad. —Me coge de la barbilla y da un repaso a mi rostro como el día anterior. Suelta una exclamación—. Mira cómo te brillan los ojos, y tu piel tiene un aspecto mucho mejor hoy. ¡Te lo tiraste como una perra!

—¡No! —exclamo.

—¡Sí! —chilla.

—¡Que no! —Le llevo la contraria a pesar de que me estoy poniendo colorada.

—¡Por supuesto que sí! —El tono de su voz asciende a niveles insospechados.

Ambas nos quedamos calladas hasta que estallamos en carcajadas. Estamos así un buen rato, hasta que tengo que inclinarme para sujetarme la barriga. De repente, Dania se pone seria, con los dientes apretados. Al final cedo: su mirada es mortífera. Asiento con la cabeza.

—Vale… Tienes razón.

Como había imaginado que haría, empieza a aplaudir y da un saltito tras otro. Se echa a reír de forma incontrolada otra vez. Espero con los brazos cruzados a que se le pase. Tarda un minuto al menos en tranquilizarse. Abre los ojos de manera desmesurada.

—¿Sabes que yo no me he acostado con él?

—No es necesario que lo hagas con todo el mundo —le digo un poco molesta.

—Pero ¡con él sí! Cuentan que es lo más potente del mundo… —Apoya las manos en mis hombros y me pregunta como si le fuese la vida en ello—: ¿Es verdad? Dime que sí, por favor.

—No está mal —respondo simplemente.

Pero no puedo negar que estuvo bastante bien. Hasta que mi mente se puso a pensar en Aarón, claro. Aun así no menciono nada de eso, ¡solo falta que Dania crea que también me he acostado con él!

Mi amiga vuelve a caminar por la habitación. Toca el respaldo de la silla, pasa la mano por el escritorio y, como una actriz, se coloca de cara a la pared simulando que alguien está dándole placer.

—¿Lo hicisteis aquí? —Me mira de forma picarona—. ¿En esa mesa? ¿En la silla? ¿En el suelo? —Su voz va adquiriendo decibelios. A este paso, se enterará toda la planta.

—¡Basta, Dania! —La separo de la pared y la encamino hacia la puerta. Me mira con ojos suplicantes—. No me observes como el gato de *Shrek*, anda.

—¡Soy tu amiga! Merezco que me cuentes todo lo que hayas hecho con nuestro jefe. ¿Te castigó con su cinturón? —Se le escapa una risita.

Yo suelto un suspiro y me aparto un poco de ella. Quizá si le digo algo se contentará y me dejará en paz. Pero ¿qué? A mí me da vergüenza hablar de lo que hice con Héctor, y mucho más con Dania porque ambas lo conocemos.

—No llegamos a ese punto —respondo un poco seria, insinuándole que ahora no es el momento de hablar sobre esto.

¿Es que no tiene trabajo que hacer? Seguro que en su mesa la aguarda un montón de papeles, pero parece que le da exactamente igual. En casos así dedica una de sus devastadoras sonrisas a su superior y todo solucionado. Y ahora que yo me he acostado con mi jefe, ¿será así también... o quizá peor? ¿Héctor se mostrará conmigo más mandón que de costumbre o, por el contrario, me dejará salir una hora antes?

—Pues yo me había imaginado que nuestro jefe sería uno de esos a los que les va lo duro.

Una imagen en la que Héctor y yo estamos haciéndolo en la mesa a lo bestia me sacude. De inmediato me pongo colorada y Dania lo nota. Abre la boca con sorpresa y me señala con un dedo acusador.

—¿Le va el papel de jefe también en el sexo? —Apoya una mano en mi hombro y me rodea, como si estuviésemos bailando. Me está acosando más que Héctor ayer, por Dios. Se coloca de nuevo delante de mí, con esa sonrisa que me pone nerviosa—. ¿Has visto una película que se llama *Secretary*?

—Pues no... ¿Es una de esas pelis porno que te gustan?

Me la quedo mirando con curiosidad. A Dania le encanta ver películas eróticas y no le da nada de vergüenza decirlo. Es más, se muestra orgullosa cada vez que uno de nuestros compañeros le pregunta por un título. Mi amiga se los sabe todos, y conoce todas las novedades. Fue ella la que me recomendó unas cuantas para que las disfrutara en mis noches solitarias, aunque la verdad es que no me gustaron mucho.

—Bueno, no es tan guarrindonga como otras —responde mientras se sienta frente a mi escritorio. Puf, eso indica que no está dispuesta a marcharse. Ya no sé qué hacer para echarla de aquí—. Está basada en un relato que salió mucho antes que *Cincuenta sombras de Grey* —me explica, a pesar de que sabe que no me interesa para nada.

—No lo he leído aún.

—Pues tienes mi libro desde hace ya meses, ¿eh, guapa? Espero que me lo devueltas intacto. —Me mira con mala cara, pero de inmediato se le dibuja otra vez la sonrisita—. *Secretary* trata de una chica aficionada a hacerse daño a sí misma.

—Me recuerda a alguien —contesto con un suspiro sentándome también.

—No, no. No es lo mismo. Tú te martirizas con recuerdos, pero es que esta chica está loca de verdad. Se hace cortes en las piernas para sentirse viva.

—Pero ¿qué pelis miras, Dania?

—Chis, deja que continúe. La cuestión es que es muy tímida, muy insegura, y viste como el culo. —Me mira con los ojos muy abiertos—. En serio, cuando estaba viendo esa película me daban ganas de gritarle que, por favor, espabilara. ¡Una ropa horrible llevaba! —Lo ha dicho como si la chica existiese. Queda claro que a mi amiga le encanta la moda, ¿o no? Si un día se levantara y no encontrara en su armario nada para conjuntar, se volvería loca o sería capaz de llamarme para que le comprara algo, porque ella no se atrevería a salir a la calle.

—¿Puedes ir al grano? —le pido con impaciencia mientras abro el correo interno para echar un vistazo a las correcciones que tengo que hacer.

—Un día acude a una entrevista de trabajo en la que piden una secretaria para una oficina de abogados. El jefe no está nada mal… Me recuerda un poco a Héctor, aunque este otro es mayor. —Mueve las cejas de arriba abajo y le indico que continúe—. Pero él tiene unas aficiones un poco raras…

—¿Le gusta dar azotes? —pregunto, recordando que ha mencionado la novela erótica de moda.

—Pues sí, le gusta dar buenos azotes… en el culo.

—Vale, gracias por contarme todo eso, pero a Héctor no. —O al menos eso creo, claro. Aparto la mirada del correo y la dirijo a mi amiga.

—Pues no debe estar tan mal, ¿no? Tú ahí inclinada en la mesa, con las palmas sobre ella, el culo en pompa y Héctor con su cinturón…

Suelto un gruñido rabioso y me levanto de la silla, dispuesta a echar a Dania del despacho. Ya basta de tanta tontería, por Dios. Se me queda mirando con expresión de sorpresa cuando la cojo del codo y la obligo a levantarse.

—¡Todavía no me has contado nada, perraca! —se queja de forma lastimera.

—Te lo cuento después si quieres. Tomando una copa. Aquí no.

Esta vez no impide que la lleve hasta la puerta. La entreabro, indicándole con un gesto que salga.

—Hoy no podemos. ¿No recuerdas adónde tienes que ir? —Esboza una sonrisa maliciosa.

¡Uf, sí! Me toca sesión con el pintor. Nada más pensarlo, se me contrae el estómago a causa de los nervios.

A las siete en punto, la misma hora a la que acudí la primera vez, me encuentro en el portal del edificio de Aarón. Me duele la cabeza. He tenido que tomarme un paracetamol porque la visita de Dania esta mañana, la cantidad de trabajo que me han encargado, los recuerdos del sexo con Héctor y saber que tenía que ver a Aarón me la habían convertido en un campo de batalla.

Llamo al timbre y me abre sin siquiera contestar. Espero el ascensor con impaciencia, golpeando el suelo con el tacón. Quiero que alguien me explique por qué me he vestido de manera provocativa. Una falda que parece un cinturón, un escote que me llega casi hasta la tripa, taconazos que me obligan a andar como un pato y cabello suelto y alborotado a lo Julia Roberts en *Pretty Woman*. En fin, que pueden pasar dos cosas: que abra la puerta de su casa y se lance sobre mí directamente o que piense que soy una buscona y me mande a freír espárragos. Me inclino más por lo segundo, la verdad. Aunque, ¡quién sabe!, si Dania tiene razón estoy que me salgo, así que...

Como estoy sumida en mis pensamientos, no me doy cuenta de que Aarón ya está delante de mí con un brazo apoyado en el marco de la puerta. Cuando salgo del letargo y descubro sus ojazos azules y penetrantes, todo mi cuerpo despierta.

—Vaya, al final has venido —dice en voz baja y grave.

—No soy tan mala —me quejo.

—Tampoco tenía dudas de que lo hicieras. —Esboza una sonrisa.

Qué tío... Últimamente estoy rodeada de tipos que se

creen másteres del universo. Bueno, imagino que si yo fuera un hombre y estuviera como ellos, también me lo creería, para qué mentir. Aarón me mira de arriba abajo y noto que ya me ascienden los calores.

—¿Te pedí que te vistieras así? No lo recuerdo... —Lo ha dicho de manera inocente, sin borrar esa estupenda sonrisa, pero está claro que intenta provocarme.

—Sí —contesto de inmediato. Soy tonta perdida.

—¿En serio? —Se echa a reír y, una vez más, sus ojos me recorren toda.

Seguro que piensa que estoy desesperada o algo por el estilo. Tendría que haber venido tapada hasta el cuello y todos contentos. ¿Qué esperaba al vestirme así?

—Bueno, si no te gusta o es un impedimento para tu cuadro, puedo ir a cambiarme.

No responde. Con un gesto me indica que pase. Dejo mi bolso en el perchero de la entrada y lo sigo hasta su estudio. El lienzo está cubierto por una fina tela, como todos los que tiene aquí, así que no puedo verlo a pesar de que me gustaría... mucho. ¿Qué tipo de artista será? En las paredes del apartamento hay algunos cuadros colgados, pero como ninguno de ellos tiene firma no sé si es él quien los ha pintado.

Sin que me diga nada, me coloco en el mismo lugar y en idéntica posición que en la sesión anterior. La falda se me sube tanto que casi le enseño la ropa interior —me he puesto mi mejor *culotte* por si acaso, pero eso no quiere decir que este sea el momento idóneo para mostrárselo— y me veo obligada a sentarme de manera incómoda. Me escruta con una mirada burlona que se demora en mis piernas. Bueno, son largas, pero ¡no son lo más bonito que tengo! Retira la tela y, sin añadir nada más, se pone a pintar.

—¿Sabes que eres muy divertida?

—¿Perdona? —Parpadeo, confundida. La verdad es que me había quedado absorta en mis pensamientos.

—Que me pareces una chica muy graciosa —responde sin apartar los ojos de su trabajo.

—Ah —me limito a exclamar.

¿Eso es lo que piensa de mí? Cuando un hombre te dice eso, nada bueno te espera; significa que serás la amiga con la que se explayará, con la que hablará de otras mujeres y a la que le contará sus escarceos sexuales mientras ambos os reís, aunque está claro que tú lo harás casi de una forma desquiciada y con lágrimas en los ojos.

Durante una hora y media poso, pero ni siquiera me preocupa estar haciéndolo bien porque lo único que hago es observarlo. Su estrecha cintura y su espalda ancha me vuelven loca. Su piel morena me cala hasta la médula. Me apetece revolver ese pelo que ya de por sí está alborotado. Tiene un aspecto de hombre libre y sin complejos que hace que me replantee muchas cosas y que piense en momentos y situaciones a los que no debería ni conceder un segundo de mi tiempo… Hoy lleva un pantalón negro y una camisa suelta de color blanco que contrasta con el tono de su piel. Tiene un botón desabrochado, y atino a ver parte de su pecho, del que asoma un fino vello oscuro que le da un aspecto más varonil. En un par de ocasiones, se queda pensativo y se muerde el labio inferior de una manera muy sexy. Esto es demasiado para mí.

—Melissa…

Parpadeo al oír mi nombre. Parece que me ha estado llamando un par de veces más porque lo noto impaciente.

—¿Perdona?

—Que cuando quieras puedes moverte. —Ríe de forma disimulada.

Abro la boca como una tonta y asiento con la cabeza. Me bajo del taburete, sujetándome la corta falda para que no se me vean hasta las entrañas. Aarón cubre el lienzo con la tela.

—¿No me dejas verlo? —le pregunto al tiempo que me acerco.

—Hasta que no esté acabado, no —dice muy serio.

Me quedo callada sin saber qué responder. ¡Qué raros son los artistas! Me encojo de hombros.

—¿Cuándo quieres que vuelva? —Oh, eso ha sonado demasiado desesperado.

El otro día no quería regresar y ahora estoy deseándolo. Por lo que parece el sexo que mantuve con Héctor me ha hecho despertar del letargo. Estoy abriéndome como una flor y me siento ansiosa por que este hombre me tome. Aunque no tengo muy claro que quiera hacerlo porque no observo en sus ojos ni una pizca de deseo. A ver si es por mi atuendo… ¿Demasiado pilingui? ¿Le gustan las mujeres sensuales pero con un aspecto menos descarado? Bueno, pues la próxima vez me pondré un vestido atrevido pero también elegante.

—En toda la semana que viene no podré. No hasta el viernes —responde tras unos segundos—. ¿Te parece bien?

No sé por qué me hace esa pregunta si le daría igual que no me viniese bien. Me citaría ese día de todas formas. La verdad es que no estoy de acuerdo porque me encantaría regresar mañana mismo. Tengo muchas ganas de saber más sobre él, de conocer detalles de su vida, sus aficiones, sus sueños… Ay, por favor, ¡qué loca estoy! Es solo un hombre que me está pintando, y no parece interesado en mí. Tengo que hacer más de lo mismo: pasar de él y punto.

Podría iniciar una conversación con él, pero la verdad es que no le veo predisposición a charlar porque tan solo me ha dirigido frases cortas. No es que sea antipático, más bien lo contrario: se me antoja que es un hombre con el que es posible hablar de todo. Pero, simplemente, parece que no le apetece hacerlo conmigo. Me acompaña hasta la puerta, donde me detengo durante unos segundos. Me entrega el bolso y me mira con curiosidad.

—Bueno, pues hasta el viernes —me despido en un susurro.

—Hasta el viernes, Mel.

Tan solo un puñado de personas me llaman así. Mi hermana y mi familia… Se lo permito a las mujeres, pero no a los hombres. No me gusta porque me trae malos recuerdos.

Me muerdo el labio y, sin añadir nada más, abro la puerta. ¡Pues vaya! No me ha servido de nada vestirme de esta forma. Seguro que al final sí ha pensado que soy una buscona y por eso me ha largado tan pronto. Ahora entiendo que no se haya acostado con Dania. No le gustan tan atrevidas. Pero vamos, yo creo que la jovenzuela con la que estaba el otro día en aquel local era una espabilada. Me apoyo en la barandilla con la cabeza gacha. Pero antes de que pueda poner un pie en el primer escalón, Aarón se acerca. Alzo el rostro para toparme con su expresiva mirada. Esos ojos… Uf, esos ojos azules y rasgados… Mi corazón no puede evitar acelerarse.

—¿Quieres tomar una copa?

Contengo la respiración. ¿De verdad está haciéndome esa pregunta o me lo estoy imaginando? Lo miro con la boca abierta sin que salga ningún sonido de mi garganta. Me observa con curiosidad, con una ceja enarcada y el rostro ligeramente ladeado. Está esperando a que responda. Si no contesto enseguida, pensará que no quiero o que soy tonta.

—Sí. —Oigo mi voz demasiado nerviosa, pero no puedo evitarlo.

Me dedica una sonrisa que hace que mi alma entera palpite.

9

Al final no hemos ido a tomar esa copa. Estábamos a punto de salir cuando mi estómago ha soltado un gruñido que debe de haberse oído en todo el edificio. Aarón se me ha quedado mirando con los ojos muy abiertos —yo tenía las orejas como dos cerezas—, y se ha echado a reír y me ha preguntado si tenía hambre. La verdad es que, como no había comido desde mediodía, sí que estaba hambrienta.

—Entonces habrá que ponerle remedio, ¿no? —ha dicho con su inquebrantable sonrisa.

El corazón se me ha acelerado pensando que iba a sugerirme que fuéramos a un restaurante. Ya nos imaginaba como una auténtica parejita, haciéndonos ojitos y todo. Sin embargo, ha propuesto quedarnos en su casa, cosa que me ha parecido mucho mejor porque me habría puesto nerviosa. Hemos pedido comida rápida, y ahora mismo estamos devorando unas suculentas hamburguesas en la enorme terraza de su ático. Nos encontramos sentados en unas sillas de plástico disfrutando del sabor de la carne.

—¿Te gusta este tipo de comida? —me pregunta observándome con curiosidad.

Tengo la boca llena y con un gesto le pido que me deje tragar.

—La verdad es que para algunos momentos no está mal.

Se echa a reír y da un gran bocado. Lo cierto es que están buenísimas, para qué mentir. A un par de calles de la suya hay un local en el que preparan hamburguesas y pizzas caseras. La mía tiene un sabor estupendo, ¡por favor…!

—No suelo estar con mujeres que disfrutan de una buena hamburguesa con todos sus ingredientes —me dice de repente.

—¿Ah, no?

Parpadeo, fingiendo sorpresa, aunque ya me había formado una idea de sus compañías. ¿Qué pasa? Una tiene derecho a montarse su propia historia, ¿no?

—A mí también me gusta, pero cuido mi dieta —me explica al tiempo que observa una patata frita. Se la mete en la boca y la saborea.

—Ya, se nota —respondo sin pensar demasiado.

Me escruta con curiosidad. Bueno, ¿qué? ¿Ahora va a fingir que no se ha dado cuenta de cómo lo miro desde que lo conocí? Agacho la cabeza con timidez.

—Quiero decir que te mantienes bien. Supongo que irás al gimnasio —me apresuro a contestar.

—Un par de veces por semana, pero no es que me entusiasme hacer pesas y todo eso. Prefiero la natación; es un deporte que combina cuerpo y mente.

—Ah, claro. —Asiento como si tuviera mucha idea. Espero que no me pregunte si hago ejercicio, porque me paso el día con el culo pegado a la silla del despacho.

No quiero mostrarme demasiado curiosa con él, pero lo cierto es que me apetece mucho saber sobre su vida, así que me atrevo a preguntarle algo más íntimo.

—¿Por qué no te dedicas a pintar a tiempo completo?

Me llevo a la boca el último bocado de hamburguesa y lo hago bajar con un trago de cerveza.

Aarón también bebe de la suya, tomándose su tiempo para contestar. Cuando lo hace no me mira a mí sino al firmamento estrellado que nos vigila desde arriba. Alzo también la vista y me siento cautivada por el brillo de los astros.

—Triunfar en el arte es difícil hoy en día —responde al fin—. Cuando era más joven intenté dedicarme a tiempo completo, pero no podía vivir solo de eso. De modo que… como me gustaba la noche, su ambiente y la música… Decidí iniciar mi propio negocio.

—Eso es de ser muy valiente.

Me quedo mirándolo con una sonrisa. Desliza sus ojos a mí y me la devuelve. Uf, es tan… guapo. Me encanta cómo la luna se refleja en su rostro aceitunado. Es perfecto, con esa fina barba en su mandíbula masculina. Pero, sin duda, lo mejor son esos ojos tan mágicos y expresivos.

—Y tú ¿qué? —me pregunta señalándome.

—A mí también me habría gustado dedicarme a otra cosa —le confieso.

Ladea el rostro hacia mí, esperando a que conteste. Me cambio de mano el botellín. Vuelvo la cara a él. Sus ojos me recorren de forma curiosa.

—Trabajo de correctora para una revista, pero lo que me habría gustado es ser escritora.

—Todavía estás a tiempo. Eres joven.

—No, tengo ya casi treinta años.

—Perdone usted, señora centenaria —se burla de mí.

Le salpico con unas gotas de cerveza. Se ríe, divertido, y me echa unas pocas a su vez. Es curioso que estemos actuando de este modo: somos dos personas adultas, un hombre y una mujer, que hablan con sinceridad y sin mostrar atracción sexual. Bueno, al menos en este momento no estoy pensando meterme en su cama.

—¿Y no te gusta tu empleo? —me pregunta de repente.

—No está mal, pero a veces resulta muy aburrido. Todos los días es lo mismo.

—¿Qué tipo de textos corriges?

—Entrevistas, artículos, columnas de opinión… De todo un poco. Ya sabes que trabajo para la misma revista que Dania.

—No sé mucho sobre ella. —Se encoge de hombros como si realmente mi amiga no le importase.

—¿Por qué decidiste pintarla? —Me muestro curiosa.

—Bueno, porque es guapa y necesitaba una modelo así.

Da un trago a su cerveza y se la acaba. Se inclina para coger otra del cubo lleno de hielo, pero acaba sacando dos y me ofrece una. Me apresuro a terminar la mía antes de aceptársela. Hace mucho calor y la cerveza, tan fresca, está sentándome genial.

—Pero… ahora me alegro mucho de que al final hayas venido tú.

Abro la boca con sorpresa. Vaya, esa respuesta sí que no me la esperaba. Tampoco es que vaya a hacerme ilusiones por esa tontería, claro está. Lo que pasa es que me ha desarmado por completo por la forma en que me lo ha dicho. Debería concienciarme de que es un hombre muy seguro de sí mismo, atractivo y seductor… así que está claro que debe de gustarle coquetear con las mujeres, aunque después no se acueste con ellas.

Como ve que no contesto, continúa hablando.

—Dania es guapa, sí. —Lo ha dicho más para sí mismo que para mí, con la vista otra vez en el cielo. Ahora que no me ve, aprovecho para observar ese pecho que le asoma entre la ropa… ¿Cómo será acariciarlo? A ver, Mel, ¿no asegurabas que eras capaz de hablar con él sin pensar en nada sexual?—. Pero es un tipo de belleza que no acaba de atraerme del todo. Cuando pinto, necesito algo más discreto. Sí, esa es la palabra: una hermosura discreta, pero una hermosura que termina por atrapar todas las partes de tu cuerpo y de tu mente. —Me mira de nuevo con los ojos entrecerrados.

Trago saliva, nerviosa por lo que acaba de decir. Una belleza que atrapa. ¿Esa soy yo? ¿Significa eso que lo atraigo o qué…? No me atrevo a preguntárselo. No viene a cuento y tampoco tenemos suficiente confianza.

Nos quedamos callados un ratito, simplemente escudriñando el firmamento. Esta noche hay muchas estrellas. A decir verdad, tampoco es que yo suela fijarme en eso. Pero lo cierto es que hoy me parece que el cielo está diferente. Lo noto más cercano, lo que me hace pensar en lo diminutos que somos Aarón y yo ante todas esas constelaciones que nos observan desde arriba.

Me termino la cerveza y alargo la mano para pedirle otra. Suelta una risita y me la entrega. Las puntas de nuestros dedos se rozan tan solo una milésima de segundo, pero no puedo evitar sentir un cosquilleo en el estómago.

Me doy cuenta de que empiezo a ponerme contentilla. Los labios se me ensanchan esbozando una sonrisa que no puedo controlar. ¡Y seguro que ya se me han achinado los ojos! Espero que no se percate de que el alcohol me sube tan deprisa.

—Oye, ¿y qué tal de amores?

La pregunta de Aarón llega de improviso. Por nada del mundo habría pensado que iba a interrogarme sobre algo así. De haber estado con una amiga me habría parecido normal, pero viniendo de él me resulta imposible no ponerme nerviosa.

—Nada serio —me limito a contestar.

—¿Estás viéndote con alguien?

Sé que me mira, pero me da un poco de vergüenza hacerlo a mi vez. Al final, para no quedar mal, ladeo un poco el rostro hacia él. No sé por qué me ha preguntado eso… ¿Realmente le importa o lo hace por tener un tema de conversación?

—No… Bueno, sí… —Me muerdo el labio inferior. ¿Por qué he dicho algo así? Solo me he acostado una vez con Héctor. ¿Lo he soltado porque inconscientemente creo que le daré celos? ¡Menuda tontería! Seguro que Aarón es un alma libre.

—¿Y no es nada serio?

—Supongo que... no. Es mi jefe. —Hale, ya se lo he contado. ¿Qué pensará ahora de mí?

—¿Tu jefe? —Esboza una sonrisa sorprendida. Después suelta una risita y se me queda mirando con curiosidad.

—La verdad es que jamás había pensado tener nada con él —le confieso, notándome algo más atrevida. Son los efectos del alcohol, que siempre me hace hablar más de la cuenta. ¡Y no siempre es bueno! Y claro, como antes de que nos trajeran la cena me sentía nerviosa, pues me he tomado unas cuantas cervezas. Creo que con la de ahora debo de ir por la sexta o... ¿la séptima? No sé, pero vamos, que estoy un poco borracha. ¿Un poco...? Uf, no es la palabra correcta.

—¿Por qué?

—Pues porque no. Porque es mi jefe y ya está.

—¿Y qué ha pasado entonces? —Lo pregunta como si de verdad le interesara. A lo mejor es una de esas personas que se excitan oyendo hablar de los escarceos sexuales de los demás.

—Pues... Hace nada entró en mi despacho y, así porque sí, coqueteó conmigo y después me envió un correo invitándome a cenar.

—Y aceptaste. —Aarón me señala con su botellín de cerveza sin borrar la sonrisa.

—Sí. Estaba aburrida en casa y me dije que por qué no. —Me quedo callada unos segundos, sopesando si debo contarle que estaba en una sequía sexual muy mala. No, no, mejor no se lo explico—. Acudí allí y, nada, tonteamos un poco durante la cena...

—¿Esa fue la noche en la que te vi en el local?

Asiento con la cabeza. Doy otro trago largo a mi cerveza y después recuerdo a la suertuda que estaba con él. Por supuesto, no se lo menciono, y él tampoco parece abierto a soltar prenda sobre ella.

—La cuestión es que nos fuimos a su casa y... Me asusté.

—¿Cómo que te asustaste? —Aarón arquea una ceja, sin comprender.

—Pues que… A ver, ¿cómo te lo explico…? —Me muerdo el labio, pensativa. Al recordar la situación, se me escapa una risa. Aarón también sonríe, aunque todavía no sabe nada. Me vuelvo hacia él y, sin poder evitar reírme, le digo—: Empezamos a liarnos, ambos muy emocionados, y va y me sienta en la mesa… Se baja los pantalones hasta los tobillos, supercontento, y entonces… Pues eso, que me asusté. Salté de la mesa y me fui hacia la puerta mientras me gritaba que no le hiciera eso.

A medida que hablo, Aarón se echa a reír también. Acabamos los dos a carcajadas. Pronto me siento un poco ridícula, así que me callo, pero él continúa aún con sus risas. Sí, debo de parecerle una loca, por Dios. Sin embargo, cuando me mira no lo hace con gesto de burla, y me tranquilizo un poco.

—¡No puedo creerlo! —Se limpia una lágrima del ojo—. ¿De verdad lo dejaste con todo el calentón?

Agarro una patata que ha sobrado y lo apunto con ella.

—Sí, pero en realidad al día siguiente me comporté bien. —Oh, no, de verdad que estoy hablando demasiado. Ay, tengo que callarme, no puedo decir esto, no—. Follamos en mi despacho como locos. —¡Bomba vaaa! Aquí llega la Melissa sin pelos en la lengua.

Aarón mueve la cabeza de un lado a otro sin borrar la sonrisa de la cara. ¿Qué espero confesándole estas cosas? ¿Que piense que soy una loba en la cama para que quiera acostarse conmigo? Pues entonces ¡soy patética!

—Los despachos son un lugar muy común para practicar sexo —suelta de repente con una voz muy sensual.

Lo miro como si fuese un bicho raro. Sonríe.

—¿Tú lo has hecho mucho en uno? Para mí fue la primera vez —le confieso.

—Para mí también fue la primera… Una de tantas. —Sus ojos tienen un brillo pícaro. No entiendo qué ha querido decir—. Pero esa primera fue con mi profesora de literatura, cuando yo tenía diecisiete años. Lo hicimos en su despacho.

—¡Eras menor! —Me llevo una mano a la boca.

—Y ella una profesora muy joven y atractiva. —Me guiña un ojo y se termina la hamburguesa.

Doy un trago a mi cerveza pensando en lo que me ha contado. No puedo evitar acordarme de nuevo de mi primera vez. Incluso con la cantidad de alcohol que llevo en el cuerpo, es doloroso. No, no es algo que pueda contarle así de buenas a primeras, no voy a ser capaz…

—Pues creo que ya no puedes quejarte de que tu trabajo sea aburrido —dice con malicia.

Chasqueo la lengua y suelto una carcajada. Me pongo colorada sin comprender los motivos.

—¿Cómo es él?

—¿Quién? ¿Héctor? —Lo miro sorprendida.

Aarón asiente con la cabeza. Se termina el botellín de cerveza y me pide con un dedo que espere. Entra en el apartamento en busca de más bebida, supongo. Espero durante un buen rato, observando las estrellas, perdida en los misterios que pueden esconderse allá arriba. Por fin aparece con dos copas. Me entrega una. No me gusta mezclar, pero esta tiene tan buena pinta… Ni siquiera le pregunto qué es. No entiendo muy bien por qué, pero si voy a hablarle de Héctor me parece como que necesito un poco de ayuda. Me la bebo de un trago y acabo tosiendo. ¡Madre mía, qué fuerte estaba!

—Vaya… Espero que no tengas problemas con el alcohol —dice con tono sardónico.

Me recuesto en la silla, cerrando los ojos y notando el ardor de la bebida en el paladar, en la garganta y, al cabo de unos segundos, en el estómago. En cuatro, tres, dos, uno… estaré muy borracha.

—Héctor es guapo —respondo con voz grave a causa de la quemazón que noto en la boca.

—¿Solo eso? —Aarón me mira divertido.

—Tiene buen cuerpo. Y un tatuaje en el hombro que me encanta. —Sonrío con los ojos cerrados, recordando el dibujo.

—¿Y de personalidad?

—No lo conozco mucho. Tan solo sé de él como jefe. —Empieza a trabárseme la lengua—. Es autoritario y siempre me ha tratado como a una empleada más. Bueno, quizá conmigo ha sido más mandón que con los otros.

—Y vuestra relación ha cambiado tan de repente…

Vuelvo la cabeza hacia él y lo miro con mala leche. Niego una y otra vez.

—No, no y no. Nada ha cambiado. Todo seguirá igual. Me pedirá correcciones, me chillará cuando no estén terminadas a tiempo… y yo agacharé la cabeza y callaré. Bueno, alguna vez le contestaré, en especial si me ha bajado la regla.

—No creo que eso sea posible. —Aarón mueve su copa y los cubitos tintinean en el interior.

—¿Por qué no?

—No te conozco mucho, pero creo que intuyo cómo eres. —Aguarda a que diga algo, pero en realidad no me salen las palabras. Tan solo lo miro con cautela y con una expresión interrogativa en el rostro—. Cuando vuelvas a verlo, te pondrás roja como un tomate y no podrás ni saludarlo. Y eso a él le pondrá más.

—¡Para nada!

Niego de forma rotunda, pero en mi interior hay algo que me dice que quizá tenga razón. Ahora mismo no quiero planteármelo.

—¿Te gusta mucho? —me pregunta tras dar un sorbo a su bebida.

—No sé, normalillo. Es atracción física y ya está.

—¿Por qué no hay un más allá? —Parece interesado de verdad, aunque no entiendo por qué.

—Somos muy diferentes. Él se mueve en otra esfera, ¿sabes? Tan guapo, tan seguro de sí mismo, rodeado de mujeres y de hombres con éxito… A su edad tiene una carrera consolidada. —Me detengo, apoyando la cabeza en el respaldo de la silla. Suelto un suspiro—. Y yo soy una simple correctora aburrida. —Me muerdo el labio mientras pienso—. Pero no es solo eso: es que no conozco nada de él y tampoco creo que me apetezca hacerlo. Y me da que él tampoco lo pretende conmigo. Ha sido sexo y ya está.

—Tú no eres de esas —musita mirándome fijamente.

No respondo. En realidad no lo soy, pero con Héctor me dejé llevar. Y el catalizador fue Aarón. Me excité pensando en él y eso me llevó a mantener sexo con otro hombre. Qué vergonzoso…

—Yo me he acostado con muchas mujeres —me informa. Vale, de acuerdo, aunque no quería saberlo. Tendría que haberlo imaginado—. Pero nunca he repetido.

—¿En serio? —Abro los ojos—. Con tus parejas sí, ¿no?

—Yo no las llamaría «parejas». —No aparta la vista de mí. Es como si estuviera esperando mi reacción—. Cuando me acuesto con alguien, no deseo volver a repetir porque puede suceder algo que no sea bueno para ninguno de los dos. Me cuesta sentir algo por alguien.

—¿Nunca te has enamorado?

—Sí. —Me sonríe mostrándome sus perfectos dientes y yo me quedo atontada—. Pero a ellas no les gustaba mi forma de vida. Ya sabes: la noche, un local, muchas mujeres…

—Dania dice que nunca te has acostado con tus clientas. —Se me escapa lo que mi amiga me explicó.

—¿Eso te ha contado? —Se echa a reír como si le resultara muy gracioso—. Entonces será que no las veo como clientas.

Se las tira. Dania me mintió. Pero ¿por qué? La muy perra quiere que me deshaga de mi Ducky y no sabe cómo conseguirlo. Le he dicho mil veces que no me van los mujeriegos.

—Yo estuve muy enamorada durante muchos años. —Oh,

no. Ya estoy otra vez confesándome. ¿No me había prometido que no le contaría nada al respecto? Pero la mirada de Aarón me incita a sincerarme más y más. Es como si me comprendiera. Me parece conocerlo desde hace tiempo—. Para mí, él era todo mi mundo. A ver, eso no significa que no fuera una mujer independiente... Me refiero a que lo amaba, en serio. Lo amaba tanto que pensaba que estaríamos juntos toda la vida. —Poso la vista en el suelo, un poco avergonzada. El alcohol se me está subiendo a la cabeza y me noto mareada—. Pero no todo puede ser perfecto siempre... Eso es algo que, quizá, aprendí tarde.

Siento un pinchazo en el corazón. No debería estar hablando de esto; es tan doloroso...

Y de repente, sin poder evitarlo, los recuerdos me sacuden con tanta fuerza que, durante unos segundos, tengo unas ganas tremendas de llorar.

10

Me mentía una y otra vez. Quería convencerme de que nuestra relación funcionaba a las mil maravillas. En ocasiones estamos demasiado ciegos para ver la realidad, pero nosotros mismos nos tapamos los ojos. Esa es una actitud cobarde, porque te aleja del problema que, quizá, podría haberse solucionado con un enfrentamiento.

Sí, Germán y yo habíamos tenido alguna discusión que otra, pero yo siempre pensaba que, al fin y al cabo, se trataba de algo normal. Llevábamos juntos mucho tiempo, conviviendo en la misma casa, viéndonos el rostro el uno al otro cada mañana al despertar. Yo suponía que las parejas tenían sus baches, aunque el nuestro llegó muy tarde. Pero como todas mis amigas me explicaban que alguna vez tenía que aparecer, daba por sentado que también se marcharía pronto.

Germán empezó a mostrarse más taciturno, menos cariñoso y bastante aburrido. Alegaba que las oposiciones lo habían convertido en un hombre amargado y que el instituto en el que impartía clases tampoco le hacía feliz, a pesar de que había estado soñando con ese empleo desde que lo conocí. No obstante, me convencí de que todo seguía igual. Transformaba cada queja suya en una frase optimista; cada mala palabra, en un susurro tierno al oído… ¿Cómo podía estar tan ciega? Sinceramente, no lo sé, porque hasta Ana y mis padres se habían dado cuenta de que en público no nos mostrábamos como antes, y eso era algo que les parecía muy raro a todos, acostumbrados como estaban a vernos tan cariñosos y apasionados.

Como los dos trabajábamos mucho, apenas podíamos dedicarnos tiempo. A veces teníamos que llevarnos tareas pendientes a casa y pasábamos horas encerrados cada uno en su despacho hasta que había que cenar o acostarse.

En alguna ocasión yo tenía ganas de hacer el amor, pero Germán no. Lo único que veía de él por las noches en la cama era su ancha espalda y su nuca, que se me antojaba un interrogante. Justo en esos momentos acudía el miedo y, para ahuyentarlo, lo abrazaba y me apretaba contra su cuerpo, a lo que él contestaba con un murmullo apagado.

Por aquel entonces estaba escribiendo la novela que creía que me llevaría al triunfo. Como entre semana apenas tenía tiempo que dedicarle, me entregaba en cuerpo y alma a ella los fines de semana. Sabía que a Germán eso no le gustaba, pero a mí me molestaba que no apoyara el sueño de mi vida. Parecía que le pusiera de mal humor que estuviera tan feliz rodeada de mis personajes, y en alguna ocasión pensé que quizá era algo que le provocaba celos.

Sin embargo, mi cabeza, mis dedos y mi corazón cada vez pertenecían más a la novela. No podía apartarme de ella ni un día. Incluso en el trabajo intentaba escribir durante las pausas o a escondidas, lo que me reportó regañinas por parte de mi jefe. Pero era incapaz de dejarlo, como si una euforia mística me hubiera invadido, y quería aprovecharla por todos los medios.

Una tarde de sábado me encontraba en el despacho de casa tecleando como una loca cuando oí que se cerraba la puerta de la entrada. Germán había salido a dar una vuelta con unos amigos suyos, pero yo había preferido quedarme para avanzar. Ni siquiera aparté la vista de la pantalla en el momento en que él entró en el despacho. La colonia que solía regalarle en su cumpleaños, *One* de Calvin Klein, impregnó la estancia y se intensificó cuando él se acercó al escritorio. Aparté la mirada del ordenador cuando depositó frente a mí una cajita de mis bombones favoritos, Ferrero Rocher.

—¿Y esto? —pregunté con una sonrisa volviendo la cabeza.

—No sé... ¿Tiene que haber algún motivo para que quiera traer a mi chica los bombones que más le gustan? —Se inclinó y me besó con suavidad en los labios. Después arrimó una silla y se sentó a mi lado, contemplando la pantalla con curiosidad—. ¿Qué tal lo llevas?

—Bueno, ahí vamos. Estoy en una escena difícil —le expliqué, un tanto sorprendida de que se interesara por mi novela.

—¿Te queda mucho para terminarla?

Me sentí un poco molesta porque pensé que eso era lo único que le importaba, que por fin acabara el libro y volviera a ser la misma Melissa de antes que solo se dedicaba a corregir en el trabajo. Para que se me pasara la sensación de malestar, antes de contestarle cogí la cajita, la abrí y me comí un bombón. Germán no me quitaba ojo de encima, así que le ofrecí otro, que rechazó.

—No me queda demasiado, pero ya sabes... Luego toca revisar, corregir, dejarlo todo perfecto. Y esa es la parte que menos me gusta —contesté una vez que me hube tragado el bombón. Tomé otro, lo desenvolví y me lo llevé a la boca, pero Germán me lo quitó. Lo miré con expresión confundida.

—Si comes muchos, luego no tendrás hambre.

—¿Y qué?

Me encogí de hombros sin entender nada. Traté de arrebatarle el bombón, pero echó el brazo hacia atrás, impidiéndomelo.

—Me gustaría que esta noche cenáramos en algún lugar especial —me propuso.

Lo observé un instante con la boca abierta y luego me volví hacia el ordenador, negando con la cabeza.

—Hoy no… Quiero terminar este capítulo, y todavía me queda… —Acerqué los dedos al teclado y, un tanto pensativa, me concentré en la pantalla—. Pero mañana, si te apetece, vamos a comer por ahí. —Lo miré de nuevo con una gran sonrisa.

—Mañana tenemos comida en casa de mis padres, ¿es que no lo recuerdas? —Noté que se había molestado.

—Ah, sí… Vale, pues podemos ir la semana que viene, que ya estaré menos agobiada.

—Pero yo quería ir hoy, Meli —protestó como un niño pequeño, con una arruga en la frente, esa que siempre le aparecía cuando algo lo ponía nervioso—. Esta semana he tenido mucho trabajo y quería olvidarme un poco de todo.

—Bueno… Luego en la cama puedo hacerte olvidar… —le dije de manera coqueta.

Hice amago de acariciarle el brazo, pero se echó hacia atrás. Parpadeé, confundida.

—¿Qué pasa?

—Nada, Melissa. No pasa nada.

Se levantó de la silla y se encaminó hacia la puerta, pero lo llamé antes de que pudiera salir.

—Oye, no me digas que te has enfadado por esa tontería…

—No, claro que no —respondió sin siquiera volverse.

Me levanté del asiento también, fui hacia él y apoyé las manos en su espalda.

—Hay muchas más noches para salir. Cuando acabe la novela, iremos todas las veces que quieras. —Permanecí en silencio unos segundos, sintiéndome un poco nerviosa—. Es que hay un concurso dentro de unas tres semanas y he decidido presentarla.

Se dio la vuelta y me miró muy serio. Me di cuenta de que realmente se había enfadado y me dije que quizá había actuado mal y que podía dejar de escribir por una noche y darle el gusto de salir a cenar con él. Sin embargo, fueron sus posteriores palabras las que me hicieron callar y mantenerme en mis trece.

—No es eso, Melissa. Es que ni siquiera buscas un rato para estar conmigo —contestó de manera seca.

—¡Claro que sí! —Me quejé abriendo los brazos—. Además, cuando tienes que preparar tus clases o corregir exámenes, no te digo nada, y mira que siempre quieres estar solo.

—No es lo mismo. Eso es trabajo.

—Y esto, aunque no lo creas, también lo es. —Me puse muy seria, sin poder dar crédito a sus palabras.

—Pero todavía no lo es —insistió dedicándome una fría mirada.

—Estoy intentando que lo sea —respondí con un nudo en la garganta.

Debería apoyarme y darme ánimos, como hacía antes. Sin embargo, solo me atacaba donde más me dolía.

—Desde hace un tiempo te pasas el día pegada al ordenador —continuó con un extraño brillo en los ojos—. Puedo llegar a entenderlo… Pero debes preocuparte también por lo que tienes alrededor.

—¿Es que acaso no lo hago? Pues sí, sí me preocupo —lo contradije. Soltó una risa sardónica y volvió la vista hacia otro lado con un suspiro—. ¿Qué es lo que te molesta de todo esto, eh? —Lo cogí de la barbilla para que me mirara—. Soy yo la que debería estar enfadada.

—¿Ah, sí? Pues explícame por qué tendrías que estarlo. —Me miró en toda su altura, con los labios apretados y expresión enfadada.

Tragué saliva y negué con la cabeza. No me apetecía empezar una discusión por una chorrada. Tenía demasiado que hacer y sabía que, si iniciábamos una pelea, mi mente se marcharía a otra parte y habría perdido un tiempo muy valioso. Fui a sentarme de nuevo, pero Germán me cogió del brazo e insistió para que le contestara.

—Vamos, Meli, dime por qué estás molesta conmigo. Es lo que hacen las parejas, ¿no? Hablar.

Me solté bruscamente y decidí que si quería saber, entonces se lo explicaría todo. ¿Deseaba hablar? Pues allá íbamos, porque tampoco era algo que hiciéramos a menudo en los últimos tiempos.

—También las parejas se apoyan entre sí… —Eso fue lo primero que me salió y, a los pocos segundos, me arrepentí porque quizá, de otro modo, la bronca no habría sido tan fuerte.

—¿Qué insinúas? ¿Acaso no estoy siempre contigo, Melissa? ¿No suelo decirte que eres una buena escritora y que tienes futuro?

—Pues no has querido leer la novela… Puede que ni siquiera sientas de verdad eso que me dices. Te importa un comino lo que desee —proseguí, con la rabia encendiendo mi cuerpo. Sí, era justo ese sentimiento el que hablaba por mí.

—Sabes que no me gustan ese tipo de novelas, pero eso no significa que no te apoye…

—¿Y cuáles te gustan? —Me llevé las manos a las caderas y fingí que pensaba—. ¡Ah, sí, las históricas! Como esa de Alejandro Magno que querías escribir y que dejaste de lado porque te desbordaba…

—No te pases, Meli. —Alzó un dedo en señal de advertencia, pero me dio completamente igual.

—Y ese es tu problema, que a pesar de todas tus palabras, no eres tan valiente como crees. No te has atrevido a perseguir tus sueños como yo estoy haciendo. ¡Y pretendes echarme la culpa a mí para no sentirte mal con tu frustración! Antes no eras así, Germán. Antes querías hacerlo todo y jamás dudabas de no poder hacerlo… Antes no eras un hombre amargado…

—¡Y tú antes no eras una maldita egoísta! —me gritó.

Sin darme cuenta de lo que hacía, mi mano ya se había

movido y estaba aterrizando en la mejilla de mi novio. Germán abrió los ojos muy sorprendido, y me llevé la mano culpable a la boca, asustada y con ganas de llorar. Me fijé en que su mirada también brillaba.

—Lo siento… No quería… —intenté disculparme, pero él alzó las manos para detenerme y salió del despacho en silencio.

Me senté en la silla, tapándome aún la boca, sin comprender lo que había hecho. Aunque Germán y yo discutiéramos, jamás nos perdíamos el respeto, nunca nos habíamos insultado y mucho menos había pensado en abofetearlo. Sin embargo, esa vez hubo una fuerza en mí que casi me obligó a ello y que después provocó que me sintiera demasiado culpable.

Dirigí la mirada a la pantalla y, por unos instantes, tuve unas terribles ansias de borrar todo lo que había escrito. Pero por suerte la cordura no me abandonó y lo único que hice fue guardar el documento y apagar el ordenador. Cogí los bombones y acaricié los bonitos envoltorios. Por fin, las lágrimas empezaron a salir y, mientras lloraba, me zampé un chocolate tras otro. Cuando creí que había pasado tiempo suficiente abandoné mi silla y me acerqué a la habitación. Germán no se encontraba en ella y, un minuto después, lo descubrí en su despacho rodeado de un montón de papeles. Comprendí que se trataba de todas las notas que había tomado sobre Alejandro Magno, una extensa y exhaustiva documentación que había tenido que abandonar por falta de tiempo.

Al verlo allí, entre todos esos folios y con un aspecto tan desolado, se me escapó un sollozo. Alzó la cabeza y rápidamente se puso a guardar las notas, como si le avergonzara que lo hubiese pillado de esa forma. Sin embargo, me abalancé sobre él y con los brazos rodeé su cuello, donde enterré mi nariz y aspiré el perfume que tanto nos gustaba a los dos.

—Eh, Meli… No llores. No me gusta verte así. —Me separó y trató de enjugarme las lágrimas con los dedos.

—Lo siento, no quería pegarte.

Enterré mi cara en su pecho. Me frotó la espalda y apoyó la barbilla en mi cabeza.

—Ni yo decirte eso —murmuró.

—Sé que eres capaz de hacerlo. —Levanté la cabeza y me lo quedé mirando. Frunció las cejas sin entender, y le señalé los papeles que todavía había en la mesa—. Eres valiente, atrevido y ambicioso… tanto como Alejandro Magno, ¿te acuerdas? —Ambos nos reímos y aproveché para acariciarle la mejilla—. Hazlo si con eso vas a ser feliz.

—No puedo, Meli. —Negó con la cabeza. Su voz sonó derrotada, muy diferente a la del hombre del que me había enamorado—. Estoy bloqueado, y el instituto me quita todo el tiempo y las ganas.

Lo abracé con más fuerza y aspiré todo su aroma. Lo amaba tanto… No quería soltarme de él jamás.

—No discutamos, por favor —murmuré contra su camisa.

—A mí tampoco me gusta. —Me cogió de la barbilla y me obligó a mirarlo—. Odio verte llorar.

—¡Vayamos a cenar y se me pasará! —Se me ocurrió de repente que así estaría contento.

—No tengo muchas ganas ya… —respondió sacudiendo la cabeza.

—Vamos, no seas así… Querías ir a un lugar bonito, ¿no? Pues venga, busca uno mientras me ducho y me pongo mi mejor vestido.

Le guiñé un ojo y me separé de él para ir al baño. Antes de salir, me volví para echarle un último vistazo y lo descubrí sonriendo, pero no vi esa sonrisa suya tan iluminada, que era capaz de arrasar con todo y con todos a su paso.

Fuimos a cenar, aunque no fue divertido, ni romántico, ni especial. Más bien fue incómodo porque apenas hablamos, y Germán contestaba a todo lo que le decía de manera escueta. Le propuse ir a bailar, pero no quiso, así que regresamos temprano a casa y nos acostamos sin dedicarnos una caricia o un beso.

El lunes siguiente quise recompensarlo y demostrarle que iba a pasar más tiempo con él. Ese año le había tocado un segundo de bachillerato nocturno en el pueblo de al lado, así que decidí ir a buscarlo y cogí el autobús en cuanto salí del trabajo. Entré en el instituto con una ilusión enorme puesto que en casa nos esperaba una bandeja de sushi que había encargado, una de sus comidas preferidas. Pregunté a la conserje por él y, en cuanto me dijo dónde estaba, subí los escalones de dos en dos. Me detuve en el último al oír unas risitas. Sin duda se trataba de la de Germán, pero también había otra femenina. Me asomé al aula de manera tímida y lo vi solo con una de sus alumnas. Ella se había inclinado ante el escritorio, con el libro y un lápiz entre los dedos. Germán parecía estar explicándole algo; aun así, había demasiada cercanía entre ellos y una confianza que me puso nerviosa.

No habían reparado en mi presencia, de manera que di un paso hacia delante y llamé a la puerta. Cuando Germán alzó la cabeza y me vio, al principio se mostró un tanto sorprendido, pero después sus ojos destellaron y dibujó una ancha sonrisa. La chica se me quedó mirando muy seria, y escudriñé atentamente a aquella niña que coqueteaba con mi novio. Era muy joven, desde luego. No es que Germán y yo no lo fuéramos, pero para mí en ese momento ella lo era de un modo insultante. Tenía la piel muy morena, unos cabellos muy oscuros y largos, de esos abundantes que caen en cascada por la espalda, y unos ojazos azules que me observaban con curiosidad. Al cabo de estar tan solo unos segundos delante de ella supe que poseía esa inocencia y, al mismo tiempo, ese descaro juvenil que gustan tanto a los hombres un poco más mayores.

—Cariño… —Hacía tiempo que Germán no me dedicaba ese apelativo—. ¿Cómo es que has venido? —Dejó su mesa y se encaminó hacia mí.

—Quería darte una sorpresa —contesté sin apartar la mirada de la chica, que bajó la suya.

—¡Y me la has dado! —respondió, posando las manos en mis hombros y dándome un suave y rápido beso en la mejilla. ¿Por qué... por qué en esa parte del cuerpo y no en la boca? ¿Le avergonzaba besarme delante de su alumna?

—Bueno, pues hasta mañana —interrumpió la chica en ese momento.

Germán se volvió hacia ella y le hizo un gesto de despedida con la cabeza. Cuando pasó junto a mí el corazón se me aceleró. Era tan joven... Tan guapa. Unos rasgos infantiles y exóticos. Una nariz respingona. Unos pechos pequeños pero redondos y firmes.

Cuando se marchó, Germán y yo estuvimos unos minutos en silencio, hasta que él lo rompió:

—Es Yolanda. Le gusta mucho la historia.

—Qué bien...

Intenté forzar una sonrisa, pero no lo conseguí. Germán y yo siempre habíamos tenido tantas cosas en común... Pero no la historia. No su pasión.

Como vio que no iba a decir nada más, empezó a recoger sus cosas de manera apresurada. Una vez en el coche, mi cabeza empezó a dar vueltas al asunto. No pasaba nada, era normal que una chica de esa edad se sintiera atraída por un profesor joven y atractivo como Germán. Y también podía entender que a él le pareciera gracioso tontear un poco con ella. Me convencí de que no haría nada que me dañase, que jamás me engañaría con otra mujer, mucho menos con una casi diez años menor que él.

No hablamos sobre ello, así que, como necesitaba desahogarme, se lo conté a mi hermana. ¡Qué estupidez! Quería oír justo lo contrario de lo que me dijo.

—La crisis de los cuarenta —murmuró con mala cara mientras tomábamos un café.

—Ana, Germán ni siquiera tiene treinta.

—Pues le ha llegado antes. ¡Mira que te tengo dicho que

no es de fiar…! Media vida llevo advirtiéndotelo. Pero ¡si en el instituto tonteaba con todas!

—Eso no es cierto —negué con una presión en el pecho.

¿Por qué Ana no podía darme ánimos simplemente? Si tenía que equivocarme, al menos sería por mi decisión.

—Pues lo que tú digas. Pero si luego te hace daño, ¡le rompo las cerezas!

Mi hermana jamás decía palabrotas, y era algo que me hacía gracia, pero en ese momento ni siquiera pude esbozar una leve sonrisa.

—Nunca haría eso. Germán no me haría daño jamás. —Alcé los ojos para clavarlos en ella—. Solo es una alumna con la que se lleva bien.

—Ay, Mel, allí rodeado de jovencitas que lo enseñan todo y con las hormonas a flor de piel…

—Que no, Ana. Él me ama.

—Entonces ¿para qué me has llamado? —protestó.

Y pasamos a hablar de lo bien que estaba con Félix y del viaje que iban a hacer por Indonesia. Caí en la cuenta de que hacía mucho tiempo que Germán y yo no viajábamos. Ni siquiera hacíamos ya todas esas cosas divertidas que antes convertían nuestra vida en algo diferente y luminoso.

11

Reconozco que he estado sumida en mis pensamientos más tiempo del que debería. Estoy harta de que me suceda algo así. Va siendo hora de que entierre de verdad todo eso que me provoca dolor. Ya hace mucho que Germán se fue… ¿Acaso no puedo ser una mujer fuerte que supere todas esas vivencias? Todo el mundo lo hace. Y yo… sé que tengo que curarme sin demorarlo más.

Vuelvo la cabeza con suma lentitud, un tanto aletargada. Aarón está mirándome más de cerca que antes. Ha arrimado su silla a la mía. ¿Cuándo ha pasado? No me he enterado de nada con todo esto de soñar despierta. Y basta su mirada, tan próxima a la mía, para que todo se venga abajo. Ahora que lo tengo delante de mí, y después de todos esos pensamientos, ya no me siento tan tranquila. Y cuando apoya su mano sobre el dorso de la mía, un estremecimiento de placer me recorre la espalda. ¿Cómo es posible que este hombre me atraiga tanto? Estábamos tan a gusto hablando… Ha tenido que moverse y joderla. ¿Es que no podemos ser amigos y punto? Quizá si se mantiene a cincuenta metros de distancia…

—¿Estás bien, Mel?

—¿Puedes llamarme Melissa? —le pido.

Me mira con expresión confundida, pero luego se encoge de hombros y asiente con la cabeza. Me llevo una mano al pelo y empiezo a toquetearme un mechón como si me fuera la vida en ello.

—No habrás bebido demasiado, ¿no? —Parece preocupado. ¿Cuánto tiempo he estado sumida en mis recuerdos?

—Estoy bien.

—Te ocurrió algo muy doloroso, ¿verdad?

No quiero contarle lo que pasó. Simplemente, no puedo. El corazón se me encoge con tan solo pensarlo. Si mi boca se abre y le explica lo sucedido, no habrá marcha atrás. No deseo que conozca esa parte oscura de mi vida. Es preferible mantenerme callada y que saque sus propias conclusiones. Al fin y al cabo, no serán tan vergonzosas como la realidad.

—No importa. Todo eso es el pasado, y ahora estamos viviendo el presente, ¿no?

Esbozo una sonrisa triste, que me devuelve. En el pecho me retumban los latidos. No, por favor, no. No sonrías así porque vas a acabar conmigo.

Se aproxima un poco más. Noto su aliento a alcohol, pero también acompañado de un aroma que se me antoja muy excitante. Aspiro de manera disimulada para que no se dé cuenta.

—Ahora puedes empezar una nueva vida. Con otros hombres... —Ha bajado la voz. Su rostro está cerca... Tan, tan cerca... Se calla y se me queda mirando. Tan solo oímos el ruido de los coches a lo lejos, en la carretera.

El corazón me palpita como un loco. Oh, Dios... ¿Va a besarme? No sé si estoy preparada para ello, pero me humedezco los labios casi de forma inconsciente. Los entreabro en el momento en que sonríe. Y para mi sorpresa, dice:

—Y también puedes disfrutar con tu pato.

Se me cae la cara de vergüenza. ¡Todavía lo recuerda! Me aparto de golpe y le doy un manotazo en el brazo.

—¡Eres un imbécil!

Tiene una risa tan contagiosa que al cabo de unos segundos me estoy carcajeando también, olvidando todo el malestar que me había embargado por los malos recuerdos. Y regresa a mí esa sensación de poder tirarnos toda la noche hablando sin que suceda nada más. Y estaría bien… Pero ¿es lo que quiero?

—Debe de ser interesante. ¿Cómo funciona? —me pregunta cuando se le ha pasado la risa.

—Pues… el funcionamiento es muy sencillo. —Para poder hablar sobre esto, necesito beber algo más. Le arrebato la copa de la mano y me la bebo de un trago, como la otra. Suelto un bufido al notar el fuego en mi garganta al tiempo que hago gestos raros. Me observa con una ancha sonrisa—. El pato funciona con pilas. Lo aprietas y vibra; no hay más secretos. —Río como una tonta.

—Me gustaría probarlo.

Alzo la cara y me quedo mirándolo con los ojos entrecerrados. Por un momento, todo parece haberse detenido. No oigo los coches allí abajo. Tampoco se desliza la brisa veraniega por mi piel. Ni siquiera oigo mi propia respiración. Ni la suya. Lo que llega a mis oídos es el latir de mi corazón. Fuerte y desbocado. Hasta me parece percibir el suyo, más pausado. Su sonrisa es preciosa. Y sus ojos brillan a causa del alcohol. Tiene los labios un poco húmedos. Me detengo en ellos durante unos segundos, ansiosa de tomarlos entre los míos.

—Y a mí —respondo. Me apresuro a añadir—: Me encantaría que lo probaras.

Aarón arrima el rostro al mío otra vez. Se pone serio de repente. El corazón me da un vuelco. Oh, Dios mío… ¿Está a punto de besarme? «Por favor, hazlo, hazlo. Cómeme la boca.»

—Ya me contarás dónde lo has comprado —dice, haciéndome tropezar con toda la realidad—. Así podré añadirlo como juguete en mis sesiones.

Estoy casi un minuto sin poder hablar. Me siento como una tonta. Cuando lo hago, mi voz es fina y débil como la de una niña pequeña.

—Puedes comprarlo en cualquier tienda erótica.

Tras mi respuesta, no decimos nada más acerca del tema. La magia se ha esfumado. Eso si la había porque, al parecer, tan solo estaba en mi mente. Él no se ha fijado en mí. Quizá no le guste esta ropa tan provocativa. O a lo mejor las prefiere jovencitas, como la chica del local del otro día, por mucho que Dania me asegure que no.

—Creo que me voy a casa. Es tarde.

Me levanto de la silla, ocultando mi rostro entre mechones de pelo.

—Quédate un poco más —me pide muy serio.

Lo miro sorprendida. ¿Para qué quiere que me quede? Ya no tenemos nada más que decirnos.

—Es tarde.

—¿Sabes?, creo que hay que disfrutar de la vida —dice, haciendo caso omiso a mi respuesta.

Se acomoda en su silla, entrelazando los pies, con las manos apoyadas detrás de la cabeza y con la mirada puesta otra vez en el firmamento. ¿Por qué le gusta tanto mirar allí arriba?

—A veces es difícil encontrar la diversión.

Me siento de nuevo y jugueteo con el vaso haciendo tintinear los cubitos de hielo.

—Es difícil si tú quieres que lo sea. —Ladea el rostro para mirarme—. No tienes que pensar tanto, Mel… Melissa. Simplemente haz lo que te plazca y no te ahogues en los recuerdos.

Aparto la vista de la suya porque no aguanto sentirme tan indefensa. ¿Por qué me dice todas esas cosas? ¿Y por qué parece que sabe tanto de mí sin conocerme apenas? Me causa un poco de dolor que piense de forma tan parecida a Germán. Sí, vivir sin mirar atrás, disfrutar sin detenerse a pensar lo que dirán los demás, luchar por aquello que quieres… Tengo la sensación de que Aarón es así. Y eso me provoca miedo… Y, al mismo tiempo, me atrae a él más y más.

—No me ahogo en nada —me limito a contestar, mintiéndole a él y a mí misma. Pero sé que no me cree.

—¿Sabes cómo soy yo con las mujeres? —me pregunta de repente, observándome de manera divertida.

—Puedo imaginármelo. —Dejo el vaso delante de mí, en el suelo—. Pero tampoco quiero ser prejuiciosa.

—No pasa nada. Estoy acostumbrado a ello. ¿Por qué no me dices lo que piensas? —Se incorpora y con un gesto me conmina a hablar.

—Pues… Imagino que te gusta pasártelo bien con ellas.

—Supongo que sí. ¿Y qué más?

—Y ya lo has dicho tú mismo, que no te gusta repetir.

—No se me da bien establecer lazos sentimentales —responde con una sonrisa, pero hay algo en sus ojos que me insinúa que tampoco está demasiado orgulloso de ello.

—No quiero ser irrespetuosa… —Me rasco el cuello, un tanto nerviosa—. ¿Por qué no te explicas tú mismo?

—Mira, yo no tengo ningún problema en ser como soy. Quizá me apetezca encontrar el amor más adelante… pero de momento estoy bien. Y que sepas que soy muy selectivo.

—Eso me dijo Dania.

Esbozo una sonrisa. Quizá sea verdad… El día que lo conocí jamás habría pensado que podría hablar con él de manera tan sincera. Creo que Aarón es mucho más sensible de lo que aparenta. Me gustaría hacer salir a ese hombre apasionado y sentimental que debe de estar escondido en algún rincón de su interior.

—No me acuesto con la primera que se me cruza por delante —continúa sin apartar sus ojos de los míos. Está hablándome como si de verdad necesitara darme todas esas explicaciones. Me siento totalmente confundida—. Pero si una mujer me atrae, me lanzo a por ella. Sé seducir, Mel.

Me dan ganas de contestarle que no hace falta que lo asegure, que a mí ya me ha seducido apenas chasqueando los dedos. Me quedo callada, sin saber muy bien qué decir. Me sorprende que esté abriéndose a mí de este modo. Porque, al fin y al cabo, esto es una confesión. No me lo imagino diciendo a las mujeres con las que se acuesta todas estas cosas.

—Tengo claro que la gente habla de mí, pero no me importa. —Se encoge de hombros al tiempo que dibuja una sonrisa—. No soy así por ningún problema que tuviera durante la infancia o la juventud. Siempre fui atractivo y no me quedé sin madre de niño, así que no hay ningún trastorno oculto, como muchos intentarán aducir. Simplemente, disfruto.

—Ya. Me parece bien.

Asiento con la cabeza, aunque sigo sin entender a qué viene todo esto. ¿Y qué le digo ahora? ¿Que me he pasado años sin acostarme con nadie porque todo mi cuerpo estaba dolorido y maltrecho? ¿Que mi mente me alejaba de los brazos de otros hombres porque se empeñaba en conservar al único que amé?

—Te explico esto porque pareces triste, Mel.

—¿En serio?

—Cuando me contabas lo de tu jefe… no parecías muy segura. —Se inclina hacia delante para arrimarse a mí—. Pero, en cambio, tus ojos decían lo contrario. Te gustó acostarte con él. ¿Por qué no piensas únicamente en eso?

Trago saliva, sorprendida por su último comentario. Vuelvo la cabeza y observo el horizonte, los tejados de los otros edificios y el Miguelete, más allá. Me muerdo el labio con los ojos cerrados y con un incipiente dolor de cabeza. Por mi mente pasan las imágenes de mi encuentro sexual con Héctor. En mis oídos resuenan mis gemidos y sus jadeos y, de nuevo, me siento culpable sin entender los motivos.

—Me voy a casa. En serio, tengo que irme. Es muy tarde y me apetece acostarme.

Me levanto de la silla rápidamente, ansiosa por salir.

—¿Te llevo?

También se incorpora y casi nos tocamos, pero me echo hacia atrás porque un simple roce me pondría cardíaca… y porque hemos compartido demasiadas cosas. Me siento extraña, confundida y nerviosa.

—Llamaré a un taxi —respondo, e intento sonreír.

Nos despedimos solo con dos besos. Pero la incipiente barba de su mejilla hace que todo mi cuerpo sufra un tremendo impacto. El corazón reanuda su marcha histérica y la piel me estalla en cientos de fuegos artificiales. Y solo por el suave roce de sus labios en mi cara... No puedo más. Este hombre está volviéndome loca.

Una vez fuera del edificio, telefoneo a la centralita de taxis y pido que me envíen uno a la calle de Aarón. Mientras espero pasa una parejita muy acaramelada. Incluso tienen la caradura de detenerse delante de mí y empezar a morrearse como si estuvieran solos. Quiero apartar la vista, pero lo cierto es que la manera en que se besan es atrapante. Cuando se separan, se percatan de mi presencia y se echan a reír. Me pongo colorada y desvío la mirada hasta que, por fin, se van muy agarraditos. A ver si han pensado que soy una prostituta... Tampoco es que parezca otra cosa con esta ropa que me he puesto, por favor.

El taxi llega al cabo de diez minutos. Me lanzo al asiento trasero y doy mi dirección a la conductora. Parece interesada en mantener una conversación que a mí por nada del mundo me apetece.

—Ya va haciendo calor, ¿eh? —dice de manera alegre. A ver si se refiere a mi vestido.

—Sí —contesto únicamente.

—Ay, mira, esta canción me encanta. —Pone la radio a todo volumen. Vaya, si son Bustamante y Bisbal. Recuerdo que hace años no me cansaba de cantarla con mis amigas en los karaokes—. «¡Por el amor de esa mujeeer, somos dos hombres con un mismo destinooo...!» —canturrea la taxista haciendo un montón de gallos.

No puedo evitar pensar en Aarón y en Héctor. Bueno, en realidad ninguno de los dos está combatiendo por mi amor, para qué engañarnos. Tampoco creo que me gustara estar entre ellos como una damisela en apuros. Estoy segura de que los triángulos amorosos son muy duros y que uno acaba siempre hecho polvo. Pero la cuestión es que ahora no puedo dejar de dar vueltas a lo que hice con Héctor. Estuvo mal, muy mal. Ni siquiera sé cómo voy a mirarlo cuando regrese de su viaje. Aarón tenía razón: no soy de esas capaces de fingir que nada ha pasado. Ojalá me pareciera un poquito a Dania, que puede acostarse con un tío y al día siguiente no acordarse de él. Pero yo no, yo tendré que toparme con Héctor día sí y día también, y su mirada, sus labios y sus manos me recordarán lo que sucedió en el despacho.

—Yo quería que ganara el Bisbal. —La taxista interrumpe mis pensamientos. Me mira por el espejo retrovisor con curiosidad—. Y tú, maja, ¿quién querías que ganara?

Madre mía, pero si hace un montón de eso. Ya casi ni me acuerdo de los participantes.

—Chenoa —respondo.

Lo he dicho para que callara, aunque es cierto que Chenoa me gustaba más que el resto de los concursantes.

—Esa chica también cantaba la mar de bien. —La mujer se detiene en el semáforo de la calle anterior a la mía. Por favor, este viaje se está haciendo interminable. ¿No se da cuenta de que voy bastante borracha y de que no me apetece hablar? Qué mareo—. Me dio pena que Bisbal y ella terminaran. Hacían buena pareja. —Suelta un suspiro como si de verdad fuera muy doloroso para ella.

—Sí.

Poso la mano en la manija de la puerta, dispuesta a salir echando leches en cuanto le haya pagado.

—Ocho euros —me indica una vez que hemos llegado a mi casa.

Como ya los tenía preparados, se los entrego a toda velocidad y salgo casi sin despedirme. Creo que no le han gustado mis modales, pero no estoy para mantener contento a nadie, lo juro.

Abro el portal con la cabeza dándome vueltas. Puf, espero no vomitar; tengo el estómago que parece una centrifugadora. En cuanto entro en el piso me lanzo al cuarto de baño para refrescarme el rostro y la nuca. Unos minutos después me siento un poco mejor. Me dirijo a la cocina y saco la botella de agua de la nevera. Recuerdo que Germán siempre me decía que era la mejor forma para no acabar enferma después de haber bebido mucho. Muevo la cabeza para sacármelo de la mente y, cabreada, guardo la botella.

Me deshago de los tacones, del vestido y de todos los complementos, y me echo en la cama sin siquiera ponerme el pijama de verano. Hace demasiado calor y estoy sudando. Empiezo a dar vueltas sobre la sábana… No, espera, ¡si es el techo lo que se mueve! Me incorporo a toda prisa y alcanzo el móvil, que he dejado en la mesilla de noche. Ni se me ocurre mirar la hora porque en el fondo me da igual. Marco el número de Ana y, tras unos cuantos pitidos, contesta con voz somnolienta.

—Mel…

—Hola. ¿Te he despertado?

—¿Tú qué crees? ¿Es que te has vuelto loca o qué? Son las dos de la madrugada.

—Hala, ¿en serio? Creía que era más pronto —respondo, fingiendo inocencia. Pero vamos, que tenía claro que sería tardísimo—. He pensado que quizá estarías por ahí… Pero no; al final resulta que eres más aburrida que yo.

—¿Aburrida? —Mi hermana parece haberse despertado. Suelta un gruñido antes de contestarme—. Félix y yo trabajamos mucho y estamos cansados. Ya saldremos mañana.

—Hostia, ¿lo he despertado también? —Me da igual molestar a mi hermana, pero me sabe mal por Félix.

—No. Ya sabes que aunque le cayera una bomba continuaría durmiendo. —Se queda callada unos segundos, durante los cuales la oigo bostezar—. Y bien, ¿qué quieres? Me has dado un susto de muerte. Pensaba que te había pasado algo.

—Me apetecía hablar.

—¿Qué? ¿Me has llamado a estas horas para hablar? —Otro gruñido.

—Soy tu hermana pequeña y estás obligada a escucharme sea la hora que sea.

Me recuesto en la cama, un poco menos mareada.

—Está bien. —Ana suelta un suspiro y, al cabo de unos segundos, me pregunta—: ¿Has salido de fiesta? Porque solo quieres hablar cuando has bebido.

—No he ido de fiesta, no. Pero sí he bebido.

—¿Con quién? ¿Con Dania?

—No, hoy no he salido con ella. —Cierro los ojos y automáticamente regresa el mareo, así que me obligo a mantenerlos abiertos, pero la verdad es que me está entrando un sueño…

—¿Has recuperado tus viejas amistades? —continúa preguntándome.

Tengo que contarle la verdad. La he llamado para eso, ¿no? Porque necesito compartir con alguien lo que siento.

—He conocido a una persona…

Ana se queda callada unos instantes, sopesando mi respuesta. Acto seguido vuelve a hablar, esta vez con un tono de voz más alto y alegre que a mí, sin embargo, me provoca un pinchazo en la sien.

—¿En serio, cariño? —Es su apelativo para indicarme que está contenta—. ¿Te refieres a un hombre?

—Pues claro. Que yo sepa, aún no me gustan las mujeres —contesto de mala gana.

Uf, esto resulta más duro de lo que pensaba. Solo quería llamarla para decirle que me gusta un tío y punto.

—Vale. «Y… ¿cómo es él? ¿En qué lugar se enamoró de ti? ¿De dónde es…?» —Se pone a canturrear.

A veces se cree muy graciosa, pero para nada lo es. Sus

bromas no tienen chispa. O puede que yo ya no encuentre el sentido del humor en ninguna parte.

—Guapo. No está enamorado. Es de aquí.

—Bueno, pero aunque no esté enamorado aún… Se empieza así, ¿no?

—Pues no lo creo. Vamos, que no me parece que esté muy interesado en mí en ese aspecto. —Omito que ni en ese ni en ninguno.

—No te estarás acostando con él así porque sí, ¿no? —me pregunta con voz asustada.

Sí, es que Ana es reacia al sexo sin ataduras. Todavía no sé a quién ha salido tan tradicional, porque hasta mis padres son más abiertos. Vamos, que si le contara lo que he hecho con Héctor, le daría un soponcio. Con ella jamás he podido hablar abiertamente de sexo porque se escandaliza.

—No, Ana. Tranquila que todavía llevo el cinturón de castidad —digo en tono irónico.

—Entonces ¿qué es lo que tenéis?

—No sé… Puede que amistad.

Recuerdo toda la charla que hemos mantenido esta noche. Sí, la verdad es que podría decirse que he hablado con él como si fuera una amiga de toda la vida. Sí, he dicho «amiga» porque a pesar de que he tenido algún que otro amigo de confianza, con ellos no hablaba sobre temas calentorros de una forma tan sincera y libre de prejuicios.

—¿Y me llamas a estas horas para decirme que has hecho un nuevo amigo? —Ya se está enfadando otra vez. Me parece que no volverá a dirigirse a mí llamándome «cariño».

—Me gusta.

—Bueno, pues ya sabes: continuad quedando, profundizando en vuestra amistad… Pero no te acuestes con él sin que te deje claras sus intenciones.

—Ana, que ya hace mucho que cumplimos dieciséis años, ¿lo recuerdas?

—Podrías explicarme cómo es, que ahora tengo curiosidad. —Su tono de voz vuelve a ser más alegre.

—Ya te lo he contado. Es guapo... —Me quedo callada unos segundos. ¿Se lo digo? ¿No se lo digo...? Al final me decanto por el sí, ya que la he llamado con esa intención; no voy a colgar sin cumplir mi objetivo—. Me recuerda a alguien.

—¿A quién?

No respondo. No quiero decir su nombre porque, simplemente, se me atraganta en la garganta. Por unos instantes me sube un sabor amargo y tengo que apretar el móvil con fuerza para recuperar la calma.

—Cariño... ¿A quién? —insiste, pero mantengo mi silencio. Al final cae en la cuenta de a quién me refiero y dice con voz preocupada—: Eh, no, no. ¡Ya te estás alejando de ese hombre!

—No puedo, Ana. No quiero alejarme de él.

—Esto no te hará ningún bien. Me has telefoneado porque realmente estás preocupada... y empiezas a preocuparme a mí.

—Cada vez que estoy con él, no puedo evitar sentirme atraída —continúo explicándole cerrando nuevamente los ojos. Ahora sí consigo que lo que hay a mi alrededor no dé vueltas.

—Yo sé por qué te sientes atraída, Mel. Y ya te digo, esto no es bueno para ti. —Su tono es de reproche. Me paso la lengua por los labios resecos sin abrir los ojos—. Te ha costado mucho llegar al punto en el que estás. Estás recuperándote y no tienes que echar por la borda todos tus esfuerzos. ¡Y, qué caray, tampoco los míos!

—Ana, no creo que me atraiga solo por eso. Él ya es historia...

Pero ni yo misma estoy segura de que ese sea el verdadero motivo. Si no, no habría molestado a mi hermana a estas horas intempestivas.

—Mira, cariño, las cosas que nos traen malos recuerdos tienen que apartarse.

Sabía que me aconsejaría algo así, y supongo que precisamente por eso la he llamado, para tratar de tomar una decisión. Sin embargo, ahora mismo con sus palabras solo consigue que quiera continuar acercándome a Aarón.

—No me trae malos recuerdos. Simplemente su mirada me recuerda a…

—¡Ni pronuncies su nombre! —exclama en tono tajante.

—No iba a hacerlo.

—Tenemos que quedar. Por teléfono no podemos hablar de esto como es debido.

—Como quieras…

No me apetece mucho verla porque sé que se pondrá en plan madre y, al final, acabaremos discutiendo.

—No puedo mañana porque como en casa de los padres de Félix. ¿Tienes algún hueco entre semana?

—No lo sé. Ya te avisaré si eso.

Me llevo una mano a la frente y me la froto con la intención de relajarme, pero no lo consigo.

—Pues lo buscas. Seguro que a la hora de comer puedes. —Ana se muestra decidida. Ya le ha salido la vena mandona—. A mí no me importa pasarme.

—Quedamos solo si me prometes que no me largarás un sermón.

—¿Desde cuándo hago yo eso? —dice, molesta. Parece mentira que no se dé cuenta.

Suelto un suspiro y me separo el móvil de la oreja, que ya me está ardiendo. Me muero de ganas por colgar, pero ahora parece que mi hermana tiene ganas de cháchara.

—Oye, tengo sueño y me duele la cabeza. Creo que es mejor que terminemos esta conversación.

—¡Será posible…! Pero ¡si has sido tú la que me ha despertado cuando estaba en la mejor parte de mi sueño!

—Espero que fuera uno muy tórrido.

Esbozo una sonrisa maliciosa que Ana no puede ver. Empieza a quejarse, pero, antes de que pueda terminar, ya he colgado.

Me tumbo en la cama, con los brazos en cruz y las piernas completamente abiertas, intentando relajarme para dormir. Y nada, mi cabeza sigue dando vueltas y más vueltas… ¡Maldito alcohol! Nunca trae nada bueno. Pero al fin, al cabo de un rato, caigo en un sueño que se acerca a la inconsciencia. Y creo que lo hago con los ojos de Aarón grabados en mi retina y con la sensación de que los dedos de Héctor recorren mi piel.

12

La tormenta me despierta. Agarro el móvil y le echo un vistazo: tan solo son las nueve de la mañana de un domingo. Pero sé que no podré dormirme otra vez. Tengo algo en el estómago que me apretuja. Los pinchazos en el corazón me impiden descansar.

He pasado dos semanas sumida en un estado de irrealidad total, tratando de llegar a Aarón por todos los medios posibles. A la siguiente sesión acudí con ropa mucho más elegante: un traje chaqueta que me regaló mi madre y que me encanta porque me marca las curvas pero, al mismo tiempo, hace pensar que soy una mujer con gusto, respetable y seria. Tampoco funcionó.

—Hola, Mel…

Le puse mala cara. Ya le había pedido que no me llamara por el diminutivo, pero por lo visto le encanta. Me hizo pasar con un gesto al estudio en el que pinta. Avancé por el pasillo contoneando las caderas. Junto con mis pechos, son lo que más destaca de mí. Pude notar los ojos de Aarón clavados en mi cuerpo y, sin embargo, cuando me senté en el lugar que ya se había convertido en uno de mis preferidos, se echó a reír.

—¿Pasa algo? —pregunté parpadeando, confundida.

—Debes de tener un fondo de armario bien grande. —Me

señaló el traje—. Vistes de manera diferente cada vez que nos vemos.

Y no añadió nada más. Ni un «me gusta» ni un «qué bien te queda ese traje». Simplemente se puso a pintar, como en las otras sesiones, y allí me quedé con cara de tonta… Espero que no me retrate así porque, si no, de bello no tendrá nada el cuadro.

Cuando recuerdo que esa misma noche me propuso ir a la playa, los pinchazos que siento en el pecho se acentúan. De camino en su coche no pude pronunciar ni una palabra. Estaba nerviosísima. Vamos, que me sentía como la primera vez que había salido con un hombre, incluso peor, porque esa noche el que iba a mi lado me pone cardíaca.

—¿Has vuelto a hablar con tu jefe? —me preguntó.

Ambos estábamos sentados sobre la arena a las doce de la noche. Si eso no podría formar parte de una cita romántica, entonces no hay nada que pueda. Había luna llena y se mostraba ante nosotros en todo su esplendor. Redonda, enorme, brillante. Parecía la escena de una de esas películas en las que el final es feliz. Creo que a partir de ahora las odiaré aún más, y eso que ya les tengo una gran tirria. En la vida real no es todo tan fácil; no todos los hombres guapísimos e interesantes desean tener algo contigo. Aunque no quiero que sean todos, tan solo el que tuve a mi lado. Únicamente ese irresistible pintor.

—Iba a estar de viaje durante una semana, pero al final ha retrasado su vuelta —le respondí, atrapando un pelín de arena en mi mano. En otras circunstancias me habría molestado ensuciarme el traje tan bonito, pero esa noche no pensaba más que en los ojos y en los labios de Aarón.

—¿Lo echas de menos? —preguntó de repente.

Volví la cara para mirarlo. La luz de la luna le daba en todo el rostro aceitunado y, más que nunca, sus rasgos exóticos me cautivaron. Era un hechizo. Sin ninguna duda, Aarón se convirtió en un hechicero en esos momentos. En uno con un poder inmenso. ¡Estaba completamente atrapada!

—¿Por qué me preguntas eso?

—Porque puede que me molestara un poco.

No dije nada. No sabía qué responderle. El silencio se acomodó entre nosotros y ya no nos abandonó hasta veinte minutos después, cuando decidimos regresar a la ciudad. Esa noche no pegué ojo.

Si de verdad le gusto, ¿por qué no se lanzó? Y no sirve la excusa de que querrá ir despacio, ya que sabemos que no es de esos. Además, estoy segura de que sabe que me muero por él, y está jugando de forma maliciosa conmigo.

Me hizo regresar a su estudio dos días después porque me insinuó que quería terminar el cuadro cuanto antes. Estuve pensando qué podía hacer para captar su atención, así que no se me ocurrió otra cosa que comprarme un par de libros de arte y llevarlos a la sesión. Sí, pretendía simular que sé mucho de pintura, aunque no tengo ni puñetera idea.

—Buenas, Mel —me saludó con una abierta sonrisa—. ¿Qué es lo que llevas ahí?

Le mostré los libros. Los cogió y les echó una ojeada. Después alzó la vista y me miró con sorpresa.

—¿Te gusta Leonardo da Vinci?

—¡Claro! —respondí, intentando parecer muy segura de mí misma. Como es evidente, tan solo sé de ese pintor que era el típico hombre del Renacimiento capaz de dedicarse a un montón de cosas. Eso y que pintó ese cuadro tan famoso llamado *La Gioconda*.

—Vaya, no me habías dicho nada… —Me cogió de la muñeca y, todavía con los libros en una mano, me hizo entrar en el apartamento, llevándome hasta el estudio—. Cuando era más joven lo admiraba muchísimo, y es inevitable no reconocer su talento, pero después me incliné por otros estilos.

—Ah, qué bien.

—¿Cuál es tu corriente pictórica preferida? —me preguntó mientras me indicaba que ocupara mi puesto.

—Pues… no tengo una. Me gustan todas.

Puf, pero ¡si no me acordaba de ninguna! Tan solo recordaba unos pocos nombres de pintores que estudié en el bachillerato para la selectividad.

Aarón me miró con una arruga en la frente, como si no me creyera. No quería que me hiciera más preguntas —¡tendría que haberme empollado los apuntes que aún conservo!—, de modo que le insinué que tenía prisa y dejamos de hablar de arte. Mi intento por agradarle quedó frustrado, si no algo peor, porque cuando me marché Aarón tenía una expresión divertida en el rostro.

Me pidió que regresara al día siguiente. Yo ya estaba que no podía más. ¿Cuándo iba a terminar el cuadro, por Dios? Se estaba alargando demasiado. La cuestión fue que estuve pensando qué hacer para insinuarme un poco más. Recordé la jovenzuela con la que se había morreado en el local. Si le gustaban con aspecto inocente y, al mismo tiempo, guarrindongo, entonces ya sabía qué debía hacer. Rebusqué en mi armario y encontré una falda negra de tablas y una blusa blanca. La falda era muy corta, pero que conste que no me la pongo para ir a trabajar. Y no se me ocurrió otra cosa que hacerme una coleta y dejarla caer a un lado. Al verme en el espejo de mi lavabo me pareció que iba guapísima, pero cuando salí a la calle y noté las miradas de algunos hombres empecé a pensar que me había equivocado. Como no quería darle más vueltas, aguanté el tipo y continué mi camino hacia el piso de Aarón. Llamé al timbre y quise actuar de manera sexy, así que apoyé la mano en la puerta, inclinada hacia delante, con el culito arriba y un mechón de pelo entre los dedos.

Como era de esperar —pero mi cabeza parecía haberse vuelto tonta de repente—, en cuanto abrió la puerta mi mano dejó de tener un asidero y caí hacia delante, golpeándome la nariz contra su pecho, que ahora ya he descubierto lo duro que está.

—¿Mel? ¿Te encuentras bien? —Me agarró de los hombros. Su voz sonaba realmente preocupada.

Alcé la frente y lo miré con lágrimas en los ojos. Parte de ellas se debía al dolor en la nariz y la otra parte a lo ridícula que me sentía. Me llevé las manos a la cara y traté de aguantar el picorcillo, pero al final acabé estornudando.

—¿Qué estabas haciendo? —Me apartó las manos para observarme—. Bueno, al menos no te sangra. Has tenido suerte de que yo no fuera una pared. —Soltó una risita.

—Pues no dista mucho, ¿eh? Dios, estás durísimo —murmuré con voz gangosa.

Entré en el apartamento sin decir nada más, con la faldita subiéndoseme a cada paso y la blusa demasiado ceñida. Temí que en cualquier momento se me saltara un botón y terminara en un ojo de Aarón. Por suerte, no comentó nada acerca de mi atuendo. Simplemente se colocó tras el caballete y empezó a pintar como cada día.

—Me parece sorprendente que no te importe la ropa que lleve. ¿Es que solo estás dibujando mi cara?

—No. Pero eso me da igual. No necesito un tipo de ropa. Ya te pondré después la que más me guste.

Me imaginé en el lienzo con un vestido vaporoso como en los cuadros antiguos y no pude evitar esbozar una sonrisa.

Tras ese encuentro, no hemos tenido ninguno más porque él está muy ocupado. Pero lo cierto es que agradezco un parón para poner mis pensamientos en orden. Sin embargo, lo único que he conseguido es sentirme más inquieta si cabe, con un montón de recuerdos rondándome como sombras oscuras.

Me incorporo en la cama para mirar por la ventana. ¿Por qué me siento tan triste? ¿Y por qué he tenido que pensar ahora mismo en mi ex otra vez? Sé que la culpa la tiene Aarón porque me ha hecho recordar tantísimas cosas… Y me duele, no lo puedo evitar. Qué estúpidas que somos las personas a veces, queriendo atrapar en las manos al amor de nuestra vida para que nunca se escape. Y entonces ese amor encuentra una minúscula rendija entre nuestros dedos y se marcha sin despedirse.

Que Aarón me trate como a una amiga y no como a una mujer ha conseguido que me sienta desnuda y débil. Me ha hecho pensar, como tantos meses atrás, que nadie va a enamorarse de mí, que no merezco la pena. Sentirme así es patético, lo sé, pero es más de lo que mi corazón curado con tiritas baratas puede aguantar.

Me creía protegida, pero me he engañado. En el peor momento de mi vida ha empezado a interesarme un hombre que no quiere nada conmigo. Quizá eso es lo que hace que todavía sienta más ardor en mi interior. Ansío atraparlo, lograr que sea mío. Cuando me fijo en algo, no puedo detenerme hasta que lo consigo. Claro que esta vez no son unos zapatos o un trabajo, sino un tío al que no se puede controlar tan fácilmente. Y con esto volvemos a lo mismo de antes: las películas y los libros de amor nos engañan. Por mucho que trates de conquistar a alguien, si no le entras por el ojo, no habrá manera de que caiga. Forzar a alguien a quererte es algo impensable, y es lo que he estado intentando hacer. ¡Maldita sea, qué gilipollas!

Salgo de la cama con intención de ducharme para despojarme de todos esos malos pensamientos. Sin embargo, bajo el agua solo doy vueltas a mis encuentros con Aarón, por si algún gesto, palabra o detalle que recuerde me indica que está interesado en mí, aunque solo sea un poquito. Al menos de esa forma, podría tener esperanza.

Al salir de la ducha me doy cuenta de que el móvil suena. Me enrollo en una toalla. No me da tiempo a secarme el pelo, así que voy dejando una estela de gotas por el pasillo. Cuando descubro el número de teléfono en la pantalla, el corazón me da un vuelco. Hoy es domingo. Es festivo. ¿Qué quiere Héctor ahora? ¿Acaso va a pedirme que haga unas correcciones de última hora que se le habían olvidado?

—Dime —contesto de mala gana.

—Melissa Polanco…

Me ha llamado por mi apellido, como siempre. ¡Menos mal! Mucho mejor así. Quizá hasta se le haya olvidado que tuvimos sexo. No es una posibilidad tan extraña, ¿no?

—¿Qué?

—Regreso mañana.

—Estupendo. ¿Y qué quieres?

—¿Tengo que querer algo? —Su voz por teléfono es muy ronca. Sensual… Eh, espera, Melissa, ¿qué haces pensando eso?

—Pues si me llamas, supongo que sí.

—Vale, me has pillado. —Noto que está sonriendo al otro lado de la línea.

—Héctor, tengo el pelo chorreando. ¿Puedes decirme de una vez qué quieres?

—Deduzco que si estás mojada es porque acabas de ducharte.

—Exacto. Así que ya sabes, date prisa.

—¿Solo estás mojada por la ducha?

Su pregunta me coge desprevenida. Entonces… no ha olvidado lo del otro día. Y parece que quiere seguir jugando. Pero yo no puedo, no puedo… Mucho menos ahora. Estoy sensible, enfadada y dolorida.

—Te estoy imaginando… con tu piel brillante a causa del agua —continúa.

—Nos veremos mañana en el trabajo —murmuro un tanto molesta, dispuesta a colgarle.

—Ábreme la puerta, aburrida.

Contengo la respiración. ¿He oído bien? Suelto una carcajada nerviosa. Me cambio el móvil de oreja y exclamo:

—¿No decías que venías mañana?

—Estoy en la calle, bajo tu casa. Ábreme.

Me lanzo a la ventana. Descorro la cortina con disimulo para que no se dé cuenta. Lo descubro en la calle, sin paraguas, más mojado que yo. Noto una cosquilla en el estómago, cálida y agradable. ¡Esto no me puede estar pasando a mí! Sin embargo, de inmediato me convenzo de que solo ha venido para acostarse conmigo y me enfado.

—Héctor, no pienso hacerte el juego.

—¿Y permitirás que me empape aquí abajo?

No quiero abrirle, pero me sabe mal dejarlo en la calle con lo que llueve. Las tormentas de verano a veces son muy molestas.

—Espera a que me vista.

He acabado rindiéndome. Lo que haré es dejarle una toalla y permitirle que se seque. Después… que se marche. No sé por qué ha venido a mi casa.

—No.

Su negación ha sido rotunda. Por un momento, hasta me tiemblan las piernas.

Y no sé muy bien por qué, pero obedezco. Camino hacia la puerta como una sonámbula. Cuando la abro, Héctor ya ha llegado arriba. Me aprieto la toalla contra el cuerpo. Me mira muy serio, calado hasta los huesos. El pelo mojado le cae por la cara, y le da un aspecto demasiado sensual. La camisa se le pega al cuerpo, permitiéndome apreciar sus fantásticos músculos.

—¿Por qué sabes dónde vivo?

—Bueno, soy tu jefe y tengo acceso a toda tu información. ¿Lo recuerdas?

—Has estado cotilleando. Me parece terrible. Te estás convirtiendo de verdad en un acosador.

Esboza una sonrisa ladeada, esa que hace que mi piel se encienda. Me recorre con los ojos, deteniéndose en mis piernas desnudas. Trato de taparme, pero esta toalla es demasiado pequeña. Si hay una próxima ocasión, le abriré con el albornoz de invierno, aunque me achicharre.

—Tal como imaginaba, Melissa… —Esta vez, me llama solo por mi nombre.

—¿Solo has venido para echarme un polvo, Héctor? —pregunto con amargura.

No contesta. Cierra la puerta con fuerza y me atrapa entre sus brazos, sorprendiéndome. Forcejeo para escapar de él, pero de nada sirve. La toalla cae al suelo con un ruidito similar al de un soplo. Me doy cuenta de que he sido yo la que ha suspirado. Los labios de Héctor se pegan a los míos sin ninguna piedad.

—Dos semanas en las que he pensado en cada parte de tu cuerpo —murmura en mi oído. Su respiración me hace cosquillas—. Lo recordaba a la perfección, pero necesito memorizar hasta tu último lunar. —Sus manos se pierden por mi espalda. Me la recorre como si lo hiciese por primera vez. Me aprieta la carne de los costados, se inclina y me huele la piel—. Me encanta tu olor… —susurra con voz ronca.

—Pues el único que podrás percibir en este momento es el del gel.

Intento poner un poco de comicidad al asunto, a ver si le quito las ganas y se marcha. Sin embargo, él me coge con más fuerza y noto su mano perdiéndose en la parte baja de mi espalda.

—No. Desprendes un aroma muy tuyo que no sabes cómo me pone. —Sus ojos almendrados están muy cerca de mí, al igual que sus labios. Entreabro los míos, dándome cuenta de que la respiración se me ha acelerado—. Y ahora mismo hueles también a excitación.

Me siento arrastrada por este hombre. No, la palabra adecuada es, más bien, «invadida». Sus dedos no se pierden un detalle de mi cuerpo. Me coge los pechos con fiereza, arrancándome un grito de dolor y placer al mismo tiempo. Me empuja contra la pared sin dejar de toquetearme. Me pellizca un pezón, luego se agacha para metérselo en la boca. Lo lame con urgencia, tira de él, lo coge entre sus dientes. Cierro los ojos, aturdida ante sus ataques.

—¿Por qué me haces esto, Héctor...? —murmuro.

Deja mis pechos y alza la cabeza. Advierto preocupación en su mirada. De repente, me acaricia la mejilla con una ternura que jamás habría sospechado en él. Abro mucho los ojos y siento miedo. Es Héctor. Es mi jefe. Juega con las mujeres. Y no puedo más.

Para distraerlo, me engancho a su cuello y lo beso. Húmedo, salvaje, rabioso. Le transmito todo el dolor y la furia que hay en mí. Mientras su lengua se hunde en mi boca, pienso que los hombres o no me quieren o lo hacen solo para poseer mi cuerpo. Estoy aburrida de todo esto. Y, sin embargo, caigo una vez más en las artes de Héctor. Yo misma lo estoy provocando.

—¿Dónde está tu cama? —pregunta casi sin respiración.

Le señalo la dirección. Me toma en brazos y me lleva hacia ella. En cuestión de segundos estamos enredados en las sábanas. Deseo apretarlo contra mí, pero me aparta y me coloca boca abajo. Ladeo la cara y apoyo la mejilla en la almohada. Me coge de la cintura y me alza el trasero un poco.

—Eres muy bonita, Melissa —dice al tiempo que traza un sendero con su dedo por mi espalda—. ¿Dónde te habías metido hasta ahora?

—En mi despacho. No está tan lejos del tuyo... —contesto de forma atrevida. ¿Por qué me siento tan enfadada de repente? No tendría que dejarle hacer todo esto. ¿Por qué no puedo evitarlo?

Héctor no contesta. Su mano se desliza por mi vientre, acariciándomelo delicadamente. Va depositando pequeños besos por toda mi espalda, recorriéndome la columna vertebral desde la nuca. Me estremezco. Mi sexo se humedece con cada uno de sus roces. Ahogo un gemido en la almohada cuando me acaricia la parte interna de los muslos. Sube muy despacio, recreándose en cada centímetro de mi piel, convirtiendo los segundos en eternidad. Y de repente me separa los labios con dos dedos mientras me introduce un tercero. Mi cuerpo se arquea al saberme invadida por él. Pero a la vez me siento bien. Su peso en mi espalda se me antoja familiar.

—Quiero oírte gemir, Melissa —dice con la voz cargada de deseo.

Pega el pecho a mi espalda, mojándome con su camia aún húmeda. Se balancea sobre mí al tiempo que continúa sacando y metiendo el dedo en mi sexo. No deseo complacerlo, pero ya no puedo controlar los jadeos. Se me escapa uno tras otro, al unísono de sus movimientos circulares en mi interior. Me llena la espalda de besos, me la lame, la muerde con delicadeza. Acto seguido se centra en mi clítoris hinchado, provocando que grite. He perdido el control de mi cuerpo. El orgasmo me llega con tal violencia que me sacude entera. Los espasmos que recorren mis entrañas son como las olas del mar embravecido. Segundos después, me dejo caer en la cama, agotada y sudorosa.

Héctor no quiere darme tregua. Yo tampoco. Necesito que me devore para librarme de todo el dolor que llevo dentro. Me coloca boca arriba y se despoja de la ropa. No soporto que sea tan lento, así que me incorporo y literalmente le arranco el bóxer. En otra situación esto me haría gracia; jamás habría pensado que pudiera tenerse sexo de un modo tan violento. Sin embargo, cuando Héctor se coloca sobre mí, alzándome una pierna y llevándola a su cintura, descubro que es real. Al igual que la presión de su pene en mi entrada. Dejo que se adentre en mí de manera pausada. Noto que mi sexo se va abriendo a él, amoldándose, recibiéndolo con ganas. En cuestión de segundos ha vuelto a asediarme; esta vez son mis entrañas las colonizadas.

—¿Qué es lo que quieres de mí...? —susurro entre jadeos. Noto cierta humedad en mis pómulos. ¿Por qué estoy llorando ahora? ¿Es que acaso espero que me dedique alguna palabra bonita?

Héctor me mira confundido, aunque no detiene su avance. Al fin su miembro excitado y duro llega hasta el fondo de mi cavidad. Se paraliza. Me coge del trasero y lo aprieta, aunque con suavidad. Subo la otra pierna a su cintura y uno ambas en torno a sus caderas. Lo atraigo hacia mí y lo beso con apremio, le muerdo los labios y lo acoso con la lengua. Dios, jamás me había sentido de esta forma. Tan sucia y al mismo tiempo tan deseada.

—Fóllame. Como a ninguna —le pido. Ni yo misma sé a qué me refiero.

Héctor no dice nada; tan solo obedece mi escueta orden. Empieza a balancearse hacia delante y hacia atrás. Su sexo entra y sale de mí arrancándome escandalosos gemidos. Me sujeto a la almohada, con la boca abierta y los ojos cerrados.

—Cuando te estoy follando, tienes que mirarme —dice él de repente con voz grave.

Lo hago. Su intensa mirada me inunda toda. Cada vez me corren más lágrimas por la cara. Héctor continúa sin decir nada, y se lo agradezco. Quizá sea tan chulito que piense que estoy llorando de placer. Y en cierto modo es verdad, pero me estoy resquebrajando al tiempo que me acerco a otro orgasmo fantástico.

Apoya las palmas a ambos lados de mí para penetrarme con más ímpetu. El sexo que mantenemos es violento, salvaje, húmedo, intenso, lujurioso, caótico. Somos dos cuerpos en combustión. Pronto estallaremos. Arderemos con las llamas de nuestra propia rabia. No entiendo por qué él también está furioso. Pero me gusta; es la única forma en la que permitiré que me posea.

Se introduce en mí una y otra vez de manera frenética.

Clavo mis uñas en su espalda; a continuación, en sus magníficos pectorales. Gruñe y hace lo mismo en mi trasero. Nos arañamos, nos mordemos. Nos devoramos con las bocas y las miradas.

Gime junto a mi oído; hago lo mismo junto al suyo. No me parece real todo esto, pero mi cuerpo sumido en contracciones me indica que sí lo es. Me aferro a su espalda mirándolo con los ojos muy abiertos. Da un par de sacudidas, expandiendo aún más mi sexo, a pesar de que yo no lo creía posible. Nos corremos casi al mismo tiempo. Él, jadeando y soltando palabrotas; yo, gimiendo y llorando.

Esta vez no se queda dentro de mí como sucedió en el despacho. Habrá entendido que no es lo que quiero. Se deja caer a mi lado con un suspiro. Su pecho sube y baja a un ritmo desenfrenado. A mí también me cuesta respirar; tengo la boca seca y dolorida por sus besos.

—Márchate —digo, de repente, cuando me he calmado.

No contesta. Tiene la vista clavada en el techo y lo único que hace es incorporarse. Se viste en silencio mientras me pongo de lado en la cama como un feto. ¿Por qué no habla? ¿Por qué no me pide disculpas por haber acudido a mi casa de esta manera? ¿Acaso cree que puede ningunearme en lo personal como lo hace en el trabajo?

—Vete de una puta vez —suelto al descubrirlo plantado a los pies de la cama.

—Soy tu jefe. No te consiento que me hables así.

Sus palabras me dejan estupefacta. Me levanto de la cama, aún desnuda, y me sitúo a su altura. Tiene los labios apretados; respira con dificultad.

—Lo serás mañana en la oficina, pero no aquí. Esta es mi casa y no quiero que estés en ella.

—¿A qué viene esto, Melissa?

—A que has acudido a mi apartamento sin avisarme, invadiéndolo con tu arrogancia.

—Tú me has abierto la puerta —responde con mala cara.

—¿Acaso tenía otra opción?

El corazón me da un vuelco en el pecho. No aguanto más su presencia aquí.

Aprieta los puños. Supongo que no entiende mi actitud. El dolor me invade cada vez más. Ladeo el rostro, tratando de ocultar las lágrimas. Hace un amago de secármelas, pero le aparto la mano con brusquedad. Se queda algo más frente a mí; sigo sin mirarlo. Al fin se separa, pasa a mi lado y sale de la habitación.

No puedo con la rabia que siento en mi interior. Abro uno de los cajones. Había guardado en él la corbata que me dio el otro día. Corro por el pasillo y se la lanzo con un grito de frustración. Se vuelve, descubre lo que hay en el suelo y lo recoge con gesto asustado.

—No quiero acordarme —murmuro con voz temblorosa—. Odio los recuerdos.

Estruja la corbata entre los dedos. Va a decir algo, aunque se lo piensa mejor.

Cuando sale dando uno de sus clásicos portazos, me derrumbo. Me dejo caer al suelo y lloro. Pienso en Aarón; en lo mucho que me habría gustado que hubiese sido él quien hubiese acudido.

13

Hola —saludo con una vocecilla que apenas reconozco.

—¡Hola, Mel! —Dania, como siempre, tan animada.

Echo un vistazo al reloj. Son las siete de la tarde de un sábado y quizá ella ya tenga algún plan. Es más, sería raro que no lo tuviera.

—Me preguntaba si podríamos quedar.

—¿Hoy? —Guarda silencio unos instantes y, después, responde muy contenta—: ¡Claro que sí! Fíjate que no sabía qué hacer… Y tengo ganas de cazar. —Se le escapa una risita traviesa.

—¿Qué podríamos hacer? Necesito pasármelo muy bien, Dania.

—Entonces déjamelo a mí. Sabes que soy capaz de conseguir que te diviertas mucho, nena —dice de manera pícara, y me echo a reír.

—¿Te apetece que vayamos a cenar también? —le propongo. Lo único que quiero es estar acompañada de alguien porque la soledad se abalanza sobre mí. A pesar de ser verano, me parece que la casa está demasiado fría.

—Claro que sí. ¿De qué tienes ganas? ¿Chino? ¿Japonés? ¿Italiano? ¿Burger King?

—Lo que tú prefieras.

—Pues ya lo veremos después. ¿Quedamos a las nueve y media?

Contesto con un suave «sí». Sé que esta noche hablaremos sobre lo que me está sucediendo y, aunque tengo un poco de miedo, necesito contárselo.

—¿Te molesta si viene Ana con nosotras?

—Por supuesto que no. Llámala. Oye, cuelgo ya, ¡que quiero ponerme bien guapa! —Antes de que pueda despedirme, oigo el pitido al otro lado de la línea.

En realidad, no voy a decirle a Ana que también iremos a cenar porque no me apetece que esté delante cuando explique a Dania lo que me ocurre con Héctor y con Aarón. Marco el número de mi hermana. Después de dos tonos, lo coge.

—Solo me llamas cuando te interesa —dice de inmediato. La noto un poco ofendida.

—Te juro que quería quedar, pero he estado muy ocupada —me disculpo. Ana me llamó varias veces para tomar juntas un café o para comer, pero estuve evitándola.

—No sé si creerte. Seguro que has estado viéndote con ese hombre.

—Pues sí. Pero solo porque me está pintando.

—¿Cómo? ¿Qué quieres decir con eso? —pregunta ella en tono sorprendido.

—Es pintor. Luego te lo explico.

—¿Luego?

—Dania y yo hemos quedado para ir de fiesta. ¿Te apuntas o qué?

—¿Hoy? Preferiría que me hubieras avisado con un poco más de antelación… —Ya le está saliendo la vena protestona.

—¿Vienes o no? —le digo con impaciencia.

—¿Puede acompañarnos Félix?

—Ana, esta va a ser una noche de chicas. —Pongo los ojos en blanco, aunque ella no me ve—. ¡Decídete ya!

—Vale, está bien. Voy un ratito, pero porque quiero que

me cuentes todo, y la única forma en que seas sincera es viéndote la cara.

—Pasaremos a por ti alrededor de las once.

Esta vez soy yo la que no le concede tiempo para despedirse. Me apresuro a ir al baño para darme una buena ducha y quitarme de encima este aspecto de moribunda. No sé si lo conseguiré, pero al menos voy a intentarlo. Me apetece estar deslumbrante; después de todo, me lo merezco. Trato de relajarme bajo el agua, pero lo cierto es que al cerrar los ojos lo único que consigo es que aparezcan los de Aarón o los de Germán. Y, si los abro, las gotitas me recuerdan a las que Héctor tenía en el rostro en nuestro último encuentro. Y me sorprendo deseando lamerlas, ansiosa por que él vuelva a recorrer mi cuerpo con su mirada.

Una vez fuera de la ducha, escarbo en el armario como una loca para encontrar el mejor atuendo. Al final me decanto por unos pantalones cortos ajustados y una camisa de tirantes de color negro que realza mis ojos y mi cabello. En los pies me calzo unos zapatos sin demasiado tacón; no quiero que luego me duelan las plantas. Regreso al cuarto de baño y me aplico base en la cara. Después me curvo las pestañas, me pinto la raya, me pongo colorete en las mejillas y carmín rojo en los labios. Bueno... ¡al final no estoy tan mal! Me dejo el cabello sin secar, con la intención de que se me ondule un poco al contacto con el aire.

Antes de salir de casa, me doy cuenta de que no hemos quedado en ningún sitio, así que me veo llamando otra vez a Dania. Ella contesta con voz agitada.

—Mel, estoy llegando a tu casa.

—Ah, entonces ¿vienes tú a por mí?

—En cinco minutos estaré ahí —dice muy alegre. Me cuelga de nuevo antes de que yo pueda añadir nada más. ¡Qué manía tiene!

Y justo cinco minutos después el timbre suena. Como sé

que es ella, no me molesto en contestar. Cojo un bolsito pequeño y meto en él el móvil, el pintalabios, la cartera y un paquete
de pañuelos. ¡Hay que ver, hasta en los más pequeños nos ca-
ben un montón de cosas! Espero el ascensor con impaciencia;
por lo que parece, alguien lo ha cogido antes que yo. Como
me canso muy pronto, acabo bajando por la escalera. En
cuanto Dania me ve, me saluda desde fuera de manera muy
efusiva.

—Tienes un vecino buenorro y no me lo habías dicho…
—Esa es su forma de recibirme.

—¿Un vecino buenorro? Que yo sepa, no. —Me quedo
pensativa, porque ahora mismo no se me ocurre ninguno.

—¡Que sí! Castaño tirando a rubito, ojos claros, buen cuerpo… —me explica al tiempo que echamos a andar. Caigo en
la cuenta de que se está refiriendo al del segundo.

—Pero Dania, ¡a ese chaval no le echo más de veinticuatro
años!

—¿Y qué? Si está bien, hay que reconocerlo.

A ver, Pablo —que así se llama— es bastante guapete, pero
es un yogurín. Pero si le di clases de repaso cuando todavía era
un crío, por favor…

—Sabes lo que dicen, ¿no? Que si te acuestas con niños, te
despiertas meada.

—Bueno, quizá no es algo tan malo —responde Dania con
una sonrisita.

—¡Mira que eres cerda!

Le doy un cachetito amistoso en el antebrazo. Se echa a
reír y me coge del bracete, estudiando mi atuendo.

—¿Por qué no te has puesto más destroyer, chica?

—Porque entonces tendría que pasar a llamarme Dania
—le contesto en broma. Esta vez es ella quien me da una sacudida amistosa.

Echo un vistazo a su ropa. Como es de esperar, mi amiga
no se ha podido poner más sexy. Lleva un vestido de color

plateado muy sencillo que, sin embargo, en su cuerpo es una bomba a punto de estallar. No se ha puesto sujetador, así que sus pechos se balancean de un lado a otro en su mejor expresión de la libertad. Con esos tacones me hace parecer una enana a su lado, a pesar de que soy una mujer de estatura normal tirando a alta. Y lo mejor es que es capaz de caminar con una desenvoltura que ya quisiera yo.

—¿Vamos a ir a cenar a un Burger King contigo de esta guisa? —le digo señalándole el minúsculo vestido.

—No. He pensado que me apetece algo más sofisticado. ¿Por qué no vamos al japonés que hay en el centro? El Osaka… o algo así.

—Por mí perfecto.

Y allí que acabamos. Nada más entrar, todos los hombres alzan la cabeza y se quedan mirando a Dania. Se les van a salir los ojos de las órbitas, por favor. Una mujer da un golpecito en la mano a su marido —o quizá su pareja— para que aparte la vista; me aguanto la risa. Dania va delante de mí con sus andares de gata salvaje, sintiéndose muy orgullosa de las pasiones que va levantando. Nos pedimos un montón de comida porque mi amiga dice que después va a darle bien a la bebida y que es mejor tener el estómago lleno. Pues lleva razón.

—¿Por qué no ha venido tu hermana? —me pregunta con sus uñas rojas apoyadas en el cristal de la copa de vino.

—Después. Prefería estar contigo a solas en la cena —le contesto con un sushi a medio morder en la mano.

—Quieres contarme algo, ¿eh? —Me mira con una sonrisita, inclinándose hacia delante—. ¿Sobre Aarón o sobre Héctor? Porque, chica, ya no sé quién es quién…

Se está burlando de mí, la *jodía*. Pero advierto cierto resquemor en sus palabras. Seguro que le gustaría ser ella la que estuviera en mi situación. Pues se la daba encantada.

—De Aarón… Nada de nada. No sabes cuántas tonterías he hecho para llamar su atención.

—Ya te dije que era selectivo.

Echa un vistazo a todo el restaurante hasta posar la mirada en un hombre de mediana edad, bastante atractivo, que va acompañado de otro hombre y de una mujer. Alza la mano y agita los dedos de manera disimulada.

—¡Por favor, no hagas eso! —la regaño, completamente avergonzada—. Puede que esa sea su esposa o su novia... o algo.

—No lo creo. Si no, no estaría mirándome así. —Vuelve la mirada de nuevo hacia mí. Antes de continuar hablándome, mastica su comida—. Oye, que con lo de «selectivo» no quiero decir que tú no estés bien...

—Mira, me da igual. ¡No pasa nada! Ya soy adulta y puedo soportar unas calabazas.

—Pues nuestro jefe no te da calabazas precisamente... —Tiene un brillo malicioso en los ojos. Se inclina hacia mí, y su perfume me da en toda la cara. Pero ¿cuántos litros se ha puesto?—. Dime, ¿habéis vuelto a follar?

—¡Dania, baja la voz o te dejo aquí sola! —me quejo.

Observo a nuestro alrededor por si alguien la ha oído. Pero únicamente el hombre que miraba a Dania antes tiene su atención puesta en nosotras.

—Esta semana te has comportado de forma muy rara en la oficina. ¡Si no has salido de tu despacho ni a mediodía!

La verdad es que me llevé comida de casa todos los días para no tener que aparecer por los pasillos. Pensaba que si me encontraba con Héctor, todo se iría al traste. He estado esquivándolo, y él tampoco ha dado señales de vida. Vamos, sé que ha regresado a la oficina, pero no ha venido a visitarme ni nada. Tan solo me ha enviado correos en los que me encargaba correcciones y más correcciones. Creo que alguna se la ha inventado y todo.

—Eso es porque no quiero cruzarme con Héctor.

—Pero ¿eres tonta o qué? Yo habría acudido a su despacho

y le habría dicho que estaba dispuesta a todo en su mesa, en su silla o donde fuese. —Dania ladea la cabeza con gesto de disgusto, como si mi actuación hubiera sido reprochable.

—Pues ya sabes.

—Es que, a ver, no lo entiendo. Te acostaste con él y estuvo bien, pero huyes como una loca.

—Vino a mi casa. —Tenía que soltarlo. Dania pondrá el grito en el cielo, pero no podía guardármelo más.

—¡¿Perdona?! ¿Y eso por qué? Fue a darte mambo, ¿verdad? —Se me queda mirando, pero no contesto; estará montándose su propia fantasía. Da una palmada y un grito tan fuerte que me asusta a mí y a los comensales de las mesas cercanas—. ¡Vaya, lo sabía! Después de tanto tiempo solo con plástico entre tus piernas… ¡ahora estás convirtiéndote en una ninfómana!

—¡Por supuesto que no, Dania! —exclamo un tanto ofendida y avergonzada.

El hombre en el que se había fijado nos está mirando con gesto divertido.

—¿Lo llamaste tú?

—¡No! Fue él quien, de repente, acudió sin avisar.

—Ya estás contándomelo todo con detalles. —Se lleva otro sushi a la boca, pero lo hace con el rostro vuelto hacia ese hombre que la observa con deseo.

—Te lo cuento si dejas de comportarte como una mujeruca.

—¿Mujeruca? Esa palabra se utilizaba en la Edad Media. —Pero me hace caso y, de nuevo, se vuelve hacia mí y se pone a comer de forma decente.

—Nos acostamos otra vez. Y ya está. Esa ha sido la última porque yo no estoy dispuesta a entrar en su juego. —Me limpio los dedos con la servilleta y doy un trago al delicioso vino.

—¿Qué juego? ¿Ha sacado su cinturón al final?

Suelto un suspiro, un tanto resignada. Está claro que no es

posible mantener una conversación normal con Dania. Se ríe y coge su copa, inclinándola de un lado a otro.

—Mel, a veces está bien tener un follamigo. O dos, si después se da el caso. —Sé que se refiere a Aarón.

—A mí no me apetece nada que Héctor me quiera solo para sexo —respondo, molesta. A ver, no soy como Ana. Lo tradicional me da igual. Me parece perfecto el sexo libre de compromisos. Sin embargo, creo que no estoy preparada para tenerlo con Héctor. Y encima me siento culpable por acostarme con él y luego pensar en Aarón.

—¿Y puedes explicarme por qué no?

Dania ladea el rostro y escudriña el mío con curiosidad. Su pelo de fuego le cae por el escote, otorgándole un aspecto de lo más irresistible. El hombre de la otra mesa también se ha dado cuenta porque está pasando por completo de sus amigos.

—No, no puedo explicártelo. —Me encojo de hombros. Realmente ni yo misma sé lo que me pasa con ese hombre.

—¡No me digas que el jefe te gusta más de lo que creíamos! —Abre mucho los ojos, completamente sorprendida.

—Por supuesto que no.

Agacho la vista, posándola en mi plato con el pato a medio probar. ¿Cómo va a gustarme Héctor? Vale que me atrae, que es guapísimo, sexy y todo lo que queramos, pero de ahí no pasa la cosa.

—¿Entonces…?

—Necesito que me den mimos.

—Me parece que Héctor no es de esos. —Dania se queda pensativa.

—No, creo que no.

Recuerdo la manera en que hemos tenido sexo; tan bestial, tan primitivo y lleno de rabia. Es de la única forma en que parece querer dármelo. Y detesto reconocer que yo también se lo entrego así. Me gusta el sexo duro, claro que sí, pero también con algo de ternura. No estaría mal que después de hacerlo la otra persona se quedara abrazada a mí. Pero es algo que con Héctor no puede ocurrir. Es más, ni siquiera se lo permitiría.

Dania ya se ha cansado de hablar de mí y ahora pasa a contarme alguna de sus experiencias. Nunca son iguales. Si tuviera que hacer una lista con los tíos con los que ha estado, rellenaríamos libretas y libretas. Debería escribir un nuevo *Kama Sutra* porque estoy segura de que ha inventado nuevas posturas. Estamos con el postre cuando me doy cuenta de que alguien se ha acercado a nuestra mesa. Es el hombre con el que Dania ha estado tonteando durante toda la cena.

—Buenas, señoritas… —Parece muy educado y viste de manera elegante. Así, a ojillo, le echo unos treinta y cinco o treinta y seis años. Quizá tenga cuarenta, pero la verdad es que se mantiene bastante bien. Es moreno, y lleva un corte de pelo moderno y desenfadado. Tiene los ojos y la piel muy oscuros—. Estaba cenando con mi hermano y mi cuñada… —Señala la mesa en la que se han quedado sus acompañantes, que cuchichean entre ellos—. Y no he podido evitar fijarme en lo bonitas que son ustedes.

—¿En serio? Pues muchas gracias. —Dania finge inocencia, a pesar de que es evidente que ha estado provocándolo todo el rato—. Pero tutéanos, por favor, que todavía somos jóvenes. —Le dedica una de sus sonrisas devastadoras.

—Me llamo Samuel. ¿Y vosotras sois…? —Alarga una mano, pero la espabilada de Dania se levanta con toda su gracia y le planta dos besos bien cariñosos.

—Yo soy Dania. Y esta es mi amiga Melissa. —Me señala.

Me limito a estrechar la mano del hombre. Si en realidad en quien está interesado es en ella, ¿para qué voy a ser más amable?

—Me preguntaba si, después de la cena, os apetecería tomar una copa conmigo.

Dania se me queda mirando como interrogándome. A ver,

¡si al final ella aceptará por las dos! Por un momento se me ocurre que a este tío le ponen los tríos, y estoy a punto de decirle a mi amiga que conteste que no.

—Claro que sí… En cuanto acabemos aquí, nos vamos a un local de moda que se llama Dreams. ¿Lo conoces?

Cuando dice el nombre, casi escupo el vino que tenía en la boca. Pero consigo tragarlo y le dedico una mirada asesina.

—Pues la verdad es que no. Pero no os preocupéis. Lo buscaré en mi GPS… —Samuel se vuelve hacia la mesa de sus acompañantes, que ya están levantándose para marcharse—. Voy a acompañarles a su casa, pero nos vemos dentro de un rato, ¿no?

—Claro. Te esperamos allí. —Dania le guiña un ojo y apoya una mano en su hombro para despedirse con otros dos besos. Y yo otra vez con mi mano.

—¿No puedes ser más simpática? —me reprocha una vez que Samuel se ha marchado.

—Como me dejes sola esta noche, te mato.

—Tranquila que no. No al menos hasta la madrugada, claro. —Parpadea, poniendo ojitos—. Además, si viene también tu hermana… —Se lleva a la boca una cucharada enorme de helado.

Terminamos nuestros postres, y cuando ya estamos fuera del restaurante le canto las cuarenta. Vamos calle abajo mientras le chillo como una posesa.

—¡¿Qué quiere decir eso de que vamos al local de Aarón?! Tú quieres joderme pero bien.

—Mel, Mel… Tranquilita. —Alza una mano para que me calme, pero ahora mismo tengo ganas de matarla—. Llamé a Aarón en cuanto te colgué y me dijo que hoy no iba a estar allí. Así que no te preocupes, loca.

—Estás mintiendo. Como me lo encuentre, ¡te despellejo viva!

—Deberías escribir novelas de terror y no amorosas.

Cogemos mi coche para ir a por Ana. Le pediré que se quede a dormir en mi casa porque quiero beber y no pienso conducir para llevarla a la suya. Y si no, que venga Félix a buscarla.

Comparada con nosotras, mi hermana parece una monja de clausura. No me explico que, siendo verano y con el calor que hace, lleve unos pantalones largos y una camiseta de manga corta.

—Ana, ¿sabes que vamos a bailar? —le digo para picarla.

—¿Y...?

—Pues que podrías haberte puesto algo más bonito, ¿no?

—¿Estás insinuando que mi ropa es fea? —La veo arquear una ceja a través del retrovisor.

Por el camino Dania se apodera del control de la radio y va cambiando de emisora una y otra vez hasta que da con una canción que le gusta. Las dos acabamos cantando a grito pelado *Naughty Girl* de Beyoncé.

—«*I'm feelin' sexyyy. I wanna hear you say my name, boyyy...*»

—Este tema es un poco subidito de tono, ¿no? —nos interrumpe mi hermana en el mejor momento.

—¡Pues espero que aún lo sean más los del Dreams! —exclama Dania moviendo los hombros de manera sensual al ritmo de la música—. Quiero bailar con ese tal Samuel. Me ha puesto perraca total.

Ana se la queda mirando con expresión asustada y vuelve a acomodarse en su asiento, en absoluto silencio. Me cuesta encontrar aparcamiento cerca del local, así que dejo el coche dos calles más allá, un poco preocupada por si me lo rayan o le hacen cualquier cosa.

—Este barrio no está tan mal —me dice Dania.

Me coge del brazo para obligarme a andar. Se enlaza también al de mi hermana y literalmente nos arrastra. La tía tiene unas ganas de juerga alucinantes. Yo, antes de saber que veníamos aquí, también. Tendría que haberme opuesto con más fuerza, aunque no sé si podría haber evitado que Dania me trajera.

—En serio, como Aarón esté ahí dentro... Más vale que corras a donde no te alcance —la amenazo medio en broma, medio en serio, al oído porque no quiero que Ana se entere.

Dania chasquea la lengua y vuelve a empujarnos para que entremos en el local.

La música nos envuelve. En cuanto avanzamos por la pista, Dania ya se pone a bailar. Ella es así, no puede evitarlo. El ritmo enseguida la descontrola. A mí antes me pasaba lo mismo. Con lo que me gustaba bailar... y lo que me cuesta ahora.

—¡Voy a la barra! —nos grita para hacerse oír—. ¡Sentaos allí! —Nos señala un par de silloncitos que se encuentran libres—. ¡Decidme qué queréis beber!

—¡Yo un gin-tonic! —digo también entre gritos. Observo a mi hermana y, antes de que ella pueda decir nada, le pido una cerveza. Ana me mira con mala cara—. Oye, que es solo un tercio, por eso no va a pasar nada.

Nos sentamos en los sillones y no puedo evitar recordar la noche en la que estuve aquí con Héctor. Si es que ya sabía yo que era una mala idea haber venido. Anda que no hay locales en la ciudad, no... Pues Dania ha tenido que traernos aquí. Está más claro que el agua que lo ha hecho a propósito. Al cabo de unos cinco minutos regresa con nuestras bebidas y las deja en la pequeña mesa que hay en el centro.

—¡Venga, niñas, por nosotras! —Alza su copa, y Ana y yo la imitamos—. ¡Chin, chin!

Al principio hablamos sobre cosas serias, algo que me parece sorprendente estando Dania presente. Pregunta a mi hermana por el trabajo y qué tal le van las cosas con Félix. En realidad, esta es solo la segunda vez que salimos las tres juntas, ya que Ana y Félix tienen su propio grupo de amigos. No sé cuándo, pero al final me doy cuenta de que la conversación ya se ha ido por otros derroteros.

—¿Tu novio es guapo, Anita? —le pregunta así porque sí Dania. Le doy un codazo. ¿A ella qué le importa?

—Para mí sí —responde mi hermana, un tanto avergonzada.

Además, me he dado cuenta de que lo que ella quería era interrogarme acerca de Aarón, pero Dania no la deja hablar.

—Sí lo es —corroboro.

—¿Y...?

Antes de que pueda continuar, me levanto y finjo que voy a caerme. Dania se me queda mirando con las cejas enarcadas. Sabía que su pregunta tendría un interés sexual, y es mucho mejor que Ana no sepa del todo cómo es Dania.

Una hora y media después a mi hermana se le cierran los ojos mientras aguarda a que Félix venga por ella, y Dania se ha perdido por la pista a saber con quién. Quizá se ha encontrado con el tipo aquel del japonés, aunque la muy cabrona me había prometido que no iba a dejarme sola. Por suerte, no he visto a Aarón, así que en eso no me ha mentido. De repente, Ana da un brinco en su asiento. Se saca el móvil del bolsillo y le echa un vistazo.

—Es Félix. Me había dicho que me haría una perdida cuando estuviera aquí fuera.

—Te acompaño.

Nos encaminamos hacia la puerta del local. Cuando salimos, el bochorno nos da en toda la cara. Uf, este verano va a ser muy caluroso. En la acera de enfrente vemos a Félix en el coche. Alza la mano para saludarme; aun así, decido acompañar a Ana hasta el automóvil. Me inclino sobre la ventanilla y doy dos besos al que espero que sea mi futuro cuñado, que ya es demasiado tiempo el que mi hermana lleva de novia con él, leñes.

—¿Se lo ha pasado bien Ana?

—Bueno... —Ladeo los labios y me encojo de hombros.

Me despido de ellos rápidamente porque Ana se está cayendo de sueño. Sé que trabaja mucho, pero es sábado. Eso le pasa por beberse solo una cerveza.

Acudo al Dreams de nuevo, con intención de buscar a la traidora de Dania. Empujo a unos y a otros hasta que la encuentro bailando tan contenta —y lo que no es contenta— con el hombre del restaurante. Creo recordar que se llamaba Samuel. Ella me pide con un gesto que me acerque. Me pasa una mano por el hombro y me abraza. Ya va un poco borracha. El tal Samuel me mira con una sonrisa de oreja a oreja. Sí, estoy segura de que le gustan los tríos.

—Eeeh, Meeel, ¿te quedas a bailar un rato? —Mi amiga me da un beso baboso en la mejilla. Niego con la cabeza y la aparto con suavidad.

—Voy a pedir algo de beber, que tengo mucho calor. —Alzo la barbilla hacia él y los dejo allí, bailando cada vez más arrimados. En fin, ya sabía yo que mi querida Dania iba a abandonarme, así que me tomaré un gin-tonic más y me marcharé a casa. Supongo que ella se irá a la de ese tío.

Estoy pidiéndome la copa cuando empieza a sonar uno de esos temazos que te dan subidón. «*I want your body… Won't live without it…*» («Quiero tu cuerpo. No quiero irme sin él…»). Es de Inna, una de las cantantes del verano, y la verdad es que me encanta. Tengo ganas de bailar, pero me da vergüenza salir sola a la pista. Así que me quedo en la barra, observando el trajín de las camareras, mientras muevo los pies disimuladamente. Entonces, de repente, casi sin darme cuenta de lo que sucede, noto que alguien me coge de las manos y me arrastra a la pista. Es Aarón quien está delante de mí. Me quedo perpleja en cuanto lo reconozco, totalmente cohibida y sin moverme un milímetro. Maldita Dania, me había dicho que él no estaría aquí.

—Vamos, Mel, muévete, que estoy seguro de que lo haces genial —me susurra al oído, pasándome un brazo por su cuello y pegándome a su cuerpo.

«*All I desire… You're real like the fire. Just come with me, come with me. Just gonna let it go tonight… All I want is you… Thousands shades of blue dancing in your eyes…*» («Todo lo que deseo… Tú eres tan real como el fuego. Solo ven conmigo, ven conmigo. Esta noche voy a soltarme… Todo lo que quiero eres tú. Miles de sombras azuladas danzando en tus ojos…») Al final me dejo llevar por el pegadizo ritmo de la canción de Inna y me descubro bailando con Aarón, muy arrimada a él. Nos movemos de una manera tan sensual que no puedo creerlo. Tal como canta Inna, tan solo tengo ante mí el brillo de sus ojos, a él bailando conmigo de una forma que se me antoja demasiado atrevida. Y yo también me estoy moviendo así. Pronto noto que se me sube el alcohol que he bebido y que aún estoy más desinhibida. Me agarro a su cintura y trazo círculos con la mía a la vez que me sujeta de las caderas.

—Así me gusta, Mel, que disfrutes —vuelve a susurrarme al oído con una mano apoyada en mi nuca.

Un escalofrío me recorre de la cabeza a los pies. Estoy a punto de echarme hacia atrás para alejarme de esta situación, pero me aprieta con más fuerza y no hago más que caer en el tormento de sus ojos. «*Stay close to me, I'll be all that you need. Don't deny what you want, baby. I want your body.*» («Quédate cerca de mí. Seré todo lo que necesites. No niegues lo que quieres, cariño. Quiero tu cuerpo.») Aarón me hace dar un par de vueltas y me echo a reír como una loca. Realmente lo estoy pasando bien. Ahora mismo, como la chica de la canción, no quiero parar. Me gustaría que este momento durara para siempre. Sin embargo, al igual que ha sucedido las ocasiones anteriores, él rompe la magia que se había creado.

—Debo volver al trabajo. Espero verte pronto… Tengo que acabar tu cuadro. —Su aliento en mi oreja me causa unas cosquillas irresistibles. Apoyo las manos en sus hombros sin saber muy bien lo que estoy haciendo—. Pero me gustaría encontrarte por aquí y bailar más contigo.

Se suelta de mí, acariciándome el brazo hasta llegar a mi mano. Nuestros dedos se entrelazan apenas unos segundos… Nos quedamos mirando y, al fin, se aparta y me deja allí sola como una tonta.

Sí, me quedo quieta en la pista mientras las demás personas bailan alrededor, con el corazón a punto de salírseme del pecho.

Y la cabeza… La cabeza dándome vueltas. Viaja. Viaja tanto en el tiempo…

14

No todo fue malo con Germán, a pesar de las discusiones, de su seriedad, de la incomodidad que a veces se instalaba en el centro de nuestra cama. También hubo momentos divertidos en los últimos coletazos de nuestra relación. Lo intentábamos... Al menos, yo lo hacía.

A Germán y a mí nos encantaba bailar. Como ya he dicho, él tenía el ritmo en el cuerpo. Siempre que podía me enseñaba un paso nuevo, y yo adoraba aprenderlo con él. Nos recorríamos todos los locales y las discotecas que podíamos, con todo tipo de música. Bailábamos hasta que el amanecer nos sorprendía y, entonces, todavía íbamos cantando y danzando por la calle bajo la sorprendida mirada de los transeúntes. Había algo que nos gustaba mucho hacer, y era bailar ante el enorme espejo del baño de nuestro apartamento recién salidos de la ducha, aún desnudos. No había nada de sexual en esos momentos, simplemente nos divertíamos y reíamos como locos y nos deshacíamos del estrés, la tristeza o el enfado.

Germán solía decir que la música iluminaba su corazón, y me parecía cierto. Creo que en esos instantes era cuando más lo amaba, cuando su camiseta empapada por el sudor se le pegaba al cuerpo y jadeábamos juntos al ritmo de las canciones. Salsa, reguetón, electrónica, baladas... Todas eran perfectas para nosotros. La música nos acompañaba cada día, nos despertaba por la mañana cuando el despertador sonaba y no nos abandonaba hasta que la noche caía.

Me enseñó a bailar salsa cuando íbamos a la universidad. Al principio mi cuerpo se movía solo a un ritmo totalmente diferente, y le di muchísimos pisotones. Nos reíamos tanto que creía que el corazón me estallaría de felicidad. Un año después, Germán y yo bailábamos salsa como unos auténticos expertos y nuestros amigos nos coreaban cada vez que en un local ponían una canción. Ahí estábamos nosotros, en medio de tantísimas personas que nos observaban con una sonrisa en el rostro, y al final todas se unían a nuestra fiesta particular.

Así que, en una locura de esas que a mí me daban, mientras organizaba los preparativos de su próximo cumpleaños —siempre me gustaba celebrarlo a lo grande—, le propuse apuntarnos a clases de baile. Una de mis películas favoritas desde niña era *Dirty Dancing*, y se me antojó que podríamos bailar al ritmo de su BSO. Ese año quería organizarle un aniversario especial que lo alegrara y que no olvidara jamás.

—¿Me lo estás diciendo en serio, Meli? —Apartó los esquemas que se estaba preparando para la clase del día siguiente y se me quedó mirando con esa arruga en la frente que a mí me ponía nerviosa.

—Claro que sí. ¿No crees que será divertido?

—Hace tiempo que no bailamos… —murmuró con la cabeza gacha.

Era cierto. Por eso quería recuperar lo fantástico de aquellos momentos. Yo los echaba muchísimo de menos. Me moría de ganas por sentir su cuerpo pegado al mío, por sudar junto a él, por cantar dejándome la vida en ello, por enlazar sus manos con las mías al ritmo de la música.

—Precisamente por eso, Germán. Podemos recuperarlo, ¿no crees? Nos lo pasábamos tan bien… —le respondí, rememorando todos esos mágicos instantes.

—Sabes que no tenemos mucho tiempo libre.

—He estado mirando varias escuelas y he encontrado una en la que hay sesiones los sábados por la mañana. Llamé, y la profesora está dispuesta a darnos clases privadas para enseñarnos lo que queramos.

Germán me miró con una sonrisa y, aunque estaba claro que era algo que no le apetecía mucho, cedió. Nada más soltar su suspiro resignado, ya me había enganchado a su cuello y estaba riéndome, llena de felicidad.

—¿Y qué es lo que vamos a aprender? —me preguntó con curiosidad—. ¿Merengue? ¿Pasodoble?

—No… —Negué con la cabeza, arrugando la nariz, sentada en las piernas de mi novio—. Eso es demasiado típico…

—¿Entonces…?

—Vamos a aprendernos los bailes de *Dirty Dancing* —le anuncié con una sonrisa de oreja a oreja.

—¿En serio? —Abrió mucho los ojos, totalmente sorprendido. Después se echó a reír, moviendo la cabeza de un lado a otro—. Madre mía, Meli, eres única.

—Pero no me digas que no es interesante.

—Yo no usaría esa palabra… —Cogió el boli que estaba utilizando y mordisqueó la punta—. No querrás que haga ese paso del final de la película, ¿no?

Se refería al momento en que Patrick Swayze levanta por encima de su cabeza a Jennifer Grey y parece que ella vuele. Creo que todas las chiquillas soñamos alguna vez con vivir algo así. Me abracé más a Germán y le dije al oído:

—Bueno, si no se puede, no se puede. Pero me encantaría.

—Las leches que nos daríamos serían buenas.

—Tenemos un poco de tiempo para practicar —continué, tratando de animarlo. Seguramente después no podríamos hacer ese paso, pero quería intentarlo.

—Creo que el actor practicó mucho más que un poco… —respondió con gesto divertido.

—Y también estaría muy bien que nuestros amigos se unieran a nosotros, como en *Dirty Dancing*.

Hice caso omiso de lo que me decía, con mi propia historia montada en la cabeza. Ya veía a nuestros amigos danzando a nuestro alrededor, dando palmas y gritando como locos mientras nos besábamos al ritmo de la música, tal como hacían los protagonistas de la peli.

—Sabes que el actor estaba más cachas que yo, ¿no? —me recordó, acariciándome la barbilla para que dejara mis ensoñaciones.

—Pues te apuntas al gimnasio. Si en el fondo, te pareces un poco a él —contesté entre risas.

—Y que lo digas.

El sábado siguiente nos encontrábamos ante la puerta de la escuela esperando a que llegara la profesora. Yo estaba impaciente por empezar a bailar. Germán esa mañana no se había levantado de buen humor, pero lo achacó a otros motivos que no quiso contarme. Tan solo había hablado con ella por teléfono, así que no sabía cómo era, y me sorprendió encontrarme con una muchacha de unos veinte o veintidós años. Me molestó sobremanera estar rodeada de jovenzuelas. Miré a Germán de reojo, pero ni siquiera parecía hacerle caso mientras hablaba, de modo que me tranquilicé diciéndome que estaba comportándome como una tonta. De todas formas, no había sabido nada más de la tal Yolanda y, como Germán tampoco me la había mencionado, intenté borrarla de mi mente.

—Hablaste con mi hermana, no conmigo —me dijo la chica una vez que entramos en la escuela.

—¿Ah, sí?

—Es que desde hace un mes no puede dar clases, está embarazada —me explicó al tiempo que se quitaba la sudadera y se quedaba solo con una camiseta de tirantes—. Pero no te preocupes, que yo también he estudiado danza y baile contemporáneo. Esto nos viene de familia. —Sonrió.

Era muy guapa, con el cabello castaño recogido en una coleta y los ojos marrones y muy vivos. Desde el primer momento me pareció muy simpática y reconozco que las semanas que estuvimos aprendiendo junto a ella fueron especiales.

—Meli se ha empeñado en bailar a lo *Dirty Dancing* —nos interrumpió Germán en ese momento. Me molestó un poco que usara un tono un tanto irónico. ¿A qué venía tanta seriedad? Si no quería hacerlo, podía habérmelo dicho antes, pero no comportarse de esa forma delante de la profesora.

—¿En serio? ¡Es una de mis películas favoritas! —exclamó la muchacha, que se llamaba Verónica, dirigiéndose a mí—. Y decidme… ¿queréis aprender para bailar en vuestra boda?

Me quedé muda. Ahí estaba otra vez esa sensación embarazosa de saber que llevábamos juntos tanto tiempo y sentir que era necesario dar el paso. Sin embargo, no habíamos vuelto a hablar de casarnos porque estaba harta de que Germán se mostrara tan nervioso cuando apenas tocaba el tema.

—No… Es para bailarlo en su cumpleaños. —Señalé a Germán.

Verónica sonrió y asintió con la cabeza.

—Vaya, ¡sí que va a ser un cumpleaños diferente!

—Queremos sorprender a nuestros amigos. Y además, nos gusta mucho bailar —le conté—. A Germán se le da muy bien.

Se removió inquieto, como si no le gustara que hablara de él. Era otra de las cosas que habían cambiado de su actitud, puesto que siempre le había encantado demostrar sus habilidades. Verónica nos indicó con un gesto que la acompañáramos al centro de la habitación.

—¡Fabuloso! Porque a veces viene gente que no sabe nada y cuesta mucho más. Pero si vosotros ya tenéis algunas nociones de baile, entonces será mucho más sencillo.

En esa primera clase nos enseñó unos cuantos pasos que Germán y yo aprendimos con rapidez. Durante la semana estuve visionando la película con la intención de acudir a la si-

La Biblioteca de San Luis AZ y El Centro de Aprendizaje San Luis AWC Anuncian

ORÍGENES

4ta. Exhibición de Arte-Mes de la Herencia Hispana

Del 14 de Septiembre al 15 de Octubre 2017

Recepcion de apertura: 14 de Septiembre, 4:00 P.M.

Biblioteca de San Luis Arizona
1075 Norte Sexta Avenida
San Luis, Arizona 85349
(928) 627-8344

Convocan

A todos los artistas de todos los niveles y técnicas

Puedes registrarte en nuestra página de internet
www.yumalibrary.org o venir en persona a la Biblioteca de San Luis

**Todas las obras necesitan traerse a la biblioteca
a no más tardar para el día 7 de Septiembre, 2017**

Para más información contactarse con:

Carmen Spaniard
(928) 627 8344 ext. 2467, *cspaniard@yumalibrary.org*

o también con

Profesora de Bellas Artes: Jules Floss
(928) 314-9434, *julie.floss@azwestern.edu*

YUMA COUNTY
LIBRARY DISTRICT

ARIZONA WESTERN COLLEGE

guiente sesión con algo más aprendido. Verónica también la vio, grabó la BSO y la llevó a la escuela.

—He pensado que hoy podemos ensayar con la canción *Hungry Eyes*. ¿Qué os parece? —Nos dedicó una sonrisa radiante. A mí me caía genial, pero a Germán no le hacía ninguna gracia y yo no podía entender los motivos.

—Perfecto —dije juntando las manos y dando una pequeña palmada—. Me encanta ese tema.

Germán se encogió de hombros. Le cogí una mano y se la apreté, demostrándole que estaba agradecida por que me acompañara en algo que, en realidad, me hacía mucha más ilusión a mí que a él. Verónica nos pidió que nos pusiéramos cara a cara y que nos tomásemos de una mano. Él debía apoyarme la otra en la parte baja de la espalda; yo, en su hombro. Esbocé una sonrisa y Germán, a pesar de todo, me la devolvió.

—Vale. Mantened la columna recta y la cabeza alta. ¿De acuerdo?

Puso *Hungry Eyes* y se colocó detrás de Germán para enseñarle los pasos básicos. Cuando acabó el tema volvió a ponerlo; esa vez se situó a mi espalda y los tres bailamos como en la escena de la película en la que sonaba esa canción. Estaba divirtiéndome y pude notar que Germán también parecía algo más alegre.

«*I've been meaning to tell you I've got this feelin' that won't subside... I look at you and I fantasize. You're mine tonight. Now I've got you in my sights with these... Hungry eyes.*» («He estado intentando decirte que este sentimiento que tengo no desaparecerá... Te miro y fantaseo que eres mía esta noche. Ahora que te tengo ante mi vista con estos... ojos hambrientos.») Al tercer ensayo de la canción Verónica se apartó y nos dejó solos bailando. Estaban volviendo a mí todos esos mágicos sentimientos que me llenaban cuando Germán y yo bailábamos años atrás. No aparté los ojos ni un momento de los de él. Estaba segura de que los míos se mostraban tan hambrientos como los del cantante. Una mano en mi espalda mientras con la otra sujetaba la mía con suavidad, nuestros cuerpos juntos pero sin llegar a tocarse, nuestras miradas... Sinceramente, bailar con Germán era algo muy parecido a hacer el amor. Nos hablábamos en silencio, dejando entrever nuestros sentimientos con la letra de la canción y con cada uno de los pasos.

Decidí que, en lugar del tema del final de la película, en el cumpleaños de Germán quería bailar con él *Hungry Eyes*; así lo sentía mucho más cercano, tanto que casi podía rozar sus pensamientos.

—Entonces ¿no tendré que levantarte por los aires? —me preguntó, divertido.

—Bueno, podríamos decirle a Verónica que nos enseñe ese paso... si te apetece —bromeé.

Durante las semanas que ensayamos, todo regresó a la normalidad, aparentemente. Al menos así era las dos horas que pasábamos en las clases. El resto de los días actuábamos como siempre: nos levantábamos e íbamos al trabajo y no nos veíamos hasta la noche. Sin embargo, llegaba el sábado y yo estaba más radiante que nunca. También Germán parecía emocionado por haber recuperado las ganas de bailar.

Verónica nos enseñó unos cuantos pasos muy bonitos que al principio me resultaron un poco difíciles, pero gracias a Germán logré aprenderlos. En casa, cuando llegaba antes que él, ensayaba ante el espejo y me veía hermosa. Nos imaginaba a los dos en la fiesta de su cumpleaños, demostrando a todas las personas que acudirían que éramos los mismos de antes.

—Espero que más adelante queráis tomar más clases —nos dijo Verónica el último día de ensayo. Mientras Germán se ponía su sudadera, me llevó aparte y me susurró—: Quizá para vuestra boda... —Me dedicó una sonrisa sincera.

Asentí con la cabeza, un poco nerviosa. No quería que nadie más me hablara de eso, por favor.

Llegó la semana del cumpleaños de Germán y los dos días

anteriores a la fecha ya estaba nerviosísima. Quería que todo saliera muy bien y que la gente se sorprendiera del baile que íbamos a mostrarles. Decidimos celebrarlo en el chalet de sus padres; era tan grande que contaríamos con espacio suficiente, sin preocuparnos de tropezar con nada. He de reconocer que su madre era un poco pesadita. Siempre tenía que meterse en nuestros asuntos, dar su opinión —a veces de un modo un tanto cruel— y juzgarlo todo.

—Mi hijo me ha dicho que vais a bailar —me susurró al oído mientras me ayudaba a colocar los vasos y los platos de plástico en la enorme mesa que habíamos puesto en el jardín—. ¿Por qué no me lo habíais contado antes?

—Quería que fuera una sorpresa —contesté un poco seria. Esa era otra cosa que no me gustaba. ¿Por qué Germán tenía que explicárselo todo sin decírmelo a mí?

—¿Y qué es lo que vais a bailar? —me preguntó con una sonrisita. Bueno, al menos eso a mi novio no se le había escapado.

—Ya sabes… ¡sorpresa!

Le guiñé un ojo y me metí en la cocina para ir sacando la comida. Se quedó en el jardín con mala cara. No le caía del todo bien, a pesar de que me conocía desde hacía tantos años… Pero yo tenía claro que para ella era yo quien no daba el paso de casarse con su hijo, y era una mujer tradicional que esperaba nuestra boda como agua de mayo. Sabía que, en alguna ocasión, agobiaba a Germán rogándole que le diéramos nietos pronto… Y, por eso, él la visitaba cada vez menos.

En cuanto comenzaron a llegar los invitados, ya me estaba mordiendo las uñas. Iba de aquí para allá preguntando si les gustaba el lugar, si estaban cómodos o si todo iba bien. Me había convertido en una auténtica anfitriona, madre mía. A Ana no le agradaba ir a los cumpleaños de Germán, pero, de todas formas, siempre acudía.

Mi novio se encontraba en uno de los rincones del jardín, saludando a sus amigos y demás asistentes. Parecía nervioso, confundido, inquieto… Lo achaqué al hecho de que, en un rato, seríamos el centro de atención de todos. No dejaba de repetir en mi mente los pasos del baile una y otra vez.

La velada transcurrió de manera apacible, la gente reía, la madre de Germán no se mostró demasiado pesada y él, poco a poco, parecía estar más desenvuelto. Cuando terminamos de comer y empezó a caer la noche, anunciamos a todos que teníamos algo que mostrarles.

—¡¿No me digáis que vais a…?! —Esa era la madre de Germán, por supuesto.

—No, mamá, no —lo interrumpió él antes de que pudiera añadir nada más, con el ceño fruncido.

—¡Hola a todos…! —Carraspeé—. Ya sabéis que este año ha sido difícil para nosotros dos porque trabajamos mucho y, bueno, estamos estresados… —Me detuve unos segundos, estudiando aquellos rostros—. Pero también sabéis que a Germán y a mí nos encantaba bailar, y hemos querido recuperar esos momentos.

—¡Me acuerdo de que erais los reyes de la pista! —gritó en ese instante uno de sus amigos.

Asentí con la cabeza, riéndome.

—¡Tú lo has dicho…! Por eso queremos ofreceros este baile que hemos preparado y esperamos que, poco a poco, os vayáis uniendo.

Hice una señal a mi hermana para que fuera hacia el reproductor de música y lo conectara. Me volví hacia Germán y él hacia mí. Nos quedamos mirándonos muy serios hasta que le sonreí con todo mi amor.

—Este es mi regalo para ti —le susurré, para que nadie más nos oyera—. Espero que puedas leer en mi cuerpo todo lo que te quiero.

—Estoy seguro de que lo haré, Meli. —Y, aunque me pareció notar que estaba realmente nervioso, me devolvió la sonrisa.

Se había puesto guapísimo, con un pantalón negro ajustado y una camisa blanca que se le pegaba al cuerpo y me dejaba entrever lo fantástico que era. Por mi parte, me había comprado un vestido similar al que Jennifer Grey llevaba en el final de la película y me había anudado un lazo en el cabello.

Cuando alcé la mano para que me la cogiera, el pulso se me aceleró. Qué tontería… Habíamos bailado juntos en muchas ocasiones. Y, sin embargo, en el segundo en que su otra mano se posó en mi espalda, todo desapareció a nuestro alrededor. Y cuando empezó a sonar la música y nuestros pies iniciaron su marcha, mi corazón ya había echado a volar. Por mi mente pasaron un sinfín de recuerdos: el día en que lo conocí en el instituto, nuestra primera vez, las inolvidables fiestas, los amaneceres, todas las noches en que habíamos bañado las sábanas con nuestro deseo.

«I wanna hold you so hear me out. I wanna show you what love's all about… Darling, tonight. Now I've got you in my sights with these hungry eyes.» («Quiero abrazarte, así que escúchame. Quiero enseñarte lo que es el amor esta noche, cariño. Ahora que tengo mi vista en ti… con estos ojos hambrientos.»)

—*«I feel the magic between you and I…»* —me cantó Germán al oído.

Ya ni siquiera estábamos siguiendo los pasos que Verónica nos había enseñado, sino que bailábamos a nuestra manera, bien pegados el uno al otro, tal como nos gustaba. Cuando quise darme cuenta, algunos invitados se habían unido a nosotros. Pero no me importó, porque tan solo podía ver esos ojos que me habían enamorado, ese mar en tempestad del que no quería salir aunque me ahogara. *Hungry Eyes…* Aparté la mano de su hombro y la llevé hasta su mejilla para acariciarlo.

—Al final no ha estado tan mal el regalo, ¿no? —le pregunté sonriendo.

—Ha estado fenomenal —contestó, alegrándome la noche—. Hacía tiempo que no me lo pasaba tan bien. De verdad, Meli. Me conoces demasiado.

—Te quiero, Germán —le dije en voz muy bajita. Últimamente no nos lo decíamos muy a menudo, y sentí que ese momento era el más adecuado, con la hermosa canción de fondo.

—Y yo a ti. No lo dudes nunca. Ni siquiera en los momentos en los que estoy más serio contigo. —Me abrazó, con su mejilla apoyada contra la mía. Cerré los ojos para aspirar su aroma y perderme en él—. Incluso en esos, mi corazón te pertenece.

Después empezó a sonar otra canción de *Dirty Dancing* y continuamos bailando sin hacer caso a los demás, hasta que algunos amigos acudieron y nos sacaron de nuestra mágica burbuja.

—¡Ha sido divertidísimo! Y precioso —exclamó una de la pandilla de Germán—. ¡Qué buena idea habéis tenido!

Incluso Ana y Félix se acercaron a nosotros y nos felicitaron por el baile que, según mi hermana, había sido muy elegante, mucho mejor que las canciones de salsa que en otras ocasiones habíamos bailado.

El resto de la noche lo pasamos un tanto apartados de los demás, rememorando viejos tiempos, bebiendo cerveza y riéndonos como locos. Los ojos de Germán brillaban una vez más, y me alegró haber sido yo la causante. Nos dimos muchos besos, como si quisiéramos recuperar todos los que no nos habíamos dado durante los últimos meses.

Sí… Al fin y al cabo, no todo fueron malos momentos. No todo fueron discusiones y corazones reconstruidos con viejas tiritas. No todo fueron llantos y soledad. Entre la tormenta que se avecinaba, también se asomó un poco de luz para iluminarnos. Y, realmente, deberían ser esos recuerdos, los que nos hacen resplandecer, los que ocuparan nuestro corazón.

15

Supongo que muchas personas conocen esa sensación de saber que no están hechas para su vida.

Así me sentí durante demasiado tiempo, en el que intenté buscarme y encontrarme sin llegar a conseguirlo del todo. Sin embargo, desde que tuve aquellos dos encuentros con Héctor, la sensación de estar perdida ha regresado, y con mucha más fuerza.

Tal como he explicado, he estado evitándolo todo lo posible. Y él, por su parte, tampoco ha hecho nada por encontrarme. Ni siquiera ha entrado en mi despacho. No me ha pedido correcciones y no ha insistido en que me quedara hasta más tarde. Esta situación me resulta extraña porque imaginaba que él no sería como esos hombres que se avergüenzan de haberse acostado con alguien. Sea como sea, siento que me rompí un poco con cada uno de los gemidos que me sacó. Y es que no estoy hecha para mi vida. Tampoco para la de él, al parecer. Ni para la de Aarón. ¿Para la de quién, entonces?

Llego al trabajo con los nervios instalados en el estómago, tal como lleva ocurriéndome desde hace un tiempo. Con la alegría con la que acudía antes y que ahora me tenga que sentir de esta forma… ¡Todo esto es culpa de mi maldito jefe que ha tenido que meterse en mi vida para trastocármela! Aunque, a decir verdad, yo tampoco puedo salirme de rositas de todo esto. Al fin y al cabo, podría haberle dicho que no, negarme a sus intenciones y, sin embargo, he caído como una tonta. Sé que simplemente debería olvidarme de todo y continuar hacia delante. ¿Por qué no puedo? ¿Qué ha despertado en mí este hombre para que me sienta tan triste? Y encima, por otro lado, Aarón… ¡Vamos, Mel, échalos de tu cabeza y punto, que no es algo tan difícil!

Antes de ir al despacho decido prepararme una taza de café porque voy a necesitarla. Con lo mal que duermo últimamente y entre las correcciones tan aburridas que me llegan, me veo con la cara sobre el teclado en cualquier momento de la jornada.

—Buenos días, Melissa… —me saluda Julia, que ya está preparándose un café—. ¿Quieres uno?

—Sí, por favor… —casi se lo suplico.

Me dejo caer en una de las sillas, todavía con el bolso colgándome del hombro.

—No pareces nada animada —me dice tendiéndome una taza. La cojo con una mirada agradecida y no espero a que se enfríe un poco siquiera. Le doy un sorbo y me quemo la lengua—. ¿Tengo que decir otra vez a Palmer que te ha bajado la regla?

Palmer es el apellido de Héctor. En cuanto Julia lo menciona, todo mi cuerpo se pone en tensión y por poco me atraganto con el café. Se me queda mirando un tanto extrañada y me tiende una servilleta para que me limpie.

—¿Ha preguntado por mí?

—Pues no… Desde hace unos días no viene mucho por la oficina. —Julia apoya el trasero en la mesa del café—. Creo que hoy no ha llegado aún.

Me pregunto si mis compañeros sabrán algo sobre los encuentros que hemos tenido. No, no puede ser. Héctor no habrá explicado nada… Es más, los casos en los que se supo de sus escarceos con otras empleadas fue porque ellas empezaron a contarlo muy orgullosas. Pero jamás le vi abrir la boca para hablar de eso. Ahora no puedo evitar cuestionarme si lo que esas mujeres dijeron fue verdad. Esbozo una sonrisa irónica para mí misma... Por supuesto que lo será, pero ¡si el tío va como un camión atropellando a todo dios! Si a mí me ha tratado así, habrá hecho lo mismo con otras.

—Creo que Palmer no te cae nada bien —dice Julia de repente.

Vuelvo la cabeza hacia ella y la miro con sorpresa.

—¿Qué? ¿Por qué dices eso?

—No sé, es la sensación que me da... —Se encoge de hombros al tiempo que se lleva la taza a los labios y le da un sorbo. Bebo a mi vez de la mía, esperando a que continúe—. Pero verás, yo que paso tanto tiempo con él... —No me anuncia nada que no sepa: es su asistente editorial, así que suelen ir juntos a reuniones y comparten bastantes momentos—. Lo conozco bien, Melissa, y es muy inteligente y serio.

—Ya...

En realidad no me apetece saber cómo es. Conmigo se ha mostrado de una forma un tanto avasalladora. Puede que sea todo lo serio y listo que Julia quiera... pero vamos, a mí lo único que me ha dicho es que quiere follarme, y con eso no me demuestra nada.

Como me siento demasiado observada por esta mujer de mirada penetrante, decido levantarme e ir a mi despacho.

—Nos vemos luego por aquí —le digo.

—¿Irás más tarde a almorzar o a comer a la cafetería? —me pregunta.

—No sé. Ya veremos.

La verdad es que hoy no me he traído comida, así que tendré que salir a comprarme algo. Y espero que cuando lo haga Héctor no haya decidido lo mismo. La mañana transcurre tranquilamente. En verano, no hay mucho ajetreo en la revista.

Y la verdad es que me gustaría que me entregaran montañas de trabajo para estar ocupada en algo. Tamborileo con los dedos sobre la mesa… ¿Y qué hago? Podría llamar a Ana y decirle que vayamos juntas a comer, aunque quizá no tiene pausa en el trabajo. ¿Mando un whatsapp a Dania para que venga a mi despacho? Si la cuestión es que me estoy meando a mares y no me atrevo a salir. Echo un vistazo al reloj: llevo tres horas aguantándome. A este paso, cogeré una terrible infección de orina.

—Vamos, Mel, deja de comportarte como una estúpida —me digo en voz alta.

Doy una palmada en la mesa para concienciarme. Uf, me he hecho daño y todo. Me levanto muy decidida y salgo del despacho. Ay, Dios, qué dolor de vejiga tengo. Me dirijo a los servicios caminando como un pingüino. Alguno de mis compañeros se me queda mirando con curiosidad.

—¿Qué? —me encaro con ellos. El mal humor me está venciendo…

Me asomo por la esquina del pasillo de los servicios. Al fondo está el despacho de Héctor, pero la puerta está cerrada y no hay rastro de él por ninguna parte. Echo a correr como si no hubiese un mañana y entro en el baño. Suelto un suspiro una vez que me meto en el retrete. Menos mal… Creía que iba a reventar de un momento a otro. Me lavo las manos meticulosamente y me echo un vistazo frente al espejo. ¡Menudas ojeras! Tengo que intentar dormir mejor porque si no vendrán las consecuencias. Me ahueco el pelo y después abro la puerta para salir. Y entonces… choco con una corbata que conozco bien.

—Melissa —me saluda él con voz ronca.

¡Maldita sea! ¿A quién se le ocurrió que el aseo de los hombres y el de las mujeres estuvieran juntos? Podrían haberlos puesto cada uno en un extremo de la oficina. Carraspeo y alzo la mirada para toparme con la de Héctor, que es muy seria. El corazón me da un brinco al verme reflejada en esos ojos avellana.

—Buenos días.

—No te he visto últimamente.

—Pues he estado en el mismo sitio que siempre. Ya sabes, en el despacho ese que…

No me da tiempo a seguir porque me coge del brazo y, sin que pueda reaccionar, me mete en el baño. Visto y no visto, estoy empotrada en la pared una vez más y Héctor ha echado el cerrojo. ¿Mis encuentros con él van a ser siempre así?

—¿Has estado evitándome? —me pregunta con el rostro muy cerca del mío.

Ladeo la cara, dispuesta a no darle la satisfacción de que vea que estoy nerviosa.

—Claro que no —contesto un poco enfadada—. Tú tampoco me has visitado… —¿Por qué lo he dicho en ese tono que tiene algo de reproche?

—He estado muy ocupado. —Apoya la mano justo al lado de mi cabello, aprisionándome contra la puerta—. Pero ahora estoy aquí…

—No es un sitio muy acogedor —murmuro, tratando de que no me tiemble la voz.

He intentado alejarme de él por todos los medios y estoy muy molesta; sin embargo, ahora mismo noto un temblor en lo más profundo que me asusta. La situación, como las veces anteriores, me está excitando. Su colonia, que no sé exactamente cuál es, despierta en mí algo que tenía escondido muy dentro.

—He echado de menos tu piel —susurra en mi oído arrancándome un suspiro. Poso la mano en su pecho con la intención de separarlo. No obstante, pone la otra mano en la puerta, acorralándome por completo. Pego mi trasero en ella todo lo que puedo para que no nos rocemos—. Espero que tú también te hayas acordado de la mía…

Desliza los labios hacia mi pómulo muy lentamente. En realidad no me está tocando, pero el pulso me va a toda velocidad y mi pecho sube y baja dando signos evidentes de que estoy nerviosa.

—No he tenido tiempo para hacerlo... —Trato de mostrarme dura, pero realmente me está costando mucho. De lo único que tengo ganas es de sujetarlo por la nuca, atraerlo hacia mí y besarlo... Besarlo hasta que los labios me duelan—. Y te dije que no me gustaba recordar.

—Pues yo lo hago, Melissa. Cuando estoy encerrado en mi despacho, sabiendo que te tengo tan cerca, no puedo evitar recordar cómo sabes.

Su boca está a tan solo unos milímetros de la mía. Su aliento huele a menta y, por unos segundos, pienso que voy a echarlo todo a perder: le comeré la boca aquí mismo. Tengo que ser capaz de alejarme de todo esto, de no volver a caer en su tentación. ¡Dios mío, al final la única solución será cambiar de empleo!

—Tengo que regresar.

Hago amago de apartarlo, pero me empuja con su cuerpo contra la pared. Enseguida puedo notar su erección clavándose en mi cadera. Sin poder aguantarme más, vuelvo el rostro hacia él y observo sus ojos, oscurecidos por el deseo.

—Quiero comerte ahora mismo. —Me coge de la barbilla, alzándomela hacia él.

Estoy toda expuesta... Mi cuerpo lo está. Se entrega a él sin siquiera haberme tocado.

—No, aquí no... —Cierro los ojos y los aprieto con fuerza para escapar de su mirada, que me quema.

—Entonces vamos a mi despacho. —Me da un suave beso en la barbilla y sube lentamente hasta detenerse en mis labios, pero no los toca.

—No, ¡no quiero hacerlo en el trabajo!

Abro los ojos y los poso en la blanquecina pared, respirando con dificultad. Está tan pegado a mí que puedo notar su acelerado corazón contra mi pecho. Está muy excitado, y lo peor es que yo también lo estoy.

—No aceptaré una negativa, Melissa Polanco, y lo sabes.

Sus dedos me aprietan. Su otra mano abandona la puerta y, al cabo de unos segundos, se pierde debajo de mi falda. Doy un respingo en cuanto me acaricia un muslo.

—En mi casa… —me apresuro a contestar, preocupada por si alguien entra en el baño y nos pilla de esa forma—. Ven a mi casa esta noche.

Héctor me obliga a mirarlo para descubrir si estoy diciéndole la verdad. Antes de soltarme, me da un beso con una rabia inaudita. Pero se lo devuelvo aún con más fuerza, mordiéndole incluso el labio inferior, demostrándole que no lo engaño, que lo esperaré esta noche para que se haga con mi cuerpo una vez más y yo pueda sumergirme en el suyo.

—Nos vemos luego. Contaré cada minuto que falta hasta estar otra vez dentro de ti —me dice con una voz tan sensual que incluso mi sexo palpita bajo la falda.

En cuanto sale del baño corro hacia el lavamanos, abro el grifo y me refresco la nuca. Me fijo en que tengo las mejillas encendidas. Madre mía, soy la viva imagen de la excitación. ¿Cómo voy a salir así? Aguardo unos minutos hasta que se me ha pasado. Sin embargo, aunque en mi cara ya no hay ninguna señal, todavía las tengo prendidas al cuerpo. Nada más entrar en el despacho me siento; tengo que apretar los muslos. Ahogo un gemido ante los pinchazos de placer. ¿Cómo es posible que Héctor me ponga tanto con tan solo unos roces y unas palabras?

—Eres gilipollas, Mel… Lo eres —me digo en voz alta aún con las manos entre las piernas—. ¿No habíamos quedado en que no cederías a su juego?

Y lo peor es que he quedado con Héctor esta noche. Pero no puedo evitarlo… Me he dado cuenta de que tengo ganas de él otra vez. Y está claro que él tiene de mí. Tan solo necesito apagar estas lenguas de fuego que me están abrasando por dentro... Esta vez debo prometerme que no habrá más encuentros, que el de esta noche será el último. Soy su empleada... No puedo consentir que esto vaya más allá. Pero... su sabor me tiene atrapada. Y también sus ojos de caramelo. No puedo desembarazarme de él. Lo que más deseo es reflejarme en ellos.

Me paso el resto del día como si estuviese en un sueño. Después de comer Dania viene a mi despacho y la echo a gritos. Debo de dar auténtico miedo porque no duda ni un momento en irse, y eso que siempre hace lo que le da la gana. Como me sabe muy mal haberla tratado así, le mando un whatsapp al cabo de un rato.

—Guapura... —Me ha llamado por teléfono—. ¿Te ocurre algo? ¡Creía que ibas a despedazarme!

—Estoy de mal humor.

—Te estás volviendo mucho peor de lo que eras. No sé qué te pasa, de verdad, pero puedes contármelo.

A pesar de lo loca que está, Dania es una amiga con la que puedo hablar en serio cuando la ocasión lo requiere. Además, otra cosa buena que tiene es que nunca juzga, y realmente es eso lo que necesito ahora. De todos modos, no me atrevo a confesarle que he vuelto a quedar con Héctor. Es más, tener su nombre en la cabeza ya me pone demasiado nerviosa.

—¿Quieres que tomemos una cervecita después de cenar? —me propone.

Quizá sería lo mejor. Quedar con ella y olvidarme de Héctor. ¿Y si le digo que estoy enferma? No, está claro que él no me creerá, y lo veo capaz de llamarme una y otra vez o de buscarme por la ciudad, ¡quién sabe!

—No puedo. Voy a cenar con mis padres, hace tiempo que no los veo.

—Pues del viernes no pasa que nos corramos una buena juerga, como la del otro día.

—Sí… ¡para que me dejes otra vez tirada! —le grito, recordando que se fue con el tío que conoció en el japonés. Y por culpa de eso me encontré con Aarón y, desde entonces, aún me siento peor.

—Oye, picarona, que te vi bailar con nuestro maravilloso pintor.

—Y en mala hora lo hice… —Suelto un suspiro, tratando de ahuyentar lo que me provocó cuando posó sus manos en mi cuerpo—. Te juro que si vuelves a proponerme que vayamos al Dreams, te daré una patada en el culo y aterrizas allí tú solita.

—Ay, Mel, ¡no seas así! Deja de quejarte por todo y disfruta —me regaña. Oigo unas voces de fondo hablando con Dania—. Oye, que tengo que atender un asunto. Ya sabes, este viernes… ¡Tú y yo quemaremos las pistas! —Me cuelga sin despedirse.

Me paso el resto de la tarde echando ojeadas al reloj. Por lo general, el tiempo transcurre lentísimo para mí cuando estoy aburrida, pero lo cierto es que hoy vuela. El encuentro con Héctor llegará muy pronto. Necesito huir. Claro, puedo hacer eso. Me pido la baja en el trabajo y me largo a una playa desierta donde nadie dé conmigo. Aunque, bien mirado, no sé qué excusa podría dar para que me la aceptaran. «Mire, señor… Es que me acuesto con mi jefe y, bueno, me pone, claro está, si no no tendría relaciones con él… Pero la verdad es que el que me gusta es otro tío, uno que también está para chuparse los dedos y que me recuerda a mi ex, de quien estuve tremendamente enamorada… Y, verá, ¡me estoy volviendo loca!» Pues tampoco me parece una mala razón… Lo malo es que suena a película de Julia Roberts. Y yo no soy tan pelirroja, ni tan guapa ni tan estilosa como ella, ni tengo esa nariz suya tan sexy, ni, mucho menos, sé salir de los embrollos como ella.

Aún estoy más nerviosa cuando voy en coche hacia mi casa. Y una vez allí, camino de arriba abajo sin saber muy bien qué hacer. Me da por ponerme a barrer. Dicen que las tareas del hogar eliminan el estrés, pero a mí no me están ayudando nada de nada. Hace tanto calor y yo muevo la escoba con tanto ahínco que acabo sudando a chorros. Estoy despojándome de la ropa para meterme en la ducha cuando suena el timbre. Oh, Dios mío… Es él, es él, es él, y yo estoy sudorosa y hecha un coco. Entonces se me enciende la bombilla. Si me ve de esta guisa, quizá se le quite el calentón y se vaya. ¡Pues claro que sí! Estoy segura de que lo que le pone es una tía sensual, con una ropa interior preciosa, y no una con el pelo a lo afro y una escoba llena de suciedad.

Decido abrirle tal cual estoy, con esta ropa interior que es la más fea que tengo. Últimamente me ha dado por ponérmela así; todo depende de mi estado de ánimo. Antes de que me dé tiempo a nada, Héctor ya está tocando el timbre de arriba. Es un impaciente. Cuando me descubre ante la puerta, con las bragas y el sujetador de yaya, escoba en mano, pelo enredado y cara sudorosa de pepona, me observa con un parpadeo.

Sin embargo, para mi sorpresa, no me deja apenas tiempo de cerrar la puerta. Se abalanza sobre mí y, conquistando mis labios, me lleva hasta el salón, donde nos tropezamos con una silla. Le da exactamente igual. Terminamos cayendo, él encima de mí, aprisionando mi cuerpo contra el frío suelo. Lo miro sin entender nada, con la frustración tiñendo de rojo mi rostro de por sí acalorado. Estoy cabreada porque pensaba que se iría por donde había venido.

—Joder, Melissa, ¡joder…! Cómo me pones.

Me clava los dientes en un hombro, arrancándome un jadeo. Su manera de relacionarse conmigo es brutal, pero, a pesar de todo, no le dejaré hacerlo de otra forma porque ahora mismo es la única en la que sé.

Hace unos minutos estaba nerviosa, después he pasado a estar enfadada y ahora mismo me siento rabiosa. Necesito desprenderme del dolor agudo que está inundando mi corazón. No voy a permitir que sea él quien domine la situación, así que le doy un empujón, rodamos por el suelo y me coloco a horcajadas sobre sus piernas.

—Uau… —murmura esbozando una sonrisa traviesa.

Me inclino y devoro sus labios, busco su lengua y, al encontrarla, la azoto con la mía. Me sujeta de las caderas, acomodándome de manera que su erección choque contra mi sexo. Suelto un gemido y me apresuro a desabrocharle la camisa para observar su fantástico torso.

—Ya sabía yo que debajo de esa chica aburrida había una loba…

Pasea las manos por la parte baja de mi espalda hasta llevarlas a mi trasero, el cual me estruja con ganas, apretándome aún más contra su excitación. Se me escapa un jadeo que no puedo controlar y me lo acalla con otro beso largo, húmedo, demasiado intenso, tanto que me mareo.

De nuevo me encuentro yo debajo de él. Me coge de las muñecas y me alza las manos por encima de la cabeza. Acerca su rostro al mío y lame mi cuello con una delicadeza inaudita. ¿Qué? ¿Por qué cambia ahora de ritmo? ¿Por qué no me está mordiendo como un animal?

—¿Sabes lo que he tenido que hacer hoy en el despacho por tu culpa, eh? —Posa suaves besitos en el hueco de mi oreja. «No, no… Por favor, Héctor, entrégame toda la violencia que tienes en tu interior; no me hagas esto…»—. He tenido que cerrar la puerta y decir que nadie me interrumpiera… Y me he tocado. Pensando en ti, Melissa. No podía aguantar hasta llegar aquí. Te necesitaba…

Interrumpo su discurso para cogerlo de las mejillas y besarlo una vez más. Le revuelvo el pelo, junto mis piernas en torno a su cintura. Me deshago de su camisa rápidamente. Le acaricio el tatuaje y después deslizo mi lengua por él. Me gusta tanto… Me excita hasta límites insospechados. Me pregunto cuál será su significado. Clavo mis uñas en sus hombros, acercando mi sexo al suyo una vez más para que se dé cuenta de lo que estoy esperando. Esto tiene que ser sexo… Sexo y nada más. De repente, oigo un ruido extraño. Al segundo siguiente descubro mis bragas destrozadas en su mano.

—Lo siento… Pero no te preocupes, Melissa, te compraré unas nuevas… más bonitas. —Suelta una risita irónica.

Me engancho otra vez a su cuello y nos perdemos durante un buen rato en un campo de besos mojados de rabia… Y de dolor. Puedo notarlo en él también. ¿Por qué? Sé cuáles son mis motivos para no hacerlo de otra manera. Pero… ¿y los suyos?

Ahueca mi sujetador e introduce en él los dedos para tocarme. En cuanto me roza un pezón, se me escapa otro gemido. Le llevo la cabeza a mi pecho, ahogando su risita orgullosa, y me lo lame con ansia. Lo recorre entero con su lengua, y no puedo sino que frotarme contra el bulto de su pantalón. Bajo las manos hasta el cinturón y se lo desabrocho. Después hago más de lo mismo con su pantalón. Es él quien se lo baja, junto con el bóxer. Alzo el trasero para que me penetre de una vez, ya que lo necesito en mi interior. Pero me abre el sexo con dos dedos y me acaricia, despertando en mí cientos de estremecimientos que me sacuden todo el cuerpo. Extiende mi humedad y luego introduce un dedo, haciendo movimientos circulares con él. Jadeo en su oído, arañándole la espalda en un intento por controlarme para no irme tan pronto. Aparto su mano y cojo su pene para llevármelo a la entrada. Gruñe y se acomoda encima de mí, separándome los muslos. Me penetra con fuerza, sin ningún tipo de cuidado. Se lo agradezco con otro gemido que sale desde lo más profundo de mi garganta. Empieza a moverse con brusquedad, entrando y saliendo de mí con unas embestidas que hacen que mi cabeza se golpee contra el suelo.

Cierro los ojos, dispuesta a dejarme llevar por todo el placer que siento. Dios, esto es demasiado… Su sexo en el mío despierta en mí una voracidad sin límites. Y entonces sucede algo que no atino a comprender qué es. Héctor ha ralentizado sus acometidas y, de repente, noto que está apartándome el pelo del rostro. Abro los ojos sorprendida y descubro que me mira de una forma que me hace temblar. A continuación sus dedos acarician mi mejilla muy suavemente, casi con… ¿ternura?

—Melissa… No puedo describir lo guapa que estás con todo ese cabello desparramado alrededor de la cabeza…

Me asusto. El miedo acude a mí como un lobo feroz y me atrapa con sus dolorosas garras. Siento un pinchazo en el corazón que me sube hasta la garganta, impidiéndome respirar. Ladeo la cabeza, intentando escapar de los ojos de Héctor. Sin embargo, me coge de la barbilla y me coloca de cara a él una vez más.

—No hables —le pido en un tono de voz demasiado duro—. No me mires.

—¿Qué? —Noto en su voz confusión y, por unos segundos, me siento satisfecha.

—Si quieres que continuemos con este juego, lo haremos en silencio y sin mirarnos. —Ni yo misma entiendo lo que le demando.

Héctor me suelta de la barbilla y me observa anonadado. Segundos después, su mirada se oscurece y sé que se ha enfadado. Pienso que se va a apartar y que se marchará dejándome… a medias. Sin embargo, lo que hace es volver a penetrarme, con más ímpetu ahora. Se me escapa un quejido de sorpresa, de dolor y de placer. Sigo con una mejilla apoyada en el suelo, pero sé que él me está mirando a pesar de que le he dicho que no lo haga. Por eso cierro los ojos, intentando no pensar, tratando de luchar contra los pinchazos del pecho.

—Si es lo que deseas, entonces jugaremos a tu manera —dice de repente en tono cortante.

Cuando quiero darme cuenta, me ha cogido en brazos y me ha colocado de pie en el respaldo del sofá, de espaldas a él. Atrapa mis nalgas con ambas manos y me alza el trasero. Su sexo entra en mí una vez más sin contemplaciones, con tanta fuerza que he de apoyarme en el sofá para no caer hacia delante. Una de sus manos me agarra un pecho con rabia mientras que la otra se hinca en mi cadera. Me romperá… Pero me parece bien. Está bien… mientras no sea mi corazón el que se haga añicos.

Héctor apoya una mano en mi espalda y me inclina más. Noto su peso sobre mí, su pecho en mi piel contagiándola de su combustión. En un momento dado acerca su rostro al mío. Creo que va a besarme, lo que hace a continuación es cogerme del pelo y tirar de él, aunque con suavidad. Ese gesto me excita tanto que un poderoso temblor se apodera de mi vientre. Continúa con sus embestidas, enterrándose en mi sexo más y más, hasta que noto que estoy a punto de estallar en mil pedazos de placer.

Pero antes de que pueda hacerlo yo, noto una humedad caliente en mi interior. Héctor suelta un gruñido que me vuelve loca, a pesar de que nunca me había gustado que los hombres fueran ruidosos a la hora de hacer el amor. De repente noto su mano agarrándome de la cara, me sube y me abraza contra su pecho. Sus labios vuelven a estar cerca de los míos y, aunque me tiene pegada a él, esta vez es un gesto despojado de ternura. Termina de correrse, y no puedo controlarme más y también me desboco. Un tremendo orgasmo me asciende desde los tobillos y se me instala en el vientre, expandiendo toda una serie de ondas de placer por cada una de las partes de mi cuerpo. Grito, me contorsiono, clavo las uñas en la tela del sofá, cayendo en una infinita espiral de la que parece que no vaya a salir.

Al cabo de unos minutos, me suelta y me echo hacia delante, completamente agotada. Trato de recuperar la respiración, que me ha abandonado con el orgasmo. Héctor todavía jadea y, de súbito, me pasa los dedos por la espalda causándome un estremecimiento. Me entran ganas de llorar y, para evitarlo, hago que salga de mí de manera brusca. Me quedo de espaldas a él, tapándome a pesar de que no puede verme. Esto… esto es una locura de la que seré incapaz de escapar.

Oigo que se está vistiendo, pero no me atrevo a darme la vuelta. Antes de marcharse, dice:

—Nos vemos en el trabajo. —Hay algo en su voz que se me antoja distinto, pero no atino a adivinar qué es.

Cuando la puerta se cierra me desmorono. Lloro en el suelo, abrazándome, consciente de que no puedo pedirle que lo haga por mí, que no debo notar su cuerpo contra el mío. Me he dado cuenta de que me encantaría que lo hiciera, y eso me descoloca.

Y también sé que, a pesar de todos mis esfuerzos, habrá un próximo encuentro en el que, quizá, mi corazón expulse todas las tiritas que he estado colocando en él.

16

M e pregunto qué estoy haciendo aquí. Acalorada, con el
sudor empapándome la piel, con la respiración agitada
y el corazón palpitando en mi pecho como en una carrera de
relevos. Avergonzada y, al mismo tiempo, alegre. También un
poco furiosa. No debería estar haciendo esto porque no se me
da nada bien… y porque no soy una mujer acostumbrada a
estos lugares y situaciones. Pero Aarón me dijo que me diver-
tiría, que sería una forma de desprenderme de todo el malestar, la rabia y el estrés que he estado acumulando durante las
últimas semanas. Reconozco que tenía razón, aunque ahora
mismo, de todos modos, me gustaría matarlo por haberme
traído hasta aquí. Pero claro, he aceptado: mi parte de culpa
es mayor que la de él.

Estoy concentrada en ganar velocidad y, de repente, se
coloca a mi espalda y me propina tal cachete en el culo que
me lanza hacia delante. Tengo que sujetarme al manillar de la
bicicleta estática para no darme de morros con ella. Sí, Aarón
me convenció para que lo acompañara al gimnasio. Y aquí
estoy, consciente de que el corazón se me saldrá del pecho de
un momento a otro y caeré tiesa en el suelo ante todas estas
personas de cuerpo perfecto.

—Venga, con más ímpetu, por favor. Pareces una viejecita
—me anima Aarón, pero sus palabras tienen el efecto contrario.

—¡Hago todo lo que puedo! —exclamo, atragantándome casi con mi propia saliva.

—Pedalea con más ganas. —Se me queda mirando con una sonrisa divertida, pero niego con la cabeza, asustada.

—Si lo hago, moriré —contesto jadeando.

—¡Qué exagerada! —Se limpia el sudor del rostro con la toalla que lleva en el cuello—. Esto es alimento para el cuerpo y el espíritu, Mel.

—¿Puedes… llamarme… Melissa? —Apenas me salen las palabras. Me están dando unos pinchazos en el costado que caeré redonda, en serio. ¡Quiero bajar ya de aquí!

—Cinco minutos más y termina.

Desde el principio, ha sido él quien ha establecido el tiempo que yo tenía que pedalear. Y la verdad es que me ha parecido que podía hacerlo y que no sería tan difícil, pero luego, cuando ya llevaba diez minutos, me he dado cuenta de que ha sido uno de los errores más estúpidos de mi vida. ¡Mientras todas esas mujeres pedaleaban a mi alrededor radiantes, con el maquillaje intacto y sin una gota de sudor en sus cuerpos, yo…! Parezco una superviviente de la Tercera Guerra Mundial.

Aarón se aleja de mí y se va a hablar con un tío cuyos músculos son más grandes que mi cabeza. ¿Cuánto tiempo —y a saber qué más— se necesita para ponerse así? Lo que me gusta de Aarón es que, aunque tiene el cuerpo definido, no se le ve… artificial. Pero en este gimnasio hay gente que parece estar muy mal de la cabeza, por favor. En serio, con las venas de los brazos de algunos hombres de aquí podrían hacerse carreteras. No los critico, de verdad, que cada cual tiene sus aficiones y sus gustos, pero… me dan miedo. Las mujeres, en cambio, despiertan mi envidia. ¡Y no de la sana, precisamente! Tienen el culo prieto, alto y con forma de melocotón; los pechos erguidos y la cintura estrechita. Por no hablar de esas piernas tan maravillosas… Vamos, están en un estado físico perfecto. A mí, por el contrario, me sobra algún michelín por alguna parte... Pero pequeño, que conste. A ver, tampoco estoy tan mal... Lo que pasa es que las tetas me molestan si pedaleo con ímpetu.

—¡Lo has conseguido!

Aarón se acerca de nuevo a mí y apaga la bici. Alza la mano para que choque los cinco con él. Una vez que lo hago, me bajo de este chisme, apoyándome una mano en el costado, tratando de recuperar la respiración. ¡Ay, que no puedo! Tendrá que sacarme de aquí en una ambulancia con las luces de emergencia.

—En serio... Esta... te la guardo... —Me inclino hacia delante; noto arcadas.

—Tienes que hacer más deporte, Mel. Al menos, sal a correr...

Le lanzo una mirada asesina y me indica con un gesto que lo acompañe a las duchas. No, no son unisex. Él se meterá en las de los hombres y yo en las de las mujeres. De lo contrario, mi vida sí que estaría en auténtico peligro porque podría darme un patatús al verlo desnudo. Si ahora mismo estoy contemplando cómo se le pega la camiseta empapada en sudor y me parece que la lengua se me va a salir, y no por el cansancio. Dios mío... Hay hombres que son demasiado atractivos después de haber hecho deporte con esa piel brillante, ese pelo revuelto y...

—¿Mel?

—Dime. —Parpadeo, fingiendo que estoy muy concentrada en sus ojos.

—Que nos vemos en un ratito.

—Prométeme que después de esto me llevarás a un restaurante en el que pueda atiborrarme —le pido agarrándome a su brazo. ¡Menos mal que ya empiezo a recuperarme!

Se echa a reír y me da un pellizco en la mejilla. Últimamente se ha mostrado un poco más cercano a mí, pero continúo sin verle ningún gesto que me indique que le intereso… más allá de la amistad.

Ya en la ducha, me pongo a pensar en lo ridícula que estoy siendo. ¿Qué más haré para despertar su deseo por mí? De todos modos, no sé si eso llegará a suceder, ahora que me ha visto en este estado tan deplorable. Y yo que antes me reía de la gente que hacía tonterías por seducir a alguien… Me he convertido en una de esas personas, y por si fuera poco no lo hago nada bien.

Abro los ojos bajo el agua y me doy cuenta de que una mujer que se encuentra en otra de las duchas me está mirando con curiosidad. La observo de reojo, empezando a sentirme incómoda. Una vez que he cerrado mi grifo y estoy secándome con la toalla, se me acerca y se presenta.

—Me llamo Sonia. Soy una de las encargadas del gimnasio —me dice con una sonrisa.

Tiene el cabello castaño y corto y los ojos azules. No puedo evitar fijarme en su desnudez, que me muestra tan tranquila. Me ciño la toalla al cuerpo, un poco avergonzada. No me gusta que la gente que no conozco me vea desnuda.

—Soy Melissa.

—Has venido con Aarón, ¿no? —Coge su toalla y empieza a secarse también.

—Sí —respondo con un hilo de voz.

—Es maravilloso, ¿eh?

Su sonrisa se ensancha y me descubro pensando que seguro que se ha acostado con él. No puedo evitar sentirme un poquitín celosa. ¡Vamos, Mel, no seas tan tonta!

Asiento con la cabeza y me apresuro a terminar de secarme para largarme de allí. Mientras me visto, la tal Sonia regresa a mi lado. Pero ¿qué quiere? ¡No me apetece charlar!

—Espero que vuelvas pronto. —Se inclina y, para mi sorpresa, me da dos besos.

Lo peor es que aún va desnuda. Le dedico una sonrisa,

pero omito decirle que seguramente no voy a regresar. Quiero vivir un poco más… Al menos, llegar a los sesenta años.

Cuando estoy saliendo del vestuario, ladeo el rostro y la miro de reojo. Se está aplicando aceite corporal y se percata de mi mirada, así que la aparto con rapidez.

—¡Por cierto, tienes unos pechos preciosos! —exclama.

No respondo, sino que salgo casi corriendo. Aarón ya está esperándome fuera con su bolsa de deporte a la espalda. Me encamino a la taquilla y cojo la mía.

—Bueno, ¿qué? ¿Qué te ha parecido la experiencia? —me pregunta una vez que estamos en la calle dirigiéndonos a mi coche.

—No pienso levantarme del sofá en dos semanas —contesto con mala cara—. Mañana voy a tener tantas agujetas que no podré ni mear.

—Eso es porque se trata de tu primer día… Después vas acostumbrándote, y es genial.

Me desliza una mano por la cabeza y me acaricia la nuca, que aún tengo húmeda. Otro escalofrío me recorre el cuerpo. Me dan ganas de decirle que no está bien que haga eso si, acto seguido, no va a hacerme el amor como una fiera.

Nos metemos en el coche y espero a que me indique la dirección del restaurante en el que ha pensado que comamos. Puesto que es sábado y es temporada de rebajas, las calles están repletas de personas que pululan en busca de chollos. Quizá me pase después por alguna tienda, a ver si veo algo que me guste.

—He conocido a la tal Sonia —le digo mientras busco un hueco para aparcar.

—Muy maja, ¿verdad?

—Y muy segura de su cuerpo —apunto, concentrada en la circulación.

—Así deberíamos sentirnos todos —opina Aarón, echando también un vistazo para ayudarme—. Al menos, yo pienso que estoy perfecto.

—¡Claro! Es que ambos lo estáis... —Se me escapa una risita.

Aarón me señala un hueco y aprieto el acelerador para que nadie me lo quite.

Me quedo esperando una respuesta por su parte: ¿por qué no dice que yo también estoy perfecta? Nada, que no llega. Y del cabreo acabo aparcando como el culo. Aarón se da cuenta y me mira de manera curiosa y divertida. Me desabrocho el cinturón, giro la llave en el contacto y abro la puerta, saliendo a toda velocidad. Ahora de lo que tengo ganas es de comer y comer, sin pensar en nada más.

—Si se te ha pasado por la cabeza que me he acostado con Sonia, la respuesta es afirmativa —dice de repente conforme caminamos hacia el restaurante.

Hace un calor terrible, y con su respuesta sudo todavía más.

—Se me ha quedado mirando durante mucho rato.

—Le habrás gustado.

Lo observo como a un bicho raro. Se encoge de hombros con una sonrisa de oreja a oreja. Abre la puerta del local y me invita a pasar. Me vuelvo mientras lo hago.

—¿Qué quieres decir con eso?

—Pues que Sonia es bisexual.

Y ahora mi cabeza ya está otra vez montándose sus propias historias. Imágenes de Aarón acostándose con dos mujeres. Imágenes de Aarón acostándose con un hombre y una mujer. ¡Imágenes de Aarón en plena orgía! La sacudo para ahuyentar todas esas tonterías y me apresuro a sentarme a la mesa que el camarero nos indica.

—Tráeme un doble bien frío, por favor. —Casi me he arrodillado ante el chico, suplicándole. Me estoy muriendo de sed y necesito una cerveza que me refresque el cuerpo.

—A mí otro. —Aarón coge las cartas que el camarero le tiende y me pasa una a mí.

Intento leer los nombres de los platos, pero lo cierto es que no hay manera. Miro a Aarón con disimulo por encima de la carta, pero se da cuenta y esboza una sonrisa sin apartar la vista de la suya.

—¿Qué pasa, Mel?

—Melissa.

—¿Por qué no te gusta que te llame Mel? —Esta vez sí que posa los ojos en mí; se me queda la boca aún más seca de lo que la tenía.

—Porque mi ex me llamaba Meli, y que otro hombre me llame Mel me trae malos recuerdos. Solo se lo permito a mi padre. —Arrugo el entrecejo y me concentro otra vez en la carta.

—Como te dije, eres muy divertida... Pero también un poco rara.

Se echa a reír y después da las gracias al camarero, que ya nos ha traído las cervezas. Yo doy un enorme sorbo a la mía. Me hace un gesto para que me limpie la espuma blanca del bigote.

—Tomaré una Black Angus Burger —digo al camarero, aunque la verdad es que pediría también un perrito caliente porque tengo un hambre canina, pero no quiero parecer un monstruo devorador.

—Yo, un sándwich Mississippi.

Aarón devuelve la carta al chico, pero yo me quedo pensando un poco más.

—¿Podemos pedir unas alitas de pollo con barbacoa? —le pregunto con los ojos brillantes de la emoción. Aarón asiente y las encarga al camarero, que nos deja solos otra vez poco después—. Me encanta el Peggy Sue's —le explico, tratando de excusarme. Recorro el local con una sonrisa nostálgica... ¡Cuánto me habría gustado vivir en la época en la que está ambientado, como la prota de *Grease*!—. ¿No es una maravilla? Todo rosa y azul por aquí y por allá, y estos asientos tan divinos...

—Antes me estabas mirando de un modo un poco raro —me interrumpe él.

—¿Ah, sí? ¿Cuándo? —Me hago la inocente, aunque sé que se refiere al momento en el que me ocultaba tras la carta.

—¿Qué maquinaba esa cabecita tuya?

Me da vergüenza contárselo, pero, como me observa de esa manera tan intensa, al final tengo que confesárselo, ya que tampoco se me da bien mentir.

—Pues como me has dicho eso de la chica del gimnasio… —Asiente con la cabeza y me anima a que continúe—. Vamos, que me preguntaba si has hecho un trío alguna vez. —Lo suelto muy deprisa, casi sin vocalizar.

Aarón se carcajea… Se lo pasa genial conmigo, el tío. ¡Y cuánto me gustaría a mí divertirme con él, pero en otra parte…!

—En una ocasión…

Se queda callado porque el camarero ha regresado con las alitas. Apenas deja el plato en la mesa, ya estoy cogiendo una y quemándome la lengua.

—La verdad es que no me sorprende —respondo con la boca llena y los dedos impregnados de aceite. Pero lo que sí es una sorpresa para mí es que Aarón y yo siempre terminemos hablando de sexo y que todo fluya de un modo tan natural—. ¿Y te gustó?

—No está mal. —Se encoge de hombros y se hace con una alita—. Pero… os prefiero de una en una. Me gusta daros el máximo placer, concentrarme en vosotras. Y con dos a la vez, resulta difícil.

Sus ojos se clavan en mí y por poco se me cae el trozo de pollo que tengo en la boca. Cojo la cerveza y le doy otro sorbo bien largo. Ya me han entrado los calores. Cada vez que quedo con Aarón, entro en una menopausia prematura. ¡No debería decirme esas cosas y quedarse tan tranquilo!

—Yo creo que es algo con lo que todos los hombres fantaseáis. No sé, nunca he hecho un trío, pero quizá no estaría tan mal… Aunque a mí no me gustan las mujeres.

—¿Acaso estás pensando en hacer uno con dos hombres? —Aarón se inclina hacia delante y se me queda mirando con una sonrisa ladeada… Una sonrisa que hace que me replantee todas mis creencias.

—¿Qué? ¡No! —Lo he soltado como si eso de hacer tríos fuese algo terrible y, como no quiero que piense que soy una cerrada de mente, me apresuro a explicarme—. Lo que quiero decir es que no tengo a nadie con quien…

—Tienes ya a uno: tu jefe.

Lo miro con la boca abierta y los ojos a punto de salírseme del cráneo. ¿Por qué ha de mencionar a Héctor ahora? Desde que nos acostamos antes de ayer, había luchado por no pensar en él. Bastante mal lo pasé cuando se marchó para tener que acordarme otra vez. Por no mencionar el hecho de que ayer estuve evitándolo de nuevo en el trabajo… Aunque tuve mucha suerte porque se tiró todo el día de reunión en reunión. Pero el lunes tendré que enfrentarme a él y quiero pasar el fin de semana sin tenerlo en mi cabeza ni un instante.

—Y encontrar el segundo hombre… no es tan difícil.

Aarón se muerde el labio inferior y me guiña un ojo. Pero ¿qué…? ¿Por qué me está diciendo ahora estas chorradas mientras comemos alitas grasientas embadurnadas de salsa barbacoa? ¿Y por qué me lo imagino a él untado también de aceite mientras recorro cada milímetro de su piel con mi lengua?

La pedazo de hamburguesa que trae el camarero me salva. En cuanto la deposita ante mí y Aarón tiene su sándwich frente a él, le ruego que me deje probarlo. Y así la conversación se desvía y terminamos hablando de comida, que me parece una opción muchísimo mejor. No volvemos a tocar el tema de los tríos ni tampoco nada relacionado con el sexo. Cuando hemos terminado el postre salimos a la calle y decidimos dar un paseo por la ciudad, a pesar del bochorno que hace. Caminamos por los Jardines del Turia charlando de un montón de cosas, hasta que nos sentamos ante la fuente del río para reposar la comida.

—Creo que el ejercicio que hemos hecho hoy no ha servido de mucho con lo que hemos tragado —digo riéndome.

—No ha sido muy responsable por nuestra parte. —Aarón mete los dedos en el agua y se refresca el cuello y la nuca—. Siempre acabamos zampando comida basura.

—A mí eso me enriquece más el espíritu que el deporte… —bromeo.

Se me queda mirando con una gran sonrisa. Luego se pone serio, y yo no entiendo muy bien por qué motivo.

—Entonces ¿cómo estás, Mel?

¡Y dale! Voy a tener que acostumbrarme a que me llame así porque no parece tener intenciones de cambiarlo. Me encojo de hombros y dirijo la mirada al frente, observando a unos cuantos chicos que dan gritos muy emocionados mientras juegan con una pelota.

—Estoy bien. ¿Por qué lo preguntas?

—Me preocupo por ti, simplemente.

Ladea el rostro hacia mí y me mira con una sonrisa. El sol le da directamente en los ojos; se le ven mucho más claros. Jamás había visto unos de ese color… Son impresionantes. Y su piel, tan morena… Bastante más desde la última vez que quedé con él. Y ese contraste entre cabello y piel oscuros y ojos claros le da un aspecto exótico que me vuelve loca.

—Pues gracias —respondo devolviéndole la sonrisa, aunque no es tan ancha como la suya.

—Eso es lo que hace un amigo, ¿no? —Me parece que ha alzado el tono de voz cuando ha pronunciado esa palabra, «amigo».

Ya, es lo que somos y está tratando de dejármelo claro. Pero… ¿seré capaz de continuar con esto? ¿Podré mantener el tipo al saber que está con otras mujeres o cuando me hable de ellas? Porque también es eso lo que los amigos hacen.

Desvío la vista y me fijo en que una chica se acerca corriendo. Lleva un pantalón ajustado muy corto y tiene unos pechos bastante grandes, con lo que es difícil que los ojos no se vayan en esa dirección. Es más, hasta los muchachuelos de la pelota han detenido su juego y están cuchicheando entre ellos. Observo la reacción de Aarón con el rabillo del ojo y, como es evidente, también su atención está puesta en la chica.

—Menudo movimiento más hipnotizador, ¿eh? —le suelto en broma. Bueno, si al final consigo llegar a ser solo su amiga, mejor será que vaya practicando y concienciándome.

—Mel… Mel… ¡Crees que todas las mujeres del mundo me gustan! —dice de repente con una sonrisita, sorprendiéndome.

—Esa me gusta hasta a mí. —Sigo a la corredora con los ojos hasta que desaparece Turia abajo.

—Y eso nos lleva otra vez al tema de los tríos…

—¡Eh, no! ¡Ni se te ocurra!

Arrugo la nariz y le doy un pequeño empujón. Ríe durante un buen rato, hasta que me pide con un gesto que nos levantemos y volvamos a caminar.

—¿Te has encontrado con él otra vez? —me pregunta en un momento dado.

—No quiero hablar de eso, Aarón.

—¿Por qué no, Mel? Nunca quieres hablar sobre lo que te preocupa. —Se detiene y me mira—. Y te digo que es la mejor manera de enfrentarse a los propios fantasmas.

Vuelvo el rostro, incapaz de sostenerle la mirada. Me asusta que sepa tanto de mí, a pesar de conocernos desde hace tan poco tiempo. Pero es como si pudiera adentrarse en mi cabeza y, no solo en ella, sino también en mi corazón… lo cual es mucho peor.

—En ocasiones es muy difícil enfrentarse a los fantasmas,

en especial cuando son demasiado oscuros —murmuro, un tanto nerviosa e incómoda.

—Entonces nunca avanzarás, y eres muy joven todavía para que te suceda eso. —Alarga una mano y apoya el dorso en mi mejilla, acariciándomela suavemente.

Mi corazón, como tantas veces en las últimas semanas, palpita frenético. Pero está tan desgastado que duele... «Por favor, Aarón, dame solo un poco más de ti», pienso con los ojos puestos en los de este hombre que me provoca tantos recuerdos.

Algunos seres humanos somos un poco masoquistas. Nos aferramos a una especie de sentimiento que tiene tanto de placer como de dolor. Escuchamos canciones que nos entristecen el corazón y hacen asomar lágrimas a nuestros ojos. Releemos pasajes de libros que nos traen recuerdos muy lejanos. Miramos películas en las que imaginamos que somos las protagonistas y que vivimos un amor de ensueño. Visitamos calles en las que paseamos con esa persona que no regresará. En un gesto, en una mirada, en una risa, en un árbol, en un banco, en el lunar de otro con el que intentamos sustituir a quien ocupó todos los rincones de nuestro corazón... así es como, a veces, vivimos; dejamos pasar el tiempo sin situarnos en él. Colores, sabores, aromas, luces, melodías, voces... todo ocurre a nuestro alrededor sin que, en realidad, seamos conscientes porque lo relacionamos con algo o con alguien que ya no está en nuestro día a día.

Y quienes somos así... Intentamos enamorarnos de manera cíclica, una y otra vez, como en una especie de reencarnación maldita.

Estoy permitiendo que los viejos recuerdos me sometan a su voluntad. Y la única manera de evitarlo habría sido alejándome de Aarón, tal como Ana me recomendó. Pero ahora ya es demasiado tarde. Y en lugar de avanzar... estoy retrocediendo. Aarón tiene razón: si continúo así, no podré crear mi propio camino que me lleve al futuro. Pero siento que estoy andando a tientas. Y la oscuridad es demasiado densa para mí.

—No sé qué es lo que te ocurrió realmente, Mel, pero déjame decirte que, si quieres, te ayudaré para que tus ojos vuelvan a sonreír. —Desliza sus dedos hacia mis párpados, causándome un cosquilleo delicioso.

Ya, claro, pero lo hará apoyándome solo como amigo. Y lo que necesito es que me devore y que me saque estos pinchos que tengo clavados en todo el cuerpo.

Nos quedamos mirando durante un buen rato, completamente en silencio. Estoy intranquila porque imagino que oirá los latidos de este triste corazón. Esto es mágico. Lo que despierta en mí este hombre lo he mantenido oculto durante muchísimo tiempo. Si me ofreciese alguna palabra de amor o, simplemente, una caricia… quizá despertara. Puede que me sacara del letargo en el que me acomodé.

—En serio, preciosa, espero que algún día llegues a confiar en mí y te abras.

Voy a morir aquí mismo, bajo su atenta mirada. Está demasiado cerca de mí, y no puedo evitar repasar cada una de las palabras que me ha dedicado en la extraña cita que estamos teniendo. ¿Amistad? ¿Atracción? ¿El principio de un amor apasionado e intenso? ¿Qué es esto? Necesito que me lo diga, que dejemos claro qué es lo que hacemos cada vez que quedamos y qué es lo que quiere de mí. Sumida como estoy en mis pensamientos, no me doy cuenta de que se ha inclinado sobre mí. Trago saliva, sin comprender del todo qué es lo que sucede. ¿Se propone besarme? Oh, Dios mío… ¿Es exactamente eso lo que va a hacer?

Cierro los ojos, dispuesta a dejarme llevar por esta locura. Será lo que tenga que ser, y no voy a luchar más. Espero mi beso con el corazón rompiéndome el pecho y con el cuerpo tembloroso. Y cuando puedo notar su aliento en mis labios… Algo sucede. Un extraño dolor en mi cabeza… ¿He dicho «extraño»? ¡No, joder, es un dolor horrible! Suelto un grito y abro los ojos, y entonces, cuando veo a los chavales de antes acercándose a nosotros, comprendo lo que ha pasado. ¡He recibido un pelotazo! Malditos enanos, ¡han saboteado mi única oportunidad para besarme con Aarón! Por un momento pienso que voy a echarlo todo a perder, que me pondré a gritarles como una desquiciada y Aarón pensará que soy una mala persona. Sin embargo, logro controlarme y permito que sea él quien hable con ellos.

—¡Eh! Debéis tener más cuidado con la pelota —exclama, cogiéndola y pasándosela a uno de ellos.

—¡Lo sentimos mucho! —El chico que la recoge se vuelve hacia mí—. ¿Se encuentra bien, señora?

¿Perdón? ¿Me ha llamado «señora»? Pero ¿cuántos años se ha creído el mocoso este que tengo? Primero me destroza el cráneo y después me trata como a una vieja. Más vale que nos vayamos de aquí porque puedo cometer un asesinato.

Aarón se queda patidifuso cuando lo cojo del brazo y echo a andar sin responder siquiera a ese crío. Inspiro con fuerza, intentando calmarme. Vamos, Mel, que no pasa nada. Si Aarón iba a besarte, aún querrá hacerlo, ¿no? Pero cuando me detengo y me vuelvo hacia él, me doy cuenta de que algo ha cambiado. Parece el mismo Aarón de siempre, ese que es divertido y atento, aunque... tan solo como amigo. ¿Por qué los hombres tienden a cambiar de actitud tan rápidamente?

—Casi te quedas sin cabeza, ¿eh? —dice entre risas.

Intento unirme a ellas, pero lo cierto es que tengo ganas de llorar. Me duele, me saldrá un chichón y, para colmo, la magia que había entre nosotros ha desaparecido. Me digo a mí misma que jamás iré con un tío que me gusta cuando haya niños cerca jugando al fútbol.

—Hace tiempo que sucedió eso —respondo muy seria, notando que voy a volar muy lejos... Y no quiero. Quiero permanecer aquí con él, pero...

—Mel…

—¿Alguna vez has pensado en casarte, Aarón? —le pregunto con la atención puesta en el horizonte.

—¿Casarme? —Parece sorprendido. Se coloca a mi lado y me mira fijamente, pero continúo observando más allá—. La verdad es que no. Como te dije, me cuesta establecer lazos afectivos. No me veo creándolos durante toda una vida. Pero, ¡quién sabe!, quizá más adelante…

—A lo mejor tienes alergia al compromiso —digo con voz monocorde, sin apenas parpadear.

—Podríamos definirlo así.

Noto que está intentando ser bromista, quizá porque se ha dado cuenta de que estoy más seria que de costumbre.

—¿Sabes? Una vez estuve a punto de casarme —le confieso. Lo hago porque Aarón me inspira confianza y porque necesito liberarme de este dolor. Lo hago porque, en este mágico atardecer, me parece que vuelvo a estar con él… con la persona que me entregó más amor, pero también más dolor.

—¿Qué sucedió? —me pregunta, a sabiendas de que no podré contestarle. No aún…

—Que tenía una especie de alergia al compromiso. Como tú. —Esbozo una sonrisa triste, preñada de nostalgia.

—Muchos hombres somos así, no es algo que debas dejar que te afecte.

Sus palabras ya no me causan efecto. No me alegran; no me entristecen. Todo alrededor ha desaparecido, y no puedo más que nadar por recuerdos que tienen mucho de prisión y nada de libertad.

—Pero fue bonito… Lo fue durante el tiempo en que creí que él se convertiría en mi marido. Y durante los instantes en que pensé que lo nuestro podía ser eterno. —Me cubro los ojos con la mano para poder observar con más atención la puesta de sol.

Pero no. Nada lo es. Nada es eterno. Ni siquiera este atardecer en el que Aarón y yo nos bañamos. Aun así, mis angustiosos recuerdos parecen tener la voluntad de quedarse toda una vida.

17

Muchas niñas sueñan con casarse al llegar a la edad adulta, con llevar el vestido que las haga sentirse como una princesa de cuento. Cuando yo era pequeña, con lo único con lo que fantaseaba era con verme rodeada de gente que me pedía que les firmara un libro o saliendo en la tele para hablar de mis historias.

También durante un tiempo mis amigas hablaban sobre matrimonio y se imaginaban cómo sería el hombre de sus sueños, dónde se casarían o qué vestido llevarían en su boda. Mi hermana era una de ellas. Desde su décimo cumpleaños, Ana pedía en cada deseo casarse antes de tener treinta años. Quería ser una novia perfecta, y no dudaba ni por un instante que lo conseguiría. Por mi parte, me burlaba un poco de su actitud, y siempre le decía que todo eso del matrimonio era una farsa y que no se necesitaba firmar ningún papel para demostrar a otra persona que se la amaba. Por eso, Ana pensó que sería ella la primera en casarse. Por eso y porque estaba convencida de que Germán era un hombre de esos modernos a los que pasar por el altar no les hacía ninguna gracia.

Al principio de nuestra relación no se me pasó por la cabeza ni por un momento que algún día fuéramos a casarnos. Es más, nos imaginaba como esas parejas que viven juntos y tienen hijos pero no llevan un anillo en el dedo porque no lo necesitan. No, no pensé en ello durante mucho tiempo. Tenía lo que quería y necesitaba; además, cuando asistía a la boda de alguno de mis familiares me parecía que todo aquello era una pantomima para presumir de a ver quién organizaba la mejor boda o llevaba el vestido más caro —excepto la ceremonia de mi prima, claro… Esa me pareció estupenda—. Mis amigas, en cambio, empezaron a casarse bastante jóvenes, tal como se habían prometido desde niñas, e incluso perdimos el contacto como consecuencia de esas uniones.

Germán y yo teníamos veintiséis años cuando mi mejor amiga de entonces se casó. Durante meses estuve nerviosa pensando en que me había pedido que fuera su testigo y debería hablar delante de todos los invitados. Sin embargo, poco a poco ese sentimiento fue cambiando a uno cercano a la ilusión que ni yo misma podía entender.

—Es normal que Juan y Lucía se casen —opinó Germán mientras nos vestíamos para acudir a la iglesia—. Ambos tienen un trabajo estable, sus familias los apoyan muchísimo…

—¿Crees que eso es necesario para casarse? —le pregunté un tanto confundida. Bueno, no podía decirse que nosotros tuviéramos el mejor trabajo del mundo, pero yo había conseguido empleo fijo en una de las revistas más importantes y, aunque mi sueldo no era muy alto, estaba bien y me sentía a gusto. En el caso de Germán, en cambio, sí que era cierto que iba dando tumbos de instituto en instituto y, en ocasiones, temíamos que lo destinaran lejos. Por otra parte, respecto a nuestras familias… Lo cierto es que su madre deseaba que nos casáramos y a la mía no le importaría, así que no encontraba ningún problema en la posibilidad de que lo hiciéramos.

—Reconoce, Meli, que eso ayuda en parte. —Se encogió de hombros y terminó de ajustarse la corbata.

—No es necesario tener mucho para casarse, a no ser que quieras una boda por todo lo alto. —Hice desaparecer una pequeña arruga en mi vestido, uno que me había costado un riñón, pero Lucía ya me había dejado claro que, después de ella, yo tenía que ser la que más resplandeciera—. Lo único que se necesita es amarse.

Germán se me quedó mirando como si fuera una poetisa loca. Me molestó esa actitud, así que decidí ir al cuarto de baño y dejar que pensara sobre lo que le había dicho. Aunque quizá pensar no era lo más adecuado.

En el camino hacia la iglesia empecé a ponerme nerviosa. Llevaba en mi bolsito el papel con el discurso que Lucía me había encargado. Ella sabía de mi sueño y era de las pocas personas que me animaban a continuar con él. Era una amiga estupenda, de esas que jamás te fallan, así que quería ofrecerle las mejores palabras. Unas que, ciertamente, me habían salido desde lo más profundo del corazón. La primera vez que me senté para redactarlas, no estaba nada segura. Es sencillo plasmar en el papel sentimientos sobre otras personas que no son reales, como sucedía con las historias que escribía. Pero hacerlo sobre tu mejor amiga y, encima, cuando no crees en el sacramento del matrimonio, es complicado. Sin embargo, eso cambió poco a poco y me esforcé todo lo que pude. Hice docenas de borradores y rompí muchos otros, hasta que al final me encontré con un discurso sincero. Germán quiso leerlo, pero no se lo permití porque me daba una vergüenza tremenda.

Durante la ceremonia mis nervios se tensaron hasta límites insospechados y ya en la sala de celebraciones me di cuenta de que la comida no me entraba —a diferencia del vino, que se deslizaba por mi garganta sin que apenas lo notara—. Así que cuando me llegó el turno de palabra, la cabeza me daba vueltas. Después de que saliera el hermano del novio, me tocó a mí. No me hacía ninguna gracia tener que estar allí arriba, pero los novios se habían empeñado en que todo fuera espectacular. Y me había puesto unos tacones que se me antojaban infernales. Un montón de pensamientos inconexos empezaron a formarse en mi mente antes de poner un pie en el escalón. Y, antes de subirlo, me volví para echar un vistazo a la sala abarrotada. Al segundo después me daba cuenta de que estaba despatarrada con el vestido casi por la cintura y un desgarrón en la media por el que podía pasar un tren. Juan, el novio, se apresuró a acudir en mi ayuda y me sostuvo hasta que pude mantenerme en pie sin parecer un pato. Después de ese día no volví a ponerme aquellos tacones asesinos.

—Estoy bien, estoy bien… —murmuré apartándome de la cara el pelo alborotado.

Subí al escenario repleto de cables e instrumentos musicales que después serían utilizados por la orquesta que habían contratado. Por suerte, no acabé otra vez en el suelo, pero porque Juan fue tan amable de acompañarme hasta el micrófono. Cuando me cogí a él, estaba sudando y sentía que la cara me ardía; debía de estar como un tomate. Todo el mundo me observaba con expresión preocupada —como mi amiga— o con gesto divertido —como el maldito Germán.

—Perdón, estoy un poco mareada —dije con una vocecilla que parecía la de Heidi.

Es lo que tienen los micrófonos o, por ejemplo, oírte hablando por la radio o en una grabación: siempre acabas reconociendo que tu voz no es tan sexy como habías pensado durante tanto tiempo. Alguien debería sacarte de ese tremendo error.

Todas las miradas estaban puestas en mí, y creo que fue la primera vez que experimenté algo similar al miedo escénico. Cogí aire, tratando de serenarme, y puse delante de mí el papelito en el que había anotado todo lo que quería decir, aunque sabía que no lo necesitaría porque lo había memorizado. Así que, al final, opté por apartarlo de mi mano y no leerlo.

—Hola a todos —saludé de manera nerviosa. Otra vez la terrible voz de pito mezclada con los efectos del alcohol. Hice una pequeña pausa, carraspeé y continué, frotándome las manos—. La verdad es que no solían gustarme mucho las bodas… Siempre he pensado que son el momento idóneo para presumir de vestido o de pareja, y si el primero no es perfecto y no tienes lo segundo, ya puedes prepararte para ser la comidilla durante todo el evento. —Dirigí la mirada hacia mi amiga, la cual me observaba sonriente con la barbilla apoyada en la mano. Alcé la mía y la señalé—. Pero eso era porque no se trataba de la boda de mi mejor amiga. Recuerdo muy bien el día en que me habló de Juan por primera vez: «Es el hombre de mi vida y me casaré con él», me dijo muy decidida. Lucía y yo éramos muy jóvenes, creo que teníamos unos veinte años, pero tuve claro que hablaba muy en serio y que acabaría haciéndolo tarde o temprano. La forma en que se miraban ellos dos era especial. Comprendí que habían nacido para estar el uno con el otro. —Hice otra pequeña pausa.

Reparé en que a Lucía se le saltaban las lágrimas. Carraspeé una vez más, consciente de que no solo estaba dejando escapar sus sentimientos sino también los míos propios.

—Juan es el hombre perfecto para mi mejor amiga. Y si no lo fuera, ¡ya me encargaría yo…! —Todos los invitados sonrieron, incluso a Lucía se le escapó una risita histérica. Juan la abrazó y ambos me miraron con ojos brillantes—. Creo que, a pesar de lo ajena que una quiera ser a las bodas, termina por aceptar que son uno de los momentos más especiales de la vida. Todavía no sé cómo debe sentirse una durante los segundos en los que camina hacia el altar, pero imagino que en el estómago tendrá cien mil mariposas con las alas abiertas. —Me atreví a desviar la vista hacia Germán; me miraba serio, con una expresión que no supe descifrar—. El amor es uno de los sentimientos más hermosos del universo y, por ello, tiene que hacerse todo lo posible por conservarlo y alargarlo más allá de lo imposible. —Noté que empezaba a emocionarme porque el ojo me lagrimeaba. Como no quería que mi estupendo maquillaje se corriera, me apresuré a finalizar mi discurso—. Llega un día en el que te levantas por la mañana, al lado de la persona que amas, y te das cuenta de que quieres que ponga un anillo en tu dedo y que deseas referirte a él como «mi marido». —Aún tenía los ojos posados en Germán. Esbozó una sonrisa que me pareció un poco artificial. ¿Quizá se había percatado de que me refería a nosotros? Opté por dejar de mirarlo y me volví de nuevo hacia mis amigos recién casados—. Lucía y Juan, estoy realmente feliz por el paso que habéis dado. Es la primera boda en la que siento el corazón a punto de estallarme. ¡Si hasta tengo ganas de llorar! —Agité las manos ante mi rostro, que empezaba a congestionárseme. Solté aire para relajarme al tiempo que parpadeaba un par de veces para contener las lágrimas. Mi amiga rió una vez más y me lanzó un beso. Hice un gesto a uno de los camareros para que me trajera una copa y, una vez que la tuve en la mano, la alcé en un brindis—. Ahora vuestros destinos están entrelazados. ¡Que seáis muy felices! Aunque estoy segura de que así será; puedo verlo en vuestras miradas. —Los señalé con la copa—. ¡Felicidades! Os quiero.

Los allí presentes alzaron también sus copas, bebieron y, a continuación, me ofrecieron un enorme aplauso que me pareció que se alargaba más de lo necesario. En cuanto bajé —preocupada por si volvía a caerme y enseñaba más de la cuenta—, Lucía corrió hacia mí y me dio un fuerte abrazo que duró, al menos, dos minutos. También Juan se acercó y posó en mi mejilla un sonoro beso.

—Muchas gracias, cariño —me dijo Lucía con dos chorretones de maquillaje corriendo por su cara—. Ha sido precioso. Eres la mejor amiga que tengo. —Me estrechó una vez más y, cuando se separó, me guiñó un ojo—. La próxima tú, ¿eh? Estate atenta para coger el ramo.

En ese momento empezó a sonar *Que la detengan* de David Civera y ambos se fueron a bailar, dejándome allí con una extraña sensación en el cuerpo. Dirigí la vista hacia Germán y me fijé en que no parecía muy cómodo. Me pasé un buen rato en los baños, llorando sin entender muy bien los motivos de mi actitud y teniendo claro que, en esa boda, no me haría el amor allí. Temía que las cosas iban a cambiar entre nosotros y un mal presentimiento me agarrotaba el corazón. Y fue cierto, en parte porque Lucía y Juan no regresaron de su luna de miel. Berlín les encantó y se quedaron. Él encontró enseguida un buen trabajo y decidieron empezar allí una nueva vida.

Durante una excursión que Germán hizo con sus alumnos, visité a mis amigos y supe que Lucía ya se había quedado embarazada. Pasé un fin de semana estupendo en una ciudad maravillosa, pero la sensación de vacío no me abandonó en ningún momento. Así que, al regresar de ese viaje, me di cuenta de que no quería desperdiciar más el tiempo y de que estaba harta de las evasivas de mi novio. Sabía que a él le gustaba hacer todo sin pensar demasiado, por lo que decidí actuar así yo también.

Una mañana me desperté con la decisión tomada. Me fui al trabajo con la sensación de que estaba haciendo lo correcto. Durante una pausa llamé a mi hermana porque, en el fondo, ella entendía más que yo de esas cosas y, porque a pesar de sus malos comentarios hacia mi relación con Germán, la necesitaba a mi lado y quería su aprobación. Ansiaba que alguien me dijera que no era una locura lo que iba a hacer.

—Quiero que me acompañes a la joyería —le dije en cuanto descolgó el teléfono.

—¿Y eso? ¿De quién es el cumpleaños?

—He decidido comprar unos anillos.

—¿Unos anillos? —Aprecié la alarma en su voz—. A ti no te gusta llevar anillos.

—Me refiero a anillos de otro tipo… De compromiso —le expliqué con la voz más insegura de lo habitual.

—¿Perdona? —Ana ya estaba alzando la suya.

—Voy a casarme —le anuncié, como si esa decisión la tomara uno solo.

—¿Qué? Pero ¿Germán te ha pedido que te cases con él? —quiso saber, confundida.

—No. Yo se lo pediré. —Me adelanté, antes de que mi hermana pudiera decir nada—. Por favor, no hables. Solo prométeme que luego me acompañarás y me ayudarás a elegir uno.

—Está bien… —Ana suspiró, nada convencida.

El tiempo en la oficina se me pasó más lento que de costumbre. Uno de mis compañeros, muy atractivo, me observó con curiosidad cuando terminé mi jornada y pasé junto a él a toda prisa. Se rumoreaba que iban a nombrarlo jefe, pero la verdad es que a mí me daba bastante igual. Me saludó con una inclinación de la cabeza, que le devolví junto con una sonrisa nerviosa. Abajo ya me esperaba una Ana muy seria, con los brazos cruzados sobre el pecho y los labios fruncidos. Me acerqué y le di un suave beso en la mejilla, al que no respondió. La miré en un gesto de súplica.

—Por favor, necesito que me digas que estoy haciendo lo correcto.

—¿Y quieres que sea yo la que te lo diga? —Puso los ojos en blanco—. Ya sabes lo que pienso.

—Pero tú eres mi hermana y quieres verme feliz, ¿a que sí? —Esbocé una sonrisa ansiosa.

—No te veo muy feliz últimamente —apuntó, echando todos mis esfuerzos por los suelos.

—Sé que con esto volveremos a estar como antes —le expliqué. La verdad es que estaba totalmente convencida—. No sabes lo felices que vi a Juan y a Lucía. Mucho más radiantes de lo que lo estaban antes de casarse.

Habían sido las ganas de verme como ellos las que me habían convencido de que Germán y yo también necesitábamos dar el gran paso. Mi mente continuaba mintiéndome y diciéndome que en el fondo estábamos bien, pero en mi corazón se había asentado una inquietud que no me gustaba nada.

—¿Y él lo sabe? —me preguntó Ana cuando nos metimos en el coche.

—No. Voy a hacerlo de la forma tradicional.

—No es muy tradicional que seas tú la que se lo pida.

—¿Qué más da eso? No entiendo por qué siempre tiene que ser el hombre el que lo haga. No estamos en el siglo pasado —murmuré, molesta.

—Siempre pensé que seríamos Félix y yo los que nos casaríamos primero. —Parecía un poco enfadada y, en cierto modo, me alegré. ¡Hale, por todo lo que había estado chinchándome!

—Bueno, eso te pasa por estar esperando a que él te lo pida. ¿Y si nunca lo hace? Se te pasará el arroz —me burlé mientras conducía a toda prisa por el centro de la ciudad.

—Oye, ¡que solo tengo dos años más que tú! —protestó con mala cara.

—Mira, podríamos hacer una boda doble —le propuse, mitad en broma, mitad en serio—. Compra un anillo tú también.

—Ni hablar. Esperaré a que sea Félix quien me lo pida.

—Vale, pero después no vengas a joderme la boda solo porque estés celosa —me metí con ella, riéndome de mi propia ocurrencia. Accedí a la calle en la que se encontraba mi joyería favorita y busqué un lugar para aparcar—. ¿Ves un huequito para mí? —pregunté a Ana.

—A estas horas, pocos hay —respondió, un poco enfadada por lo que le había dicho.

Al final tuve que dejar el coche en un aparcamiento público, algo que no me gustaba nada porque era realmente caro. Como estaba tan nerviosa, aparcar me llevó un buen rato, ya que además Ana quería que dejara el coche perfectamente alineado y no me dejaba maniobrar con tranquilidad. A veces me sacaba de quicio que fuera tan quisquillosa, pero lo cierto era que tampoco podía vivir sin ella. Cogimos nuestras chaquetas y los bolsos y salimos a la calle en busca del tan ansiado anillo.

—¿Y qué, piensas arrodillarte incluso para pedírselo? —se mofó.

Solté un bufido y me detuve unos metros antes de la joyería.

—Mira, si vas a estar así todo el rato, ¡vete a tu casa! —le contesté; empezaba a ponerme de mal humor.

Mi hermana se encogió de hombros y me agarró del brazo para que continuáramos caminando. Me acarició una mejilla con la intención de camelarme, como cuando éramos niñas y quería conseguir algo o que la encubriera ante mis padres.

—Venga, ¡si sabes que luego estaré encantada…! Tienes que llevarme contigo cuando vayas a probarte los vestidos.

—Quiero uno normalito —le informé.

Arrugó la nariz y me miró como si estuviera loca.

—¿Normalito? A ver, va a ser uno de los días más importantes de tu vida, así que te elegiremos uno bien bonito.

—No quiero que sea una gran boda —protesté delante del escaparate de la joyería.

—Eso da igual —dijo aún sin soltarme—. Pero el vestido… Mel, ¡ha de ser maravilloso! Tienes que sentirte como una princesa.

No estaba segura de querer sentirme así. Tan solo deseaba ser yo cuando llevara el vestido y sentir que iba a convertirme en la esposa de Germán. No me parecía que, para eso, un vestido fuera mejor que otro.

Entramos en la joyería y tuvimos que esperar un buen rato porque, al parecer, la pareja a la que ya atendían había pensado lo mismo que yo. Pero a ella no le parecía bien ningún anillo que la dependienta le mostraba; en cuanto a él, tenía cara de explotar en cualquier momento y largarse de allí. Al final se despidieron sin elegir ningún anillo y salieron de la tienda discutiendo. Mi hermana y yo nos acercamos al mostrador y fue ella la que habló primero.

—Queremos unos anillos de compromiso.

—¿Son para ustedes? —nos preguntó la dependienta con una sonrisa.

—¡No! —exclamó Ana con expresión de horror—. Ella es mi hermana y quiere casarse con su novio. —Me miró con las cejas enarcadas.

—¿Y cómo le gustarían? —quiso saber la mujer, sin borrar esa sonrisa que estaba poniéndome nerviosa.

—Pues… normales. Nada que sea demasiado vistoso.

La dependienta nos observó durante unos segundos con expresión pensativa y después se agachó para abrir uno de los cajones. Sacó dos cajas repletas de alianzas de todo tipo. Algunas me parecieron exageradas y justamente fueron esas las que más agradaron a mi hermana.

—Mira esta —dijo cogiendo una que tenía un pedrusco más grande que mi dedo—. Es preciosa. —Se la probó y extendió la mano para mirársela con el anillo.

—No me gusta. Quiero una más normal —repetí al tiempo que miraba el resto de las alianzas—. Y Germán también preferirá algo más sencillo.

Ana chasqueó la lengua, se quitó el anillo y lo dejó en su lugar. Continué mirando, y veinte minutos después salía con uno para Germán y otro para mí. Eran de plata de ley, sin ningún detalle ni piedrecita, ideales para nosotros. Como era de esperar, a Ana no le gustaron nada, pero me daba exactamente igual.

—¿Y cuándo se lo pedirás? —me preguntó una vez que regresamos al coche.

—Esperaré al viernes y lo invitaré a cenar.

—¿En un restaurante y todo? —Abrió los ojos, sorprendida.

—Quiero que sea algo especial.

—Vaya, sí que te ha dado fuerte. —Me miró como si todavía no se lo creyera—. Pero si tú no querías casarte… Odiabas las bodas.

—Bueno, tengo derecho a cambiar de opinión, ¿no?

Aproveché que nos habíamos detenido en un semáforo para mirarla.

—Sí, sí, me parece perfecto…

—No es cierto, Ana. Pero me basta con que me hayas acompañado a la joyería —respondí con una sonrisa sincera.

La llevé hasta el piso en el que vivía con Félix. Estaban buscando uno en el pueblo en el que ambos trabajaban porque se les hacía muy pesado desplazarse todos los días. Mi hermana se inclinó hacia delante y me dio un beso.

—¿Me llamarás con su respuesta?

—¡Claro! Pero dirá que sí.

Ana no hizo ningún comentario. Se quedó mirándome unos segundos, en los que me sentí incómoda, y después salió del coche dejando un rastro de duda tras de sí.

—Dirá que sí —me repetí en voz alta en el silencio de la noche que ya había caído.

El resto de los días hasta el viernes se me hicieron eternos. Me mostré más nerviosa que de costumbre con Germán, quien me miraba sin entender lo que sucedía. La ilusión y la inquietud crecían a partes iguales en mi interior; incluso en el trabajo estuve más distraída y me llevé un par de regañinas.

—No hagas planes para mañana —le anuncié el jueves por la noche.

—¿Y eso? —preguntó, interrumpiendo su minucioso cepillado de dientes.

—Quiero que vayamos a cenar a un lugar bonito. —Lo abracé por la espalda y apoyé la cabeza en él—. Invito yo.

—Si es así, entonces vale —bromeó, dedicándome una de sus fantásticas sonrisas.

Esa noche apenas dormí, ansiosa por recibir su respuesta. Bueno, si Germán decía que no, tampoco era el fin del mundo; no significaba que no estuviera enamorado de mí. De todos modos, debía reconocer que no tenía claro cómo me sentiría de verdad si me daba una negativa.

Al día siguiente me cargaron de trabajo en la revista, con lo que tuve que quedarme veinte minutos más de lo previsto. Germán y yo habíamos quedado a las nueve y media, cuando él terminaba sus clases en el nocturno, así que me apresuré arreglándome. Estaba en la ducha cuando llegó. Se metió bajo el agua conmigo y, aunque me besó y me acarició un poco, no dio paso a nada más. No le di más vueltas. Con todo, una Melissa más espabilada se habría dado cuenta de que el antiguo Germán sí le habría hecho el amor contra los azulejos.

Me puse el precioso vestido que había comprado expresamente para la ocasión. Cogí las tenacillas y me hice unas cuantas ondas en el cabello. Germán apareció de nuevo en el baño, abrochándose la camisa. Se me quedó mirando con gesto de sorpresa y soltó un silbido de admiración.

—Madre mía, Meli… ¿A qué se debe esto? —Señaló mi vestido y, tras acercarse, me acarició un hombro—. Menudo modelito. ¿Qué se supone que vamos a celebrar?

—Solo vamos a cenar a un restaurante muy elegante —le dije con una ceja arqueada. Bueno, era una verdad a medias.

—Esta tarde he corregido un par de exámenes de los de segundo —me explicó una vez que estuvimos en el coche.

—¿Y qué tal? ¿Muchos suspensos? —pregunté, divertida. Era extraño que quisiera hablar del instituto porque no le gustaba hacerlo.

—Más o menos. Pero Yolanda ha hecho un examen de diez.

—¿Yolanda? —Fruncí el ceño.

—Sí, la chica a la que viste aquel día —me aclaró, concentrado en la carretera—. Cuando viniste a buscarme —insistió—. ¿Recuerdas?

—Sí —musité. Por supuesto que me acordaba de ella, aunque había olvidado su nombre. Pero no podía olvidar su cara bonita y la forma tan descarada en la que conversaba con mi novio.

—Es una chica muy inteligente. Siempre me sorprende muchísimo. Quiere ser historiadora —continuó Germán.

¿Por qué me hablaba en ese momento de la tal Yolanda y, al parecer, tan contento? ¿Se trataba solo de orgullo de profesor o había algo más? De inmediato aparté esos pensamientos de mi cabeza. Metí la mano en el bolso y rocé la cajita en la que esperaba el anillo. El corazón me palpitó, tan nervioso como yo.

—Creo que te caería bien —dijo Germán de repente. Y su voz se me antojó menos familiar…

—Claro —respondí únicamente. Sí, estaba segura de que una cría de diecisiete años… o dieciocho como mucho podía convertirse en mi mejor amiga.

El resto del trayecto lo pasé en silencio. Germán apoyó su mano sobre la mía un par de veces, pero lo único que me rondaba la cabeza era esa chica y la forma en que mi novio hablaba de ella. ¿Iba a hacer lo correcto esa noche o me estaba equivocando?

—¿Estás bien? —me preguntó una vez que hubo aparcado. Su mirada sincera fue la que me convenció para continuar adelante.

El restaurante era muy, muy lujoso. No había estado nunca allí a causa de sus precios desorbitados, pero Dania —con la que había empezado a entablar amistad— me había hablado tan bien de él que decidí hacerle caso.

—¡Uau! —se le escapó a Germán mientras esperábamos a que nos atendieran—. Este lugar no nos pega mucho, ¿no? —Echó un vistazo hasta el último de los rincones.

Me molestó que dijera eso, pero le resté importancia y mostré mi mejor sonrisa al jefe de sala, que se acercaba a nosotros.

—Buenas noches, señores. ¿Tienen reserva? —se dirigió a Germán.

—Sí —contesté yo.

—¿Nombre…?

—Melissa Polanco.

El hombre nos condujo por el restaurante hasta una hermosa mesa con flores en el centro. La iluminación era tenue, dando al lugar un aspecto de lo más coqueto. Antes de sentarnos el jefe de sala se ofreció a llevarse nuestras chaquetas.

—¿Me permiten? Las guardaré en el vestidor. —Me ayudó a quitármela.

A continuación, Germán y yo tomamos asiento y nos quedamos mirándonos hasta que una camarera vino para preguntarnos qué queríamos beber.

—¿Nos traes la carta de vinos, por favor? —le pedí con una sonrisa.

Tras echarle un vistazo, me decidí por el más caro. Germán me miró con los ojos muy abiertos y, cuando la chica se fue, se echó a reír.

—Hoy estás que lo tiras todo por la ventana —comentó, regalándome esa sonrisa suya que tanto adoraba—. ¿Me estoy perdiendo algo? Que yo sepa, aún me acuerdo del día de nuestro aniversario.

—Solo es que nos merecemos una noche como esta, ¿no?

Me incliné hacia delante y alargué la mano hasta rozar sus dedos. Me los acarició sin dejar de mirarme. En ese momento se me olvidó cuanto había dicho en el coche y llegué rápidamente a la conclusión de que todo estaba perfecto.

Unos minutos después la camarera descorchó el vino y sirvió un poco a Germán para que lo probara. Asintió con la cabeza y yo también lo degusté, relamiéndome los labios ante su delicioso sabor.

—Está muy bueno, ¿no?

—Casi tanto como tú —bromeó Germán. Era la típica tontería que me decía muchos años atrás, pero esa noche me causó una gran alegría.

—¿Qué vas a tomar? —le pregunté mientras leía la carta.

—Todo me parece bien —respondió sin apartar la vista de la mía—. ¿Quieres que compartamos algo?

—¿Por qué? Podemos pedir cada uno un plato... y algún entrante.

—Pero todo es muy caro...

—Vamos, ¡una noche es una noche! Hagamos locuras. Disfrutemos, vivamos. —Le sonreí, recordándole sus propias palabras.

—No sé...

Alcé un dedo para que no replicara más. Sabía que le incomodaba que yo ganara más en la revista que él con sus clases, aunque le había asegurado que eso era algo temporal.

—Ya te he dicho que invito yo, así que deja de pensar en el dinero y elige lo que más te apetezca.

Al final hizo una elección que no era ni cara ni barata. Me salí con la mía y pedimos un entrante, que me pareció fabuloso. Probamos cada uno del plato del otro y, sinceramente, parecíamos una parejita que se hubiera embarcado recientemente en el viaje del amor. El postre lo compartimos porque ya estábamos llenísimos. Sin embargo, pedí una botella de cava ante su mirada atónita. Alcé mi copa y esbocé una tímida sonrisa. Ya me había puesto nerviosa otra vez y me di cuenta de que la mano me temblaba.

—Brindemos —le dije cuando levantó la suya.

—¿Por nosotros? —Me guiñó un ojo.

—¡Por nosotros!

Entrechocamos las copas y bebimos sin dejar de mirarnos. Estaba claro que se olía algo porque no dejaba de toquetear la servilleta con nerviosismo.

—¿Pedimos la cuenta?

—Espera, Germán… Quiero decirte una cosa. —La voz se me quebró, pero, de todos modos, estaba decidida a hacerlo.

—¿Qué?

Alcancé mi bolso y metí la mano en él. Germán arqueó una ceja y ladeó la cabeza. Apreté la cajita entre mis dedos y, tomando todo el aire que pude, la saqué y la deposité en la mesa, a mi derecha. Me miró confundido, pero estaba claro que sabía que dentro solo podía haber un anillo.

—¿Y esto? —Noté en su voz algo diferente; no obstante, no quise pensar en nada. Tan solo vivir el momento.

—Ábrela —le propuse empujando la cajita hacia él.

Germán dudó unos segundos en los que todo se detuvo a mi alrededor, hasta que, por fin, la tomó y, seguidamente, la abrió. Pude advertir la sorpresa en sus ojos, y la forma en que parpadeó me provocó unas extrañas e inquietantes cosquillas en el estómago. Alzó el rostro y me observó con curiosidad.

—¿Nos casamos? —le pregunté con una sonrisa nerviosa y la esperanza brillando en mis pupilas.

Me miró durante un buen rato, sin soltar la cajita. A continuación deslizó la vista hasta el anillo y lo estudió con gesto muy serio, sin permitirme que adivinara qué se le pasaba por la cabeza. Los nervios se me estaban acumulando en el estómago. ¿Por qué tardaba tanto en contestar? ¿Por qué dudaba? Entonces, ante mi aterrada mirada, sacó el anillo y me lo dio. Lo cogí con el corazón congelado en el pecho y unos molestos pinchazos en el vientre. Sin embargo, para mi sorpresa, sonrió y me preguntó:

—¿Me lo pones tú?

Me eché a reír, notando que se me humedecían los ojos. Me acercó su mano y le coloqué el anillo en el dedo. Después se levantó, rodeó la mesa y se acuclilló ante mí.

—Claro, Meli. Nos casamos.

Le rodeé el cuello con las manos, riéndome y llorando al mismo tiempo. Germán me tomó de las mejillas y me besó con fuerza. Derribé todas mis dudas y la suyas… O al menos, eso creí.

Cuando llegamos a casa, enseguida envié un mensaje a mi hermana: «¡Ha dicho que sí!». El suyo no se hizo esperar: «¿En serio?». No me dio tiempo a añadir nada más porque, en ese momento, Germán se acercó a mí por detrás, me rodeó con los brazos y me besó en el cuello. Se me olvidó todo. Todo menos sus ojos.

Esa noche pensé que nuestro amor sí era eterno.

18

Tal como supuse, el último encuentro con Héctor no lo fue en realidad. He intentado por todos los medios poner terreno de por medio entre ambos, aunque no lo consigo. Mi mente me envía señales de alarma una y otra vez, pero mi cuerpo me asegura que lo necesita, que anhela sus hambrientas caricias, sus apasionados besos y sus silencios. Sí, sobre todo eso. No sé cómo escapar de esta extraña relación que no me traerá nada bueno. Aun así, nuestros encuentros se multiplican y yo no sé cómo detenerlos. A veces me gustaría gritarle que se largue, que desaparezca de mi vida y que me permita intentar sonreír como antes. Pero en cuanto sus dedos rozan mi piel… hay algo que se me revuelve por dentro y entonces sale la bestia que permanecía oculta en mí, y quiero morderle los labios, arañarle la espalda y que nos devoremos hasta que este dolor que me inunda se convierta en un rumor sordo junto a mi oído.

Es tan complicado entender por qué estamos haciendo esto… ¿Se siente él tan perdido como yo? Me gustaría pensar que así es porque entonces podría exculparlo. Pero si tan solo lo hace porque es su forma de ser, porque le gusta jugar y destrozarme… Jamás podré dejar de odiarlo. ¿Por qué no me habla? ¿Por qué no me explica cuál es el sentido de todo esto? Quizá la culpa es mía por pedirle que no me mirara y que continuáramos este juego en silencio. Alguna vez he pensado que… Me gustaría saber más de él, entender qué piensa cuando está dentro de mí de una forma tan violenta. Pero entonces obligo a mi mente y a mi cuerpo a endurecerse, y tan solo permito que se reblandezca cuando él lo recorre con su respiración.

Y, a pesar de todo, siento que me rompo con cada uno de los gemidos que me saca. No, no estoy hecha para ninguna vida. Sexo. Amistad… ¿Dónde se encuentra el amor? Porque, de verdad, no lo encuentro. Soy solo una tonta que se refugia en un sexo primitivo y despiadado y en una amistad que no irá más allá.

Hace nada que he terminado las correcciones y he decidido poner la radio para distraerme un rato. Sin embargo, es la voz de Lady Gaga la que aparece por los altavoces y hace que mi estómago se contraiga. Tal como ella dice… estoy atrapada en un mal romance. *«I want your love… Love, love, love. I want your love.»* No… Eso no es lo que quiero de Héctor. *«You know that I want you. You know that I need you. I want it bad, your bad romance.»* Él, en cambio, sí sabe que estoy atrapada en su romance —si es que puede llamarse así— y que, realmente, lo quiero de esa forma tan sucia, en la que no pueda colarse ni un ápice de cariño. Está alimentando todo ese dolor y toda esa rabia que yo intentaba hacer a un lado. Tengo que deshacerme de él, tengo que terminar con estos encuentros que me están destrozando. No debo permanecer en el pasado. Tan solo quiero avanzar hacia delante, como me dijo Aarón.

El reloj del despacho opina que son las doce del mediodía. Apago la radio y el ordenador, como si mi cabeza supiera lo que va a suceder. Minutos antes de que se esté acercando, ya puedo oír sus pasos en mi mente.

La puerta se abre sin previo aviso. Héctor entra sin saludar y antes de cerrarla ya está quitándose la camisa. Ha decidido no ponerse corbata para no perder tiempo. O quizá le trae malos recuerdos por cómo lo traté cuando estuvo en mi casa. Me levanto muy tensa, pero sin apartar la mirada de él. Supongo que nos odiamos, pero al mismo tiempo necesitamos nuestros cuerpos. Detesto esta dependencia que, sin embargo, tiene que ser una mentira. Porque a quien realmente anhelo es a Aarón, ¿verdad? Entonces ¿cómo puedo estar haciéndome esto?

Desde aquella primera vez, no habíamos vuelto a hacerlo en mi despacho. Sin embargo, parece que Héctor hoy ha decidido que no puede aguantar más. Y sé que no está bien que practiquemos sexo en la oficina, pero todos sus gestos me empujan a hacerlo. Me da la vuelta sin mediar palabra. Ahí esta otra de las reglas silenciosas que hemos establecido: no mirarnos a la cara... Bueno, sí, fui yo la que se lo pedí un día, pero él ha hecho que sea una norma fija. Se lo agradezco porque así puedo llorar en paz. Supongo que debe de molestarle que sea una llorica que le corta el rollo.

Oigo que se despoja del cinturón y, a continuación, se baja el pantalón. Antes de que pueda darme cuenta, me ha subido el vestido. No me quita las bragas: echa la tela a un costado. Sus dedos me palpan con afán, empapándose de mi humedad. Se dedica a deslizar el índice por mi entrada, hace círculos en ella con lentitud. Mi sexo empieza a palpitar ante la inminencia del deseo. Me contoneo de forma atrevida, echando el trasero hacia arriba y hacia atrás. Apoyo los codos en la mesa para estar más cómoda, para ofrecerle una mejor postura.

—Ya, Héctor. Por favor, ya.

No quiero las caricias de sus dedos. Me parecen mucho más íntimas y hacen que me sienta mal. Lo único que anhelo es que me embista con fuerza, que me haga perder la conciencia por unos segundos. Obedece. Se aprieta contra mi trasero. Noto su estupenda erección, húmeda y caliente. Enseguida la percibo introduciéndose en mí con parsimonia. Me muevo, pidiéndole más. Gruñe y, al fin, me penetra de una sola vez.

Suelto un gemido de dolor y agacho la cabeza. El cabello me cae desordenado, rozando la madera del escritorio.

Héctor se balancea a mi espalda sujetándome de las caderas. Cierro los ojos con tal de imaginar que es Aarón quien explora los rincones más secretos de mi intimidad. Lo veo, lo siento en mí: sus ojos rasgados, azules y felinos; su boca de labios gruesos y rosados; sus manos grandes y al mismo tiempo suaves... Pero, después, son los ojos almendrados de Héctor los que aparecen en mi mente. No, joder, no. ¿Por qué? Intento atraer a Aarón a mi conciencia otra vez. Lo consigo...

Y, en ese momento, Héctor me saca de mi ensueño. Sale de mí y me obliga a darme la vuelta. Me sienta en la mesa como aquella primera vez, abriéndome de piernas y colocándomelas alrededor de su cintura. Se adentra en mi oscuridad una vez más. Lo noto tan fuerte, tan dentro, tan duro... que gimo. Me penetra con tal violencia que creo estar a punto de romperme. Cierro los ojos, dispuesta a perderme en mi imaginación otra vez.

—Ábrelos —dice él entre jadeos.

Obedezco, pero como no soporto su insistente mirada, ladeo la cabeza. Suelta una de mis caderas y me coge de las mejillas, clavándome los dedos. Me obliga a mirarlo.

—Estoy cansado de no ver tu expresión de placer cuando te corres —dice con voz ronca. Un escalofrío me recorre la espalda. Me aprieta las mejillas con más fuerza—. ¿Por dónde coño anda tu cabecita cuando estoy devorándote, Melissa? ¿A qué estamos jugando? Porque empiezo a cansarme.

No contesto. Una lágrima se desliza por mi cara, cayendo en uno de sus dedos. Se lo lleva a la boca y lo lame. A continuación, me besa con una rabia increíble. Entrelazo los brazos alrededor de su cuello, luchando con su lengua. Quiero que se dé cuenta de que no va a conseguir de mí más que esto.

—A partir de ahora te miraré cada vez que esté entre tus piernas —continúa, sin dejar de entrar y salir de mí. Siento que estoy a punto de irme, pero se detiene para hacerme sufrir. Me mira con rabia—. Te quiero toda, no por partes ni en silencios. —Su respiración se acelera.

Tampoco ahora contesto. Me embiste de tal forma que me cuesta respirar. Ni él ni yo podemos hablar. Continúa devorándome con su sexo sin palabras, entre gemidos y miradas que me hacen temblar. Aun así, reconozco que esto me encanta. Me vuelve loca con sus movimientos, y mi cuerpo anhela más y más. Tengo hambre de él, después de todo. Nunca me había sentido así. Antes pensaba que el sexo solo se practicaba si había amor de por medio. Sin embargo, con Héctor hay algo más: es pura pasión y deseo que me sacuden desde muy dentro. Pero luego la mente se me llena de imágenes de Aarón y me siento confusa y culpable. Debería ser él quien estuviese otorgándome placer, no Héctor. Porque esto no es sano, porque lo único que hago es comportarme como una masoquista que se ha acomodado en el dolor.

El vientre se me encoge. Por las piernas me ascienden unas deliciosas cosquillas. Estoy a punto de llegar al orgasmo y voy a hacerlo con toda mi rabia. Me sujeto a los hombros de Héctor y clavo mis uñas en ellos. Se inclina para besarme, jadea contra mi boca, la inunda con su lengua. Lo aprieto contra mí con más fuerza, para que llegue muy adentro y borre esta sinrazón. Al fin alcanzo al orgasmo de manera escandalosa. Me pone la mano en la boca para tapar mis gemidos; nadie debe oírnos. Todo mi cuerpo tiembla mientras me deshago entre sus brazos.

Me quedo totalmente sorprendida cuando sale de mí. Él no se ha ido. En silencio, se pone los pantalones. No entiendo a qué viene todo esto. Lo único que sé es que tengo que terminarlo. La rabia vuelve a inundarme y, sin pensar mucho en ello, le suelto:

—No te quiero.

Héctor se detiene en su proceso de abrocharse el cinturón,

se vuelve hacia mí y se me queda mirando con gesto huraño. Arquea una ceja. Me doy cuenta de que por sus ojos pasa un rayo de preocupación. ¿En serio? ¿Por qué ahora parece estar triste?

—¿Quién te ha preguntado, Melissa Polanco?

—No me acuesto con alguien a quien no amo —suelto, toda decidida, aunque me tiembla la voz.

Héctor sonríe moviendo la cabeza. Ese aire chulesco es el que me pone nerviosa. Pero a pesar de todo, no parece contento, ni tampoco seguro.

—Podrías haber dicho mucho antes que no —murmura con voz grave—. Llevamos haciéndolo un par de semanas. Pensé que te gustaba.

Me quedo callada. En realidad, sí. Pero también me provoca este dolor inhumano y no entiendo los motivos. ¿Es porque, en cierto modo, anhelo que Héctor me quiera para algo más que para sexo? Sí, me gustaría que fuese así, y después dejarle claro que yo no quiero nada más. Me encantaría hacerle daño, al igual que aquel a quien amé me lo hizo a mí.

—¿Acaso estás enamorada de alguien? —me pregunta con ojos burlones mientras acaba de abrocharse el cinturón.

Tardo en contestar, pero cuando lo hago es con rotundidad.

—Sí.

Héctor se me queda mirando con expresión extraña. Le tiembla la nuez en el cuello. He conseguido ponerlo nervioso. Ni yo misma me entiendo. ¿Por qué estoy comportándome así, como una chiquilla caprichosa, a mi edad? Fui yo quien aceptó participar en este juego erótico… y, en el fondo, me ha gustado.

Asiente un par de veces sin apartar la vista de mí. Su mirada se ha oscurecido y puedo percibir la tensión que flota en el ambiente ahora mismo. Ladeo la cabeza, un tanto incómoda.

—¿Has estado acostándote conmigo mientras amas a otra persona? —pregunta con una voz que me asusta.

—Él no me corresponde —contesto, como si realmente fuese una excusa.

—¿Y te desahogas conmigo, Melissa? —Oír mi nombre, dicho así con tanta rabia, me causa escalofríos.

No puedo responder porque en cierto modo es verdad que lo he usado. Pero no para desahogarme, como él piensa. Solo necesitaba descargar la rabia y el dolor que llevaba dentro. Y me pareció que a Héctor le ocurría lo mismo, que nuestros oscuros sentimientos podían fundirse en uno hasta convertirse en otro más grande pero, al menos, compartido, ya que yo sola no podía soportarlo.

—No habrá más encuentros entre nosotros —suelta de repente con voz decidida.

—Perfecto —respondo haciéndome la dura.

—Te lo he dicho: no te quiero por partes. —Se dirige hacia la puerta—. No quiero tenerte si solo puedes pensar en otro hombre. —Ni siquiera me mira a la cara—. Ten listas las correcciones para las dos.

—No voy a quedarme sin pausa —me quejo, acercándome a él—. No te vengues de mí de esta manera.

—¿Crees que necesito vengarme? —Esta vez sí se da la vuelta y me clava su ardiente mirada. Está furioso—. Tan solo te estoy pidiendo que hagas tu trabajo. Buenos días, Melissa Polanco.

Cierra con su característico portazo. Me quedo allí plantada, observando la puerta. ¿Qué es lo que estoy haciendo? Me coloco el vestido y voy hacia mi silla, en la que caigo rendida. Me echo a llorar sin poder contenerme. Las lágrimas me escuecen por todo el rostro y entran en mi boca. Saben a locura y a soledad. Apoyo un codo en la mesa, tapándome los ojos con la mano. Lo único que quiero es sentirme amada. ¿Es tan difícil lo que pido? ¿Es que no soy una persona de la que enamorarse? ¿O acaso soy yo quien ha propiciado todo esto?

Abro el correo con los textos que Héctor me ha enviado.

Intento hacer mi trabajo, pero las lágrimas me impiden ver las letras con claridad. Me equivoco una y otra vez, a pesar de que corregir siempre se me ha dado muy bien. Estoy cansada, deprimida y atontada por el llanto. Ahora que Héctor me ha dicho que ya no continuaremos con nuestro juego, tengo la sensación de haberme quedado sin una parte de mí que se ha llevado de forma egoísta. Pero ¿qué tonterías estoy pensando? Es lo mejor para los dos. Y si no lo es para él, al menos para mí sí.

Le envío los textos ya revisados con el presentimiento de que, cuando les eche un vistazo, me escribirá para decirme que están fatal y que tengo que rehacer el trabajo. Sin embargo, no ocurre nada de eso. Y su falta de respuesta me deja todavía peor. Ni siquiera me tomo la pausa que había planeado, sino que me quedo en el despacho… con la vista fija en la pantalla del ordenador, que al final se torna borrosa.

A las tres decido ir a tomar algo a la cafetería. Un té me reconfortará. Salgo al pasillo a trompicones, perdida en mis pensamientos. Ni siquiera me preocupa ya que los compañeros puedan opinar de mí que actúo como una loca. Quizá sí haya llegado al límite de mi cordura. No cojo el ascensor por si me encuentro con Héctor o con cualquier otra persona. No tengo el cuerpo para hablar con nadie. Tampoco puedo hacerlo conmigo misma. Entro en la cafetería frotándome las manos de manera compulsiva. Me recuerda a los primeros meses que pasé sin Germán, en los que me comportaba como si la auténtica Melissa me hubiera abandonado y tan solo fuese ya una cáscara vacía. Estoy pidiendo un té cuando alguien se sitúa a mi espalda. Doy un respingo y me vuelvo asustada imaginando que es él, que viene a pedirme explicaciones, a reprocharme mi actitud o incluso a despedirme. Sin embargo, son los preocupados ojos de Dania con los que me topo.

—¿Mel? —me pregunta alargando una mano y cogiéndome del brazo.

Me desmorono una vez más. Se me escapa un sollozo que la pone en alerta. Ocupa mi lugar y paga el té al camarero. Después me coge de la mano y me lleva hacia la mesa más apartada. Por suerte, tan solo hay dos ocupadas, y quienes están sentados a ambas son empleados de las otras oficinas del edificio. Dania me acomoda en una silla y después va hacia la otra sin dejar de mirarme. Se queda callada unos instantes y me mira mientras lloro. Me siento completamente ridícula. Debo de parecerle una muñeca rota. Me gustaría ser tan fuerte como ella, pues jamás la he visto soltar una lágrima por ningún hombre. Estoy segura de que son ellos los que van lloriqueando por los rincones.

—Mel... ¿Vas a contarme qué te pasa?

Niego con la cabeza, sorbiéndome los mocos. Rebusca en el bolsillo de sus pantalones, pero no encuentra un pañuelo. Se levanta y se dirige a otra mesa, de la que coge un par de servilletas. Me las trae y las pone en mi mano con expresión preocupada. Nunca la había visto así... Dania, que siempre tiene una sonrisa en su rostro y una palabra alegre, ahora está tan seria que me asusta. Y lo está por mi culpa; debo de parecer una muerta en vida.

—Esperaré a que te tranquilices, pero no me iré de aquí sin que me expliques qué te ha ocurrido.

—No... puedo... —murmuro entre gemidos. Me sueno la nariz con fuerza, haciendo un ruido tremendo. La tengo tan taponada que apenas puedo respirar.

—Bébete el té y te acompañaré a tu despacho. —Empuja la taza hacia mí con suavidad. Intento dar un sorbo, pero en cuanto noto su sabor, el estómago me da una sacudida. Oh, Dios mío, no quiero vomitar delante de Dania. Aparto el té con mala cara y mi amiga se me queda mirando con curiosidad—. Diré al camarero que nos lo ponga para llevar.

Minutos después estamos regresando a mi despacho. Dania me lleva sujeta del brazo como si yo fuera una enferma que no puede caminar. Uno de nuestros compañeros se fija en nosotras y se levanta de su mesa para preguntarnos qué sucede.

—¿Está bien? ¿Queréis que diga al jefe que le dé el resto del día libre?

—No, no… —susurro con los ojos cerrados, presa de la vergüenza.

—No le ha sentado muy bien la comida, pero se le pasará dentro de un rato —me excusa Dania.

Cuando llegamos al despacho, me suelto de ella y me dejo caer en la silla. La verdad es que estoy algo mareada. Mi amiga pone el vasito de plástico encima de la mesa y se acuclilla a mi lado. Me tapo la cara con una mano, tan abochornada que ni siquiera puedo mirarla.

—Eh… Mel. Creo que nos conocemos lo suficiente para que confíes en mí.

Trata de apartarme la mano, pero hago fuerza para mantenerme en esa postura. Al final desiste con un suspiro y se queda quieta, esperando a que me calme. Al cabo de unos minutos vuelve a hablarme.

—Sabes que no voy a juzgarte. Creo que necesitas desahogarte. Y te aseguro que puedes hacerlo conmigo.

Tiene razón. Sé que ella no me echará un sermón, que no me mirará mal como lo haría Ana y que jamás contaría nada a nadie. Lo que sucede es que estoy tan cerca del desastre que no quiero avanzar un paso más hacia él.

Consigue apartarme la mano de la cara y me dedica una sonrisa preocupada. Me coloca un mechón de pelo tras la oreja y chasquea la lengua.

—Héctor y yo…

—¿Estás avergonzada?

Asiento con la cabeza y me cubro el rostro una vez más. Espera a que se me pase y, cuando me atrevo a mirarla, sus ojos muestran enfado.

—Pues no tienes que sentirte así. ¿Qué hay de malo en que

dos personas se acuesten? —Parece pensar unos segundos en algo y después añade—: Si lo que te preocupa es lo que pueda decir la gente, quédate tranquila. No circula ningún rumor por la oficina. Nadie sospecha que tú y el jefe mantengáis relaciones.

—Solo ha sido hoy... aquí. Pero antes... en mi casa... —Las palabras se me enroscan en la lengua y no consigo formar una frase con auténtico sentido.

—A ver, Mel, ¡que no eres la primera ni la última que se acuesta con su jefe! —Intenta hablarme en un tono neutro, pero lo cierto es que parece estar regañándome como si fuera una niña—. ¿Que lo habéis hecho aquí? Pues bueno, ya está. No te preocupes más por eso. No es un delito.

—No es eso, Dania. —Niego con la cabeza, bajando la vista hasta los pies.

—¿Entonces...?

—Héctor y yo hemos discutido —le confieso en voz baja. Bueno, no sé si lo que hemos tenido puede llamarse una discusión.

—¿Por qué?

—Le he dicho que no lo quería.

—¿Y por qué le has dicho eso? —me pregunta en tono confundido.

—Pues no lo sé. Necesitaba hacerlo. Pensé que le causaría daño y...

—¿Y se ha enfadado?

—Eso parece. Aunque supongo que es normal.

—Bueno, tan solo le has dicho la verdad, ¿no?

Dania se queda callada, esperando a que conteste. El brinco que da mi corazón me sorprende. Noto la boca seca, así que alargo la mano y cojo el vaso con el té. Lo bebo con ansia, con los ojos apretados, intentando hacer desaparecer los tremendos botes que noto en el pecho.

—¿Mel? —insiste ella, aún acuclillada a mi lado.

—Sí, sí. Claro que sí —me apresuro a responder, aunque los pinchazos del corazón me están cortando la respiración.

—Entonces ya está. —No suena muy convencida, y tengo miedo de que lleve la conversación a un terreno por el que no sabré moverme.

—Pero me siento muy mal.

—Eso es porque eres una tonta que se preocupa demasiado por los demás. Que se joda, y punto.

—Tan solo quiero que me quieran —le confieso. No me gusta parecer una de esas mujeres que necesitan a un hombre a su lado, pero me siento tan, tan sola… Horriblemente vacía y helada por dentro.

—Pues primero debes empezar por quererte a ti misma. —Dania estira el brazo y me da unos golpecitos en la sien con una de sus largas uñas—. Y deja de comerte el coco por algo que no puedes remediar.

—Nadie me quiere, Dania…

Dios, qué patética soy. ¿Cómo puedo estar diciendo estas cosas?

—En serio, tú eres muy tonta. —Se levanta y me mira desde arriba con los puños apoyados en las caderas—. A todas nos han dado calabazas alguna vez y no vamos lloriqueando por los rincones. No me gustaría sonar dura, pero tienes que superarlo, ¿entiendes? Supéralo. Ábrete a los demás.

—No sé si puedo.

—¡Pues claro que sí! Todos lo hacemos. Ya no se muere por amor, Mel.

Me froto la frente y los ojos intentando hacer caso de sus palabras. Dania se separa de mí, coge la silla y la arrastra para sentarse a mi lado. Me toma de las manos, acariciándomelas con cariño y mirándome de una forma que me hace sentir muy pequeña.

—No puedes pasarte la vida huyendo de los hombres. Si uno no te sabe valorar, pues ya llegará el que lo haga.

—Estoy cansada de esperar —murmuro en tono derrotado.

—Ese es precisamente el problema: que no tienes que esperar nada de nadie.

—Necesito que Aarón me quiera.

—¿Por qué? ¿Por qué precisamente él? —Me mueve las manos para que le conteste, pero soy incapaz de hacerlo—. Eres una mujer adulta que sabe llevar las riendas de su vida. ¿O no es así? —Como ve que no digo nada, lanza un suspiro—. Nadie es imprescindible, y mucho menos un hombre. Mel, nadie te querrá de la forma en que tú puedes hacerlo.

Me pregunto si esa es la razón por la que ella no elige nunca a un solo hombre. ¿Es que acaso su amor por sí misma es tan grande que es imposible que encuentre otro igual? No sé si es la solución más acertada, pero la verdad es que ahora mismo me gustaría pensar así, porque entonces no estaría completamente derrotada.

—Así que saca fuerzas de donde no creas tenerlas, alza esa cara tuya tan bonita… —Me coge de la barbilla y me la levanta, obligándome a posar la vista en ella—. Y camina por la vida como si no hubiera otra persona igual que tú. Porque no la hay, de verdad. —Esboza una ancha sonrisa que ilumina todo el despacho. La fuerte Dania… Ojalá hubiera una máquina que me trasplantara parte de sus ánimos y de su alegría por vivir—. Ponte unos tacones. Suéltate el pelo. Vístete con la ropa más chula y colorida que tengas. Permite que entre en tu corazón un poco de luz.

—Parecen frases sacadas de un libro de autoayuda —le digo entre risas. Se echa a reír también y me guiña un ojo.

—Así es como quiero verte. Y no amargada por unos gilipichis que no saben lo que es una auténtica mujer.

—Me da completamente igual lo que Héctor piense de mí —susurro. Es cierto, ¿no? Por eso lo he echado de mi vida. No hay otras razones ocultas… No es porque me tiemblen las piernas cada vez que lo veo o porque el corazón me va a mil cuando me habla. No puede ser que él se haya metido en mi piel…

—Pero no lo que Aarón piense, ya. —Se da una palmada en una pierna—. Pues, Mel, deja que suceda lo que tenga que ser. Y si no, es que no es hombre para ti.

Entonces ¿quién lo será? Es algo que cruza mi mente de vez en cuando pero que, por supuesto, no pronuncio en voz alta. Dania ya está haciendo bastante por mí para que yo continúe soltando frases derrotistas. Y es que tiene toda la razón. Tengo a mi Ducky, así que no necesito a nadie más. Y, por descontado, me tengo a mí: la persona con la que verdaderamente pasaré el resto de mi vida.

—¿Quieres que salgamos de fiesta esta noche?

Niego con la cabeza. Sé qué pretende, pero no soy de esas personas que piensan que un clavo saca a otro clavo. Quizá así se consiga solo introducir un poco más el clavo anterior, pero a veces acaba saliendo otra vez porque las paredes no son lo suficientemente fuertes.

—No tengo ganas. —Apoyo la espalda en la silla con un suspiro—. Pero podríamos ver una peli.

—Vale. Aunque no aceptaré que sea uno de esos dramas románticos.

—Una de terror —propongo dibujando una sonrisa en mi rostro que no es del todo sincera.

Dania asiente y se levanta de su silla. Antes de abandonar mi despacho, se da la vuelta y me lanza un beso. Le agradezco en silencio todo lo que ha hecho por mí en este breve ratito. Pero, a pesar de sus esfuerzos, cuando cierra la puerta la oscuridad vuelve a cernirse sobre mí.

19

He decidido seguir los consejos de Dania. No me permitiré seguir cayendo en un pozo del que no puedo ver el fondo. Es verano, hace un tiempo maravilloso, la gente sonríe y el sol me acompaña cada día que despierto. ¿Qué más se puede pedir? Estoy viva, y es algo que tengo que agradecer. Desde hace unos días me siento mejor. No he vuelto a llorar ni a pensar en los errores que he cometido en estas últimas semanas. Tan solo he intentado dejarme llevar, pero de una manera sencilla, tranquila, en la que trato de encontrar el lado bueno de todo, incluso en los menores detalles. Y lo mejor es que Dania no me deja sola ni tan solo un segundo. Viene a mi despacho más a menudo que de costumbre, supongo que con la intención de que no piense. Lo está consiguiendo, y no sé cómo podré agradecérselo.

Aarón todavía no ha terminado de pintar el cuadro. Puede parecer que está tardando mucho, que es un lento o algo por el estilo, pero es que últimamente nos dedicamos más a pasear o a charlar que a que me dibuje.

Ya no intento nada con él. He captado que no le intereso. Soy la modelo para su arte y, ahora, una buena amiga. No sé si puedo conformarme con esto, si aguantaré mucho más sintiéndome así. Lo único que tengo claro es que cuando quedo con él me siento tranquila. No existe esa efervescencia que

Héctor me transmite. No me pongo nerviosa con Aarón. Hemos llegado a un punto en el que podemos hablar de todo sin necesidad de silencios o eufemismos. Yo le cuento de mi infancia; él de la suya. A continuación pasamos a la adolescencia y a los primeros chascos amorosos. Y de esa manera transcurren las horas. El minutero del reloj no nos da tregua y, aun así, queremos hablar más.

Hoy hemos decidido acudir a la feria de julio. Hace mucho que no voy, desde que era pequeña y mis padres me llevaban y montaba en todas esas fantásticas atracciones llenas de luces y sonidos. Nada más llegar, los recuerdos me hacen sonreír. Huele a patatas fritas, a manzanas de caramelo, a algodón de azúcar y a maíz. La noria rueda allá a lo lejos con sus lucecitas titilantes. De la montaña rusa llegan los grititos de aquellos que están a punto de deslizarse por la pendiente. Cuando pasamos por el tren de la bruja, un trabajador vestido de Mickey Mouse nos lanza un chorrito de agua. Me río. Es refrescante; sienta bien.

—¿Quieres montar en algo? —me pregunta Aarón acercándose a mí para hacerse oír entre el ruido, la música y los chillidos de los niños.

Hoy está arrebatador. Lleva una camisa blanca muy elegante que contrasta con su magnífico color de piel. La complementa con unos vaqueros que se ajustan de manera perfecta a su trasero y a sus musculosas piernas. Deslizo mis ojos por su cuerpo hasta llegar a su rostro. Trato de disimular, pero supongo que se da cuenta de todas formas.

—De momento no. ¿Por qué no compramos algo? —Le señalo el puesto de comida.

Se decide por unas patatas fritas y yo elijo una mazorca. Nos lo comemos dando un paseo por la feria, riéndonos de la gente que suelta gritos y exclamaciones en las atracciones más vertiginosas y cada vez que la montaña rusa se desliza por los raíles a toda velocidad.

—Estás más sonriente —me dice en un momento dado, cuando nos paramos ante el saltamontes.

—Alguien me ha dado muy buenos consejos —respondo sin volverme hacia él.

—Vaya, y de los míos no hacías caso… —Lo ha dicho en broma, pero puedo notar cierto resentimiento en su tono.

—A veces se necesita un tiempo para poder aceptarlos.

—Bueno, me alegro de que al final ese tiempo no fuera toda tu vida. —Me acaricia el pelo como si fuera una niña. Supongo que ese es el amor que le despierto: fraternal.

Nos alejamos de la atracción y continuamos recorriendo la feria, por la que corretean niños ansiosos por que sus padres les compren algodón de azúcar o les consigan un juguete de la tómbola. Cuando estamos cerca de los puestos de tiro, agarro a Aarón del brazo y lo obligo a detenerse.

—¿Por qué no me coges un peluche?

Me mira con una ceja enarcada, como si le diera un poco de vergüenza. Abro la boca, sin saber muy bien qué decir. Imagino que piensa que me estoy comportando como una novia, pero lo cierto es que me dan un poco de envidia esos chicos que tratan de conseguir un regalo a su chica.

—Está bien. Lo intentaré —dice al fin, arrancándome un suspiro de alivio.

Paga al hombre y este le entrega un rifle. Aarón se coloca en posición y apunta a la diana. Con el primer tiro no acierta, pero le doy unas palabras de ánimo. Con el segundo tampoco da en el blanco, ni con el tercero. Acaba gastándose un porrón de dinero y nos marchamos del puesto sin que haya podido conseguirme el enorme peluche de Bob Esponja que yo quería.

—Bueno, no se puede ser bueno en todo… —le digo riéndome.

—¡Que conste que soy muy bueno en otras cosas! —Hincha el pecho, como mostrándose orgulloso.

—¿Ah, sí? ¿En cuáles? —Decido seguirle el juego, aunque al final siempre acabo muy chafada.

—No sé si puedo mostrártelas… —Se vuelve hacia mí y me observa con sus fascinantes ojos. Y, como siempre, mi corazón apabullándome en el pecho. Por favor, cállate, que incluso te oirá por encima de esta ensordecedora música.

—Quizá esté más preparada para ello de lo que piensas…

Me acerco un poco a él, sin comprender muy bien qué es lo que estoy haciendo. Vamos, Mel, ¿otra vez vas a meterte en uno de esos líos de los que después no sabes salir?

Aarón no se aparta, sino que esboza una sonrisa que sacude mi mundo entero. Alza una mano y, para mi sorpresa, me coge un mechón de cabello y lo enreda entre sus dedos suavemente. Está tan cerca de mí que se me seca la boca. Y entonces me suelta el pelo y apoya las manos en mis hombros, dándome la vuelta.

—Por ejemplo… ¡soy muy bueno en los coches de choque! —exclama junto a mi oído.

Mis ilusiones se desvanecen una vez más. Hale, ahí va la tonta de Melissa de nuevo, corriendo avergonzada por entre el gentío de la feria. Dejo escapar la respiración que había estado conteniendo y niego con la cabeza.

—La gente que sube ahí es muy bestia.

—¡Venga, será divertido!

Me coge de la mano y literalmente me arrastra hasta la atracción. La verdad es que le tengo un poco de miedo porque una vez, cuando tenía unos diez años, me dieron tal choque que me golpeé en la boca y por poco me rompí un diente. Pero como quiero que Aarón se divierta conmigo, al final acepto.

Esperamos a que sea nuestro turno y en cuanto queda libre un coche Aarón corre a ocuparlo. Yo me dirijo en busca de otro, un poco aturdida entre toda esta gente —adolescentes, en su mayoría— que se mueve de aquí para allá. Me quitan un par de coches y oigo a Aarón gritarme algo, hasta que al final consigo hacerme con uno. Dios, yo no debería estar aquí, con las manos en este volante que ha sido toqueteado por tantas personas. Cuando ya todos estamos en nuestra posición, la bocina que avisa de que la atracción empieza retruena en mis oídos. Y todos se ponen en marcha y aquí estoy yo, quieta y asustada. De repente, reparo en que un chaval gordo con aspecto de psicópata se dirige hacia mí a toda velocidad. ¡Me dará un golpe que veré todas las estrellas del firmamento! Sin embargo, alguien se cruza en su camino. Es Aarón. Suelto un suspiro de alivio y, por fin, muevo mi coche. Me deslizo por la pista lejos de todos, intentando que nadie se fije en mí. Pero parece que soy un blanco fácil porque me veo perseguida por unos cuantos coches que van a embestirme.

—¡Ya bastaaa! —grito tratando de escapar.

Uno me da un golpe por detrás que me hace salir disparada hacia delante. El corazón me va a mil por hora. ¡Maldito Aarón! En mala hora le he hecho caso subiendo a este trasto.

El siguiente golpetazo me lo dan de costado y hasta me rechinan los dientes. Al volver el rostro, me encuentro con un Aarón que se parte de risa. Arrugo la nariz y los labios y lo miro con mala cara.

—¡Te vas a enterar!

—¡Ya era hora, Mel, que parecías una anciana al volante! —exclama maniobrando con su auto para alejarse de mí.

Cuando termina la atracción, tengo que reconocer que me he divertido… aunque solo haya sido durante los últimos minutos. ¡Y he dado un golpe a Aarón bien fuerte, en venganza por los suyos! Bajamos desternillándonos porque tiene los pantalones manchados del refresco que a alguien se le habría derramado en su asiento.

—Pero ¿cómo no te has fijado antes? —le pregunto entre risas.

—Estaba emocionado, ¿vale?

—La verdad es que me lo he pasado bien.

—Y al final has sacado a la agresiva que llevas dentro —dice al tiempo que intenta echarse un vistazo al trasero. Saco un pañuelo del bolso y se lo entrego, aunque la verdad es que me encantaría limpiárselo yo—. Menudo golpe me has dado por detrás. Creía que iba a salir de la atracción con un ojo morado y un diente menos.

—¡Exagerado!

Tengo una sonrisa en la cara que no puedo borrar. Y así continuamos caminando por la feria, con una calidez en mi pecho que hacía tiempo que no sentía.

—De pequeña siempre venía a la feria con mis padres —le explico al detenernos ante la casa del terror—. No me atrevía a pasar por aquí. Me daba un miedo terrible ese monstruo. —Señalo la figura de un tipo muy feo, un tanto deforme, que sostiene a una mujer medio desnuda que parece haberse desmayado.

—Entonces ¿no has subido nunca?

—La verdad es que no. —Niego con la cabeza, un poco avergonzada—. Un día me dije a mí misma que tenía que superar mis miedos y decidí subir. Mi padre compró dos tíquets, uno para él y otro para mí, y cuando vi que se acercaba nuestro turno… Me cagué por la pata abajo y empecé a llorar como una tonta. Mi padre se enfadó mucho; tuvo que regalar las entradas a unos chicos.

—Podría haberlas vendido —opina Aarón con la vista posada en la atracción.

—Sí, pero mi padre es muy buena persona y prefirió darlos sin esperar nada a cambio.

—Entonces ya sé a quién has salido. —Se vuelve hacia mí y me sonríe. Aparto la mirada, sin entender muy bien a qué se refiere.

Al momento siguiente está comprando dos tíquets para esta atracción. No sé qué me da más miedo: si lo que habrá ahí dentro o el hecho de que estemos tan cerca el uno del otro en la oscuridad. Subimos a nuestro vagón, piel contra piel. Su brazo apretado contra el mío, traspasándome todo su calor. No quiero parecer nerviosa, pero lo cierto es que lo estoy, y demasiado. Ojalá crea que es por la atracción y no por el hecho de que me dan calambres por todo el cuerpo cada vez que me toca. Pero, por suerte, me paso todo el trayecto chillando cada vez que una figura aparece. ¡Ni siquiera son personas reales, por favor! Aarón no deja de reírse, y lo hace mucho más cuando me aferro a su brazo y le clavo las uñas.

—Pero ¿cuándo se termina esto? —pregunto casi lloriqueando. Un nuevo monstruito aparece ante nosotros y me uno a los gritos del muñeco.

Cuando bajamos de la atracción, todavía me tiemblan las piernas. ¡En la vida voy a volver a subir! El vagón que venía detrás de nosotros aparece también por la puerta y me doy cuenta de que me están señalando.

—¡Mira, mamá! Esa es la señora que no paraba de gritar —dice un niño. ¡Será posible! Es la segunda vez que en muy poco tiempo que me llaman «señora», y encima este chiquillo también está descojonándose de mí.

—¿Dónde podemos subir ahora? —me pregunta Aarón, desviando mi atención hacia él.

—No estoy preparada para más emociones, en serio —respondo con una mano apoyada en el corazón.

—Pero ¡si todavía quedan muchas atracciones fantásticas! —me grita todo emocionado.

Pues ahora mismo prefiero ir a comerme unas patatas fritas, que los sustos me han despertado el hambre.

—¿Fantásticas? —Me lo quedo mirando como si estuviera loco—. La última ha sido una pesadilla.

Sin embargo, lo único que Aarón hace es reírse y, al segundo siguiente, me señala algo que ni siquiera me da tiempo a ver.

—¡Vamos!

Me coge de la mano y tira de mí. Se la aprieto. Echamos a correr. Ya se me han pasado todos los miedos. La energía y la jovialidad que desprende me inundan toda. Me gustaría que este momento no terminase nunca. Me siento como si fuese su pareja. Oh, Dios mío… Me comporto realmente como una adolescente en su primera cita. Este hombre terminará de volverme loca.

—¿Adónde me llevas?

—A la noria. —Señala la enorme maquinaria.

—Uf, mejor que no. No sé si me marearé…

—Vamos, Mel. Deja de quejarte. No me seas aburrida.

Esa palabra es la que me activa. Me hace recordar a mi ex pareja, a Héctor y a todas esas personas que han pensado de mí que no sé vivir la vida. Y no quiero que Aarón crea lo mismo, así que asiento con la cabeza y dejo que me lleve hasta la atracción. Tenemos que esperar un ratito porque hay bastante gente haciendo cola. Unos diez minutos después estamos metiéndonos en una de las cabinas, la cual se balancea de forma peligrosa.

—Ay, madre mía —digo cuando empezamos a elevarnos.

—No mires abajo y ya está —me aconseja Aarón.

Pero lo hago de todas formas. ¡Así soy yo! Basta que me digan que no haga algo para que desee hacerlo. Me asomo por el costado y, al ver a todas esas personas diminutas allá abajo, el estómago se me contrae. Meto la cabeza con un gritito asustado y cierro los ojos.

—Pero mira que eres cabezota…

—No sé si esto ha sido una buena idea —digo entreabriéndolos.

Ahora estamos en la parte más alta. La noria se ha detenido y supongo que nos quedaremos así un ratito. Desde aquí puede verse toda la ciudad. La contemplo fascinada, recordando al mismo tiempo la primera noche que pasé en la terraza de

Aarón. Ladeo la cabeza y suspiro. Ya no me arrepiento de haber subido. Este momento es especial, por mucho que se comporte como un amigo. Puede que lo prefiera así, pues es menos complicado. Desde abajo me llega una de las canciones del verano que es verdaderamente preciosa. Me siento identificada con lo que Steve Angello canta: «*Wasted love... Why do I always give so much? Wasted love... You know I gave you all my heart. Wasted love... Can't help, but always give too much. But it's never enough...*» («Amor desperdiciado. ¿Por qué siempre doy tanto? Amor desperdiciado... Sabes que te di todo mi corazón. Amor desperdiciado... No puede dejar de dar siempre demasiado. Pero nunca es suficiente...»). Intento apartarla de mi mente porque no quiero que desaparezca la sensación de bienestar que Aarón me provoca. Me dedico a observar el horizonte y me pierdo en él. Aarón está muy callado, pero ni siquiera pienso en ello.

—¡Mira, mira! —Le señalo unas luces que no sé de dónde provienen.

No contesta. Sin volverme hacia él, tanteo con tal de zarandearlo para que me haga caso. Y sin querer, poso la mano en un lugar equivocado.

—Perdón, Aarón... —me disculpo, un tanto azorada.

La cuestión es que eso no era normal. Es decir, yo sé diferenciar cuándo un tío está en reposo y cuándo no. Y Aarón, en estos momentos, no lo está. Pero ¡no lo entiendo! ¿Por qué él está... así? Ni siquiera me atrevo a decir la palabra. Me muero de la vergüenza a pesar de ser una mujer madura. Miro con el rabillo del ojo y descubro que él también se siente un poco incómodo. Ha puesto una mano sobre sus partes para disimular, pero lo he notado todo... y me gustaría hacerlo mucho más. Rozarlo con mis dedos, demostrarle las maravillas que puedo hacerle sentir.

La noria se pone en movimiento. El silencio aún no nos ha abandonado. No quiero que la situación sea tan incómoda.

Somos amigos. Podemos tomarnos esto en broma, es algo totalmente normal. Es un hombre. Es comprensible.

—¿En qué tía buena estabas pensando? ¿En Megan Fox?

Le guiño un ojo. Todavía tengo las mejillas ardiendo, pero creo que parezco tranquila, dentro de lo que cabe.

No responde. Vuelve el rostro para no mirarme. Parpadeo, confundida. Adelanto una mano para cogerlo del brazo, pero me lo pienso mejor. ¡Solo falta que la noria haga un mal movimiento y que otra vez lo toque donde no debo!

—Estaba pensando en el cuadro.

—¿El cuadro? —pregunto confundida.

—El que estoy pintando de ti.

Me quedo callada. Intento tragar saliva, pero tengo la boca muy seca. Hace demasiado calor. Por suerte, el airecillo nocturno me alivia el ardor del rostro. Aarón pensaba en mi retrato. ¡No entiendo por qué se ha puesto… cachondo! ¿Eso significa que yo le…? Sacudo la cabeza, tratando de deshacerme de esa estúpida idea. No le gusto, me lo ha dejado claro durante todo este tiempo. Ya hace más de un mes que nos conocemos y no ha ocurrido nada. Ni un mísero acercamiento, una palabra con doble sentido o un roce con intenciones. Nada de nada. He estado amargándome la existencia, acostándome con otro hombre para borrar con el cuerpo las huellas que Aarón estaba plantando en mi corazón. ¿Y ahora esto? ¿Cómo no voy a sentirme confundida?

El viaje en la noria llega a su fin. Suspiro aliviada. Espero a que él se apee y a continuación lo hago yo, un poco mareada, aunque no sé si por la atracción o por la confusión. Paseamos por la feria un rato más. Ninguno de los dos dice nada. Se ha instalado entre nosotros un silencio incómodo que no sé cómo romper. Bueno, si yo fuera lo suficientemente atrevida le preguntaría si se siente atraído por mí.

—¿Te apetece que vayamos a cenar? —dice de sopetón, dejándome totalmente sorprendida.

—Sí, claro.

Salimos de la feria otra vez con el silencio como acompañante. Cerca hay unos cuantos restaurantes que ofrecen una buena cocina. Decidimos quedarnos en uno que tiene libre una coqueta mesa en la terraza. Sentados frente a frente ya no podemos escaparnos. Supongo que hay que hablar de lo que ha sucedido, pero no tengo muy claro por dónde empezar. ¿Por qué no lo hace él? Si siempre hemos charlado tranquilamente sobre cuestiones subiditas de tono… Claro, ahora esas cuestiones están relacionadas directamente con nosotros. Pero no puedo creer que Aarón sea una persona tímida. Lo miro acalorada, con una sonrisa azorada en el rostro. Y él… me está escrutando de manera diferente a como lo ha hecho hasta hace un rato. ¿Qué es lo que ha cambiado en tan solo media hora? De repente, desliza una mano a través de la mesa hasta acercarla a la mía. El corazón empieza a latirme como un loco.

—Vaya, ¡si es la aburrida!

Conozco esa voz… El mundo se me cae a los pies. ¿No hay más restaurantes por la ciudad o qué?

20

Levanto la mirada y trato de sonreír, pero me sale una mueca. Mantengo los labios apretados, con la respiración contenida. Héctor está muy guapo. Más que estarlo, lo es, para qué engañarnos. Siempre tan elegante, con sus chaquetas, sus chalecos, sus pantalones caros, sus corbatas. Me gustan tanto los hombres con traje... Aarón nunca lo lleva, pero también me fascina su forma de vestir: desenfadada y al mismo tiempo glamurosa. ¿Cómo lo hace? Me regaño por estar pensando en los dos de esta manera.

En ese momento, una cabeza rubia asoma tras la ancha espalda de Héctor. Se trata de una chavala de unos diecisiete años. Pero ¿qué me estás contando? ¿Es que ahora todos se han vuelto unos asaltacunas?

—Buenas noches —saluda mi acompañante. Se levanta de la silla dispuesto a dar la mano a Héctor—. Soy Aarón.

—Sé quién eres —responde Héctor dedicándole una extraña mirada. ¿Qué? ¿En serio?—. El dueño del Dreams. Fui con Melissa hace un tiempo. —Vuelve el rostro hacia mí, lo ladea y sonríe de forma diabólica. ¡Será posible!

—Vaya, soy famoso. —Aarón, aún de pie, se echa a reír.

—Yo soy Héctor, el jefe de Melissa.

A Aarón le cambia la cara. Se le borra la sonrisa y arquea una ceja. Se dedica a escudriñarlo descaradamente y a continuación me mira a mí. No quiero levantarme de la silla, pero al final tengo que hacerlo para no quedar mal. No doy dos besos a Héctor, sino la mano. Me la estrecha con fuerza... Y al retirarla, acaricia mis dedos. Un escalofrío me recorre de arriba abajo.

La jovenzuela de cabellos dorados nos observa con curiosidad, sin decir nada. Héctor no da muestra alguna de querer presentárnosla.

—Así que vais a cenar aquí... —Sonríe, aunque es un gesto totalmente falso.

—Sí. Corre fresquito —contesta Aarón en mi lugar. Supongo que se ha dado cuenta de lo incómoda que estoy.

Nos quedamos todos callados. La rubia de rostro angelical me mira sonriente, pero me limito a ponerle mala cara. Seguro que es tonta. No tendrá ni estudios. Se habrá dedicado a arrimarse al primero con pasta que ha encontrado. Pero ¡si es una cría! ¿Cómo pueden sus padres dejarla salir a estas horas con un hombre de más de treinta años? Bueno, seguro que no lo saben.

—Aarón, ¿nos disculpas? —Héctor me señala. Todo mi cuerpo se tensa—. Me gustaría comentar algo a Melissa Polanco.

—Si es sobre trabajo, espera a mañana —lo corto con brusquedad.

—Es importante —insiste traspasándome con la mirada.

Echo un vistazo a Aarón, quien se encoge de hombros. Tiene una sonrisa en los labios y en los ojos. La situación parece divertirlo. Maldito Héctor... ¿No va a dejarme en paz ni durante el fin de semana? Esto es la jodida ley de Murphy; me ha pasado muchas veces. Por ejemplo, cuando se me retrasa la menstruación me topo por la calle con más embarazadas de lo habitual; están por todos lados. Pues lo mismo sucede cuando no quieres encontrarte con alguien. Basta que lo pienses para que aparezca como por arte de magia. Había conseguido deshacerme de la sensación de malestar y ahora este hombre me la traerá de nuevo. No obstante, no quiero parecer una maleducada ante los tres.

—Está bien —acepto, pasando por el lado de la rubia.

—Espera aquí —le dice Héctor—. Puedes hablar con Aarón. Tiene aspecto de ser un tío muy amable. —Le da la mano, como fingiendo que todo marcha bien. Pero puedo notar su hostilidad desde aquí.

Héctor apoya una mano en mi espalda cuando nos separamos de ellos. Echo a andar deprisa para apartársela. Al fin salimos de la terraza del restaurante, pero quiere avanzar hasta la esquina, donde Aarón y la rubia les no puedan vernos.

—Así que él es el caballo ganador —me espeta en tono irónico, cruzándose de brazos.

—Vete a la mierda, Héctor.

—No me hables así, Melissa Polanco.

—¿Por qué? Ah, sí, porque eres mi jefe. Pero resulta que es domingo y que no estamos en la oficina. Deja de utilizar tu superioridad para…

—Te equivocas. No quiero que me hables así porque soy una persona, como tú. Y me molesta. ¿Lo entiendes?

Sus palabras me dejan patidifusa. Parpadeo, confundida. ¿Desde cuándo Héctor tiene sentimientos? Siempre lo he visto como el jefazo cabrón, engreído, autoritario… Pensé que las palabras de sus empleados le entraban por un oído y le salían por el otro.

—¿Qué quieres? —Finjo que estoy enfadada. En realidad, lo que siento son un montón de nervios correteando por mi estómago con sus molestas patitas.

—Solo que me respondas: ¿es él el hombre del que estás enamorada?

—Pero ¿a ti qué cojones te importa?

—¿Por qué eres tan malhablada? —Mi actitud parece molestarlo.

—Porque me sacas de mis casillas. —Lo apunto con el dedo índice.

—Y tú estás volviéndome loco, Melissa.

Me coge de la muñeca y me acerca a su cuerpo. Su pecho sube y baja de manera agitada. Apoyo mi mano en él, notando que mi respiración también se acelera. Me revuelvo un par de segundos antes de quedarme muy quieta, observándome reflejada en sus ojos.

—¿Qué estás haciendo, Melissa?

—¿Qué quieres decir?

—No puedo sacarte de mi cabeza… —Su voz es grave.

Tengo los labios resecos. Héctor apoya un dedo en ellos y, sin poder evitarlo, los entreabro. Su corazón se acelera en ese mismo instante. Estoy empezando a sudar ante el deseo que va apoderándose de cada uno de los poros de mi piel. No, no… ¡Habíamos discutido! El juego entre nosotros se había terminado, me había dicho. Y estaba convencida de ello.

—Es solo sexo, Héctor. No nos engañemos.

—Cállate.

Ladeo el rostro en cuanto veo sus intenciones. Me besa la mejilla con delicadeza al tiempo que con la otra mano me acaricia la cintura. Mi sexo está despertando: oleadas de cosquillas me inundan. A punto estoy de rodearle el cuello y dejarme llevar, pero, por suerte, me doy cuenta de lo que estoy haciendo. Lo aparto de un empujón e intenta atraparme otra vez; no obstante, alzo una mano dejándole clarito que se esté quieto.

—Conseguirás que nos vean.

—¿Qué es lo que te gusta de él, Melissa? —me pregunta con la voz impregnada de rabia.

—Me trata bien. Es especial. Podemos hablar de lo que queremos —respondo de inmediato.

—¿Hace que te sientas una mujer, como lo hago yo?

Lo miro con los ojos muy abiertos. Muevo la cabeza y suelto una carcajada sardónica. Le obligo a apartarse para alejarme, pero me atrapa del antebrazo.

—Deja a un lado tu obsesión, Héctor —le susurro muy cerca del rostro. No puedo evitar provocarlo, aunque sé que no está bien.

—Soy capaz de darte más que él.

—¿Ah, sí? Te refieres a que puedes darme más orgasmos, ¿no? —Le sonrío de frente y chasqueo la lengua. Estoy tratándolo como a un crío—. Pues que sepas que no me interesa.

—Vente conmigo esta noche —me propone de repente. Hay un rastro de urgencia en su voz.

—¿Perdona? —Me río en su cara—. Dijiste que no querías que me desahogara contigo. Así que aplícate el cuento y vete con la rubiales… Aunque quizá tengas que hacer de canguro.

Va a replicar, pero se calla. Me suelta el brazo, permitiendo que me vaya. Camino por delante de él hasta regresar a la terraza. La niñata está muy animada charlando con Aarón. ¿Es que le van todos o qué? Se ha sentado en mi silla, así que chasqueo los dedos ante su nariz para que se levante. Me mira asombrada, pero no protesta. Sonríe a Aarón y me devuelve la silla. Héctor la coge de la mano de manera posesiva.

—Espero que te acuerdes de cómo era la otra Melissa —dice simplemente.

Ambos se despiden de Aarón y se marchan, dejándonos allí solos. Yo con la boca abierta; Aarón observándome con una sonrisa divertida en el rostro.

—¡Lo odio! —exclamo golpeando la mesa con los puños.

Aarón se echa a reír. Lo miro enfurruñada, con los dientes apretados.

—No es cierto.

—Me trata como a una esclava sexual o algo así. Cree que puede tenerme para cuando él tenga ganas. Héctor se levanta empalmado y le viene muy bien, porque acude a la oficina y tiene a la aburrida allí para que lo alivie. Va a visitarla a su casa de improviso porque en el avión ha visto a un pibonazo, se ha puesto cachondo y necesita desahogarse. Pero ¿qué coño es esto? —Lo he soltado todo de carrerilla, con un calor inhumano en el rostro. Bebo un poco de agua fresca.

—¿Te has planteado que quizá le gustes de verdad?

—Aarón, tú mismo has visto cómo es: engreído. Cree que puede dar lecciones de moralidad.

—Tú también disfrutaste cuando os acostasteis, ¿no?

Su pregunta me hace callar. ¿Cómo he llegado a este punto? Inspiro con fuerza y me cruzo de brazos, totalmente enfurruñada. Me gustaría saber por qué me ha molestado tanto que Héctor estuviese con esa niñata. Ni yo misma me entiendo. Tengo aquí delante a Aarón, y quiero disfrutar de la cena con él, pero creo que me resultará imposible.

—¿Sabes cuál es el problema? Que adora tenerlas a todas comiendo de su mano como pollitas…

—Es algo intrínseco al género masculino.

—No es cierto. No todos sois así. Tú no. —Alzo el brazo para llamar a la camarera.

Aarón no contesta. Encargamos la cena y, mientras la esperamos, pido a Aarón que me cuente qué tal le va en el Dreams para olvidarme del encuentro con Héctor. La verdad es que con él no he ido nunca. Vamos a lugares que, en mi opinión, resultan mucho más interesantes. En ocasiones me pregunto por qué se dedica al mundo de la noche, si no parece llamarle la atención aunque una vez me dijera que sí.

—Va bien. Lo trasladé porque sabía que en esa zona funcionaría bien —me explica. Cuando la camarera llega, se echa hacia atrás para que ella pueda colocarle su plato delante—. De todos modos, tengo a mis socios por allí. Ellos lo saben manejar mucho mejor que yo. —Coge el tenedor y empieza a comer.

—Y entonces ¿qué haces tú?

—Pues llevo las gestiones desde mi despacho. Lo prefiero. Hace tiempo que abandoné el mundo de la noche. Demasiado ajetreo para mí.

—El día que fui con Héctor, sí que estabas allí.

—Voy de vez en cuando para ver qué tal marcha todo.

—Estabas con una chica… —No quería decirlo, ¡se me ha escapado! Después de compartir tantas y tan variadas charlas, y ahora le suelto esto.

—Perla —dice.

Vaya, recuerda su nombre y todo, así que no era una simple tía que conoció esa noche en el local.

—Me pareció muy joven. —Ya no puedo callarme.

—No más que la que iba con tu jefe.

¡Golpe bajo! Agacho la cabeza, un poco avergonzada. En realidad, no soy nadie para hacerle reproches. Puede ir con quien quiera, a donde quiera y hacer lo que quiera. Lo que pasa es que me encantaría que lo hiciese conmigo, por supuesto. Pero no soy su novia; tan solo somos un hombre y una mujer que en poco tiempo se han convertido en buenos amigos. Qué suerte.

—¿Sabes que de pequeña quería ser cantante? —Trato de cambiar de tema.

—¿Ah, sí?

Se echa a reír. Termina su plato y lo deja a un lado para apoyar los codos en la mesa y prestarme toda su atención. Eso es lo que me encanta de él… que hasta lo más tonto le interesa. Me siento escuchada, apreciada, comprendida. ¿Y Héctor pregunta que qué es lo que me da?

—Mi madre incluso me llevó a algún concurso de karaoke… aunque creo que la impulsó su amor maternal. Bueno, y siempre he cantado en la ducha, que ahí parece que todos lo hacemos bien… Pero una vez que me grabé, de adolescente, comprendí que parecía un gato en celo.

Aarón casi se atraganta con su bebida. Nos echamos a reír

y pasamos así un buen rato, hasta que se nos escapan las lágrimas. Me encanta que podamos sentirnos tan a gusto. Todo fluye tan fácilmente que incluso cuesta creerlo.

—Pues yo quería ser un vampiro —dice él en cuanto logra contener la risa.

—¿En serio? —Me río de su ocurrencia.

—Sí, y es curioso porque la sangre me ha dado mucho asco siempre.

Suelto otra carcajada, a la que Aarón se suma. Los comensales de algunas mesas nos miran con curiosidad. Una pareja se ha contagiado de nuestra risa. Unos minutos después me mira de tal modo que me quedo callada. No suele hacerlo así. Trago saliva, sintiéndome un poco cohibida.

—¿Te apetece venir a mi casa?

Parpadeo, un poco confundida. Me echo a reír una vez más. Supongo que le apetece tomar una copa, como en tantas otras ocasiones.

—Claro.

—Quiero enseñarte algo.

—¿Ah, sí? —Me suben los colores a las mejillas.

—No puedo ocultártelo más. Necesito que lo veas.

Lo miro sin comprender a qué se refiere. Sin darme un segundo para pensar, llama a la camarera y le pide la cuenta. Cinco minutos después vamos a pie hacia su casa. El corazón me late a mil por hora porque estamos callados y entre nosotros el silencio no es habitual; siempre tenemos algo que decirnos. En un par de ocasiones trato de iniciar una conversación, pero me arrepiento al descubrir su ceño fruncido, como si estuviese enfadado o preocupado.

—¡Pues ya hemos llegado! —Mete la llave en la cerradura.

Subimos también en silencio. ¿Qué le pasa? No entiendo nada; está comportándose como un psicópata o algo por el estilo. Abre la puerta de su ático y se hace a un lado para dejarme pasar. Se lo agradezco. Nuestras pieles se rozan como aquella primera vez en que estuve aquí. No puedo mostrarme serena; estoy a punto de perder la compostura. Se me va a escapar: en cualquier momento le confesaré que llevo esperándolo durante mucho tiempo.

Mientras me dirige al estudio le dedico una media sonrisa, con la incomprensión pegada al cuerpo. El lienzo se halla en el centro de la habitación, oculto debajo de una fina tela blanca. Aarón se acerca al caballete y coge aire, como si tuviese miedo de algo o como si se tratase de la presentación oficial de algo muy importante.

—Espero que te guste, Mel.

—¿Has...?

El corazón empuja fuerte contra mi pecho cuando retira la tela y descubro su dibujo.

Soy yo.

Desnuda.

Y es realmente hermoso.

21

Trago saliva sin saber qué decir. Ni siquiera me atrevo a acercarme al lienzo hasta que Aarón me indica con un gesto que me mueva. Camino con lentitud, como sumergida en una burbuja irreal. No puedo apartar la vista del cuadro. ¿Soy así de hermosa?

—¿Cómo has podido pintarme si no…? —le pregunto con voz temblorosa.

Se lleva un dedo a la sien y se da unos golpecitos.

—La imaginación, Mel.

—¿Soy… soy así? Creo que sí; es más, creo que la mujer del dibujo y yo somos idénticas, pero…

—No fue tan difícil. Mi mente ha sabido en todo momento cómo eres.

—Pensaba que no hacías desnudos.

—En un principio este retrato no iba a serlo —me confiesa. Lo miro sorprendida—. Mis dedos decidieron por mí.

—Me encanta, Aarón. Es realmente precioso.

Me atrevo a acercarme al caballete un poco más. Alargo un brazo, pero al final lo retiro.

—Puedes tocar el lienzo. Ya no está húmedo.

Asiento con la cabeza. Estiro la mano y rozo el lienzo con la punta de los dedos. Me llevo una mano a cada una de las partes de mi cuerpo cada vez que la otra recorre el dibujo.

Cuando llego a mi zona más íntima, siento un terrible ardor en los pies, unas cosquillas que ascienden a toda velocidad. ¿Es esta la respuesta que yo esperaba?

En muchas ocasiones me he preguntado los motivos por los que los seres humanos anhelamos alcanzar aquello que no podemos tener. El sufrimiento en el que nos enredamos nos aporta también algo de placer. Soñar con el objeto de deseo, sea el que sea, hace que nos perdamos —al menos durante unos minutos— en un mundo en el que somos capaces de dominarlo todo… capaces de controlar la vida. Nos sentimos los dueños de una fantasía que, quizá, si tenemos suerte, se cumpla algún día.

Ahora que Aarón me está observando de esa forma, el miedo se abalanza sin piedad sobre mí. Y es que mientras peleo con Héctor me parece que todo es como debería ser en mi vida. Esa soy yo: la aburrida de la oficina, la de la cara avinagrada, la que no sabe divertirse, la que guarda en un puño un pedazo de recuerdo del hombre que la dejó plantada casi ante el altar.

Sin embargo, contemplándome en la mirada de Aarón, no sé quién soy. He esperado este momento durante mucho tiempo y cuando ha llegado por fin… no sé dar otro paso. El objeto de deseo se está convirtiendo en sujeto de deseo. Porque en este preciso instante advierto en su mirada que para él soy una mujer, no solo la amiga con la que puede hablar de cualquier cosa, incluso del trasero de Monica Bellucci.

—Espero que no te moleste que me haya tomado esta libertad —dice, e interrumpe mis pensamientos.

Niego con la cabeza. No, claro que no me molesta. Es una de las cosas más hermosas que han hecho por mí. No obstante, ¿qué va a pasar ahora? ¿Nos acostaremos y después todo volverá a ser como antes? ¿Formaré parte de su larga lista de conquistas como ha sucedido con Héctor? ¿Como sucedió con…?

—Te lo regalo. —Ha vuelto a interrumpir mis pensamientos.

Me vuelvo hacia él con la boca abierta.

—No, no. Es tu trabajo.

—Es para ti, en serio. Quiero que lo tengas, que cuando te mires sepas lo preciosa que eres. Pero, sobre todo, quiero que me recuerdes a través de mi pintura.

No sé qué responderle. De verdad, esta situación parece sacada de una de esas películas romanticonas y empalagosas que solo me gustan cuando tengo el síndrome premenstrual. Sin embargo, reconozco que me encanta ser la protagonista de esta. Sí, sí, yo soy ahora la protagonista. Suele ocurrir: odiamos ciertas historias hasta que formamos parte de ellas.

—Está bien… —acierto a decir.

Me dedica una sonrisa espléndida. Sus ojos brillan de emoción. Y yo aquí plantada sin saber cómo actuar, cómo demostrarle que es uno de los momentos más enternecedores de mi vida.

—No sé si estoy haciendo bien, Mel. ¿Qué te parece?

—No sé qué responderte… —Se me escapa una risa tonta.

Se acerca a mí y, sin querer, doy un paso atrás. Estoy demasiado nerviosa. Ignoro qué va a suceder dentro de unos minutos, y es algo que no me gusta nada. Con Héctor también fue así. Éramos jefe y empleada y, pasado un rato, amantes. Pero supe cómo actuar, tenía claro quién sería con él. Con Aarón no sucede lo mismo. Carezco de defensas.

—Dime si este es un buen momento. Solo eso.

—¿Un buen momento para qué? —pregunto. Debo de parecerle tonta.

—Ha sido el encuentro con tu jefe —me explica esbozando una media sonrisa con la vista baja—. Es muy atractivo, ¿sabes? Mucho más de lo que pensaba.

Bueno, ni que él no lo fuera. ¿A qué viene ahora esta comparación? Me quedo quieta y trato de prestarle atención, pero el redoble de mi corazón es mucho más fuerte y está descontrolándome.

—Y además, me he dado cuenta de que tiene un gran poder de convicción. —Se lleva un dedo a los labios. Ese gesto tan solo provoca que mis entrañas comiencen a desgarrarse—. Es un seductor nato. Pero es algo más… Creo que es alguien capaz de adentrarse en el corazón de una mujer.

Deseo gritarle que calle, que deje de hablar de Héctor. Él no está aquí. No forma parte de mi vida y, aun así, me parece que planea como una sombra por encima de nuestras cabezas. No quiero que nada rompa este momento tan especial entre Aarón y yo, pero no consigo articular ni una palabra.

—Yo he sido tu amigo, Mel.

Asiento con la cabeza, empezando a sentirme impaciente.

—Vi en tu mirada que necesitabas una mano amiga. Yo podía serlo. Pero ya ves, utilizo el tiempo pasado.

Me paso la lengua por los labios. Me llevo una mano al pecho. Que esto acabe ya porque voy a desplomarme.

—Nunca me gustan las mujeres solo como amigas. Puedo ser su amante, pero no su amigo.

Y vuelvo a querer confesarle que, vale, por una vez dejaré atrás todas mis convicciones, que sea mi amante aunque me rompa de nuevo. He estado esperando este momento con tanto anhelo…

—Tú ahora mismo estás débil, Mel. ¿Cómo voy a abandonar la posición en la que puedes apoyarte en mí para convertirme en lo que, por ejemplo, es Héctor?

Mierda. Y dale con el otro… No, esto no es lo mismo. No tiene por qué cambiar nada entre Aarón y yo. ¿Acaso no existen los amantes en los que apoyarte? ¿Es que un amigo no puede meterse en mis entrañas?

—Tienes que importarme mucho para que haya aguantado tanto tiempo.

La mandíbula se me descuelga. Por favor, que no me diga estas cosas y se quede tan tranquilo. Podríamos haber tenido sexo y ya está; no necesito explicaciones, ¿verdad?

—No quiero joderla contigo, Mel. No quiero sentirme culpable de nuevo. Con un par de veces he tenido suficiente.

Alza la vista y me observa con intensidad. Sus ojos tan claros, tan penetrantes, se deslizan por mi cuerpo. Sé que me desea; lo aprecio en su respiración alterada, en su pecho agitado, en la forma en la que se muerde el labio inferior.

—Por eso solo quiero saber si está todo bien. Continuaré siendo tu amigo si es lo que deseas. Puedo hacerlo. Quizá en algún momento tenga que alejarme un poco de ti, pero sabré controlarme. —Se ríe de su propia broma—. O lo intentaré… Esta vez lo haré bien. El deseo y la atracción no tienen por qué ser un impedimento.

Lo miro con la boca abierta. Niego con la cabeza y vuelvo a negar.

—No, no y no.

—Mel, es lo mejor porque…

—¿Sabes cuánto tiempo hace que pienso en ti?

Se queda callado, esperando mi respuesta.

—Desde que entré por esa puerta el primer día. Esa misma noche, en mi cama, te tuve para mí, pero solo en mi imaginación. —Me llevo una mano a la cabeza. Dirijo la vista al suelo; solo así podré continuar hablando, ya que su mirada es demasiado intensa—. Luego me comporté como una niñata. Jugué con Héctor, él lo hizo conmigo. Cerraba los ojos y soñaba que eras tú quien estaba dentro de mí. —Me detengo unos segundos, aún con la vista gacha—. ¿Crees que me iré de aquí hoy sin que suceda algo?

Aarón me observa con la mirada teñida de confusión. Separa los labios, dispuesto a decir algo, pero no se lo permito. Me abalanzo sobre él y me enlazo a su cuello, posando mi boca en la suya. Mantiene las manos pegadas al cuerpo; lo noto reticente, tenso. Me separo para mirarlo, con la cara ardiendo de la vergüenza.

—Dime si me deseas.

—Mel, claro que sí. ¿Cómo no iba a desearte? Mírate…

No le dejo terminar. Me aferro con mucha fuerza a su cuello y vuelvo a besarlo. Esta vez me corresponde. Me rodea la cintura y me la acaricia con suavidad, y suspiro contra su boca. Separa los labios para recibirme. Mi lengua juguetea con sus dientes y, acto seguido, ambas se funden en una sola. Su sabor es fascinante: puedo notar el deseo en él.

Sin esperar más, me levanta los brazos y me quita la camiseta. Me acaricia los pechos por encima del sujetador, deteniéndose en el encaje. Sus dedos rozan con mucha suavidad mi piel desnuda. Estoy tan sensible que se me escapa un gemido. Me mira con una devastadora sonrisa al tiempo que me abraza y me desabrocha el sujetador. Lo deja caer al suelo sin apartar las manos de mi espalda. No lo resisto y también le quito la camiseta. Estamos pegados el uno al otro; nuestra piel se funde en el ardor que escapa de nuestros cuerpos. Cierro los ojos, tratando de retener en mi memoria esta sensación.

—Tal como te imaginé… —Su voz susurrante en mi oído.

Me mordisquea el lóbulo de la oreja, provocándome otro suspiro. Apoya las manos en mis pechos y empieza a masajearlos. Me sujeto en sus hombros, apoyando mi frente en la suya. Su respiración agitada me golpea en la cara y me excita mucho más. Lo cojo de las mejillas y lo beso con ardor. Muerdo sus labios, paso la lengua por ellos, le estiro el inferior de forma juguetona. Uno de sus dedos ya me ha aprisionado un pezón. Lo acaricia con la yema con mucho cuidado, despertando no solo al compañero, sino también a mi entrepierna.

—Me encantas… —murmura sobre mi boca.

Me coge del trasero y me alza en vilo, besándome de nuevo. Rodamos por la habitación sin saber muy bien adónde vamos. Acabamos tirando uno de los caballetes; por suerte, no es en él donde descansa mi lienzo… ¿Y si lo hubiéramos roto? Al lado hay varios botes de pintura, y tropezamos con ellos de tal forma que se derraman por el suelo. Me echo a reír sin poder evitarlo, aún enlazada a su cuello, con mis piernas en torno a su cintura.

—Quiero hacerlo aquí, rodeada de todo esto, para empaparme de ti —le digo, de manera provocativa.

Aarón se me queda mirando con sorpresa, pero a continuación me deposita en el suelo. La pintura se encuentra muy cerca. Estiro un brazo y mojo uno de mis dedos en la de color rosa. Cuando se coloca sobre mí, le dibujo un corazón en el pecho. Ríe ante mi ocurrencia y pienso que no querrá seguir con el juego, pero me equivoco. Se hace con un poco de pintura amarilla y me dibuja un sol alrededor del ombligo. Contraigo el vientre cuando sus dedos se encaminan hacia arriba, pintando mis pechos y mis pezones, y después cuando baja y se detiene en la cinturilla del pantalón.

Se deshace de mis sandalias para poder quitarme los vaqueros. Los tira a un lado y enseguida se desviste también. Contemplo su fantástico abdomen desde el suelo, con el pecho a punto de explotarme de la emoción. Vuelvo a mojar mis dedos en la pintura y en cuanto él se coloca a mi lado escribo en su torso «TE DESEO». No deja de sonreír. Empapa los suyos de pintura amarilla, y a lo largo de mi pierna derecha escribe «PRECIOSA»; en la izquierda, «QUIERO COMERTE». No puedo evitar soltar una carcajada. Todo esto me parece muy divertido y, al mismo tiempo, excitante.

Se sitúa encima de mí, rozándome en la cadera con su impresionante erección. Lo agarro del trasero para apretarlo contra mi cuerpo. Necesito sentirlo… cuanto más cerca, mejor. Aarón acaricia mis muslos desnudos hasta llegar a la cintura; las cosquillas hacen que me revuelva bajo su peso. Sus dedos caminan con ternura por mis caderas, mi cintura, mis costados, hasta llegar a mis axilas. Me recorre los brazos con suma lentitud, recreándose en mis formas. Es como si estuviese esbozándome en su mente, pues sus dedos van adivinando mi figura mucho antes de pasar por cada parte.

—Me pones tanto… —susurra en ese instante, sacándome un hondo suspiro.

Lo cojo de la nuca para atraerlo hacia mí. Sonrío contra su boca. Sus besos al principio son suaves, tiernos, impregnados de cariño. Minutos después, nuestras bocas se devoran, juegan, luchan, intentan impregnarse del sabor de cada una. De repente lo separo de mí con los ojos muy abiertos. Me observa con una ceja enarcada.

—Es que no puedo creer que esté ocurriendo esto.

—¿Qué, Mel?

—Que por fin me hayas visto como a una mujer.

—¿Por fin? ¿Tú sabes la de duchas de agua fría que he tenido que darme? —Suelta una risita que se me antoja completamente sensual.

Enredo mechones de su cabello entre mis dedos y nos fundimos en un mar de besos una vez más. Me coge una pierna y la sube a su cintura. Hago lo mismo con la otra. El suelo es un poco incómodo, pero no me importa. Su peso contra mi cuerpo es tan real que es lo único que quiero sentir en estos momentos. La piel ardiente y palpitante, el roce de su aliento en todos mis poros, sus ojos humedecidos por la excitación… ¿No era esto lo que estaba buscando? ¿Por qué siento que no alcanzo aquello que anhelaba? Tengo el corazón encogido ahora mismo. Y me parece que no es solo por la emoción. Sin embargo, no consigo identificar qué sentimiento es el que se está adueñando de mi ser, provocándome escalofríos.

—Preciosa… Eres preciosa… —murmura aspirando en mi cuello.

Me coge de las nalgas otra vez y me alza un poquito más. Mientras me penetra, no aparta la mirada de la mía. Abro la boca en silencio cuando todo su sexo se encuentra en mi interior. Jadea al hacer el primer movimiento. Intento esconder el extraño sentimiento que se ha aferrado a mi estómago. Espero que no sea amor, espero que no lo sea... Otra vez no. ¿O quizá es ya demasiado tarde?

Cierro los ojos con fuerza, aprieto los dientes y lanzo el corazón al aire. Aarón se columpia sobre mí con una delicadeza increíble. Me acaricia una mejilla al tiempo que entra y sale de forma tan pausada que se me eriza todo el vello. Lo abrazo, casi lo estrujo. No deja de mirarme... No puede ser todo tan tierno. Es demasiado para mí. Está regresando el miedo. Necesito espantar el pánico.

—Más fuerte —mi ronca voz me sorprende.

Aarón se detiene unos segundos y escruta mi rostro. Apoya una mano en el hueco de mi cuello y me besa. Casi lo obligo a que lo haga con posesión. Suelta un gruñido y me coge de la cintura, haciendo que rodemos por el suelo hasta colocarme sobre él. Hemos pasado por el charco de pinturas, así que ahora nuestros cuerpos están tintados en color.

—Enséñame cómo lo haces —jadea él sujetándome por la cintura.

Mis gestos son, en un principio, vacilantes porque no sé cómo se los va a tomar. Pero cuando descubro en sus ojos el placer y la excitación, los convierto en movimientos cada vez más rápidos y expertos. Me balanceo sobre su vientre sin control. Apoyo las manos en su pecho para auparme. Me aprieta la cadera con los dedos. Separa los labios y suelta un gemido que me pone a cien.

—Joder, Mel... Domíname... ¡Domíname! Hazlo.

Sus palabras me dan más seguridad. Alzo el trasero y me dejo caer de golpe, sintiéndome repleta de él. Echo la cabeza hacia atrás, también mi cuerpo. Descargo en cada movimiento toda la ira que se está acumulando en mis entrañas.

Aarón me clava las uñas en la carne uniéndose a los gemidos que escapan de mi boca. Quiero más, más, más. Soy insaciable. Quiero su sexo rabioso de mí. Al cabo de unos segundos, abandono mi cuerpo. Suelto tal grito que me mareo. Miro

268

el techo con los ojos muy abiertos. Da vueltas… y yo floto sumergida en las aguas del placer, la furia y el dolor. Enamorarme no. De este hombre no.

—Mel… ¡Oh, joder, Mel!

Su miembro palpita en mi interior. Lo noto descargarse en cuanto mis paredes se contraen. El calor que inunda mi sexo hace que me estremezca y gima una vez más.

Aarón adelanta los brazos y me atrae a él, tumbándome sobre su pecho. En mis oídos retumba el palpitar sordo de su corazón. Cuento cada uno de los latidos como si se tratase de ovejitas. Quiero dormir…

—Me encantas —repite abrazándome con fuerza.

Me mantengo callada, con los ojos cerrados, apretados hasta que veo puntitos blancos desfilar ante mí. Tengo miedo. ¿Me he equivocado una vez más?

Pensaba que con Aarón todo sería diferente, que había encontrado a quien estaba buscando. Sin embargo, aprecio que algo me falta y no puedo más que sentirme como una estúpida.

Definitivamente, no estoy hecha para mi vida. No me aguanto en pie con ella. Pesa demasiado.

22

L o recuerdo como si fuese ayer.

Estaba probándome el vestido de novia. Ana y nuestra madre me acompañaban. Las tres lucíamos una espléndida sonrisa en el rostro. Mi hermana había insistido en que me probara un montón de trajes que me hacían sentir como un repollo. Ninguno me parecía el adecuado y estuve a punto de echarme a llorar pensando que no encontraría el mío. Sin embargo, cuando ya me había quedado sin ilusiones, la dependienta vino a nosotras con uno de los vestidos más caros; era precioso, y antes de ponérmelo ya supe que era para mí. Ante el espejo me recreé con el aspecto que me otorgaba. No era la novia que caminaría hacia el altar cogida del brazo de su padre... Simplemente era Mel, era yo y, por eso, decidí que no quería ir a ninguna otra tienda.

—Es perfecto —dijo mi hermana cuando salí del probador—. Mírate, ¡tú eres perfecta!

Ana parecía a punto de echarse a llorar. Los meses anteriores había estado un poco distante conmigo, y bastante gruñona, pero me dejó claro que no se lo tuviera en cuenta y me aseguró que cuando me viera con el vestido todas sus reticencias desaparecerían.

—Con lo que hemos buscado, alguno tenía que gustarle —intervino entonces mamá, como si estuviese molesta. Pero en realidad no podía disimular el brillo de orgullo en sus ojos.

Avancé un par de pasos bajo la atenta mirada de las dos. La dependienta regresó en ese instante y sonrió satisfecha. Al fin y al cabo, ella me había propuesto ese vestido convencida de que me quedaría bien. No era ni demasiado pomposo ni excesivamente sencillo. Se encontraba en el justo término medio.

—Entonces ¿les gusta? —preguntó con las manos entrelazadas, deseosa de que contestásemos que sí.

Vamos, iba a ser su gran venta del día. El precio desorbitado del traje me asustaba un poco. Mis padres habían insistido en pagarlo y, aunque me sabía mal que lo hicieran, lo quería. No deseaba ningún otro; ese era el que había estado esperando por mí.

—Me encanta —respondí acercándome al espejo de cuerpo entero para echarme otro vistazo.

Estaba espléndida, con mis mejillas sonrosadas a causa de la emoción y un destello especial en los ojos. El vestido se ceñía a mi cintura para caer como una cascada blanca. Rocé la tela con cuidado, pensando que en cualquier momento podía estropearlo.

—Es uno de los mejores que tenemos —insistió la dependienta a pesar de que estaba claro que iba a quedármelo—. Y usted está preciosa con él. Realza cada parte de su cuerpo.

Mi madre se levantó en ese instante con tal de que la mujer se callase. No le gustaban los peloteos. Cogió la etiqueta para mirar el precio una vez más. Tragué saliva con la esperanza de que no se echase atrás. Pero, para mi alivio, asintió con la cabeza en dirección a la dependienta.

—Por supuesto que nos lo llevamos —le dijo en tono de reproche, como si le molestara que hubiera pensado lo contrario—. Mi hija tiene que estar maravillosa el día de su boda, ¿no?

La mujer asintió con la cabeza, nerviosa, y después nos dejó a solas para que charláramos un poco más entre nosotras. Nos pasamos unos cuantos minutos alabando el vestido y la manera en que me hacía resplandecer. Aunque no era solo por él, sino por la felicidad de la que estaba empapada. Mi deseo, que se había instalado en mi corazón de manera repentina, se había hecho más grande con cada uno de los preparativos del enlace. Mientras me cambiaba en el probador, mi hermana gritó:

—¡Te están llamando!

No hice caso. Si querían algo, volverían a llamar. En realidad era Germán, que en ese preciso momento había tomado su decisión. Sabía que yo estaba buscando mi vestido. Pero era como si el cruel y juguetón destino le hubiese susurrado al oído que ya había encontrado el adecuado y que, entonces, ya no habría marcha atrás.

Me quité el traje con mucho cuidado, temiendo que le sucediera algo malo. Ardí en deseos de volver a deslizarlo sobre mi cuerpo en cuanto se lo tendí a la dependienta; debían ultimar algunos arreglos y al cabo de una semana lo tendrían listo. Ansiaba de verdad llevarlo puesto ese día: mi día.

Después nos fuimos a mirar zapatos, pero yo ya tenía la mente en otra parte y fue Ana quien decidió por mí. Por suerte, por una vez, supo elegir bien y compramos unos que eran maravillosos y que conjuntaban con el vestido. Como se nos había hecho bastante tarde, optamos por comer juntas. Mi hermana no dejaba de cogerme del brazo y de darme pequeños abrazos emocionados. Me hacía feliz que estuviera tan contenta por mí, a pesar de todas sus dudas anteriores.

—Me gustaría que me permitieses hablar durante el convite —me dijo mientras las tres compartíamos una enorme ensalada en el VIPS.

—Lo haré… siempre y cuando no te metas con Germán —contesté un tanto divertida.

Ana chasqueó la lengua y miró de reojo a nuestra madre, que movía la cabeza de un lado a otro con una sonrisa en el rostro.

—A ver, que ya sé que siempre me he pasado, pero no voy a hacer nada que te disguste en tu día. —Ana alargó una mano y cogió la mía, acariciándome la punta de los dedos—. Además, él tampoco se ha portado tan mal. —Se encogió de hombros como si aún le resultara extraño.

—Y Félix y tú ¿qué? —le preguntó mamá.

Deseaba que su hija mayor pasara también por el altar. En realidad, estaba ansiosa por que le diéramos ya unos cuantos nietos. Pero, por supuesto, eso tendría que esperar. No me sentía preparada aún para tener hijos, aunque había pensado en ello porque estaba segura de que, dentro de pocos años, querría tener un pequeño Germán o una diminuta Melissa correteando por nuestra casa e iluminando nuestras vidas.

—Ahora tenemos mucho trabajo, así que no nos viene nada bien —comentó Ana, restándole importancia, aunque mamá y yo sabíamos que se moría de ganas—. Tranquilas, que no tardaremos mucho. Hablar, ya lo hemos hablado, y él quiere. Pero eso ya lo sabéis.

En ese instante empezó a vibrarme el móvil de nuevo. Lo saqué del bolso y descubrí que era Germán. Quizá quería preguntarme por el vestido y, como ya no se lo había cogido la vez anterior, descolgué.

—¡Hola, cariño! —contesté muy alegre.

—Hola, Meli.

En cuanto oí el tono de voz en que me habló, supe que algo iba mal. Fruncí el ceño y tragué saliva, un tanto nerviosa. Ana y mamá me observaban con curiosidad, así que hice regresar la sonrisa a mi rostro para que no se imaginaran nada extraño.

—Ya tengo el vestido —le anuncié procurando mostrarme muy serena—. Es maravilloso.

Germán no contestó, sino que inspiró con fuerza. La mano con la que sujetaba el móvil empezó a temblarme, así que me lo cambié de oreja y lo apoyé en el hombro mientras bajaba los brazos hasta las piernas para ocultar las manos de la vista de mi hermana y nuestra madre.

—¿Va todo bien? —quise saber.

Quizá le habían dado una mala noticia del trabajo. Últimamente estaba más preocupado que de costumbre porque se temía que lo destinaran a otro instituto y, a pesar de lo mucho que se había quejado con anterioridad, ya no quería irse del que estaba.

—No… Quiero decir, sí —respondió con una voz que no auguraba nada bueno. Me mordí el labio e hice un gesto a Ana y a mamá para que continuaran con la ensalada. Estuve a punto de levantarme e irme afuera para hablar con más tranquilidad, pero Germán se adelantó y dijo—: Solo quería saber cuándo vas a volver a casa. Me gustaría que vinieras antes de que me fuera a las clases.

—Claro… —Forcé otra sonrisa, disimulando ante ellas, las cuales me observaban con una tremenda curiosidad—. No te preocupes, que allí estaré.

—De acuerdo. Nos vemos después.

Colgó antes de que pudiera despedirme. Me quedé con el móvil pegado a la oreja, con el pitido retumbando en mi oído y con el estómago dándome tantas vueltas que pensé que la ensalada saldría disparada en cualquier momento. Una vez que metí el teléfono en el bolso, mi madre me preguntó:

—¿Le pasa algo?

Ella sabía de la situación de Germán en el instituto y, a diferencia de mi hermana, se preocupaba mucho por él. Siempre lo había querido como a un hijo, y él le había contado muchísimas cosas y confiaba en ella como si fuera su segunda madre.

—Supongo que está preocupado. Ya sabes… —Me coloqué un mechón de pelo tras la oreja y cogí el tenedor para continuar comiendo, a pesar de que ya no tenía ni pizca de hambre—. Espero que no le hayan dicho nada malo en el trabajo. No nos gustaría que lo mandaran lejos.

—Seguro que no es eso. —Mi madre me dedicó una sonrisa tranquilizadora, pero yo ya había perdido toda la serenidad.

Ana se pasó el tiempo que estuvimos juntas echándome fugaces miradas, pero le agradecí que no dijera nada. Puede que ella ya tuviera el presentimiento de que las cosas no funcionaban bien. Y yo tendría que habérmelo imaginado y, de esa forma, haber podido hacer frente a la situación y luchar por algo que pensé que era eterno. Me habría gustado quedarme el resto del día con ellas dos, como habíamos planeado en un principio, pero mamá me convenció de que debía irme antes para averiguar qué le sucedía a Germán.

—Llámame en cuanto sepas algo, ¿vale, cielo?

Me dio un abrazo bien fuerte, con el que todavía me puse más nerviosa. Pero era la oscurecida mirada de Ana la que hacía que tuviera unas tremendas ganas de llorar.

—Y a mí. Dime algo luego. —Mi hermana me besó en la mejilla y me acarició el cabello con cariño.

Atravesé la ciudad con el estómago encogido, rezando para que aquello de lo que quería hablarme Germán estuviera relacionado con su trabajo y no con otra cosa. Si se trataba de lo primero, al menos podríamos solucionarlo de alguna forma. No obstante, dicen que las mujeres tenemos un sexto sentido, y puede que sea verdad. Ese día, antes de meter la llave en la cerradura, comprendí que hay sucesos en la vida que llegan mucho antes de que nos demos cuenta. Y en realidad lo hacen porque no tratamos de cambiarlos y nos instalamos en una falsa comodidad.

En cuanto atravesé el umbral de la puerta de nuestro piso y descubrí a Germán sentado ante la mesa del comedor con una botella de whisky medio vacía, supe que todo marchaba muy mal y que no iba a preguntarme qué tal me quedaba el vestido ni me contaría que lo destinaban lejos. No. Tuve claro que sus palabras serían otras, mucho más dolorosas e incomprensibles para mí.

—Hola —lo saludé en voz baja sin moverme de la puerta; no me atrevía a dar un solo paso más.

Alzó la cabeza y durante un buen rato me observó con la mirada desenfocada. En ese instante sí que fui hasta él y aparté el vaso y la botella porque no quería que bebiera más. Me daba miedo que los efectos del alcohol pusieran patas arriba todo lo que habíamos construido.

—Tenemos que hablar, Meli. —Su tono era seco y vacío de emociones, muy distinto al que me tenía acostumbrada.

Sonreí porque por entonces creía que esa frase solo trae malas noticias dicha en películas o en una novela. No obstante, en la vida real también es portadora de una serie de tópicos incoherentes, dolorosos y humillantes.

—¿Ha pasado algo malo? —le pregunté, a sabiendas de que lo único terrible que sucedía se reducía a él y a mí.

—He estado pensando. —Esas fueron las primeras palabras que se clavaron en mi corazón.

—¿Sobre qué?

—Sobre nosotros. —Y esas las segundas, las que empezaron a abrir un agujero enorme en mi pecho.

—Vale… ¿Y qué es lo que has pensado?

Apoyé una mano en el respaldo de la silla, notando que la boca se me había quedado seca. Eché un vistazo a la botella de whisky, y se me pasó por la cabeza que quizá debía servirme un vaso para poder soportar lo que se me venía encima.

—Nos conocemos desde hace mucho, ¿eh? —Germán intentó sonreír, pero tan solo le salió una mueca que le hizo parecer un extraño ante mis ojos.

—¿De verdad nos conocemos? —En un primer momento me puse a la defensiva, pero a cada segundo que pasaba, mis fuerzas menguaban.

Me miró con sorpresa y se quedó callado unos segundos con los ojos puestos en el mantel de la mesa. Lo vi nervioso y confundido, como si no se atreviera a decir todo lo que quizá había estado planeando durante tiempo.

—Yo te quiero, Melissa... —Esas fueron las siguientes palabras que chocaron contra mi pecho. Además, que me llamara por mi nombre completo me convenció de que no debía aguardar nada bueno. No respondí a su frase, sino que me mantuve callada y esperé a que continuara. Tampoco tenía muy claro qué podía decirle—. Pero... me he dado cuenta de que estoy buscando otra cosa.

—No te entiendo, Germán —contesté, negando con la cabeza.

Estiró una mano con intención de cogerme la mía, pero la aparté porque sabía que no podría soportar su contacto.

—Últimamente no he sido yo —prosiguió, sin atreverse a mirarme a los ojos. Y ese fue otro de sus gestos que me dejó sin respiración. Reparé en que la barbilla había empezado a temblarme y luché con todas mis fuerzas para contener el llanto—. Y sé que eso estaba repercutiendo en nuestra relación y que estaba haciéndote daño, aunque continuaras con tu sonrisa...

—Estaba tratando de luchar por lo nuestro. —Mi voz sonó desesperada.

—Y esto no es por ti, en serio. Tú eres maravillosa.

¿Cómo se atrevía a decir aquello después de lo que me soltaría después? Estaba segura de que me ofrecería una sarta de frases que me sabía de memoria por haberlas leído en cientos de historias y haberlas visto en miles de películas. Incluso llegué a preguntarme si se había estudiado todas esas expresiones para simular el personaje cabrón de una ficción.

—Entonces ¿cuál es el problema, Germán?

Me incliné hacia delante, dispuesta a obligarlo a que me mirara. Lo hizo, pero tan solo unos segundos porque estaba tan avergonzado que ni siquiera era capaz de sostenerme la mirada.

—El problema soy yo, Melissa. Soy yo.

No. El problema, el único problema, era que había dejado de quererme. Y yo no podía entender cómo había sucedido, cómo era posible que un amor que parecía invencible se hubiera reducido a una charla llena de tópicos para acabar por dejarme poco antes de nuestra boda. Estaba haciéndome pedacitos con cada una de sus palabras, pero no iba a mostrarme débil ante él ni a darle la satisfacción de que me viera llorar.

—¿Quieres terminar con lo nuestro? —La voz me salió mucho menos segura de lo que pretendía, pero a pesar de todo allí estaba, delante de él, con los ojos todavía secos y con la cabeza bien alta. Yo, al menos, era capaz de mirarlo y eso era lo que me mantenía en pie—. Vamos, dilo de una vez. —Agité la mano ante él para captar su atención.

—No es tan fácil, Meli…

Y odié que me llamara de esa forma porque lo familiar ya me resultaba totalmente desconocido. Comprendí que no sabía nada de ese hombre que estaba sentado ante mí y que, quizá, había vivido en una burbuja repleta de mentiras. En esos momentos no lo culpé a él sino a mí misma, y el choque con la realidad fue aún más fuerte.

—Ya. Es mucho más fácil aprenderse unas frases de memoria y soltarlas para quedar como el novio buenecito.

Me levanté de la silla y me alejé unos pasos de él, dándole la espalda. Tragué saliva y apreté los ojos para obligarme a no llorar.

—Solo quiero que estés bien… que seas feliz. Y sabes que no puedes serlo conmigo.

Oí que también él retiraba su silla y, segundos después, que se situaba detrás de mí. Supuse que me tocaría, pero se limitó a permanecer allí, agrandando la horrible distancia que estaba separándonos cada vez más.

—Lo que de verdad quieres decir es que tú no puedes serlo conmigo —le espeté rodeándome con los brazos. No, no podía darme la vuelta porque entonces habría perdido aquella batalla, y aún tenía la esperanza de no salir demasiado malparada.

—Seremos los mejores amigos…

—¿Amigos? —En ese momento sí me volví y lo miré con toda la rabia y todo el dolor que había estado acumulando—. ¿Es que no entiendes que te amo tanto que no puedo ser tu amiga?

—Meli…

—Por favor, no me llames así. Por lo visto ya no soy tu Meli. —Los ojos me escocían de tanto contener las lágrimas y tenía un nudo en la garganta que se iba cerrando más y más… y mucho más. Me ahogaría de un minuto a otro sin remedio—. ¡Dijiste que sí! Íbamos a casarnos… —continué con voz temblorosa. Aparté la mirada, a pesar de haberme prometido que aguantaría.

—Siempre serás mi Meli. —Y esas fueron las últimas palabras que me convirtieron en lo que después fui.

—¿Hay otra? —quise descubrir, a sabiendas de que si su respuesta era afirmativa, me volvería loca allí mismo.

—¡Por supuesto que no! Jamás te engañaría…

Pero no le creí porque lo único que me rondaba la cabeza era la imagen de aquella preciosa jovencita con la que lo vi hablar, la alumna perfecta de la que me había hablado un par de veces más, y a la que quise hacer caso omiso y convencerme de que tan solo era eso: una buena estudiante a la que mi novio quería ayudar. Me tragué insultos, reproches, todo lo que se estaba escribiendo en mi dolorido pecho. Y en realidad no hubo discusiones ni palabras mayores. Me había quedado helada y no tenía nada más que decir. El corazón dejó de latirme. Una muerta no puede hablar.

Supongo que fue entonces cuando me convertí en «la avinagrada».

Y lo cierto es que sí: el vinagre corría por mis heridas abiertas, arrancándome pedazos de piel cada vez más grandes.

No hubo más que añadir. Todo estaba claro, y no necesitaba más explicaciones que tan solo me causarían más daño. Al menos, Germán pareció comprenderlo y decidió no continuar con unos pretextos que no servirían de nada. Nos despedimos en silencio, provocando que las paredes que habíamos alzado alrededor de nosotros, todo cuanto habíamos construido, cayeran abajo con un ruido ensordecedor. Se llevó consigo todos mis sueños e ilusiones… y la esperanza de un amor eterno. Arrastró con él los nombres de nuestros hijos que, en realidad, únicamente había imaginado yo. Arrasó con los planes que habíamos trazado de una vida repleta de felicidad, luz y cariño. Se lo llevó todo, incluso a la Meli divertida, sonriente y optimista, y dejó a una Melissa que se ahogaba en la cama porque sufría ataques de pánico y pesadillas de las que no podía despertar.

Esa noche fue la primera en la que no durmió en nuestro piso. No quise saber dónde había estado porque, ciertamente, él ya no era mi Germán. Era una persona a quien creía conocer, pero se trataba de un extraño en realidad: había estado engañándome y no comprendía la decisión que había tomado.

Dos días después ya había empaquetado todas mis pertenencias y, en cierto modo, le agradecí que no se pasara por nuestro apartamento. No habría soportado su presencia. Al menos esos dos días pude mantenerme con las fuerzas necesarias. Decidí mudarme yo porque sabía que no soportaría vivir en una casa en la que había infinidad de recuerdos impregnados en todos los rincones. Todos los muebles, los cuadros, las sábanas, los cepillos de dientes —incluso la mancha de café en la pared que no habíamos conseguido eliminar por completo— eran símbolos de un amor que se había evaporado en una tarde.

Las primeras semanas fueron horribles. No quería que nadie se acercara a mí, ni siquiera mi familia. No sabía quién era ni qué iba a hacer con mi vida a partir de entonces. Acudía a la oficina como un alma en pena y el trabajo me salía mal porque yo, en verdad, lo estaba. Ana insistió en cantarle las cuarenta a Germán, pero se lo prohibí a base de gritos y de llantos. Dania venía a verme a mi despacho de vez en cuando; aunque la echaba, nunca se cansó de intentarlo.

Me mudé a un piso alejado del que compartí con Germán para no tener que toparme con él nunca más. De todos modos, él tampoco trató de ponerse en contacto conmigo. Se esfumó como si no hubiera existido, como si tan solo hubiese sido un fantasma que mi maquiavélica mente había inventado. Y en mi nuevo hogar luché con todo mi ser para crearme una nueva vida en la que sería la protagonista. No lo conseguí.

Y me provocaba más dolor escuchando canciones que hablaban de desengaños y de traiciones, en especial una que se había puesto de moda y que me hacía pedazos. Gotye y su *Somebody that I used to know* se convirtió en mi calvario, y me sentía tan identificada con ese tema que me imaginaba que había sido creado para mí. Como le sucedía a Gotye, me acostumbré al dolor y a la tristeza y los convertí en mi lema. «*Now and then I think of when we were together. Like when you said you felt so happy you could die… Told myself that you were right for me. But felt so lonely in your company…*» («Ahora y entonces pienso en cuando estábamos juntos. Y en cuando tú decías que te sentías tan feliz que podías morir… Me dije a mí misma que eras la persona adecuada para mí. Pero me sentía tan sola en tu compañía…»)

Y, aunque me concienciaba de que era bueno que Germán no diera señales de vida, en cierto modo no entendía por qué se había alejado, por qué extraño motivo actuaba como si yo no existiera… Por qué no llamaba para preguntarme cómo me encontraba, para disculparse o para admitir que se había comportado como un auténtico capullo. Y entonces ponía la canción de Gotye una y otra vez y volvía a sumirme en un dolor que parecía que jamás iba a desaparecer. *«But you didn't have to cut me off, make out like it never happened and that we were nothing. And I don't even need your love but you treat me like a stranger and that feels so rough…»* («Pero no tenías que alejarme así, hacer como si nada de eso hubiera pasado y como si no hubiésemos sido nada. Y aunque no necesito tu amor, me tratas como a una extraña y eso es tan duro…»)

Germán me había echado de su vida.

«Now you're just somebody that I used to know.» («Ahora solo eres alguien a quien conocía.»)

23

Pues es precioso —murmura en tono de adoración Dania. Me saca de todos esos horribles pensamientos. No he escuchado nada de lo que ha dicho antes. Últimamente estoy bastante perdida.

—Sí —contesto; solo «sí».

Dania me observa con el ceño arrugado. Cada día me pregunta que por qué estoy tan mustia. Ni siquiera yo lo sé. Me limito a observarme en el retrato que Aarón pintó de mí. Lo he tenido un par de semanas en casa sin saber muy bien qué hacer con él porque, a pesar de lo mucho que me gusta, me provoca un extraño sentimiento que no logro comprender. Al final esta mañana me he levantado decidida a encargar que lo enmarquen cuando salga del trabajo para colgarlo. Expliqué a Dania lo que Aarón había hecho e insistió en verlo, y hoy me ha parecido el momento más adecuado.

—Es un detalle tan tierno… —Dania suelta un suspiro.

—Sí. —Me limito aún a los monosílabos.

—Pues a ti no parece gustarte mucho.

—Claro que sí. ¡Si voy a colgarlo en casa y todo!

Se encoge de hombros. Se acerca al lienzo y lo observa con curiosidad. Ya van tres veces que se planta ante él y se queda prendada mirándolo. Apuesto a que le encantaría tener uno igual. Quizá pueda convencer a Aarón para que se lo haga.

—Parece tan real… —murmura sumida en sus pensamientos. Se vuelve hacia mí—. ¿De verdad estabas vestida mientras lo pintaba?

—Te juro que sí. —Es la enésima vez que se lo repito.

Continúa observándolo en silencio, y yo me pierdo, una vez más, en mis pensamientos. Ahora recuerdo con total claridad las noches que he pasado con Aarón, cada una de ellas. Y en todas me ha invadido un miedo atroz cuando alcanzaba el orgasmo. Sentía culpabilidad, vergüenza, tormento. Tenía la sensación de estar cometiendo un error terrible. ¿Es que no puedo ser normal? ¿Por qué tengo que preguntarme, siempre que tenemos sexo, si hemos iniciado una relación? Evidentemente, no se lo he preguntado; él tampoco ha hablado de ello. Pero recuerdo tanto… Recuerdo que me dijo que nunca se acostaba más de una vez con la misma mujer si no la quería. ¿Acaso he sido la afortunada? ¿Y por qué una parte de mí no quiere serlo?

El corazón me palpita con violencia ante la idea.

—¿Sabes que regresa hoy?

Me vuelvo hacia Dania con la mirada perdida. Parpadeo confundida, sin entender de qué me habla. Cojo el lienzo y lo enrollo para guardarlo en el tubo.

—Hoy he acabado ya las correcciones —respondo con voz pausada.

—Pero ¿qué dices? —Me mira como si fuese un bicho raro—. Estoy diciéndote que regresa hoy.

—¿Quién?

—¿Quién va a ser, Mel? Nuestro jefe regañón.

—Pero ¿dónde estaba?

Dania abre mucho los ojos y la boca, y mueve la cabeza. Se me acerca y me coge de las mejillas.

—¿Te encuentras bien? —Esboza una sonrisa diablesca—. Normal que no te enteres de nada, copulando todas las noches con ese dios…

Pues realmente no me he enterado de nada. El primer día que pisé la oficina tras el encuentro con Héctor en la feria, imaginé que vendría a mi despacho para gritarme o para empotrarme en la mesa… o algo peor. Sin embargo, no apareció en ningún momento y se limitó a enviarme las tareas por correo electrónico de manera muy profesional, casi como en los inicios. Tengo que reconocer que me sentí decepcionada al no recibir ninguna visita. Habría preferido que me insultase o me soltase alguna de sus pullitas, cualquier cosa antes que tanta indiferencia.

Me sorprendo enfadada porque no me contó que estaría fuera. Me regaño a mí misma por estas tonterías. ¿Qué más da? Él tiene su vida y yo la mía, ¿por qué iba a explicarme nada a mí?

—Quizá lo contraten en *Love* —asegura Dania desde lejos.

Aterrizo en nuestro mundo de golpe. La miro sin comprender del todo.

—¿Qué? ¿Está pensando en cambiar de empleo?

—Es lo que se rumorea en la oficina. Hombre, yo también me iría si me quisieran en esa pedazo de revista.

Dania se queda un rato más cotorreando sobre uno de nuestros compañeros en el que no se había fijado nunca pero que, de repente, se le antoja el hombre más sensual del universo. Sí, a veces le ocurre. Me informa de que esa misma noche irán a tomar una copa al local de Aarón y me anima a que vayamos nosotros también.

—Quizá. —Me encojo de hombros—. Aunque estoy un poco cansada.

Mi amiga se marcha del despacho diez minutos después. Echo un vistazo a mi reloj: a punto de dar las dos. Me percato de que estoy hambrienta. Hoy no he traído nada para comer, así que decido bajar a la cafetería para comprar una ensalada. Apago el ordenador y cojo mi monedero.

Nada más salir, me topo con la feroz mirada de Héctor.

Oh, espera, no. No es feroz. Es… diferente. Es más oscura, más apagada que otras veces. No tiene ese brillo pícaro que atrae a todas las mujeres. Es mucho más profunda, pero con un matiz distinto.

—Melissa… —me saluda en voz baja.

Me detengo sin saber qué hacer. Reconozco que lo traté mal aquel día en la feria, pero realmente me sentía muy molesta. No quería que fastidiara mi cena con Aarón. Y bueno… estaba harta de que me tratara como a un simple cuerpo con el que desfogarse.

—Héctor… —Inclino la cabeza.

Guarda silencio, poniéndome más nerviosa. Al fin, carraspea y me pregunta:

—¿Tienes las correcciones de Mistral? Te las habría pedido por correo, pero él está aquí y las quiere ya. Si puedes imprimirlas…

—Claro —respondo sin dejarle terminar.

Vuelvo a mi despacho con los nervios a flor de piel. No me gusta lidiar con jefes, pero si encima te has acostado con ellos… Ahora entiendo lo que se siente. Aun así, estoy confundida… ¿Qué ha sido de la Melissa que se enfrentó a este hombre hace tan solo un par de semanas? ¿Por qué ha vuelto la Melissa avinagrada y aburrida que no se atrevía a levantar la cabeza? Tengo que deshacerme de los pensamientos relacionados con lo que me ocurrió con Germán… No debo permitir que regresen y se instalen en mi vida para destrozármela como ya hicieron una vez.

Corro al ordenador, lo enciendo a toda prisa y, en cuanto está listo, imprimo el documento. Cuando alzo la cabeza, descubro que Héctor está de espaldas a mí, sin mover ni un solo músculo. Estiro el cuello para saber qué es lo que ha llamado su atención, y entonces me doy cuenta de que el tubo con el lienzo ya no se encuentra en su sitio, y que lo ha desenrollado y está observándolo.

Me está viendo desnuda, como tantas otras veces, y me avergüenzo. Lo hago porque él parece hallarse muy lejos de aquí. Porque en ese lienzo se encuentra la Melissa del pasado que se pasaba llorando todas y cada una de sus noches, sintiéndose sola e incomprendida. Acabo de ser consciente de ello y el corazón no puede más que golpearme el pecho sin clemencia.

—Toma. Aquí están —le digo en cuanto las hojas terminan de imprimirse, un tanto enfadada. ¿Quién se ha creído que es para meter mano en algo que no es suyo?

Como no responde, me acerco a él y las agito ante su rostro. Está muy serio, y cuando bajo la mirada a sus manos descubro que le tiemblan. Vuelve el rostro y me observa un tanto confundido.

—Es como si te estuviese viendo por primera vez.

El corazón se me impacienta. Agito los papeles ante su rostro otra vez para que los coja y salga ya del despacho. Este Héctor me asusta mucho más que el jefe autoritario y gruñón.

—No me había olvidado de tu cuerpo, pero en esta pintura estás...

—Mistral te espera —lo interrumpo de nuevo. Y le arranco el lienzo con las manos de malas maneras. Me mira con temor y con algo más que no alcanzo a identificar.

Por fin coge los papeles, pero no hace amago de marcharse. Al contrario, vuelve a concentrar su atención en mi pintura, que no consigo meter en el tubo. Pero ¿cómo se me ocurrió traerla aquí?

—No has debido coger algo que no es tuyo —le regaño en tono seco—. ¿Es que no te han enseñado modales?

—Lo ha hecho él. —No me lo está preguntando; es una afirmación.

—Eh, las correcciones... Mistral... ¿Lo recuerdas? —Le señalo mis papeles con un dedo.

—Conoce tu piel mucho mejor que yo. Tus virtudes y defectos —dice, pero como si yo no estuviese allí.

—¿Defectos? —Arqueo una ceja. Yo no he visto ninguno. ¿Qué insinúa? Empiezo a enfadarme otra vez.

Para mi alivio, consigo meter la pintura en el tubo y lo dejo encima de la mesa, colocándome delante para que Héctor no vuelva a cogerlo, ya que no sé de qué es capaz. Clava sus enigmáticos ojos en mí. ¿Qué piensa ahora mismo? Necesito saber qué es lo que se le pasa por la cabeza para sentirme tranquila. Lo veo dudar; no parece él. ¿Es que todos estamos cambiando de un tiempo a esta parte?

—Melissa, tengo algo que decirte.

Entre que únicamente me llama por mi nombre y que esa frase me da pánico, solo atino a apoyarme en la mesa; me falta el aire.

—¿No puede esperar a mañana, sea lo que sea? —pregunto al tiempo que le arrebato uno de los papeles y me abanico con él como si estuviese menopáusica.

—¿Estás bien? —Me mira con preocupación.

—Un golpe de calor, nada más —me excuso, forzando una sonrisa.

Se muestra dudoso una vez más. Se muerde el labio inferior, dirige la mirada a todas partes con tal de no enfrentarse con la mía. Y yo dándome aire porque tendré un soponcio aquí mismo y todavía no sé por qué me siento así.

—Me marcho —suelta de repente.

Me quedo mirándolo con la boca abierta. Dejo el papel en la mesa y parpadeo, luchando por decir algo. Ahora es cuando debería pensar que esto es mucho mejor para los dos, que venir a trabajar no me resultará tan incómodo. No obstante, noto una opresión insana en el pecho.

—¿Te marchas? —repito su frase como una tonta.

—*Love* me ha fichado.

—Así que es verdad —murmuro con un hilo de voz.

—Me pagan bien, es una excelente oportunidad para escalar puestos... —Por fin se digna mirarme. Sonríe, pero sus ojos están apagados—. Me vendrá bien un cambio de aires.

—¿Por qué? —pregunto un tanto a la defensiva.

—Me ahogo aquí. No soy quien quiero ser.

Eso me suena a algo. Creo que puedo entenderlo. Pero imaginaba que era feliz con su vida, que estaba orgulloso de ser quien es. Es un hombre joven y atractivo, con un buen cargo en la oficina, con gente que siempre está a su alrededor... ¿Por qué desearía cambiar?

—¿Y quién quieres ser? —pregunto con voz temblorosa.

No, no, Melissa. Esto no está nada bien. Eres su empleada. ¿Por qué estás intentando saber más sobre él? ¡No es algo imprescindible! ¿A que no?

Tarda un buen rato en contestar. Agarro el papel que he dejado en la mesa y lo arrugo entre mis manos, a pesar de que es para Mistral, uno de los jefazos. Pero bueno, ya lo imprimiré otra vez, ahora mismo necesito aferrarme a lo que sea.

—Quiero ser alguien para ti —responde muy serio.

Abro la boca para decirle algo, pero la cierro al instante. ¿Qué le respondo? Si le digo que es mi jefe, será demasiado neutro. Si le contesto que fue mi amante, será bastante incómodo. ¿Qué es, en realidad, Héctor para mí?

—Lo eres —musito únicamente.

Suelta una breve risa. Echa un vistazo a los papeles con las correcciones, ladeando la cabeza. A continuación dirige la mirada al tubo con la pintura y una arruga de preocupación aparece en su frente. Me siento totalmente desnuda, a pesar de que ya no estoy en su vida. También mi alma está desnuda. Maldito cuadro, ahora entiendo cómo se sentía Dorian Gray.

—¿Cómo hemos llegado a esta situación, Héctor? —me atrevo a preguntar, sin pensar demasiado.

—¿A cuál? —Se vuelve hacia mí un poco confundido.

—No sabemos qué decirnos, ni...

—Yo sí sé qué quiero decirte, pero no voy a hacerlo —me corta. Su mirada se desvía hacia la mesa y me pongo colorada. ¿Eso es a lo que se refiere? ¿Solo a que desearía hacerme el amor en ella una vez más? Sin embargo, para mi sorpresa, añade—: No mereces que lo haga, Melissa. Ahora estás bien con él… Aarón se llama, ¿verdad? Entonces ya está, no hay nada más que hacer. Ni siquiera soy bueno con las palabras. En realidad, no creo que lo sea con nada. Y mira él… —Señala el tubo con los brazos abiertos—. Un sinfín de sentimientos sin necesidad de escribirlos o decirlos.

No me atrevo a llevarle la contraria. Me apoyo en la mesa y me abanico de manera enérgica. Héctor escruta mi mirada, esboza una sonrisa triste. Se acerca un poco. El corazón despierta, se despereza, se da cuenta de lo que está sucediendo. Y el miedo. Otra vez el miedo. Lo conozco tan bien… Y lo odio. He de dejarlo atrás, ser valiente por una vez en mi vida desde que me sucedió todo aquello.

—Quería avisarte hoy de que me marchaba porque no me despediré otra vez.

—Pero ¿cuándo te vas?

Me separo de la mesa y me acerco a él. Levanta las manos y da un paso hacia atrás, dejándome sorprendida. ¿Por qué no quiere que lo toque?

—Un día de estos.

Tiembla mucho. Lo miro confundida. Jamás había visto en sus ojos tanto dolor… O espera, sí, sí. Lo recuerdo. El día que llegué aquí, cuando nos encontramos en la escalera… ¿Cómo había podido olvidarlo?

24

Entré a toda prisa en el edificio. Era mi primer día y llegaba cinco minutos tarde. ¡Me había quedado dormida porque la noche anterior no pegué ojo de tan nerviosa como estaba! Mi primer empleo como correctora en una revista bastante importante. Creí que en la entrevista previa no les había gustado, pero cuando una semana después me avisaron de que el puesto era mío, di saltos de alegría por toda la casa. Y me convencí de que quizá era buena.

Corrí a los ascensores como una loca, pero por más que apretaba el botón, no llegaba ninguno. Así que tuve que optar por la escalera. Siete plantas a las nueve de la mañana no eran muy agradables para mí, y menos sin haber desayunado. En mi mano portaba el maletín que mi madre me había regalado para guardar mis escritos. Por aquel entonces estaba decidida a convertirme en una estupenda escritora y los llevaba a todas partes, ya que la inspiración podía llegar en cualquier momento y lugar. Pero el maletín ya estaba viejo y muy usado, y yo metía demasiados papeles en él, así que sucedió lo inevitable. Mientras subía los escalones de dos en dos, se rasgó por abajo y todas mis historias salieron disparadas, diseminándose por la escalera. Papeles aquí y allá, y yo sola, sin saber por dónde empezar a recoger. Ya llegaba tarde, y pensé que se me iría todo el día en la tarea.

Llevaba un par de minutos intentando recoger mis hojas cuando oí unos pasos a mi espalda y una sombra se cernió sobre mí. Antes de levantar la cabeza, ya me había puesto roja. Y mucho más cuando lo descubrí a él. Por aquel entonces yo todavía no era Melissa la aburrida, ni la cara de vinagre. Era una joven bastante guapa, segura de sí misma y alegre y, sin embargo, en ese instante sentí que me hacía pequeñita bajo la atenta mirada de aquel hombre.

Era también muy joven... y atractivo. Llevaba un móvil en la mano; tanto lo apretaba que tenía los dedos blancos. Me fijé en que los labios le temblaban. Pero lo que más me sorprendió fueron sus ojos: percibí dolor y miedo en ellos. Ese mismo miedo que yo conocí poco tiempo después.

Pensé que iba a ayudarme con mis hojas; de hecho, estaba a punto de pedírselo. Pero me dedicó una mirada tan dura que me encogí y, sin decir nada, continuó bajando los escalones. Me quedé con la boca abierta, sin poder creer lo ocurrido. Por mi mente pasaron muchas cosas, pero ninguna de ellas buena. Lo insulté y lo maldije, imaginando que era uno de esos tíos engreídos que trataban a las mujeres como basura. Cuando se convirtió en mi jefe, yo casi había olvidado aquel encuentro. En realidad, estaba demasiado ocupada lamiéndome las heridas.

Ahora, en cambio, no puedo más que dar vueltas a la cabeza una y otra vez. Necesito saber por qué se comportó así, ya que siempre lo veía hablando con todos; engreído, pero amable. Dispuesto a ayudar, aunque a continuación te pidiese de manera autoritaria que te quedaras un par de horas más. ¿Dónde he estado encerrada todo este tiempo para no haber sido consciente de ello?

Y se me agolpan más y más recuerdos, y pienso que soy una persona que no está hecha de carne, piel y huesos, sino de momentos, de situaciones, de palabras y de gestos que acaban controlando mi vida. Sí, puedo recordar que, en alguna ocasión, antes de que Germán me dejara, Héctor me miraba con curiosidad mientras yo escribía en la cafetería o que siempre tenía un gesto amable conmigo. Pero luego, al encerrarme en mí misma, ya no aprecié ninguno de esos detalles y quizá mi propia mente los ocultó.

—Héctor... Tú y yo...

Me observa con la mandíbula apretada. Los huesos se le mueven de manera incontrolada.

—Aquel día que llegué aquí... Nos encontramos en la escalera... ¿Lo recuerdas?

—Se te habían caído muchos papeles.

—Tu mirada... Vi tanto dolor en ella...

Trago saliva sin poder continuar porque le ha cambiado el semblante. Se ha puesto pálido y está más tembloroso si cabe.

—Quise ayudarte, pero no podía. Mi conciencia no regía en ese momento.

—Pero no entiendo por qué te comportaste así...

—Había recibido una llamada minutos antes. Me disponía a ir al hospital porque mi novia había tenido un accidente.

Sus palabras caen sobre mí y me aplastan. Busco el papel para darme aire. Me asfixio. Héctor me da la espalda. Entiendo que no quiera hablar más conmigo. Joder, sí, me acuerdo. La siguiente vez que lo vi en la oficina habían pasado dos semanas. Imagino que se tomó una baja o algo por el estilo. Pero sé que cuando regresó su mirada ya no era la misma: se había transformado en el Héctor que yo conocía, el que pensé que era el auténtico.

—Tengo que irme, Melissa. Espero que seas muy feliz con Aarón.

No quiero que salga por esa puerta. Necesito disculparme. Decirle al menos que lo siento mucho, que comprendo su dolor, que sé lo que es pasarse las noches en vela recordando tiempos mejores. Pero no me atrevo. Las palabras se han atascado en mi garganta. Y Héctor se va sin llevarse ni una sola que lo reconforte.

—Soy una mala persona —susurro.

Aarón me aprieta contra su pecho. Deposito un beso en él, acariciando el escaso vello que le otorga un aspecto más varonil. Hemos intentado hacer el amor, pero la verdad es que no he podido concentrarme debido a todo lo que tengo en la cabeza. Desde que el otro día Héctor me confesó que su novia había muerto en un accidente, me siento como la peor persona del universo. ¿Y si esperaba, en alguno de nuestros encuentros, que le preguntara más sobre él? Jamás lo hice y pensé que no quería, pero puede que se sintiera como yo, que anhelara que lleváramos más allá algo que había comenzado siendo solo sexo. Y ahora... simplemente he conseguido que se alejara de mí. Y me parece que es lo único para lo que sirvo, para distanciar a las personas y echarlas de mi vida.

Como Aarón se ha dado cuenta de que no estaba por la labor, hemos terminado abrazados en la cama charlando sobre lo ocurrido. Con él es sencillo hablar, pero, a pesar de todo, no me siento yo misma, sino una sombra que se comporta como lo hizo hace mucho tiempo. Y no es lo que quiero... Lo que de verdad necesito es ser una nueva Melissa, fuerte y decidida.

—No lo eres. Lo que pasa es que no has sabido cómo actuar. Y es normal, Mel.

—¿Puedes llamarme Melissa?

Alza la cabeza para mirarme, un tanto confundido. Me encojo de hombros. Ya sabe que me molesta muchísimo que se dirija a mí de esa forma y, sin embargo, continúa haciéndolo.

—Han pasado años desde aquello. Seguro que él ahora está bien —prosigue acariciándome la espalda desnuda.

—No creo que lo esté, Aarón. Nadie puede estarlo ante algo

así. Que muera la persona que más amas… Debe de ser algo terrible. —Cierro los ojos, luchando por hacer a un lado el dolor que descubrí en los de Héctor—. Se ha abierto a mí. Me ha contado algo horrible, y lo único que he hecho es quedarme con la boca abierta. Al menos debería haberle dicho que lo sentía, que lo comprendía y que podía confiar en mí.

—Creo que lo ha hecho a propósito. Sabe que ahora estás sensible y que tú y yo nos acostamos, así que… Quizá ha querido aprovecharse de la situación.

Niego con la cabeza. No, no lo creo. ¿Por qué dice eso? Me parece que conozco a Héctor, al menos un poco, y no considero que sea de esos. No lo veo como un tío despechado. No ahora, al menos… Ahora que me ha revelado que es una persona con sentimientos. Puede que se mostrara celoso al verme con Aarón en el restaurante, pero no ha dado ningún paso más, así que no creo que haya intentado darme lástima. Solo quiso explicarme por qué había actuado así porque se lo pregunté.

Aarón me coge de la barbilla y me alza el rostro. Me mira sonriente. Pasa uno de sus dedos por mis labios, provocándome un escalofrío. Cada vez que me reflejo en sus ojos… la inquietud me aborda.

—No tendré que preocuparme, ¿no? —Se echa a reír.

—¿A qué te refieres?

—Un hombre con un pasado tortuoso siempre es mucho más atractivo —responde con ojos burlones.

—Héctor no tiene un pasado tortuoso. —Lo miro un poco enfadada—. Solo doloroso.

—¿Ves? Ya estás defendiéndolo. —Me da un pellizco en la mejilla, como si fuese una cría.

—No es cierto. Solo es que, como te digo, me siento fatal. Me he portado mal con él. Lo he tratado como una mierda algunas veces. —Paseo mis dedos por el pecho de Aarón, perdida en divagaciones.

—A ver, Mel… —Doy un bufido y se corrige al instante—: Melissa, que él tampoco es que se haya comportado como un galán. Llegaba a tu casa, a tu despacho o a donde fuera, y te follaba. ¿Qué significa eso?

—Éramos dos personas intentando abandonar su dolor de la única manera que sabíamos y podíamos.

—Permíteme decirte que es una manera muy rara.

—A veces no es posible hacerlo de otra forma —le contesto de mal humor. Es la primera vez que me enfado con él, pero no me gusta que esté hablando así de algo que no conoce.

—Oye, ¡que intento animarte! —Me aparta un mechón de la cara y se lo acerca a la nariz para olerlo—. Sé cómo eres… He aprendido a conocerte poco a poco, y de tanto pensar… —Me da unos golpecitos en una sien—. Acabas destrozándote a ti misma. No quiero que vuelva a sucederte.

Me quedo callada. No me apetece continuar hablando de ese tema porque Aarón no parece entenderlo, a pesar de que siempre hablamos de todo. No obstante, ahora se muestra molesto, y supongo que tiene razones para estarlo, ya que me acuesto con él y no con Héctor. Y, sin embargo, su sombra ha planeado entre nosotros y ni siquiera hemos podido tener sexo hoy. Quizá le esté dando más importancia de la que tiene, pero soy así… Me preocupo por las personas que se cruzan en mi vida y que, de algún modo, se convierten en algo para mí. No sé qué es Héctor, pero estuvo ahí, le ofrecí parte de mi intimidad, compartimos nuestro sufrimiento… De todas formas, hace unos cuantos días que no lo he visto por la oficina. No tengo constancia de que se haya ido ya, pero es como si estuviese evitándome. En cuanto a mí, no me atrevo a acudir a su despacho. Ni siquiera se me ocurren excusas para hacerlo.

—¿Quieres que nos duchemos juntos? —me pregunta Aarón de repente.

—Claro —respondo con una sonrisa forzada, aunque en realidad no me apetece mucho.

Los últimos encuentros con Aarón han sido extraños. No es que lo pase mal con él, pero lo cierto es que no consigo alcanzar eso que denominamos «felicidad». Continúo sin preguntarle qué es lo que tenemos, pero tampoco quiero hacerlo ya. No me interesa realmente. Estoy conforme con lo que sea esto, con tenerlo para mí algunas noches, con poder hablar con él como una auténtica amiga. Puede que él no sea el hombre a quien estaba esperando, a pesar de haberme convencido de que lo era.

Me da un pequeño beso en la nariz y a continuación se levanta para ir al baño. Observo sus duros glúteos... Me provocan un leve cosquilleo, pero para nada los veo como aquellas veces en las que quedábamos y nunca llegábamos a nada. Ahora que lo tengo para mí, ¿por qué me siento como si no fuera lo que había esperado? Sé que estoy comportándome como una niña caprichosa, pero es algo que está fuera de mi alcance.

En cuanto desaparece en el cuarto de baño, me escabullo de la cama y me encamino a la cocina. Tengo una sed terrible. Estoy sirviéndome un poco de agua fresca cuando suena el timbre. Alargo el cuello para ver si Aarón sale, pero me llega el sonido de la ducha, así que ya estará bajo ella. Son las diez de la noche. No sé quién puede venir a estas horas a casa. Todavía no hemos encargado la cena. Corro a la habitación y me pongo el vestido. En cuanto abro la puerta, la boca se me seca.

—Hola —dice ella.

Nada más ver su rostro, la recuerdo. Es la chica que estaba con Aarón la noche en que nos vimos en su local. Es pelirroja, con muchas pecas en la nariz, las mejillas y los brazos. Tiene los ojos verdes y chispeantes, y unos labios muy gruesos y rosados. Es preciosa. Y me siento cohibida ante ella, a pesar de ser mayor.

—¿Está Aarón? —pregunta al caer en la cuenta de que no voy a abrir la boca.

—Eh… Sí. Pero está en el baño.

—Hoy no tenía hora con él, pero quería saber cómo lleva el cuadro.

Abro la boca, confundida. Ignoraba que estaba pintando uno nuevo, y menos de esta chica. Lo único que hago es asentir con la cabeza; las palabras se me han esfumado de la mente.

—Si puedes decirle que he venido… —La pelirroja suelta una risita.

—Claro.

Se despide con un gesto juvenil. Antes de cerrar la puerta, me fijo en sus pechos bien puestos, en su pequeño y redondo culo y en su diminuta cintura. El corazón me está jugando la mala pasada de aprisionarme en el día aquel que jamás quise volver a recordar.

25

Vamos, Mel, ¿estás lista ya o qué? —Ana se asomó a mi habitación y arrugó las cejas cuando se dio cuenta de que ni siquiera me había puesto la falda.

—Se me ha roto una media —murmuré lloriqueando.

Me pasaba el día haciéndolo por todo: se me rompía la yema del huevo y lloraba. Se me caía un vaso y se me saltaban las lágrimas. En el trabajo me ponían mala cara por alguna tontería y corría a mi despacho para poder desahogarme. Veía un perro abandonado por la calle y se me hacía un nudo en la garganta. Todo me parecía terrible, incluso algo tan tonto como lo que me había pasado en ese momento. Tenía muchas más medias, pero quería ponerme esas.

—Venga, que te cojo otro par. —Ana se lanzó al cajón de la ropa interior y rebuscó en él.

—Me gustan estas —me quejé con los ojos rojos de tanto llorar.

Mi hermana me tendió otras, unas que en verdad eran muy bonitas, pero en cuanto me las dio las dejé sobre la cama haciendo pucheros. Desde luego, Ana estaba comportándose conmigo como una bendita. Soltó un suspiro y se colocó delante de mí con los brazos cruzados.

—Pues si no quieres ningunas otras, te pones un pantalón —me regañó.

—Lo que no quiero es ir a esa horrible cita a cuatro que has planeado —contesté mirándola de reojo, enfadada.

—¿Y qué es lo que quieres? Ah, sí, pudrirte en este apartamento que ni siquiera limpias ya. En serio, Mel, me contengo para no darte una bofetada.

—Has organizado esto a mis espaldas… y no tenías ningún derecho.

Hice ademán de tumbarme en la cama, pero Ana me cogió del brazo y me levantó al tiempo que me llevaba hasta el cuarto de baño. Grité y pataleé, creo que incluso intenté morderla, pero al final consiguió meterme bajo la ducha, aún con la ropa interior puesta.

—Creo que tengo mucho derecho a no permitir que mi hermana se convierta en un fantasma —dijo alzando la voz para que la oyera bajo el chorro de agua caliente.

Por unos instantes me sentí muy mal, porque estaba intentando hacer todo lo posible para que despegara los pies de ese pantano en el que me había metido. No obstante, la rabia que sentía por que mi hermana tratara de juntarme con otro hombre tan pronto me superaba. No dejaba que me lamiera las heridas y tampoco que guardara luto por alguien que, como ella decía, no había muerto, sino que se había comportado como un cabrón.

—¿No entiendes que no puedo verme con ningún tío? —insistí una vez que me sacó de la ducha.

Me quitó la ropa interior empapada y me trajo otra mucho más bonita. Me ayudó a secarme y me cepilló el cabello como hacía cuando éramos pequeñas.

—¿Y tú no entiendes que no puedes seguir enclaustrada entre estas paredes?

Me dejó en el baño sola de nuevo para regresar al cabo de unos minutos con unos vaqueros y una blusa negra que Germán me había regalado en uno de mis cumpleaños.

—¡Esa no! —le chillé tapándome los ojos con las manos.

La verdad era que me comportaba como una loca y que quizá debería haberme deshecho de todo lo que tenía que ver de algún modo con él, pero me resistía a ello, como si conservando sus regalos fuese a conseguir que regresara.

Ana soltó un bufido y fue otra vez a mi habitación. Cuando volvió al cuarto de baño, llevaba otra blusa, pero una que, por suerte, había comprado yo. Me fijé en que no me había traído sujetador y se lo hice saber.

—Tienes que estar muy seductora esta noche, Mel. De lo contrario, ahuyentarás a ese hombre.

Sus palabras me molestaron tanto que estuve a punto de arrancarme la ropa en ese instante.

—No quiero seducir a nadie.

—¿Ah, no? ¿Vas a ser una solterona el resto de tu vida?

Me empujó hasta la habitación para que eligiera unos zapatos.

—¿No te das cuenta de que es demasiado pronto para todo esto?

—¿Y tú no te das cuenta de que él no volverá?

Se me escapó un sollozo y caí sentada en la cama, tapándome el rostro con las manos, ahogada en el dolor. Ana comprendió que había sido muy dura conmigo y se situó a mi lado, rodeándome con los brazos y acunándome en su pecho. Me acaricio el pelo hasta que conseguí calmarme un poco.

—Solo quiero que estés bien, por favor. Necesito que sonrías otra vez. —Me cogió de la barbilla y me la levantó para que la mirase—. Eres joven y preciosa. No lo eches todo a perder.

—Me voy a morir, Ana —susurré, pasándome la lengua por los labios salados a causa de las lágrimas.

—Para nada. De amor solo se morían las damiselas en los grandes clásicos de la literatura. Y que yo sepa, de momento tú no eres una de ellas.

Me sonrió y a mí se me escapó una risita acompañada de

unos cuantos mocos que Ana se apresuró a limpiarme con un pañuelo.

Su móvil empezó a sonar y se levantó para sacarlo de su bolso. Me mostró la pantalla. Era Félix. Chasqueé la lengua, imaginando que ya venía a buscarnos. No quería ir, no me sentía con fuerzas para nada, pero Ana insistiría una y otra vez, y estaba segura de que terminaría por sacarme a rastras del piso.

—Vale… Ahora bajamos. A Mel le falta poco. —Colgó y se me quedó mirando muy seria, hasta que esbozó otra sonrisa—. Venga, cariño, Félix ya está abajo. Solo inténtalo, ¿vale? No he planeado esto por nada, simplemente para que disfrutes de una cena con tu hermana, tu futuro cuñado y un amigo suyo. ¿Qué hay de malo en ello?

Negué con la cabeza, dejándole claro que de hecho no había nada malo, que era yo quien no estaba bien. A pesar de todo fui en busca de unos zapatos y cuando los tuve puestos dejé que me maquillara lo justo, hasta que logró que mi aspecto fuera lo bastante decente para que nadie saliera huyendo al verme.

—Es un hombre muy simpático y te tratará bien. No sabe nada de ti ni de lo que te ha ocurrido, así que no te preocupes —continuó explicándome mientras bajábamos la escalera.

—No quiero nada con él.

Le lancé una mirada asesina. Tenía la esperanza de que no le hubiera insinuado que yo estaba soltera.

—Solo vamos a cenar y a reírnos un rato, de verdad.

Me acarició la barbilla y me empujó con suavidad para que recorriera el último tramo hasta la puerta de la calle.

Saludé a Félix con un gruñido al tiempo que me instalaba en el asiento trasero. Se volvió hacia mí y me miró con preocupación, pero desvié la vista y la posé en las luces de fuera. Por suerte, el novio de mi hermana siempre había sido un tipo cabal y estaba segura de que había regañado a Ana por aquella treta. Cuando llegamos al restaurante en el que íbamos a cenar, ya me había concienciado de que iba a ser la mujer más arisca y antipática del mundo. No quería mostrarme ante ningún tío como una persona amable. Y además, de esa forma molestaría a Ana y le haría pagar por su juego sucio. Mi actitud era patética, lo sé, pero en ese tiempo nada ni nadie me importaba, mucho menos yo.

—Melissa, este es Hugo.

Reparé en que ante nosotros había un hombre; Félix estaba presentándomelo.

Posé la vista en él y descubrí que el tal Hugo era bastante guapo. Tenía la mandíbula ancha y unos rasgos duros pero, al mismo tiempo, un tanto aniñados. Sus ojos, marrones verdosos, eran muy bonitos, y llevaba bien peinado el cabello, tirando a rubio. Vestía de manera elegante, con unos pantalones de color azul oscuro y una chaqueta a juego bajo la que se entreveía una camisa blanca. Alargué mi mano para saludarlo y percibí que él vacilaba entre darme dos besos o ceñirse a mi gesto. Al final optó por estrecharme la mano y sonreírme.

—Encantado, Melissa. ¿Cómo estás?

Ni siquiera le contesté. Pasé por su lado y me metí en el local, ante las estupefactas miradas de mis acompañantes. Una vez dentro, Ana me dedicó una con la que supe que me mataría si no me comportaba de forma educada, pero hice caso omiso de su advertencia. No tenía nada que perder. Ese hombre no me interesaba en absoluto.

—¿A qué te dedicas, Melissa? —me preguntó el tal Hugo una media hora después, cuando ya estábamos cenando.

—Soy correctora —contesté mirando hacia otra parte.

No había apartado sus ojos de mí desde que habíamos llegado, y estaba empezando a molestarme.

—También escribe. Novelas —intervino mi hermana. ¿Quién le había dado vela en aquel entierro?

—¿En serio? Eso es muy interesante —opinó Hugo dejando el tenedor y el cuchillo a ambos lados de su plato para escucharme.

—En realidad no lo es. —Esa vez sí clavé mi mirada en él, y creo que se dio cuenta de que estaba molesta, ya que carraspeó y apartó la suya—. Hace tiempo que no escribo. De hecho, no es que haga mucho en mi día a día. Me limito a sobrevivir.

—¿Y eso por qué? —me preguntó con curiosidad. Bueno, al menos era cierto que Ana no le había contado nada de lo ocurrido.

—No es asunto tuyo —contesté con malas maneras.

Hugo abrió la boca sin saber muy bien qué decir, y vi que Félix y mi hermana se miraban asustados. Minutos después, ella me arrastraba hasta los baños con la intención de soltarme un sermón.

—¿Podrías ser un poco más amable con él? No te ha hecho nada.

—No es Germán.

Desvié la vista hacia el espejo y me contemplé en él. Me veía ridícula con aquel maquillaje y ardí en deseos de quitarme allí mismo el colorete y el carmín.

—Nadie lo es, Mel. Y es mejor así —dijo con un tono de enfado más acentuado que de costumbre—. Porque si todos fueran como Germán, el mundo se iría al traste.

—¡No hables así de él! —le grité, notando que, una vez más, me sobrevenían las ganas de llorar.

—Pero ¿por qué lo defiendes? ¿Eres tonta o qué? ¡Te dejó con excusas baratas cuando estabais a punto de casaros! ¿Es que eso no te hace abrir los ojos y ver qué clase de hombre es?

Alcé una mano, rogándole en silencio que se detuviera. No iba a aguantar que me dijera de nuevo cuántas veces me lo había advertido. Estaba harta de sus reproches y de lo único que tenía ganas era de largarme de allí. Sin embargo, regresé con ella a la mesa e intenté comportarme durante el resto de la cena. Hugo se mostró muy atento conmigo todo ese rato y, por suerte, no me preguntó nada acerca de mi pasado, ni siquiera si tenía novio o si estaba buscando algo, sino que se dedicó a hacer bromas que me sacaron una leve sonrisa.

Cuando terminamos en el restaurante, Ana y Félix decidieron que todavía era pronto, así que fuimos a tomar una copa. Intenté sentarme entre ellos, pero mi hermana me lo impidió y me tocó ocupar el asiento contiguo al de Hugo. Tener a un hombre tan cerca me ponía enferma y, a cada minuto que pasaba, el corazón se me encogía en el pecho más y más.

—Ana estaba en lo cierto, Melissa. Eres preciosa —me dijo en un momento dado arrimando su rostro al mío.

Me eché hacia atrás con la respiración acelerada, pero no porque ese hombre despertara en mí algún deseo, sino todo lo contrario: estaba convencida de que nadie, nunca más, podría hacerlo.

—¿Estás casado? —le pregunté en un intento por desviar la conversación.

Se echó a reír y negó con la cabeza para enseguida dar un sorbo a su bebida. Jugueteé con mi vaso, centrándome en una mancha de la mesa para evitar que los nervios me consumieran.

—No. De hecho, la que era mi pareja me dejó.

—¿En serio? —Ladeé el rostro hacia él, un tanto sorprendida. Me fijé en que, de repente, parecía triste.

—Llevábamos juntos mucho tiempo. Pero ya ves, decidió que no debíamos continuar. —Se encogió de hombros como restándole importancia.

Y entonces pensé que si Hugo podía proseguir su vida sin la mujer a la que había amado, ¿por qué yo no? Melissa siempre había sido una mujer fuerte, así que tan solo era cuestión de intentar recuperarla. Ana nos observaba con una sonrisa en el rostro, pero decidí pasar de ella y centrarme en Hugo; ya no me ponía tan nerviosa.

—¿La querías? —le pregunté en un susurro con la boca seca.

—Por supuesto que sí, Melissa —respondió con una sonrisa ladeada—. Pero lo que no puede ser… hay que dejarlo ir. Aquello que nos impide avanzar es necesario expulsarlo de nuestras vidas.

Desde ese instante Hugo me pareció un hombre interesante al que quizá valiera la pena conocer. Y por eso, lo intenté. Y porque creí que me merecía una segunda oportunidad en la vida, ya que la primera me había dejado por los suelos. Así que Hugo y yo nos vimos unas cuantas veces más, salimos a comer o a dar un paseo y conseguí reírme. Ana se mostró más contenta que nunca hasta que… ocurrió. Estaba claro que, más tarde o más temprano, él querría tener un acercamiento conmigo. Y lo hizo una noche en la que habíamos ido a un cine al aire libre. En cuanto oí su respiración acelerada y noté su aliento cerca de mi rostro, las náuseas se apoderaron de mí. Ni siquiera le dio tiempo a besarme porque yo ya había salido del coche y estaba tratando de recuperar la respiración y de borrar todas esas motitas que veía ante mis ojos. Un ataque de pánico, como los anteriores, pero mucho más fuerte, fue el diagnóstico del médico.

Hugo no volvió a aparecer en mi vida y yo se lo agradecí con un mensaje al que no respondió.

Ana estuvo un tiempo sin atreverse a presentarme a nadie más.

Y un mes después —o más, o menos, quién sabe, ya que no tenía conciencia del tiempo porque se había convertido en algo totalmente ajeno a mí— se produjo el encuentro que propició que me decidiera a olvidar a Germán.

Mi hermana se había empeñado en sacarme a pasear, bajo la promesa de que no habría ninguna sorpresa de última hora. Las ojeras me llegaban hasta los pies debido a que me pasaba muchas noches enteras mirando fotos, reteniendo frases en la memoria, capturando todos aquellos momentos en los que creí ser feliz.

—Mel, tienes que hacer algo. ¿No entiendes que no merece la pena? —me dijo Ana en la terraza de una heladería.

—No soy tan fuerte. Ha pasado muy poco tiempo. —Jugueteé con el cacharro de las servilletas—. Germán era el hombre de mi vida.

Ella ya estaba cansada de oírme pronunciar esa frase, pero lo cierto era que yo no podía dejar de repetirla.

—Por supuesto que no lo era —negó mirándome un poco enfadada—. Te dejó de manera cobarde. Lo hizo en el último momento, cuando se dio cuenta de que después no habría remedio.

—Bueno, al menos no fue en la ceremonia. Eso habría sido peor.

Ana chasqueó la lengua. La camarera se acercó a anotar nuestro pedido y, mientras mi hermana hablaba con ella, dirigí la vista alrededor, observando a las personas que tomaban un té, un café o un helado. Entonces el alma se me congeló. En la otra terraza se encontraba él. Pero no estaba solo. Lo acompañaba una chica.

Mi hermana reparó en mi mirada y dirigió la suya al mismo lugar.

—No hagas algo de lo que puedas arrepentirte, Mel —me dijo en cuanto vio que me estaba levantando.

—Solo quiero saludarlo.

Ana no trató de impedírmelo porque, al fin y al cabo, sabía que no iba a conseguirlo. Me dirigí a ellos como una autómata, con la mente a mil por hora, con el corazón brincando en mi pecho. Ya había perdido el control aun sin saber nada. Germán abrió los ojos con sorpresa en cuanto me acerqué. Se levantó como impulsado por un resorte. La chica ladeó la cabeza para saber qué ocurría. Era realmente joven. Debía de tener alrededor de dieciocho años. Guapísima. Cabellos oscuros, piel tostada, ojazos azules. La reconocí de inmediato. Era aquella con la que lo había visto charlar en un aula cuando una vez fui a buscarlo al instituto, de la que me había hablado con tan buenas palabras. Su alumna…

—Meli —dijo muy nervioso—. ¿Cómo estás?

Hizo amago de darme dos besos, pero me eché hacia atrás. No podía respirar. Las náuseas me invadieron en el momento en que ella se movió de su silla para saludarme con una sonrisa.

—¿Qué tal? Soy Yolanda, la novia de Germán.

Parpadeé para recuperar la visión. Las lágrimas se agolpaban en mis ojos. No quería mostrarme débil; mucho menos delante de esa jovencita que se había metido en medio de una pareja a punto de casarse. Ella pareció fingir que no se acordaba de mí… Pero estaba claro que lo hacía; su sonrisa no podía ser más ancha. Él… me había dicho que no me había engañado, que no había ninguna otra mujer… Todo alrededor se estaba desmoronando.

—Yo una amiga de Germán. —Logré sonreír.

—¿Cómo estás, Meli? ¿Bien? —insistió él.

—Sí, sí lo estoy. Y tú también, ¿no?

Los miré con cara larga, controlándome como nunca en mi vida. El pecho me dolía tanto que creí que se me abriría en aquel momento.

—Sí, estamos muy bien —contestó Yolanda en su lugar.

Asentí con la cabeza. Nos quedamos en silencio, observándonos con disimulo.

—¿Quieres quedarte a tomar algo? —preguntó ella, intentando ser amable.

—Mi hermana me espera. Pero gracias.

Me despedí. No les di dos besos. Si lo hacía, mis lágrimas se desbordarían bañando sus rostros. Y no, débil era lo último que tenía que mostrarme. Germán no podía saber que cada noche pensaba en sus manos recorriendo mi cuerpo, en sus besos explorando mi piel, en sus palabras haciéndome arder.

—Vámonos, Ana, por favor. Sácame de aquí —supliqué a mi hermana en cuanto regresé a nuestra mesa.

No me reprochó nada; no me regañó. Supongo que se dio cuenta de que si lo hacía, me pondría a gritar allí mismo, rasgándome en cientos de tiras de piel.

Esa noche me prometí que iba a superarlo, que yo también merecía estar bien.

Pero continué un tiempo más guardando un recuerdo falso de un hombre que, más que nunca, se había convertido en alguien a quien antes conocía.

26

De: hectorplm@love.com
Asunto: Palabras

No me atrevo a acudir a tu despacho. Y por favor, cuando leas
este correo, no decidas acercarte al mío. Lo que vas a encontrar
aquí son solo palabras y, como te dije, no se me dan muy bien.
Pero creo que mereces saber por qué me he comportado
contigo como lo hice. Me gustaría contarte que tan solo aquella
vez en la escalera, y durante estas últimas semanas, has
conocido al auténtico Héctor. Supongo que no te gusta nada.
Yo sé que te mereces un hombre fuerte, feliz, con ganas de
desmontar la vida y volver a montarla con toda la luz del mundo.
Solo quería decirte que por supuesto que me acuerdo del día
en que nos encontramos. Y como te comenté, quise ayudarte.
Pero cuando vi tu rostro, me rompí entero. Minutos antes ya me
había resquebrajado, de hecho. La persona a la que más había
amado en mi vida estaba muerta. No puedo explicarte cómo
se siente uno cuando oye algo así, solo sé que pensé que era
mentira. Y por eso, cuando me topé contigo en la escalera, no
supe cómo actuar. Te pareces físicamente a ella. Pero no en
nada más, porque ella tenía un carácter difícil. Nuestra relación
era tormentosa, Melissa. Me engañó varias veces y su excusa
siempre era la misma: que necesitaba tener a alguien más que

a mí para completar su vacía existencia. Y yo, sin embargo, la amaba cada día más. Su osadía me enamoraba, no sé muy bien por qué.

En fin, no quiero aburrirte con esas tonterías... Pero lo que sí quiero es explicarte, precisamente, que al ver tu cara pensé que eras ella. Luego, al mirarte mejor, caí en la cuenta de que no lo eras; ella estaba en el hospital bajo una sábana blanca, con el corazón dormido. Por eso me marché, Melissa.

No podía con mi alma.

¿Alguna vez has sentido que no estás hecha para tu vida? Es decir, miras a tu alrededor y te das cuenta de que todos ocupan su lugar, de que encajan perfectamente. Pero tú no, tú no... Creo que lo sabes, Melissa, porque he estado observándote siempre, desde el día en que regresé a la oficina después de mi baja. Poco a poco fui comprendiendo que no eras igual que ella, que tan solo vuestro rostro era similar, y que si mi estómago se iluminaba cuando te veía, no era por vuestro parecido ni nada por el estilo, sino porque estaba descubriendo a una mujer diferente a la que había conocido hasta entonces. Al principio eras muy simpática, alegre, divertida. Creías que no lo recordaba, ¿eh? La cuestión es que en esa época era tan solo una sombra y no podía permitir que nadie me viese así.

Aún no era tu jefe y no sabía cómo acercarme a ti. Es más, no sabía ni si debía hacerlo. Te miraba desde la lejanía. En las pausas te colocabas tus auriculares y escribías. ¿Todavía lo haces, Melissa? Espero que sí, pues tú sí eres una persona con grandes palabras.

Después, cuando me ascendieron, decidí cambiar por completo, tomar las riendas de mi vida y hacer de ella una mentira. Pretendía ser un jefe popular, amable, pero al tiempo autoritario. Un jefe con la fama de haberse acostado con todas las mujeres de la empresa. Uno que sabía cómo divertirse. ¿Por qué no? Era un buen plan. Qué pena que todo fuese un engaño y que aún estuviese tan roto por dentro.

Quiero decirte, Melissa, que no sabía cómo dirigir mi vida. Tenía demasiado miedo porque me había prometido que jamás volvería a enamorarme. Te lo dije en el restaurante, durante nuestra primera cena… Simplemente no podía pasar, una vez más, por aquello. Y, a pesar de todo, mi cuerpo me pedía de ti. Mis manos me suplicaban que las dejara tocarte. Mis labios rogaban saborear un beso tuyo.

«Solo piel contra piel, ¿vale? Solo sexo», me prometí a mí mismo. Y tuvimos sexo rabioso, duro, con el que nos deshicimos del torrente de dolor y miedo que nos sometía a cada instante.

No podía tratarte de otra forma, Melissa. El pánico me obligaba a entrar por la puerta de tu despacho, hacer el amor contigo y salir sin las palabras sinceras que, en realidad, se estaban escribiendo en mi corazón. Quizá me equivoqué al actuar de esa forma, pero no quería que ninguno de los dos sufriera otra vez. No quería ser el nuevo hombre que jodiera tu vida.

Llego muy tarde, pero no estoy pidiéndote nada. Seguro que no lo hago bien. Nunca lo hago. Tiendo a equivocarme. Esto son solo palabras que han logrado salir de mis dedos (aunque no de mi garganta; el miedo aún no se ha marchado del todo). Sé que puedes ser feliz con Aarón. Hazlo. Libre… Sin temores cada vez que hagas el amor.

Te mereces una vida iluminada.

Hasta pronto, Melissa,

Héctor

—¿Cuándo regresas? —me pregunta Dania por teléfono.

—Espero que nunca.

Apoyo el móvil en la mejilla, estirando los brazos por encima de la cabeza. Aprieto los ojos. Hasta la poca luz que se filtra por las rendijas de la persiana me molesta.

—No digas tonterías —me espeta con voz preocupada—. ¿De qué vas a vivir si no?

—Pues intentaré dedicarme a lo que más me gusta: escribir.

En realidad es lo que estoy haciendo desde hace una semana, cuando pedí unas vacaciones anticipadas. El correo que recibí de Héctor fue demasiado. Provocó que el terror acudiese a mí en forma de lobo sangriento y no me ha abandonado desde entonces. Pero no fue solo eso, sino también hablar con la chica a la que Aarón está pintando. Y reencontrarme con los estúpidos recuerdos que no osan abandonarme. Necesitaba estas vacaciones y rogué mucho al jefe —menos mal que ya no es Héctor— para que me las concediera. Sin embargo, durante esta semana he descubierto que quizá no quiera regresar al trabajo. Necesito recuperar a la Melissa de antes, y creo que la escritura es el primer paso para conseguirlo. Mientras escribo, no pienso en nada más, únicamente en todas esas historias que se van trazando en la pantalla de mi portátil.

—¿Por qué no coges el teléfono cuando Aarón te llama, Mel?

Tomo aire. No sé cómo explicar a mi compañera lo que siento. Puede que no lo entendiera.

—No ha hecho nada de lo que te imaginas. Solo está pintando. Mel, tú le gustas.

—No es eso, Dania. Confío en él. Lo que pasa es que no puedo verlo. —Me cambio el móvil de oreja—. Soy incapaz de estar con un hombre ahora mismo.

—No comprendo qué te ha sucedido —continúa en tono preocupado—. Pero es que das un paso hacia delante y cinco hacia atrás.

A Dania no le he contado lo del correo electrónico. Me da una vergüenza tremenda y ni siquiera entiendo los motivos. Tampoco tengo muy claro lo que Héctor trataba de decirme con sus palabras… ¿Que me quiere para algo más que sexo?

¿Que ya lo hacía mucho antes de que iniciáramos esa extraña relación que, en cierto modo, unió algo más que nuestros cuerpos?

—No te preocupes, que si dejo el trabajo seguiremos viéndonos. —Intento animarla, a pesar de que soy yo quien necesita un empujoncito.

—Pero no es eso, Mel. Es que tienes que enfrentarte a tus miedos.

—Lo estoy haciendo —le aseguro, aunque es totalmente falso.

La oigo suspirar al otro lado de la línea. Habla con alguien unos segundos y, a continuación, me dice:

—Tengo que dejarte.

—¿Héctor se ha marchado ya? —pregunto de repente.

Dania suelta una risita que se me antoja molesta. Estoy a punto de colgar cuando responde:

—No tardará muchos días más en irse. Ya tiene todas sus cosas en cajas.

Nos despedimos con un «hasta pronto». Me quedo en la cama casi todo el día, pensando en cuanto ha ocurrido. Sé que no estoy haciendo nada bien. Quizá sea como Héctor, otra de esas personas que se equivocan una y otra vez. Me he hartado de mis errores; me gustaría tener algún acierto en la quiniela de la vida. La forma en la que me comporto con Aarón no es la correcta, lo sé. Pero he mentido a Dania: mi mente piensa que la chica del cuadro es ahora su amante, y tengo miedo. Demasiado… Y no sé cómo escapar de él.

Suena el timbre. Un gemido sale de mi garganta. No me apetece ver a nadie. Me pongo el pantalón largo del pijama y una camiseta de manga corta. Estoy despeinadísima, pero no me importa. Quien quiera que sea tendrá que aceptar mi imagen tal cual. Noto que me pesan las ojeras a medida que mis piernas avanzan hacia la puerta. Y al abrir, me llevo una sorpresa. El corazón se me acelera de los nervios.

—Mel, ¡menos mal! No sabes lo preocupado que me tenías.

Aarón me estrecha entre sus brazos. Su contacto se me antoja doloroso, así que lo aparto con suavidad, agachando la cabeza. Me pide que lo invite a pasar y al final no puedo negarme. Nos sentamos en el sofá como dos desconocidos. Antes hablábamos de todo y ahora… No puedo mirarlo a la cara.

—Estás fatal —dice.

—¿Se nota mucho? —Esbozo una sonrisa, aún sin alzar la vista.

—¿Por qué no me has cogido el teléfono? He tenido que saber de ti por Dania. —Alarga una mano para coger la mía—. Sé lo que piensas acerca de aquella chica, pero te aseguro que no me he acostado con ella.

—¿Y antes?

—Antes sí, pero…

—¿Y has pensado otra vez en ello?

—Pues sí, pero…

—No te culpo. —Me atrevo a alzar el rostro. Le acaricio la mano—. Mi mente tampoco ha estado aquí últimamente.

—Mel, es que… Bueno, ya te dije que me cuesta, ¿sabes? Las mujeres me gustan demasiado. Pero contigo fue diferente. Nos hemos acostado muchas veces y, aun así, no me canso de hacerlo. Puedo perfectamente hacerlo solo contigo y…

Llevo un dedo a sus labios para hacerlo callar.

—Pero eso no duraría para siempre —completo su discurso—. Y en el fondo, no está mal. Porque así es la única forma en que no estaremos juntos. Bueno, tampoco es que lo hayamos estado.

Parpadea, confundido. Mueve la cabeza a un lado y a otro con una sonrisa en el rostro. Asiento.

—Te diré la verdad, Aarón, y no quiero que te enfades. Aunque entendería que lo hicieras…

—Creo que sé qué vas a decirme. —Ríe.

—En cuanto te vi, me quedé prendada de ti. —Me pongo colorada. Me aprieta la mano como animándome a continuar—. Hay algo en ti que engancha, Aarón. —Sonríe con timidez agachando la cabeza—. Quería conseguirte como fuera. Y ese es el problema: sentí que si esta vez no conseguía lo que me proponía, si esta vez no lograba retenerlo entre mis manos, entonces no encontraría sentido a nada.

—Te lo dije, Mel: no estabas curada del todo.

—No es solo eso. Es que tú me recuerdas tanto a él... Fui consciente de ello la noche en que nos acostamos, pero traté de borrarlo de mi mente. —Me quedo pensativa unos instantes—. No, quizá lo sabía mucho antes pero estaba luchando por crear otra historia alternativa.

Medito acerca del correo que Héctor me escribió, en el que me decía que yo me parecía a su novia, la que murió. Esbozo una sonrisa triste. ¿Por qué algunas personas somos tan estúpidas para querer vivir de manera cíclica? Cometemos idénticos fallos, caminamos por calles conocidas, intentamos enamorarnos de los mismos rostros.

—Espero ser mejor que él. No es justo lo que te hizo.

Le acaricio la mejilla. Sé que Aarón es un buen hombre. Y por eso me molesta haber estado enganchada de una ilusión que yo misma creé. Me besa el dorso de la mano con cariño.

—Siempre seré tu amigo. —Me dedica una bonita sonrisa—. ¿Has visto como sí puedo serlo?

Ambos nos echamos a reír.

—Nos hemos divertido, ¿no?

—Y lo seguiremos haciendo. Quizá no haya sexo, y créeme que me jode un poquito, pero igualmente será maravilloso. Porque contigo todo lo es, Mel. Tienes que recuperar la sonrisa.

—Estoy intentándolo con todas mis fuerzas.

—Sabes lo que necesitas, pero el miedo te frena de nuevo.

—Aarón...

Alzo la otra mano para interrumpirle; sin embargo, él me la coge y se acerca más, mirándome muy serio.

—No puedes dejar de pensar en ello, Melissa. Lo supe en cuanto me hablaste de él por primera vez. Me di cuenta antes que tú porque no te atrevías a abrir tu corazón a nadie. Pero acabaste sabiéndolo, es inevitable. —Se queda callado unos segundos, sin borrar la sonrisa—. Hazlo, ¿entiendes? Yo también me he equivocado en más de una ocasión, pero… ¿cómo habría sido si no lo hubiese intentado? Prefiero no quedarme nunca con las ganas.

—No puedo… —Niego con la cabeza, notando ese familiar nudo en la garganta que quiero echar de una vez por todas.

—Eh, Mel, Mel… —Me sujeta de la barbilla para que no agache el rostro—. El amor no es fácil. Si lo fuera… Créeme que entonces no sería auténtico amor. Apenas lo conozco, solo lo que me has contado de él, pero me parece que tenéis muchas cosas en común. En especial ese dolor que no os deja emprender una relación sincera.

—¿Y si no funciona?

—Empieza a creer que sí lo hará. —Me coge la mano y me besa el dorso. Con Aarón podría haber sido todo muy sencillo si no me hubiese hecho recordar tantas cosas. Pero, como él dice, el amor no tiene nada de fácil—. Ponte una ropa un poco más bonita y haz lo que has estado pensando durante estos días. Vamos, Mel, sé valiente.

Lo miro con los ojos muy abiertos. Trago saliva. Tengo la boca tan seca que me entra tos. Me levanto del sofá con el estómago encogido. Voy corriendo a mi habitación sin decirle nada. Mientras me visto, espera pacientemente en el salón. Me pongo lo primero que encuentro: una vieja falda vaquera y una blusa de media manga. Me recojo el largo cabello en una cola.

—Estoy lista —le digo.

—Tengo el coche aquí abajo. Te llevo.

Bajamos la escalera a toda prisa. De nuevo siento que me falta el aire, pero ahora no es a causa del miedo; es porque estoy emocionada, porque pienso que esta vez puedo acertar… Porque mi amigo Aarón me ha abierto los ojos de una forma inaudita.

Quince minutos después llegamos a la oficina. Me desabrocho el cinturón en silencio.

—Gracias, Aarón —murmuro con la cabeza gacha, sin atreverme a mirarlo.

Se inclina sobre mí, me coge de la barbilla y me da un beso en la mejilla.

—Esto es lo que hacen los amigos, ¿no? Se ayudan el uno al otro. —Me guiña un ojo. Luego me da una palmadita en el hombro. Dudo unos segundos porque adivino en su mirada que, aunque esté ayudándome, no es lo que realmente le hace feliz—. ¡Vamos, ve! —exclama un poco impaciente.

Salgo del coche a toda velocidad. Ni siquiera cojo el ascensor. Subo todas las plantas por la escalera, recordando el día en que llegué tarde a trabajar, el día en que lo vi por primera vez, ese día en que él se rompió. Quiero repetir la historia, porque sé que esta puede ser la correcta. Me quedo sin respiración al llegar arriba, pero a pesar de todo no me detengo. Me fijo en que no hay nadie en la oficina. Echo un vistazo al reloj: casi las siete de la tarde. Bueno, él a veces se queda hasta más tarde… El miedo me hace perder el control.

Corro a su despacho con el pecho dolorido; jadeando, sudando. Abro la puerta sin siquiera llamar.

Esta vacío. Ni rastro de él o de sus objetos personales.

27

Miro alrededor con la boca abierta sin poder creer lo que estoy viendo. Me llevo una mano al pecho, estrujando la blusa entre mis dedos. No puedo respirar. Me apoyo en la mesa tratando de conciliar los exagerados latidos de mi corazón. Pero cada vez se acelera más. ¿Era esta mi última oportunidad y la he perdido? ¿Dónde se ha metido? ¡Dania me había dicho que sus cosas todavía estaban aquí! ¿He llegado tarde por tan solo un par de horas?

No logro controlar las lágrimas. Lloro como una desquiciada y me dejo caer al suelo. Podría llamarlo, pero sé que no serviría de nada. Estoy segura de que él esperaba que regresase, que acudiese a su despacho para despedirme o cualquier otra cosa. Pero lo único que he hecho ha sido encerrarme en casa, evitando enfrentarme a todo aquello que quería conseguir sin atreverme a hacerlo. ¿Cómo puedo ser tan estúpida y cobarde?

Oigo un ruido fuera del despacho. Me levanto como impulsada por un resorte, movida por la ilusión. Al asomarme, mis esperanzas se esfuman. Se trata de Carmen, la mujer de la limpieza. Ella se vuelve y me dedica una sonrisa.

—Pero chiquilla… ¿aún estás aquí? ¿Héctor te ha mandado otra vez un montón de trabajo? Mira que es malo, dejarte aquí mientras el resto celebra su despedida…

—¿Su despedida? —Me acerco a ella con los ojos muy abiertos.

—Claro. ¿Que ni te has enterado? Están en la cafetería, que entre todos habían decidido darle una fiesta sorpresa. Qué pena que se vaya, ¿eh? Si en el fondo es tan buen chico...

No me quedo a escuchar más. Le grito «¡Gracias!» y salgo corriendo. Esta es mi última oportunidad, lo sé. No voy a dejarla escapar. Correré el riesgo aunque me equivoque otra vez. Para eso está la vida: para aprender de los errores. Bajo por la escalera; casi me caigo al saltar los escalones de dos en dos. Pero no puedo aguantar más: el corazón se me va a escapar del pecho para correr a su encuentro. Ya oigo la música desde aquí.

«Ya está ahí la luna, qué perra la vida y esta soledad. No quisiera perderme otro tren y saber lo que es malgastarte. Podría coger cualquier autobús con tal de un beso más...»

Vaya, qué canción más adecuada para el momento. Los pies se me enredan cuando estoy llegando a la cafetería. Trastabillo, a punto estoy de caer, pero por suerte mantengo el equilibrio. Ya puedo rozar la puerta... El volumen de la música aumenta... La abro.

En la fiesta hay un montón de personas. Creo que hasta se ha unido gente de las otras empresas del edificio. Todos charlan animadamente, con su cerveza o su copa de vino en la mano. Me abro camino en su busca. Al pasar por delante de algunos compañeros, me saludan sorprendidos; se supone que estaba de vacaciones. Pero no me importa. Lo único que quiero es encontrarlo.

Alguien me hace cosquillas en la cintura. Suelto un grito y me vuelvo pensando que es él. Me topo con la entusiasta sonrisa de Dania. Me estruja con todas sus fuerzas.

—Pero ¿tú no estabas fatal?

—He venido a buscar a alguien.

Abre mucho los ojos, con sus bonitos labios dibujando un

«oh» de sorpresa. Alza una mano como si fuese a contarme algo, pero al final prefiere quedarse callada.

—Hace un rato que no lo veo —responde. Me ha entendido a la primera.

—No me digas que se ha ido, porque entonces... —El tono de mi voz es lastimero.

—No lo sé, amor —contesta encogiéndose de hombros.

—¿Melissa? —oigo de repente.

Dania se da la vuelta y la aparto de un empujón. En cuanto lo veo el corazón me da un vuelco. Quizá estoy loca, pero lo encuentro más guapo que nunca. No lleva su traje ni su corbata habituales, sino unos sencillos vaqueros y una camisa azul. Su naturalidad me atrapa al instante. No sé qué decirle; ni siquiera puedo moverme. Se me vienen a la cabeza todas las palabras que escribió en el correo.

—Chicos, nos vemos luego. —Dania se despide de nosotros con un agitar de dedos.

No le presto atención. Estoy ocupada observando los ojos de Héctor, tan grandes, tan brillantes, tan... tristes. Quiero ser yo la que cambie ese sentimiento y que él despierte en mí la ilusión que se agazapó en un cuarto bien oscuro. Me acerco a él en silencio.

«No soy una niña, no soy ese duende, no soy luchadora, no soy tu camino. No soy buena amante ni soy buena esposa. No soy una flor ni un trozo de pan. Solo soy... Esa cara de idiota... Idiota...», canta Nena Daconte. «¡Gracias, gracias por componer una canción así!», pienso.

—Quiero bailar —digo a Héctor toda decidida.

—¿Aquí? ¿Ahora? —Echa un vistazo alrededor—. Nadie lo hace.

—Me da igual. Quiero hacerlo. Quiero sentirme como la protagonista de una de las novelas que leo y escribo. —Me muestro totalmente convencida.

Héctor esboza una sonrisa que me paraliza el corazón.

Mueve la cabeza de izquierda a derecha sin creerse mis palabras, pero al final se acerca, me toma por la cintura y me arrima a él. Estoy tan nerviosa que empiezo a temblar entre sus brazos.

—Pensé en llamarte al enterarme de lo de tus vacaciones, pero no sabía si te apetecería hablar conmigo… —empieza a decir.

Apoyo dos dedos en sus labios.

«Idiota por tener que recordar la última vez que te pedí tu amor. Idiota por colgar tus besos con un marco rojo por si ya no vuelvo a verlos más. Idiota por perderme por si acaso te marchabas ya, y tirar tu confianza desde mi cama hasta esa ventana.»

La canción no puede ser más perfecta para apretujarme contra él y bailar como si no hubiese nadie más en la cafetería. Sé que nos están mirando, puedo notarlo. Seguramente también están cuchicheando, pero ¿qué más da? Por primera vez en mucho tiempo me da igual lo que piensen los demás.

—¿Por qué has venido, Melissa? —me pregunta.

Y una vez más poso los dedos en su boca. Tan solo los aparto para sustituirlos por mis labios. Héctor se muestra sorprendido ante mi respuesta, pero a los pocos segundos se deja llevar. El beso se va tornando más y más pasional. Sin embargo, al mismo tiempo hay algo que no sentí las veces anteriores: ternura. Ahora no hallo la rabia con la que nos besábamos en nuestros primeros encuentros. Cuando nos separamos, nos miramos con la respiración agitada, sorprendidos. Su corazón palpita a toda velocidad contra mí.

—¿Y esto…?

—Espero que tu estómago todavía se ilumine al mirarme —le digo rememorando su correo.

Esboza una sonrisa.

—Ahora mismo tengo decenas de luciérnagas en él.

Me echo a reír. Apoyo la cabeza en su pecho y me acaricia el pelo con suavidad. Me estremezco ante ese simple contacto.

—Tengo miedo… —Me aferro a su espalda.

—Yo también. Pero no es algo malo, Melissa. Forma parte de la vida, al igual que el dolor. Tan solo las personas que conocen el dolor viven plenamente. A veces hay que convivir con él durante un tiempo, no rechazarlo ni huir… porque solo así seremos más fuertes después.

Alzo la cabeza y lo miro con la boca abierta. Dijo que no se le daban bien las palabras, pero jamás había oído algo tan profundo y cierto.

—Creo que estoy enamorado de ti, Melissa, pero no sé si sabré amarte como mereces. Hace mucho que mi corazón se olvidó.

—Quizá el mío pueda recordártelo. —No estoy completamente segura de ello, pero al menos necesito intentarlo. Y ahora, viéndome reflejada en sus ojos, comprendo quién quiero ser: la mujer a la que este hombre ame.

Me acaricia la barbilla con suma ternura. No puedo creer que estemos en esta situación, confesándonos todos estos sentimientos, enfrentándonos a ellos. Bailamos en silencio el resto de la canción. Al terminar la de Nena Daconte, empieza una con más ritmo. Decido que es el momento adecuado para escaparnos. Lo cojo de la mano y echo a correr con él detrás. Me despido de Dania con un gesto y me guiña un ojo con una gran sonrisa en su rostro. El resto de los compañeros nos miran: unos asombrados y serios; los otros divertidos. Corremos por el pasillo como dos adolescentes que han abandonado la fiesta de fin de curso para dar rienda suelta a su pasión.

A mitad de camino, Héctor me detiene y me aprieta contra él, besándome con ardor. Su lengua se funde con la mía de manera deliciosa. Me acaricia la nuca; sus dedos me provocan escalofríos. Cuando ya no podemos respirar, nos separamos y corremos una vez más hacia los baños. Entramos en el de las mujeres, que por suerte está vacío. Cualquiera podría entrar, pero ahora mismo es lo de menos. Lo necesito en lo más profundo de mí, otorgándome todo su deseo. Se apresura a echar el cerrojo y después se une de nuevo a mí.

Me sube al lavamanos y me sienta en el mármol. De inmediato, rodeo su cintura con mis piernas. Lo atraigo, ansiosa por seguir besándolo. Mientras su lengua explora mi boca, me va desabotonando la blusa. Sus manos acarician de forma experta mi piel, arrancándome un gemido. Lo ayudo a desabrocharse el pantalón. Su erección se clava por encima de mis braguitas. Aprieto su trasero, ardiendo toda yo.

—Esta vez seré yo quien te dibuje, Melissa —dice entre jadeos pegado a mi cuello.

Echo la cabeza hacia atrás, presa del deseo. Separo las piernas al tiempo que me sube la falda y se deshace de mis braguitas. Su sexo palpita en mi entrada. Muevo el trasero para que se meta en mí.

—Pero lo haré con trazos de placer.

Se introduce con mucha suavidad, no como en nuestros encuentros anteriores. Me apoyo en sus hombros mientras se desliza, lento pero sin pausa. Las paredes de mi sexo empiezan a acogerlo, a comprender que es él, sin duda, el que está hecho para acariciarlas. Gimo sin poder evitarlo en cuanto se mueve, sacándola unos centímetros para volver a meterla... hasta el fondo.

—Es diferente, Héctor... Es muy diferente a las otras veces...

Le clavo las uñas en los hombros. Decido desabrocharle la camisa y bajársela para contemplar su torso perfecto.

—Porque nos hemos deshecho del miedo, Melissa. Y de la rabia.

Lo miro con los ojos entrecerrados, velados por el placer. Sentirlo dentro de mí me parece lo más correcto del mundo.

—Ahora conocemos otra manera de amarnos… —Apenas puede articular la frase.

—Entonces hazlo, Héctor. Ámame como tenga que ser.

Se introduce más en mí con toda su fuerza. Pero también con delicadeza. Nos miramos en silencio, con tan solo nuestros jadeos por acordes musicales. Me sonríe abiertamente, con sinceridad, y yo también lo hago apoyando mi frente en la suya.

—Ahora… Sí… Ahora te… entregas toda… a mí… —Y me embiste con un ritmo cada vez más rápido.

Hinco mis dedos en su espalda, intentando atraparlo con todo mi ímpetu. Por un momento me asusto, pensando que me asaltará la rabia de nuevo, que me echaré a llorar, pero no es así. Lo único que siento es el corazón trotando a mil por hora, unas cosquillas que me ascienden desde los dedos de los pies y la conciencia de que esto es justo lo que había estado evitando por miedo. Sí, era el miedo a ser feliz. Pero aquí están la tranquilidad y la satisfacción, y no voy a abandonarlas.

—Melissa… Yo… —gime rozándome los labios con los suyos.

—Me quieres —termino por él.

Se inclina y me besa. Me impregna con su sabor. Me dejo arrastrar por el huracán de placer que está a punto de izarme. Vuelo… Sus manos recorren mis muslos, los aprietan, rodean mi cintura, suben por mis costados… Sí… Vuelo con sus trazos de placer. Y me derrumbo entre sus brazos en un escandaloso orgasmo. En un orgasmo que es casi como un milagro. Sagrado, luminoso, sorprendente. Todo mi cuerpo vibra junto al suyo. Héctor se deja llevar también, abrazándome con fuerza. Alzo el rostro para mirarlo, tal como me pidió. Nuestros ojos sonríen, se dicen tantas cosas que la garganta no sabe… Una vez que terminamos, se queda muy quieto en mi interior. Lo abrazo y apoyo la cabeza en su hombro, tratando de recuperar la respiración.

—¿Y ahora qué, Melissa? Porque espero que no me digas que esto ha sido una despedida…

—Por supuesto que no —respondo con una ancha sonrisa—. Es una bienvenida.

—¿Bienvenida? —Me mira confundido.

—Te estaba esperando en mi vida, Héctor. Ha habido piedrecitas en el camino… Puede que algunas las pusiera yo… Pero al fin has llegado.

Se echa a reír, besándome una vez más.

—¿Entonces…?

—¡Por qué no! Necesito intentarlo. No… Lo necesitamos.

—Te quiero, Melissa Polanco. —Me acaricia la mejilla.

—¿Ya no soy la aburrida?

—Por supuesto que sí. Pero eres mi aburrida.

Ambos reímos. Nos miramos… Me veo reflejada en sus ojos. Quizá el miedo aún tarde un tiempo en desaparecer, pero, al menos, que el camino sea menos duro. Y ahora mismo me parece que esas luciérnagas que habitan en su estómago están abatiendo la oscuridad.

Supongo que, alguna vez, todo el mundo ha sentido que no está hecho para su vida.

Pero siempre se encuentra un motivo para aterrizar en ella de nuevo. Y puede que el paracaídas sea justo la persona que menos nos esperamos, aquella a la que en un principio no le dimos importancia o la que nos parecía más contraria a nosotros.

—¿Significa esto que podemos iniciar una relación que vaya más allá del sexo duro? —me pregunta con una sonrisita.

Me echo a reír y asiento con la cabeza.

—Ahora mismo lo único que quiero es que te aprendas mi cuerpo de memoria y que me dibujes, cada noche, con tus trazos de placer.

—Es lo que he querido hacer desde hace mucho tiempo, Melissa.

Me abraza con una ternura que provoca que esté tan iluminada como su estómago. No me sentía así desde hacía tanto... Y había olvidado por completo que, en realidad, esto es la vida. Son momentos como este los que hacen que valga la pena.

Alguien llama a la puerta y nos apresuramos a colocarnos la ropa, aunque está claro que quien sea que entre se va a imaginar que aquí ha ocurrido algo. La antigua Melissa se mostraría totalmente avergonzada; no obstante, la de ahora tan solo puede sonreír como una tonta. Echo un vistazo para comprobar que Héctor ya está listo y quito el pestillo con cuidado. Al abrir, nos topamos con una Dania con los ojos como platos. Bueno, al menos no es otro de los empleados de la oficina.

—Hola... —susurra esbozando una sonrisa. Me mira y luego mira a Héctor—. Es que me estoy meando...

—Ya hemos terminado.

Héctor se coloca a mi lado y me apoya una mano en el hombro. Dejamos pasar a Dania y salimos del cuarto de baño. Al volverme, descubro que todavía nos mira con la sorpresa dibujada en el rostro, pero me doy cuenta de que está contenta por mí.

—¡Pasadlo bien! —nos grita antes de cerrar la puerta.

—¿Cómo podríamos pasarlo bien? —me pregunta Héctor, ambos detenidos en medio del pasillo.

La música aún llega de la cafetería, así que me imagino que la fiesta no ha terminado, pero no me apetece regresar allí.

—Bueno... —Apoyo una mano en su pecho y me hago la coqueta—. Quizá podríamos ir a tu piso, ya que aún no lo conozco y tú el mío sí... —Le guiño un ojo.

Me observa con una sonrisa radiante, como si mi respuesta le hubiera hecho el hombre más feliz de la tierra. Asiente con la cabeza y, segundos después, estamos corriendo otra vez, bajando por la escalera como dos locos que no quieren perder ni un segundo. Me lleva hasta su coche, en el que subí en la primera cita que tuvimos, y no puedo evitar sonreír. Cuando llegamos a su casa, ni siquiera me fijo mucho en ella, aunque puedo apreciar que se trata de un apartamento precioso con un amplio ventanal desde el que se ve toda la ciudad. Sin embargo, lo que hago es enroscarme a su cuello y permitir que me conduzca a su dormitorio en brazos, como si fuéramos una pareja de recién casados. Me entra la risa cuando me lanza a la cama, pero enseguida me la acalla con un beso que me hace ver las estrellas sin necesidad de asomarme a la ventana de su salón. Pasamos el resto de la noche explorando nuestros cuerpos, conociéndolos, memorizándolos.

Y nuestros jadeos, nuestras miradas, nuestras sonrisas, nuestras palabras silenciosas van dejando huella en cada uno de los rincones de esta habitación.

28

Parpadeo un tanto confundida, intentando ocultarme de los rayos de sol que se cuelan por la ventana sin demostrar piedad por mis doloridos ojos. Me doy la vuelta en la cama y entonces, al abrirlos, me topo con los ojos almendrados de Héctor. Esbozo una sonrisa remolona impregnada de sueño. Estiro un brazo y lo apoyo en el pecho desnudo de mi novio. Se arrima más a mí y deja un beso en mi frente. Creo que no hay una muestra más sincera de cariño.

—Buenos días, mi aburrida —susurra.

Suelto un gemido que se asemeja al de una niña y vuelvo a cerrar los ojos, instalándome en esta comodidad que está haciendo que recupere la felicidad.

¡Cómo pasa el tiempo! Lo hace mucho más rápido cuando estás con alguien que logra que cada día te despiertes con ganas de comerte el mundo. Me cuesta creer que haya pasado un mes desde la tarde en que me atreví a buscar a Héctor. Y la verdad es que no me arrepiento por nada del mundo. Todos dicen que estoy cambiando, que la Melissa sonriente, divertida y optimista está regresando, y eso es algo que aún me otorga más fuerzas.

Héctor se porta demasiado bien conmigo. Durante estos treinta días he estado conociendo a un hombre cariñoso, amable, interesante, sofisticado, inteligente y divertido. Vale que tenemos algunos gustos diferentes, pero a pesar de todo, sabemos complementarnos. La segunda noche que pasé con él, nos tiramos un buen rato simplemente observándonos, reflejándonos en los ojos del otro, y comprendiendo que teníamos que estar juntos. Al fin y al cabo, antes de encontrarnos éramos dos personas sumidas en el dolor y la tristeza; ahora hemos hallado un modo de superarlos.

La tercera noche nos la pasamos hablando de nosotros mismos, de aquello que nos gustaba o que nos causaba mal humor, de nuestra infancia, de nuestra juventud, de nuestros anhelos e inquietudes. Yo toqué por encima el tema de Germán porque he llegado a la conclusión de que no merece la pena estancarse en algo que pasó y ya no regresará, y Héctor, por su parte, apenas me contó un par de cosas acerca de su novia fallecida. Tampoco quise preguntarle más, ya que imaginé que aún le provoca dolor, y es normal.

—¿Café o té? —quise saber mientras nos tomábamos en su cama la comida china que habíamos pedido por teléfono.

—Creo que té —respondió sorbiendo sus tallarines.

—¿Playa o montaña?

—Montaña. Mis padres tienen una casa por Gandía y te aseguro que aquello es precioso. —Me sonrió.

—¿Qué tipo de música te gusta?

—De todo un poco. Pero prefiero la clásica, me hace sentir bien.

—¿Te gusta bailar?

—Creo que no soy muy buen bailarín… Parezco un mono loco cuando me pongo en serio.

Por poco manché la cama de la risa ante su respuesta. Aparté el recipiente de mi pollo con almendras y me quedé mirándolo con una ancha sonrisa.

—Pues a mí me encanta bailar, así que vas a tener que aprender.

—Por ti aprendería hasta a hablar suajili. —Alargó una mano y me acarició los labios manchados de aceite.

—¿Cuántos idiomas hablas?

—Cuatro. Español, inglés, francés e italiano.

—¿En serio? —Abrí los ojos, asombrada ante su respuesta—. Pues nada, yo te enseño a bailar y tú me das clases de italiano. Es una lengua que me encanta.

—¿A qué se debe este interrogatorio? —Dejó también su cena en la mesilla de noche y se colocó de lado para abrazarme.

—A que quiero saber todo de ti —contesté.

Posé mi mano en su mejilla, un poco áspera debido a la barba que empezaba a asomarle; no habíamos salido de la cama en todo el fin de semana. Bueno, nos habíamos duchado y habíamos pedido comida, por supuesto, pero lo único que nos apetecía esos primeros días era estar mucho más que juntos... Era apretujarnos hasta casi fundirnos en uno.

—Vas a saberlo todo, Melissa. Tenemos cientos y cientos de noches para hacerlo. —Y dicho esto, me abrazó y me besó con una ternura que me sorprendió.

La semana siguiente Héctor empezó a trabajar en la nueva revista y yo regresé a la oficina. Aunque esté escribiendo más que nunca, de algo hay que vivir. Héctor sabe de mi pasión por la escritura y, desde que puse los dedos sobre las teclas, no ha dejado de animarme. Incluso se ofreció a leer el manuscrito que tengo entre manos, aunque prefiero que lo haga cuando esté terminado.

Los días con él son mucho más sencillos de lo que habría creído. No hay oscuridad, sino lo contrario: si un día amanece nublado, me parece que me acompaña una aureola de luz. Supongo que eso es lo que sucede cuando inicias una relación con alguien que te hace sentir querida, aunque lo había olvidado por completo. Pero siempre que Héctor me mira, siento que soy yo, y todo lo demás desaparece y comprendo que, esta vez, no me he equivocado.

Apenas pienso en Germán. Es más, podría decirse que he

conseguido ahuyentarlo casi del todo. Hay algún gesto de Héctor que quizá me recuerde a él, y cuando quedo con Aarón es inevitable que aparezca algo de nostalgia… Pero es una nostalgia serena que ya no me provoca dolor. También estoy aprendiendo a encontrar todas las diferencias entre Aarón y mi ex novio. No, no son iguales; yo me monté esa historia en la cabeza.

—¿Sabes qué día es hoy? —me pregunta Héctor de repente, sacándome de todos esos pensamientos.

—¿Cuál? —Me desperezo en la cama.

—Me toca conocer a tu hermana. —Se incorpora y apoya un codo en el lecho, mirándome con una sonrisa.

—Vaya, es verdad.

Observo el techo poniendo morritos. ¡Con lo que me habría gustado quedarme el resto del día en la cama! La verdad es que Héctor y yo estamos aprovechando todo lo que podemos para estar juntos y recuperar el tiempo perdido, por lo que cuando salimos del trabajo tomamos algo juntos. Sin embargo, son los fines de semana cuando de verdad podemos refugiarnos en nuestros cuerpos y disfrutar de cada minuto.

—Pues no me apetece nada de nada… —Suelto un suspiro.

—Me dijiste que se lo habías prometido.

—Es que no sabes lo pesada que se pone. —Ladeo el rostro para mirarlo y dedicarle una sonrisa—. Siento mucho que tengas que pasar por esto.

—Pero ¿qué dices? Si me parece estupendo…

Se levanta de la cama de un salto y me ofrece una magnífica panorámica de su cuerpo desnudo. Madre mía, si es que es perfecto.

—¿De verdad no te molesta tener que conocerla cuando solo hace un mes que estamos juntos?

Pongo cara de preocupación. Detesto establecer vínculos tan pronto, pero desde que Ana se enteró de que estaba saliendo con alguien, ha estado insistiendo en que tenía que presentárselo porque cree que es Aarón, aunque le haya asegurado que para nada.

—Pues no. De hecho, me hace feliz saber que confías tanto en mí.

Apoya las manos en la cama, se inclina y acerca su rostro al mío, ofreciéndome sus labios. Los saboreo, deleitándome en las cosquillas que han aparecido en mi vientre.

—¿Crees que nos da tiempo a…?

—Melissa, eso va a tener que esperar. —Me muestra una sonrisa picarona que me vuelve loca—. Créeme cuando te digo que ahora mismo me lanzaría sobre ti y te devoraría, porque estás preciosa. Pero mira la hora que es. Y tú misma me has asegurado que a tu hermana no le gusta esperar.

Suelto otro suspiro resignado. Héctor me guiña un ojo y se marcha al cuarto de baño. Minutos después, el sonido del agua llega hasta mis oídos. Me quedo un ratito más en la cama, oliendo las sábanas y la almohada que están impregnadas de nuestros aromas. Estoy acostumbrándome al de él y, aunque me causa un poco de inquietud que todo esté avanzando tan aprisa, lo cierto es que, por otra parte, me parece maravilloso que esté tan implicado. Está enamorado de mí, y me sorprende no haberme dado cuenta porque me ha asegurado que hacía tiempo que me guardaba en su corazón.

Al cabo de un rato sale del cuarto de baño con una toalla alrededor de la cintura. Me pongo de lado para contemplar todos sus movimientos y me regocijo en ese tatuaje que siempre me saca un jadeo cuando lo tengo delante. Se percata de que lo observo y sonríe, orgulloso. ¡Qué tío! Si es que sabe que vuelve locas a las mujeres. Saca de su armario unos vaqueros y una camisa celeste y empieza a vestirse. Y yo todavía remoloneando en esta cama que hemos fabricado con nuestras huellas.

Justo ahora suena mi móvil. Antes de cogerlo sé que es Ana quien llama. Al descolgar, ni siquiera me saluda, sino que me ataca con su nerviosa voz:

—Mel, no te has olvidado de nuestra cita, ¿verdad?

—Por supuesto que no. Es más, Héctor ya se está arreglando.

Lanzo una mirada a mi novio, indicándole que es Ana.

—Al final Félix no puede venir porque a su padre se le ha estropeado el coche y tiene que ir a echarle un vistazo —me explica, un poco triste. Si es que ella y mi futuro cuñado apenas se despegan. De verdad, no sé cómo aún no se han casado. Es totalmente incomprensible.

—Pues si quieres lo dejamos para otro día…

—¡Ni hablar! —No me da tiempo a terminar la frase. Ahogo una risa y observo a Héctor, el cual me mira con la cabeza ladeada—. Llevo tiempo esperando este momento, así que ahora nada ni nadie me lo va a quitar.

—Lo dices como si fueran a entregarte el premio Nobel o algo así —bromeo.

Me levanto de la cama para ir al baño. Cuando paso por delante de Héctor, me da un cachetito juguetón en el trasero.

—Deberían hacerlo por todo lo que te he aguantado. —Oigo una voz conocida al otro lado de la línea—. Oye, que Félix dice que lo siente mucho, pero que en cuanto pueda quedamos los cuatro.

—Claro, descuida.

—¡Nos vemos en una hora!

Ana me cuelga, como ya es habitual en ella, sin despedirse. Cierro la puerta del baño y me meto en la enorme y estupenda ducha de mi novio. Me tiro un buen rato en ella, deleitándome en el agua caliente y usando los múltiples geles que este hombre tiene, todos bien espumosos y con un olor magnífico. Héctor sabe cómo cuidarse, y es algo que me encanta porque así yo también puedo disfrutar.

Cuando estoy saliendo del cuarto de baño, entra para peinarse. Intenta que su rebelde cabello se ajuste al peinado que él quiere. Me enrollo la toalla alrededor del cuerpo y lo abrazo por la espalda.

—¿Por qué te arreglas tanto? —le pregunto, juguetona.

Me mira a través del espejo y enarca una ceja de manera seductora. Me echo a reír sin poder evitarlo.

—Quiero estar perfecto para tu hermana.

—Oye, que a la que tienes que seducir es a mí, no a ella.

Permito que se dé la vuelta y que me ponga las manos en la cintura. Me observa de arriba abajo con esa mirada que me provoca más de un temblor.

—Melissa, tu hermana va a enamorarse de mí en cuestión de minutos —dice, sacando al Héctor que a mí me caía un poco mal antes de conocernos.

—¡No seas engreído! —Le doy un cachete en el hombro.

Lo dejo en el baño y me deslizo hasta el dormitorio para vestirme. Suelo pasar los fines de semana aquí, así que me traje unas cuantas prendas por si algún día salimos. Me decido por una falda de tubo negra y una blusa de color magenta. Cuando regreso al aseo para terminar de acicalarme, él está terminando de arreglarse el pelo. Tiene el mismo aspecto rebelde de siempre, pero me encanta. Me maquillo bajo su atenta mirada: un poco de rímel, colorete y mi pintalabios rojo, que nunca me abandona. Lanzo un beso al espejo. Oigo una risa a mi espalda.

—No sabía que eras tan coqueta —dice Héctor, divertido.

—¿Nos vamos?

Asiente con la cabeza. Levanta un brazo y me lo ofrece. Paso la mano por él y salimos por la puerta como si fuésemos una dama y un caballero de otra época. Una vez abajo nos dirigimos a su coche; siempre me traerá bonitos recuerdos de nuestra primera cita. Héctor abre la puerta y se inclina hacia delante, como haciendo una reverencia.

—Suba, bella señorita.

Me echo a reír. Le lanzo un beso al aire y él lo atrapa. ¿Desde cuándo somos tan moñas? Madre mía, pero si dentro de poco nos saldrán arcoíris y corazones por la boca. En fin, supongo que es lo que sucede cuando eres feliz. Antes me burlaba de esas parejas que se pasan el día pegadas o que se tiran quince minutos dándose un morreo en pleno centro. Pues creo que ahora soy una de esas personas, ¡por Dios!

—¿Tenemos que recoger a tu hermana? —me pregunta ya en la carretera.

—No. Vendrá con el coche de Félix.

—Solo me has dicho que es pesada… ¿Algo oscuro que deba saber? —Esboza una sonrisa con la vista posada en el frente.

—Pues… Ana es… seria. —Me encojo de hombros, sin saber qué más decirle.

—Pero ¿no eras tú la aburrida de la familia?

Chasqueo la lengua y lo miro con expresión divertida. Le señalo una plaza libre que nos hemos pasado, y enseguida da la vuelta a la rotonda para regresar.

—Lo que sí te digo es que es una tía muy legal y que se preocupa mucho por los demás.

—Entonces nos llevaremos bien —me asegura.

Y eso espero, porque a medida que se acerca la hora de presentarlos voy poniéndome más y más nerviosa. ¿Y si Héctor no le cae bien a mi hermana? ¿Y si, después de la cita, me llama para decirme que no es el hombre adecuado para mí?

—¿Vamos? —Cuando quiero darme cuenta, Héctor no solo ha aparcado sino que incluso se ha quitado el cinturón y me está esperando—. ¿Estás bien? —me pregunta con cara de preocupación.

—Venga.

Me desabrocho el cinturón yo también y abro la puerta. Al salir una vaharada de poniente me da de lleno. Ya estamos casi a finales de septiembre, pero el calor parece no querer abandonarnos. En cierto modo me alegra, ya que soy muy friolera. Pero ¡esto ya es pasarse! Enseguida empiezo a sudar y me echo un vistazo disimulado a las axilas, para comprobar que no ha aparecido ninguna mancha.

Ana y yo hemos quedado en uno de nuestros restaurantes preferidos, La Tagliatella. Hacen una pasta y unas pizzas buenísimas, y los precios no están nada mal. En cuanto me llega el olor a comida, mi estómago se lanza a la carrera soltando un gruñido. No he desayunado nada, así que me muero de hambre.

—Estará dentro ya —digo a Héctor, haciéndole un gesto para que pasemos nosotros también.

Un camarero se acerca a nosotros y nos pregunta si deseamos una mesa para dos. Niego con la cabeza y le explico que estamos buscando a una chica con la que hemos quedado. Nos indica con la mano·que lo acompañemos y, unos segundos después, descubro a mi hermana toqueteándose el pelo de manera nerviosa. Creo que eso es en lo único que nos parecemos. Nadie diría, por nuestro aspecto físico, que somos hermanas. Ella es rubia; yo soy morena. Ella tiene los ojos azules; yo los tengo negros. A ella le va más la naturaleza y a mí los bichos me dan asco. Es reservada y piensa mucho antes de actuar, a diferencia de mí, que siempre me lanzo a la primera, sobre todo cuando algo me molesta.

Me estrecha con fuerza entre sus brazos. Sonrío al notar la calidez que me traspasa y su perfume a azahar me recuerda a aquellos meses de verano en los que jugábamos juntas de pequeñas. Siempre será mi hermana mayor, a pesar de que ya seamos adultas. Siempre será la que me ayudó tanto a superar lo de… Bueno, ni siquiera me apetece mencionar su nombre. ¡Y eso no significa que no esté curada! Solo es que no quiero estropearme el día.

—¿Cómo estás, cielo? —me pregunta, separándome un poco para echarme un vistazo—. Vaya, pues muy guapa. Se te ve bien.

—Estoy contenta —afirmo.

—Bueno, pues preséntame a tu chico, ¿no?

Ana se asoma por mi hombro para mirar a Héctor. Aprecio la sorpresa en sus ojos. Vamos, que le ha gustado aunque imagino que está pensando lo mismo que todas las mujeres que lo vemos por primera vez: que tiene pinta de engreído.

—Encantado, Ana. —Héctor se me adelanta. Se inclina sobre ella, cogiéndola por la nuca, y le planta dos besos. Cuando se separa, mi hermana tiene la boca abierta—. Melissa me ha hablado mucho de ti, pero se ha quedado muy corta. Eres mayor que ella, ¿no? Pues déjame decirte que estás estupenda.

—Gracias… —responde Ana; no puede articular más palabras.

Se ha puesto roja como un tomate, así que tengo que apartar la cara para disimular la risa.

Al principio y hasta que nos traen los entrantes, ninguno de los tres hablamos mucho. Es como si mi hermana se hubiera quedado sin argumentos ante Héctor, y me preocupa porque no sé qué está pensando. Pero, una vez que se ha acabado su primera copa de vino, la lengua se le suelta. Se inclina hacia Héctor, le pide con un dedo que se aproxime y le sonríe.

—No te conozco casi nada, y Mel nunca me había hablado de ti hasta que empezasteis a salir, pero creo que eres perfecto para ella.

—¿Ana? —Estoy sorprendida.

—Bueno, supongo que yo tampoco intenté ser nadie en su vida durante mucho tiempo —responde Héctor, y vuelve el rostro para mirarme. Me pongo un poco nerviosa; me preocupa que se sienta molesto porque nunca hasta ahora había hablado a Ana de él.

—¡Y resulta que eras su jefe! —Mi hermana lo señala con la mano abierta y una gran sonrisa en la cara—. Cariño, lo has tenido delante de ti todo el tiempo… ¡Y pasabas de él! —Me hace un gesto para que le rellene la copa, pero Héctor se me adelanta de nuevo. Ana bebe más de la mitad sin dejar de mirarnos—. Mira que puedes llegar a ser tonta a veces… —Ladea los morros, poniéndome mala cara.

—Voy a ir al baño. ¿Me acompañas?

La miro de manera que se dé cuenta de que no tiene otra opción. Asiente con la cabeza. Nos levantamos y nos marchamos en dirección a los servicios. Una vez en ellos, cruzo los brazos ante el pecho y espero a que me diga algo, pero como se mantiene callada, lo hago yo.

—Oye, no empecemos. ¿Vamos a tener la fiesta en paz?

—Solo decía que me parece fatal que estuvieras lamentándote de que nadie te quisiera y tenías a ese hombre que...

—¡No lo sabía! —exclamo un poco enfadada. Mi hermana se me queda mirando con los ojos muy abiertos y, en ese momento, comprendo que algo no marcha como debería—. Oye, ¿estás bien?

—Claro que sí —contesta, aunque aparta la vista y la posa en sus zapatos—. ¿Por qué me preguntas esa tontería?

—No sueles beber, y me parece que hoy vas a meterte entre pecho y espalda la botella de vino entera tú solita.

—Estoy pasándomelo bien con mi hermana y con su maravilloso novio nuevo.

¿Lo ha dicho con retintín?

—¿Va todo bien entre Félix y tú? —Por un momento se me pasa por la cabeza que él no ha venido porque han discutido.

—Esa pregunta no tiene sentido. —Me mira con los ojos entrecerrados, poniéndose a la defensiva. Alzo las manos y me encojo de hombros. Estoy a punto de salir cuando me explica—: Es que trabajamos mucho y estamos cansados. Solo eso.

—Está bien.

Regreso al comedor sin esperarla. Sé que me está mintiendo, pero no insistiré porque cuando se le pregunta por algo que la incomoda se pone de muy mala leche, y no me apetece estropear la cita con Héctor.

—¿Pasa algo? —quiere saber él cuando me siento enfrente.

—Nada. Que a veces a Ana se le va la pinza.

—Parece una chica muy maja. —Alarga una mano y la pone sobre la mía.

En ese momento mi hermana acude hasta nosotros y toma asiento con la mirada gacha. Me fijo en que tiene los ojos rojos y no puedo evitar preguntarme si ha estado llorando. Sin embargo, a los pocos segundos alza el rostro y nos dedica una sonrisa espléndida. Así es ella: capaz de ocultar lo que siente.

—En serio, chicos, que estoy muy contenta por vosotros. —Mira a Héctor, el cual pone toda su atención en ella—. Solo espero que trates bien a mi Mel, que ha sufrido demasiado.

—Ana...

—Lo sé. Y por eso te aseguro que cuidaré de ella. —Mi novio le sonríe a su vez, y Ana casi se queda patidifusa—. Y ella lo hará de mí. Ambos nos necesitamos.

Posa su mirada en la mía, y yo no puedo más que parpadear y soltar todo el aire que había estado conteniendo. Y Ana parece estar a punto de llorar.

Cuando terminamos de comer y salimos a la calle, me fijo en que ya se le saltan las lágrimas. Miro a Héctor con cara de susto, y él se encoge de hombros como preguntándome qué sucede. Me acerco a Ana y ella se agarra a mí como una lapa, apoyando su cara en mi hombro y mojándomelo todo.

—¿De verdad estás bien? Porque no me lo parece...

—Sí, sí... —dice entre sollozos. Alza el rostro y me mira con la nariz enrojecida—. Es que, después de todo lo que hemos pasado, aún no puedo creer que estés sonriendo, tan contenta... —Vuelve a abrazarme y yo no puedo más que sonreír. ¡Será tonta!

—Pues aplícate el cuento y deja de llorar. —Esta vez la regaño yo, ¡y lo bien que me sienta!

Antes de marcharnos, decidimos tomar algo en una heladería cercana. Ana y Héctor charlan animados: ella no deja de lanzarle una pregunta tras y otra y él contesta a todas sin borrar la sonrisa del rostro. Y lo único que soy capaz de hacer es observarlos y sentir que sí, que todo va bien y que, por fin, me ha llegado la oportunidad.

29

El finde siguiente estoy preparando una comida estupenda para Héctor —en su piso, claro está, porque la verdad es que me he acostumbrado a venir aquí y me encanta— cuando mi teléfono móvil empieza a vibrar con una de mis canciones favoritas. Lo dejo sonar porque me chifla y porque no me apetece coger el teléfono ahora. Balanceo las caderas a un lado y a otro al tiempo que añado una pizca de nuez moscada al guiso.

«Didn't know how lost I was until I found you… I was beat incomplete. I'd been had, I was sad and blue. But you made me feel…» («No sabía lo perdida que estaba hasta que te encontré… Estaba derrotada, incompleta. Había sido engañada y me sentía triste y deprimida. Pero tú me haces sentir…»)

—*«Yeah, you made feel shiny and new»* —canturreo toda emocionada.

—*«Like a virgin… Touched for the very first time…»* —La voz de Héctor a mi espalda me sorprende, y me echo a reír al oírle cantar con esa vocecilla que intenta imitar a la de Madonna. A continuación, agita el móvil ante mis ojos—. Es Dania.

—¿Qué quiere ahora? —Chasqueo la lengua, convencida de que irá a contarme alguna de sus movidas, a pesar de que lo hace en el trabajo cada día. Me seco las manos en el delantal y cojo el móvil. Aprieto el botón verde y me lo llevo a la oreja—. Me pillas con las manos en la masa.

—¿Esa masa mide más de veinte centímetros? —pregunta divertida, la muy descarada.

—Estoy cocinando para Héctor —le explico con los ojos en blanco. Siempre pensando en lo mismo, la cerda.

—Entiendo. Estás preparándole una buena comida. —Su tono cómplice me saca una risa. Si es que, en el fondo, me divierte cuando se comporta de esta forma, y ella lo sabe. Si no, no sería mi amiga Dania.

Me vuelvo para mirar a Héctor, pero descubro que ha regresado a su despacho. Desde que empezó en la nueva revista lo cargan de trabajo, así que las mañanas de los sábados y los domingos tiene que dedicarlas a avanzar en las tareas de *Love*.

—¿Qué pasa? ¿Has conocido al hombre de tu vida? —pregunto a mi amiga al tiempo que busco la pimienta entre las docenas de botecitos que mi novio tiene en el armario de la cocina.

—Pues más o menos. —Aprecio en su tono de voz que está mucho más alegre y emocionada que de costumbre. ¡No me digas que Dania se me ha enamorado!

—¡¿En serio?! ¿Y desde cuándo? Esta semana no me has comentado nada en la oficina, así que imagino que lo conociste… ¿anoche?

Suelto una risita ante mi ocurrencia. La oigo chasquear la lengua al otro lado de la línea.

—Muy graciosa, nena, pero te aseguro que va a sorprenderte.

—¿Es feo y aun así te has acostado con él? ¿La tiene pequeña pero te da más placer que ninguno? ¿Es un pervertido al que le gusta rozarse con tus pies…? —La torturo a base de preguntas tontas, y ella lo único que hace es seguirme la corriente y darme un «no» tras otro.

—Cállate ya y escúchame —me ordena con su tono de marimandona—. Esta noche vamos a quedar los cuatro. Sí, tienes que traer a nuestro jefe potentorro.

—Dania… Te recuerdo que Héctor ya no es nuestro jefe —le digo como si fuera una niña.

—Bueno… Estoy segura de que lo es en vuestra cama —susurra con voz picantona.

—Mira, bonita, en ese lugar ¡soy yo la jefa! —Le sigo el juego, esbozando una sonrisa.

Desisto de encontrar la pimienta. Ya preguntaré luego a Héctor dónde está.

—¡Eso es lo que quería oír! —exclama ella, muy contenta.

—Entonces ¿vas a hacer que me pierda una noche de sexo fantástica con Héctor? —Me cambio el móvil de oreja y me apoyo en la mesa de la cocina—. Pues espero que merezca la pena lo que tienes que enseñarme.

—Quedamos a las once y media en el Dreams. ¡No os retaséis!

—¡Oye, oye, espera un momento! ¿Por qué tenemos que quedar ahí? No sé yo si a Héctor le hará mucha gracia encontrarse con…

—¡A las once y media! —repite con su voz chillona. Y la muy cabrona me cuelga sin que pueda rechistar.

Dejo el guiso cocinándose a fuego lento y me escabullo hasta el despacho de Héctor. Al asomarme, lo encuentro muy concentrado sobre un montón de papeles que tiene en la mesa. Durante unos segundos mi mente me juega una mala pasada y asocio esa imagen con otra. Por suerte, estoy haciéndome fuerte y logro esquivarla antes de que pueda instalarse en mí. Me cuelo en la habitación de puntillas y me coloco a su espalda, rodeándolo con los brazos e inclinándome para posar un beso en su oreja. Suelta las hojas de una mano y me acaricia el costado.

—¿Qué quería Dania? —me pregunta con curiosidad.

—Pues nada, que se ve que tiene una nueva conquista y se muere por presentárnosla.

—Bien, ¿no? Así me despejo un poco de esto.

Se lleva la otra mano a los ojos y se los frota. La verdad es que está trabajando mucho, pero no sé cómo reaccionará cuando le diga a donde vamos…

—La cuestión es que nos ha citado en el Dreams —suelto rápidamente y en voz bajísima.

—¿Cómo? No te he entendido.

Vuelve el rostro hacia mí para mirarme. Aprovecho para besarlo, algo que siempre me remueve por dentro.

—Pues… que tenemos que ir al Dreams —repito, esta vez más despacio, pero aún con la boca pequeña.

—Oh… —Se limita a escrutarme con los ojos, y el corazón empieza a palpitarme contagiado de mis nervios—. ¿Y…? —insiste, al darse cuenta de que yo no digo nada.

—Ya sabes de quién es ese local.

—Repito: ¿y…? —Esboza una sonrisa que quiero creer que es sincera. ¿Dónde está el Héctor celoso y posesivo de aquellos primeros encuentros? No puedo creerlo. Abro la boca, un tanto confundida—. Vamos, Melissa, somos adultos. No me importa encontrarme con él. Además, es tu amigo, así que creo que va siendo hora de que nos conozcamos mejor, ¿no?

—Claro que es mi amigo, pero no tiene por qué ser el tuyo.

—No hagas suposiciones, Melissa. Nunca llegó a caerme mal, aunque creas lo contrario. —Da la vuelta a su silla y con un gesto me indica que me siente en sus piernas. Lo hago y enrosco los brazos en su cuello. Me estudia el rostro unos segundos al tiempo que me lo acaricia—. Quizá podamos llegar a ser amigos.

—Estás muy raro. —Frunzo las cejas sin comprender nada—. ¿De verdad eres tú mi Héctor o lo ha abducido un alienígena que quiere traer la paz y el amor al planeta?

Héctor se echa a reír con ganas. Me besa en la mejilla suavemente, de esa forma que yo jamás habría esperado de él. Pero me gusta tanto que lo haga así…

—Mi único deseo es que estés contenta. Nunca me opondré a vuestra amistad. Y si Aarón forma parte de tu vida, quiero que también esté en la mía.

Me sorprende que sea tan comprensivo, pero la verdad es que no parece estar mintiendo. Me abrazo a él con ganas y esbozo una sonrisa contra su cuello. Se lo beso y le doy un pequeño mordisco.

—Oye… Huele muy bien. ¿Qué me estás preparando? —me pregunta encogiendo los hombros a causa de las cosquillas que le provoco.

—Ya lo verás. Vas a chuparte los dedos.

—Creo que no me los chuparé más que cuando te como a ti.

Suelto una risita y, en el momento en que se dispone a besarme, me levanto y me marcho corriendo a la cocina. Me encanta hacerlo rabiar y, sobre todo, saber que me desea tanto. Hace que me sienta querida, algo que he estado esperando durante mucho tiempo y que pensé que no llegaría. Pero nunca hemos de decir «nunca», y jamás debemos pensar que no le importamos a nadie.

Tal como le había asegurado, Héctor disfruta muchísimo con la comida que le he preparado. De hecho, incluso repite. No hago más que mirarlo, deleitándome en sus gestos, pues me gustan todos de él, incluso la forma que tiene de limpiarse con la servilleta. ¡Ay, Señor, que voy a acabar más enchochada todavía! Estamos atiborrándonos de fresas en el sofá, cuando se me queda mirando con una expresión indescifrable.

—¿En qué piensas? —le pregunto llevándome una fruta a la boca.

Héctor se arrima a mí y me la quita de los labios con sus dientes que me rozan tan solo unos segundos; aun así, me vuelve loca.

—Creo que tengo un poco de nata en la nevera —responde pensativo.

Para mi sorpresa, se levanta del sofá y se marcha a la cocina, dejándome con el cuenco de fresas en las manos y con el sexo palpitándome. Sí, sus palabras causan un sorprendente efecto en mí, un estímulo en cada uno de los rincones de mi cuerpo.

Me apresuro a deshacerme de las braguitas antes de que regrese al salón. Las escondo detrás de uno de los cojines y lo espero con el vestido de estar por casa estirado hasta las rodillas, para que no se percate de nada. Aparece por la puerta con un bote de nata. Se ha puesto un poco en un dedo índice y lo acerca a mi boca cuando se sienta en el sofá. Separo los labios y se lo chupo sin dejar de mirarlo a los ojos.

—Esa boca es mi perdición, Melissa —susurra con un tono de voz que empieza a ser bastante erótico.

Le sonrío en silencio y me arrastro por el sofá para pegarme a él. Con la mano libre me acaricia los muslos y, cuando sube un poco y descubre que no llevo ropa interior, abre los ojos con expresión de sorpresa. Me pone a mil cómo se muerde los labios, de esa forma tan sensual en la que tan solo él sabe.

—Vaya… Alguien va a coger frío. Tendré que remediarlo, ¿no?

Deja el bote de nata a su espalda, y después me atrapa de las caderas y me sienta encima de él. Enseguida puedo notar su bulto bajo los pantalones del pijama. Una vez más, su mano se pierde bajo mi vestido. Primero me toquetea el trasero, lo estruja al tiempo que se muerde el labio inferior más y más. Apoyo las manos en su pecho y me inclino para ser yo quien se lo devore. No obstante, de repente noto sus dedos en mi sexo y doy un brinco sin poder remediarlo.

—Ya estás mojadísima —dice entre jadeos, tan excitado como yo.

—¿Dónde quieres ponerme esa nata? —La señalo con mi mejor cara de seductora.

—Mmm, déjame pensar… ¿Dónde estará más buena?

—Me desliza los tirantes del vestido por los hombros y los brazos, hasta que mis pechos, libres de sujetador, asoman por entre la tela. Sus ojos se oscurecen y abre la boca, moviendo la cabeza fascinado ante lo que ve—. Creo que estará bien empezar por aquí… —Se hace con el bote y me pone un poco de nata en ambos pezones. Me echo a reír porque está muy fría, pero me callo en cuanto me roza uno de ellos con la lengua. Cuando me chupa el otro y me lo mordisquea, empiezo a gemir—. Buenísimo… Un placer para el paladar.

Sin esperar más, agarro los bordes de su camiseta y se la subo para no perderme detalle de su fantástico torso. Me ayuda a sacársela por la cabeza y, una vez que está desnudo, aprovecho para quitarle la nata y ponerle un poco sobre el tatuaje, el cual me dedico a lamer. Apoya una mano en mi cabeza y se recuesta en el sofá.

—¿No era yo quien tenía que disfrutar del postre? —me pregunta con voz temblorosa.

—Yo también tengo derecho a hacerlo… —murmuro alzando la cabeza para observarlo. A continuación me bajo de sus piernas, se las separo y me pongo de rodillas entre ellas. Me mira sorprendido, con la boca entreabierta y con una expresión de deseo que logra que me excite mucho más—. Vamos a ver… ¿Adónde irá a parar el siguiente chorrito de nata…?

Jugueteo un poco, pasando mi dedo por su pecho hasta llegar al ombligo. Pero no me detengo en él, sino que bajo hasta su pantalón. Comprende lo que quiero hacer y alza el trasero para ayudarme. Se lo bajo hasta los tobillos y se lo quito para estar más cómoda. Después hago lo mismo con su bóxer, sonriendo ante la estupenda vista que tengo delante de mí. Vuelvo a colocarme entre sus piernas y me inclino para depositar un beso en la punta de su miembro. Suelta un gemido y apoya, una vez más, su mano en mi cabeza.

—Madre mía, Melissa, ¡cómo me pones! Si es que con tan solo notar tus labios siento que voy a correrme…

347

—Pues aguanta un poquito…

Sonrío de forma maquiavélica. Cojo el bote de nata y le pongo un chorro en la punta. Lamo un instante y trago con ganas, para después ir un poco más allá y meterme parte de su pene en la boca. Todo su cuerpo se tensa, haciendo que me entre más. Le limpio la nata y me paso la lengua por los labios, deleitándome en esa mezcla de sabor dulce y salado de su excitación.

—¡Joder! Si es que moviendo así la lengua, no puedo… —dice con los ojos cada vez más oscurecidos y bañados de todo el placer que estoy otorgándole.

Agacho de nuevo la cabeza con una sonrisa en el rostro porque no puedo evitar sentirme orgullosa de hacerlo tan bien —y porque estoy cachondísima, vamos— y me meto su erección en la boca, lamiéndola con todas mis ganas y ayudándome de suaves movimientos con la mano. Me coge del pelo, me lo acaricia y se enrosca un mechón al tiempo que suelta unos cuantos jadeos que hacen que me humedezca más y más.

—Ven aquí, Melissa… Quiero tocarte yo también…

Hago caso omiso de su petición. Lo único que me apetece ahora es devorarlo; ver su rostro me pone a mil, y sé que así después estaré mucho más dispuesta para que haga conmigo todo lo que desee. Alzo el rostro para observar sus gestos. Tiene los ojos cerrados pero, al darse cuenta de que lo miro, los abre y los clava en mí, mostrándome una mirada turbia que me indica que no le falta mucho para irse.

—Uf, no pares…

Alza el trasero con intención de metérmela más y enseguida puedo apreciar la palpitación que anuncia lo que estoy esperando con tantas ganas.

Sin embargo, cuando estoy dándolo todo, oigo una vibración a mi derecha. Se trata de un móvil, pero no es el mío porque no suena la canción de Madonna. Ladeo el rostro y recuerdo que el pantalón del pijama de Héctor está en el suelo. Pero ¿por qué lleva el teléfono en el bolsillo?

—No lo cojas… —le suplico sacándome su erección de la boca.

Niega con la cabeza y me indica que continúe, algo que yo hago gustosa. No obstante, a los pocos segundos el móvil vuelve a vibrar. ¡Pues ya me ha cortado el rollo! Me aparto con brusquedad, mirándolo con mala cara. Se incorpora y alza una mano, como disculpándose.

—Lo siento, cariño… Estoy esperando una llamada importante.

Se inclina hacia delante y recoge el pantalón del suelo. Después saca el móvil del bolsillo y, antes de contestar, echa un vistazo a la pantalla. Chasquea la lengua y asiente con la cabeza al tiempo que se levanta y me deja allí sola, completamente excitada y con un cabreo de tres pares de ovarios.

Saco las braguitas de detrás del cojín y me las pongo en plan venganza. Cuando termine de hablar no le daré la satisfacción de tenerme otra vez para él. Así de rencorosas somos las mujeres cuando nos cortan en plena faena. Diez minutos después regresa, aún desnudo, pero estoy de brazos cruzados y con unos morros que llegan hasta el suelo.

—Aburrida… ¿No te apetece que continuemos donde lo habíamos dejado? —Apoya una rodilla en el sofá, con la nariz en mi cuello.

Niego con la cabeza y con un gesto le indico que se vista. Suelta un suspiro resignado y se apresura a hacerme caso.

—Era mi jefe. Quiere que en un par de horas le envíe un informe. —Me vuelvo para mirarlo. Se le ve cansado. Me parece fatal que, siendo nuevo en la revista, no dejen de mandarle tanto y tanto trabajo—. Me habría gustado pasarme toda la tarde entre tus piernas, pero iré al despacho y así terminaré cuanto antes.

Sé que la culpa no es suya, sino del pesado de su jefe, pero he cogido un enfado que para qué. Me paso el resto de la tarde tirada en el sofá viendo una película. Cuando Héctor termina su informe y se mete en la cocina para hacerme la cena, ya se me ha pasado el enfado. Y tan contenta que me pongo cuando me trae un sándwich de tres pisos con pechuga, beicon, tomate, lechuga y mahonesa.

—Tú sí que sabes cómo hacer feliz a una mujer —le digo, poniéndome morada.

A las once empezamos a arreglarnos para nuestro plan con Dania. Mientras me ducho, pienso en que quizá sería mucho mejor que Aarón no estuviera esta noche en el Dreams, aunque me contó que últimamente iba más a menudo porque está planeando hacer unos cambios en el local. A las once y cuarto ya estamos metidos en el coche de Héctor.

—Melissa… Te noto un poco inquieta —observa, si bien sonriendo.

—¿Yo? Qué va.

No añade nada más, sino que enciende la radio y se pone a tararear una pieza de esas clásicas que tanto le gustan. Creo que llegaré dormida. Sin embargo, como en un par de ocasiones me acaricia los muslos de una forma tan erótica, consigue que me mantenga bien alerta.

—Esta noche no te me vas a escapar.

Saludamos al vigilante de seguridad que hay en la puerta y entramos en el local. A pesar de ser temprano, ya está bastante concurrido. Me alegra ver que a Aarón le va tan bien el negocio. Cojo a Héctor de una mano y pasamos por entre la gente mientras intento encontrar a mi amiga. Al no verla por ninguna parte, opto por sentarnos en uno de los sillones y mandarle un whatsapp desde allí.

—¿No te recuerda esto a nada? —me pregunta Héctor, una vez que nos hemos apalancado y estoy tecleando.

—¿A qué? —Alzo la cabeza del móvil y lo miro con curiosidad.

—Aquí nos sentamos la primera noche que quedamos. —Se acerca a mí y me pasa una mano por los hombros—. Cómo me pone tu perfume, Melissa… —me susurra contra el cuello, rememorando aquella cita.

Me echo a reír con coquetería y permito que me bese durante un buen rato, hasta que unas palmadas me sacan de mi ensueño.

—¡Oyeee, que estáis dando un espectáculo! —La voz chillona de Dania se alza por encima de la música.

—Tú siempre tan inoportuna…

Me levanto y le doy dos besos. Dania se inclina y saluda a Héctor.

—Y muy contenta de veros así.

Agita sus larguísimas pestañas y acto seguido coge una silla de otra mesa vacía y la coloca a mi lado.

—¿Al final has venido sola? —le pregunto poniendo mala cara. Solo faltaba eso, después de habernos hecho venir hasta aquí.

En ese momento aparece Aarón de entre la multitud y a mí los nervios se me instalan por completo en el estómago. Deslizo mi mano hasta encontrar la de Héctor, quien me la coge y me la aprieta con cariño, como asegurándome que esté tranquila.

—¡Hola a todos! —saluda él con su habitual frescura.

Se agacha para darme dos besos y enseguida alarga una mano hacia Héctor, quien se la estrecha con naturalidad y con una sonrisa. Vaya, estaba volviéndome loca, pensando que se tirarían los trastos a la cabeza, y están más tranquilos que yo. Pero lo que me deja patidifusa total es ver que mi Aarón —no, espera, no es mi Aarón; por favor, Mel, ¿qué diablos estás pensando?— atrapa a Dania por la nuca y le da un morreo que podría revivir a un muerto.

Me vuelvo hacia Héctor y lo miro con la boca abierta. Él, en cambio, no aparta los ojos de mis amigos, que siguen enganchados. ¿Qué está sucediendo aquí? ¿Se ha acabado el mundo y yo no me he dado cuenta?

—Bueno, Mel, pues esta es mi sorpresa —me dice Dania en cuanto se sueltan, limpiándose los restos de saliva de los labios.

Me quedo callada unos instantes, aún con la boca abierta y con la sensación de que se trata de una broma. ¿Dania y Aarón liados? No, no puede ser. ¡O sí, sí puede ser! Porque en el fondo se asemejan mucho. Pero...

—¿Qué significa...? —Parezco tonta, ¡vaya pregunta!

Aarón se ha colocado al lado de Héctor y me mira con curiosidad, pero también con algo que me suena a disculpa.

—Pues que Aarón y yo estamos saliendo —me explica Dania muy orgullosa.

—Pero...

—Bueno, nos acostamos juntos —aclara Aarón.

¡Pero no, a mí eso no me deja nada tranquila! Parpadeo un par de veces, tratando de asimilar lo que acabo de ver y luego, al reparar en que Héctor me observa con una ceja enarcada, intento disimular. A ver, no, no puede parecer que estoy celosa porque realmente no lo estoy. No, ¿verdad? Si yo no quise nada con Aarón, si ahora estoy estupendamente con Héctor...

—¿Desde cuándo? —quiero saber.

—Pues hubo un acercamiento la noche de la fiesta de despedida de Héctor... —Dania lanza a mi novio un beso, como agradeciéndoselo—. Después de encontrarme con vosotros en el baño... —Se detiene unos segundos y se dirige a Aarón para decirle—: Es que estaban reconciliándose allí, ya te imaginas cómo... —Mi amigo se echa a reír pero, al fijarse en mi cara de asesina, calla—. Pues eso, nenes, que después de veros allí, como me aburría, me propuse ir a divertirme y me encontré a Aarón en la calle, en su coche.

Lanzo miradas a uno y a otro, con la sensación de que me he perdido algo. Pero no, no, me lo están dejando muy clarito...

—Y una cosa llevó a la otra.

—Más bien fue Dania quien me llevó. —Aarón le guiña un ojo y ella sonríe coqueta, inclinándose hacia delante y mostrándonos sus pechugas. Me dan ganas de taparle los ojos a mi novio, pero lo cierto es que Héctor solo me mira a mí, y de una forma muy insistente.

No quiero que piense que estoy molesta por lo que ha sucedido entre estos dos —pero sí lo estoy un poquito, ¿vale? ¡Y creo que tengo derecho!—, así que carraspeo y me dirijo a Dania como si estuviera muy cabreada, aunque por otros motivos bien distintos.

—¡Se supone que somos amigas! Has tardado todo un mes en contármelo. —Me vuelvo hacia Aarón y lo señalo con un dedo acusador—. ¡Igual que tú!

—Es que Aarón y yo aún no tenemos lo que vosotros… —me explica Dania haciendo un mohín con los labios.

—Solo f…

—¡Vale! —Alzo una mano para que mi amigo no diga nada más—. Lo he captado. —Me quedo callada unos segundos—. Pero la cuestión es que vosotros siempre queréis saber todo de mí.

Me cruzo de brazos como si estuviese molesta. Me dedico a mirarlos unos segundos y, al final, acabamos los tres tronchándonos de la risa.

—Bueno… —Héctor nos interrumpe, sin entender muy bien por qué nos reímos de ese modo—. Pues todo queda en familia, ¿no? —Y, ante mi sorpresa, se une a nosotros.

Al principio de la noche él no dice nada más, sino que son Aarón y Dania los que llevan todo el peso de la conversación y cuentan anécdotas divertidas. Yo tampoco digo mucho suponiendo que Héctor está un poco incómodo y que posiblemente no ha sido buena idea venir aquí y tener a Aarón a nuestro lado porque, a pesar de que ahora esté compartiendo saliva con Dania, hubo algo entre nosotros y mi novio puede pensar que todavía existe esa atracción. Sin embargo, cuando mi amiga y yo regresamos de la barra con cuatro cervezas, me encuentro con que los dos están hablando muy animados, como si se conocieran de toda la vida.

—Eh… Pero ¿qué pasa aquí? —pregunto con una sonrisa dejando los botellines en la mesa.

—No me habías dicho que a Héctor le gustaba tanto el fútbol. —Aarón coge su cerveza y le da un sorbo con una sonrisa.

—Ni que a Aarón le encanta *El Padrino*. —Héctor me observa con la cabeza ladeada.

Los miro con los ojos muy abiertos y con expresión de susto. En serio, ¿qué pasa? ¿Esta noche todo el mundo se ha vuelto loco?

—Mel, no habrás intentado todo este tiempo mantenernos alejados, ¿no? —Aarón me dedica una de esas sonrisas que son capaces de derretirte.

—¡Por supuesto que no! ¿Por qué iba a hacer eso? —Me muestro falsamente indignada, y Dania suelta una risita a mi espalda.

—¿Acaso tenías miedo de que nos hiciéramos buenos amigos y descubriéramos tus más ocultos secretos? —Aarón parpadea como un niño inocente.

—Eeeh, ¡os estáis pasando! —exclamo, notando que me he puesto colorada.

—¡Mel, que es broma, chica! —Aarón se echa a reír y hace un gesto a Dania para que se siente a su lado.

Cuando se les han pegado los labios otra vez, Héctor me coge a mí por la cintura y me atrae hacia él sin dejar de mirarme. Yo le miro con los hombros un poco encogidos, temiendo lo que va a decirme.

—Te quiero, Melissa —me susurra.

Me quedo con la boca abierta, hasta que una sonrisa se me dibuja en el rostro. Me abrazo a él con los ojos cerrados y con la sensación de que es el hombre más maravilloso de la tierra. Me pellizca la barbilla y me acerca a sus labios, hasta que se unen a los míos y nos fundimos en un beso tan apasionado que despierta en mí un tremendo calor. Se me borra la conciencia y floto… Pero la pesada de Dania tiene que sacarme de mi maravillosa burbuja.

—¡A follar a un hotel!

Y me río. Me río con unas ganas inmensas, hasta que la mandíbula y el estómago me duelen. Me río con mis amigos y con el hombre que me ha despertado.

Y esa noche, cuando regresamos al apartamento de Héctor y él me hace el amor, trazando con sus dedos todo mi cuerpo, mi corazón también sonríe.

30

Siempre me ha sorprendido la capacidad que los hombres tienen para superar rencillas. Me parece que las mujeres somos un poco más rencorosas y que damos vueltas y vueltas a la cabeza a asuntos que quedaron atrás pero que nos empeñamos en mantener en el presente. Si digo esto ahora es porque jamás habría imaginado que Héctor y Aarón pudieran llevarse tan bien y que, poco a poco, se hayan convertido en grandes amigos. En realidad, la gente tiende a pensar que las mejores y más sinceras amistades son las que se forjan en la niñez, pero a veces, en los momentos más inesperados, aterrizan personas en tu vida que se convierten en el apoyo que necesitas. No conservo a ninguna de mis amigas de la infancia y de la juventud puesto que cada una vive en una parte del mundo y, poco a poco, la relación se fue enfriando. Sin embargo, Dania y Aarón llegaron como de la nada y se han convertido en dos de las personas más importantes para mí. Y me he dado cuenta de que Héctor también necesitaba una amistad sincera y parece que la ha encontrado en Aarón, aunque todavía me resulta un poco extraño.

Al principio juro que pensé que se habían aproximado para hacerse la vida imposible el uno al otro, y me preguntaba qué habría hecho yo en su lugar. Así de maquiavélica es mi mente, madre mía. No obstante, he ido acostumbrándome a verlos charlar, reírse y bromear juntos. Y la compañía de ambos me hace sentir bien, para qué mentir. Durante el último mes hemos quedado los cuatro —Dania y Aarón parecen ir más en serio de lo que quieren demostrar— y nos hemos ido de juerga, a tomar cervecitas o a ver el fútbol, que a Aarón y a Héctor les encanta. A veces se tiran los trastos cuando no están de acuerdo en alguna jugada, pero a los dos minutos ya están tan contentos como siempre, compartiendo birra y cacahuetes. Dania y yo aprovechamos para contarnos nuestras cosillas de mujeres, aunque es cierto que últimamente soy yo quien se sincera más; ella, sin embargo, no me confiesa nada sobre su relación con Aarón. Me estoy planteando tirarle de la lengua porque esto no puede ser. ¡Con lo aficionada que era a relatarme con pelos y señales todas sus aventuras! ¿Será que no ve a Aarón como un ligue más?

También debo decir, aunque me dé un poco de vergüenza reconocerlo, que la primera semana estuve un poco de morros debido a la nueva relación entre mis dos amigos. Quise pensar que era porque no me lo habían contado antes, pero lo cierto es que me molestaba un poco —tan solo una pizquita muy pequeña, ¿eh?— que Aarón me hubiese olvidado tan pronto. Me amonesté a mí misma, ya que no era normal que me comportara como el perro del hortelano y porque yo había elegido a Héctor. Y es realmente con quien quiero estar. Cada día que pasa voy descubriéndolo, y redescubriéndome a mí misma, y vamos conociéndonos más y más, instalándonos en esa confianza que te da la persona que sabes que está hecha para ti.

Supongo que Aarón se sentía un poco inquieto con respecto a todo esto, así que una tarde en la que Dania no nos acompañó y Héctor fue al baño, aprovechó para confesarse.

—Mel, no quiero que pienses que fuiste un juego para mí. —Me lo dijo mirándome fijamente a los ojos para que no me pudiera escapar de esa charla que, en cierto modo, había estado postergando—. No fuiste una más. Has sido una persona

357

importante, me has enseñado muchísimas cosas… Y, qué cojones, todavía sigues siendo importante, y eso no va a cambiar.

Me mostré un poco avergonzada, para qué mentir. Aarón es un hombre imponente y cuando me habla mirándome a los ojos de esa forma me siento pequeñita. Le sonreí y me apresuré a ocultar mi nerviosismo tras el botellín de cerveza.

—Lo sé, Aarón.

—Y estoy contento porque ahora se te ve muy bien con Héctor —añadió, cambiando ya de tema—. Por lo menos no te pasas el día quejándote.

Le di un pellizco cariñoso en el brazo y después nos fundimos en un abrazo que me despejó muchas dudas. Para mí él tampoco fue un hombre más en mi vida, sino aquel que consiguió abrirme los ojos y hacerme luchar por algo que había dejado atrás: el amor. Y le estaré eternamente agradecida.

Mientras pienso en todo esto, me encamino hacia el piso de Héctor dispuesta a pasar otro fantástico sábado con él. Esta semana no nos hemos podido ver antes, como acostumbramos hacer, porque ha tenido muchísimo trabajo. He aprovechado para escribir al salir de la oficina y así avanzar en la novela que tengo entre manos. Estoy pensando en enviarla a alguna editorial cuando la termine, pero lo cierto es que todavía no lo tengo claro. Y Héctor no para de insistir en que debo hacerlo, que soy buena y que puedo conseguir algo. Y eso que solo ha leído parte de ella. Me encanta que se interese por mi pasión pero, al mismo tiempo, me pone nerviosa que se muestre tan seguro cuando a mí esto de ser escritora se me antoja difícil.

Hoy no he cogido el coche; quería disfrutar de esta soleada mañana de octubre. Ya no hace calor, pero esta temperatura sienta la mar de bien. Incluso voy tarareando una canción por la calle, sonriendo como una tonta que, poco a poco, está enamorándose de la vida. No le he dicho a Héctor a qué hora llegaré porque quiero darle una sorpresa. Seguro que ya está con la nariz pegada al ordenador, así que le prepararé un baño de agua calentita y espumosa y le haré rozar las estrellas. Sin embargo, cuando pulso el timbre, nadie me contesta. Arqueo una ceja, extrañada, y miro el móvil por si me ha mandado algún whatsapp. Como veo que no, decido telefonearle.

—¿Dónde estás? —le pregunto en cuanto lo coge.

—En casa, ¿por?

—Acabo de llamar y no me has abierto —contesto.

—No me he enterado. Espera, que ahora te abro.

Chasqueo la lengua, sonriendo para mis adentros. Debía de estar encerrado en el despacho para concentrarse mejor. Pero cuando subo hasta la última planta, entro en su apartamento y llego al salón, la barbilla casi se me descuelga hasta el suelo. ¿Qué hace Aarón aquí? El tío se levanta y se acerca con una sonrisa de oreja a oreja. Me alza en brazos y me da un sonoro beso.

—¿Qué haces tú aquí? —repito, esta vez en voz alta, poniendo voz a mis pensamientos.

—He venido a hacer compañía a tu Héctor.

El aludido sale de la cocina con un cuenco de patatas fritas. Me coge de la cintura y me planta otro beso; él en la boca, claro. Lo miro sin comprender nada.

—¿No estabas trabajando?

—Pues sí. Pero Aarón ha traído el partido de baloncesto de anoche y me he tomado un descanso.

¡Será posible! Vamos, que se han hecho uña y carne y ahora hasta Aarón se presenta en el piso de Héctor. Me parece genial, pero ¡yo quería pasar un fin de semana romántico, no uno repleto de deporte! Ambos se han sentado ante el enorme televisor y están contemplando el partido con atención. Me quedo de pie detrás de ellos, parpadeando como una tonta.

—¡Mel, ven a verlo con nosotros! —Aarón palmea el lado libre a su derecha.

Me deshago del bolso y de mi chaquetita y me siento, pero junto a Héctor, quien está señalando la pantalla con gesto enfurruñado.

—¡Mira eso! Pero ¿cómo no le ha quitado el balón?

No entiendo ni jota; no me gustan los deportes. Ni practicarlos ni verlos, para qué mentir. Mi novio me tiende el cuenco de patatas y cojo algunas; al menos me distraeré con algo.

—Esta noche podríamos quedar los cuatro, ¿no? —propone Aarón sin apartar los ojos de la tele.

—Di a tu hermana que se venga —interviene Héctor, también con la vista puesta en todos esos jugadores sudados.

—No creo que quiera. La llamé hace un par de días y tiene mucho trabajo —respondo masticando una patata—. Pero la verdad es que continúa rara. Voy a tener que quedar con ella y enterarme de lo que le pasa. Me tiene un poco preocupada.

Me parece que no me escuchan. Aarón da una palmada y chasquea la lengua con disgusto. Después hacen un descanso en el partido y se vuelve hacia mí con una sonrisa.

—Va siendo hora de que yo también conozca a tu hermana. ¿Os parecéis?

—Pues no, Aarón. —Pongo los ojos en blanco al intuir qué se propone—. Déjame informarte de que Ana tiene pareja desde hace tropecientos años. Y te recuerdo que tú te cuelas en la cama de Dania.

—Tú lo has dicho: me cuelo. —Se echa a reír.

—Vamos, tío, no restes importancia a algo que sabéis que la tiene —interviene Héctor.

Los miro con los ojos muy abiertos. ¿Qué pasa, que ahora hasta mi novio sabe más de la relación entre Aarón y Dania?

—Esta noche Héctor y yo vamos a pasarla juntitos en la cama, ¿verdad? —Le hago un guiño disimulado para que nuestro amigo no lo vea.

—¡Claro!

Héctor se encoge de hombros y me dedica una sonrisa. Uf, menos mal, pensaba que iba a decirme que no, que mejor saliéramos todos juntos. A ver, está claro que me gusta ir de parranda los cuatro, pero esta vez me apetece quedarme en casa y ver una película, cenar, apretujarnos entre las sábanas...

El resto de la mañana lo pasamos viendo el partido de baloncesto hasta que, por fin, cuando es casi la hora de comer, Aarón decide marcharse.

—Ya que casi me estás echando, pues... —me suelta, divertido.

—Oye, que no es eso... —me quejo con los puños apoyados en las caderas.

—Que ya lo sé, Mel. Tenéis que pasar tiempo como dos tortolitos. —Me coge de la barbilla y me mueve la cabeza de un lado a otro como si fuera una cría.

—Nos vemos pronto. —Héctor se despide de él con un afectuoso apretujón de manos que me hace sonreír.

Una vez que nuestro amigo se ha marchado corro a la cocina en busca de ingredientes para prepararle algo a Héctor. Antes no me gustaba cocinar, pero ahora me siento tan fantásticamente bien cuando él se relame con mis platos... Estoy hirviendo agua para echar la pasta, cuando entra en la cocina y me coge desde atrás posando las manos en mi vientre y haciéndome cosquillas en el cuello con la nariz.

—¿Celosita de Aarón? —bromea.

—Me parece maravilloso lo buenos amigos que sois. —Me vuelvo hacia él y apoyo las manos en su pecho—. Pero estaba dispuesta a matarte si no aceptabas pasar la noche a solas conmigo. —Le doy unos golpecitos con el dedo.

Héctor ensancha su sonrisa, y desliza las manos hasta mi trasero y me lo apretuja con ganas.

—¿Perderme una sesión de sexo maravilloso contigo? —Me mira como si estuviera loca—. Creo que Aarón y yo no somos tan amigos como para que renuncie a eso.

Echo la cabeza hacia atrás y suelto una carcajada. Me coge de la nuca y me acerca a sus labios. En cuanto su lengua se pierde en la mía, tengo claro que lo único que comeremos es el uno al otro. Tanteo buscando el fuego, hasta que por fin lo encuentro y lo apago. Héctor sonríe contra mi boca y, a continuación, me coge en brazos y me saca de la cocina.

—Tengo una sorpresa para ti —murmura sobre mis labios mientras me lleva al dormitorio.

—¿En serio? ¿Y qué es?

—Tendrá que esperar... —Me da un suave mordisco en el cuello, al que respondo con un gritito de júbilo.

Me deposita en la cama con cuidado y se quita la camiseta lentamente, permitiéndome apreciar cada uno de los movimientos de sus músculos. Me muerdo el labio inferior... Se coloca sobre mí y me besa de nuevo, cogiéndome de las mejillas, un gesto suyo que me encanta y que me excita más. Le acaricio el tatuaje con la yema de los dedos y después permito que me despoje de la camiseta. La lanza por los aires y me río como una tontita.

—Vamos a ver qué hay aquí... —me dice en un tono juguetón. Me incorpora un poco para desabrocharme el sujetador. En cuanto cae en la cama, se lanza sobre mis pechos y los lame, los estruja y se pierde en ellos un buen rato, arrancándome un gemido tras otro—. ¿Y aquí...?

Me mira con avidez al tiempo que baja una mano hasta mis vaqueros. Me acaricia por encima de ellos; aun así, tiemblo entera, presa del placer. Dios, qué ganas tengo de que me los quite para que sus dedos me exploren. Muevo las caderas y el trasero insinuándole lo que quiero. Sonríe y me los desabotona, y me pide con un gesto que alce el trasero. Me baja la prenda con toda la parsimonia del mundo, aumentando mi deseo.

—No me hagas sufrir —le pido poniendo morritos.

Se echa a reír y termina de quitarme el pantalón. A continuación le ayudo con el suyo y, en cuanto nos quedamos en ropa interior, lo agarro del trasero y lo obligo a colocarse sobre mí. El roce de su erección contra mis braguitas me saca un suspiro. Nos frotamos durante un buen rato, como dos adolescentes que ansían dar el siguiente paso y no se atreven. En nuestro caso es todo lo contrario: nos vuelve locos sentir cómo nos humedecemos cada vez más, y a mí me pone tremendamente cachonda apreciar cómo su miembro se agranda sobre mí.

—Tan mojada… —Jadea contra mi cuello. Le revuelvo el pelo y me apodero de un mechón—. Tan dispuesta para mí…

Dos de sus dedos se meten en mis braguitas, rebuscando, jugueteando entre mis muslos. Un maravilloso calambre se adueña de mis piernas cuando me roza el clítoris con una yema. Me baja la ropa interior con la otra mano y la lanza por los aires. Después se chupa los dos dedos y vuelve a colocarlos sobre mi clítoris, arrancándome un lastimero gemido. Quiero más, mucho más…

—Héctor, me correré pronto si sigues así…

—¿Y qué crees que deseo? —Para mi sorpresa, me introduce ambos dedos y los mueve en círculos, provocando que mi vientre se contraiga. Cuando estoy en lo mejor, los saca y vuelve a lamérselos sin dejar de mirarme—. Saborearte enterita, eso es lo que deseo.

Su erótica voz es como un mechero para mi cuerpo. Me enciende de tal forma que tengo que coger la almohada y ponérmela sobre la cara para no empezar a gritar como una loca. Sus dedos se meten en mí otra vez y me tocan con movimientos expertos que me acercan a la explosión más y más. Acto seguido es su boca la que se posa sobre mi sexo, cubriéndolo todo. Mientras sus dedos se mueven en mi interior, su lengua juega con mi clítoris.

—Oh, Dios… No podré aguantar más —exclamo entre jadeos, retorciéndome, ahogando mis palabras y mis gemidos con la almohada.

Héctor me la retira con la otra mano y la lanza por los aires.

—Quiero verte cuando te corras —gruñe, acelerando el movimiento de sus dedos.

Apoyo una mano en su pelo y tiro de él, contoneándome, mientras me devora con sus dedos y con su lengua. Pocos segundos después noto unas maravillosas cosquillas que me ascienden desde las plantas de los pies. El grito se me escapa antes de que lo haga el orgasmo, y me deshago en la boca de Héctor sin dejar de mirarlo, tal como me ha pedido. Desde aquí aprecio la tremenda erección que tiene, que apenas puede contener su bóxer.

—Voy a follarte como te gusta, mi aburrida —gruñe colocándose sobre mí.

Lo cojo del culo y me apresuro a bajarle la ropa interior. Ni siquiera acabo de quitársela cuando, enseguida, su pene roza mi palpitante vagina y, un segundo después, se está metiendo en mí. Lo hace a lo bestia, arrancándome otro grito.

Poco a poco, las paredes de mi sexo se van acomodando al suyo, aunque no puedo evitar que me escueza al principio, a pesar de lo húmeda que estoy. Héctor me penetra a sacudidas, de esa forma tan violenta que me enganchó desde el principio y que, aún hoy, me encanta. Lujuria y calidez... Los dos sentimientos que me acompañan desde que iniciamos esta relación. Cierra los ojos un instante y lo cojo de las mejillas para que los abra.

—Más fuerte, Héctor, más... —le ruego en un gemido.

Se coloca de rodillas en la cama y me abre de piernas a ambos lados de sus caderas. Lo siguiente que hace es alzarme el trasero. Suelto un gritito cuando noto que su pene entra aún más en mí, ya que creía que no sería posible. Pero lo noto casi rozando mis entrañas y es una sensación totalmente indescriptible. Me da libertad y, al mismo tiempo, me sé deseada por esas manos que me sujetan los muslos con fuerza, por esos ojos que recorren cada milímetro de mi cuerpo y por esa boca húmeda que se entreabre a causa del placer. Héctor entra y sale a embestidas, arrancándome un gemido tras otro. Tengo que llevarme las manos a los pechos para contener sus movimientos.

—¿Te gusta así, Melissa? ¿Eh...? —Tras hacerme la pregunta se muerde el labio inferior y suelta un gruñido.

—Sí, sí... —acierto a decir entre jadeos.

Casi no puedo hablar. Tengo la boca seca y cientos de hormigas de patas diminutas corretean por mi cuerpo.

—No me queda mucho...

Sus dedos se clavan en mi piel con más fuerza, tanto que pienso que me la traspasará.

—Ni a mí... No pares, Héctor, por favor —le suplico alargando una mano para acariciarle el pecho y el abdomen, contraído por el placer.

Y tras unos cuantos movimientos más, se corre soltando un gemido que reverbera en mis oídos. Notar su calidez en mi interior hace que me descontrole y que, segundos después, explote a mi vez entre sus manos. Grito su nombre, le clavo las uñas y siento que me rompo y que me vuelvo a componer. Da un par de sacudidas más para soltarlo todo, y a mí el orgasmo me tiembla en el vientre y asciende hasta mi pecho, sorprendiéndome. Otro grito se me escapa y comprendo que estoy corriéndome una vez más. Jamás había pensado que fuera posible. Héctor se queda en la posición en la que estamos unos segundos más; yo aprisionándole su sexo con el mío, hasta que me suelta y se deja caer sobre mí. Le acaricio el cabello y deposito un beso en el lóbulo de su oreja.

—Joder, Melissa... Eres estupenda.

Se incorpora un poco, ayudándose de las palmas de las manos, para contemplarme. Lo hace de una manera que consigue que me sienta única. Sé que no hay nadie más para él, pero cada vez que me observa con esos ojos almendrados me coge de nuevas. Esbozo una sonrisa y le acaricio la mejilla con mucha suavidad.

—¿Qué? —me pregunta al darse cuenta de que estoy pensativa.

—He recordado cuando te pedí que no me hablaras ni me

miraras al hacerlo —susurro, un tanto avergonzada. Ríe y deposita un beso en la punta de mi nariz—. No estuvo nada bien.

—Pude entenderlo, Melissa. Aunque también te digo que me molestó un poquito, ¿eh?

—Ahora me encanta que me susurres cuando estás dentro de mí. Y que me mires.

—Estaría haciéndolo cada segundo de mi vida. —Se aparta y se tumba a mi lado, pasándome un brazo por encima y acariciándome el costado—. Es lo único que quería desde hace tiempo.

Permanecemos un rato en esa postura, abrazados, sintiendo nuestros cuerpos que, poco a poco, se van quedando fríos. En un momento dado mi estómago gruñe de hambre y Héctor se echa a reír, acariciando mi vientre.

—Creo que va siendo hora de comer algo.

Se incorpora. Entonces su gesto cambia y se pone serio. Me levanto también y me lo quedo mirando con curiosidad.

—¿Pasa algo?

—Antes te dije que tenía una sorpresa para ti —me susurra.

Asiento con la cabeza, sin imaginar lo que puede ser. Se queda pensativo, algo que me provoca un poco de inquietud y, al cabo de unos minutos, se levanta, se coloca un pantalón de estar por casa y va hacia uno de los cajones de la cómoda ante mi atenta mirada. Lo abre de espaldas a mí y regresa a la cama con las manos atrás, ocultándome algo.

—¿Qué es lo que llevas ahí? —le pregunto esbozando una sonrisa nerviosa.

Cuando me lo enseña, mi corazón da un estruendoso latido. Alzo el rostro y lo miro boquiabierta. Después dirijo de nuevo los ojos hacia el juego de llaves que hay en la palma de su mano. Son las del apartamento, puedo reconocerlas. Sé lo que va a decirme ahora, pero no sé si estoy preparada.

—Melissa, esto es para ti. —Las coloca en mi mano y me la cierra en un puño—. Puedes entrar en mi casa cuando quieras. —Se me escapa un suspiro silencioso. Y entonces añade lo que me daba miedo oír—: Pero lo que deseo, de verdad, es que te vengas a vivir conmigo.

Y, una vez más, mi corazón palpita y palpita y en el estómago se me coloca un peso que había dejado atrás desde que empecé a salir con él. Héctor repara en que me muestro confusa y se apresura a calmarme.

—Piénsalo, aunque te aseguro que me encantaría que me dieras tu respuesta ya. —Me acaricia la barbilla en un gesto muy cariñoso—. De todas formas, sé que puede ser duro para ti.

—Héctor, yo... —No encuentro las palabras adecuadas. No me está pidiendo que le baje la luna, pero para mí esto requiere mucho más esfuerzo—. No... comparto piso con ningún hombre desde que...

—En serio, no tienes que decir nada en este momento. —Me dedica una sonrisa que se me antoja algo preocupada—. Si consideras que es demasiado pronto, lo entenderé. Nos quedan muchos días juntos, ¿no? —A pesar de que está intentando mostrarse animado, no lo parece en absoluto. Si le digo que no puedo, ¿lo echaré todo a perder?—. Te necesito a mi lado, Melissa. Pero sé por lo que has pasado, así que...

—No sé qué responder... —Niego con la cabeza—. Solo... necesito un poco de tiempo para pensarlo.

—Lo tienes. —Me coge la mano en la que aún tengo las llaves y me la aprieta—. Y ahora también tienes esto para ti. Es mi forma de demostrarte que mi hogar es el tuyo.

Dejo que me bese. Lo hace de manera tierna, suave, sincera. Pero yo, ahora mismo, estoy tan nerviosa que ni siquiera acierto a devolverle el beso con ganas. Supongo que se da cuenta, porque se aparta rápidamente y me dedica una mirada extraña.

—Voy a preparar la comida —dice mordiéndose el labio inferior.

Sale del dormitorio y me deja en la cama, abrazada a las sábanas, dando vueltas a lo que acaba de proponerme. Noto de pronto que estoy apretando las llaves, así que abro la mano y me las quedo mirando. No quiero más dudas en mi vida, pero… ¿estoy preparada para construir un nuevo hogar?

31

Parpadeó, un tanto confundido. Había oído el ruido de la puerta al cerrarse. Se frotó los ojos y, con la visión borrosa, cogió el despertador. Marcaba las seis y media de la mañana. Se fijó bien y comprobó que los primeros rayos de sol empezaban a filtrarse por las rendijas de la persiana.

No necesitó darse la vuelta ni palpar el otro lado de la cama: sabía que ella no estaba y que el portazo anunciaba su llegada. Una llegada al amanecer. La había llamado un par de veces durante la noche, pero tenía el móvil apagado. Tardó en dormirse preguntándose si había sido ella la que había decidido desconectarlo o si se le había acabado la batería.

Lo había llamado a la oficina para disculparse porque esa noche la pasaría fuera. Sus compañeros de trabajo celebraban el compromiso de uno de los jefes, así que ella se veía obligada a ir. «Te juro que no me apetece, pero no tengo más remedio. No querrás que lo tomen como una falta de respeto, ¿no?» Se puso a la defensiva en cuanto él protestó. Le prometió que no se alargaría mucho pero, de todos modos, lo había hecho.

—¿Cariño? —preguntó con la voz aún pastosa.

Ella apareció en el umbral de la puerta en completo silencio. Atinó a ver que no traía muy buen aspecto: el pelo oscuro revuelto, el carmín corrido y el lápiz de ojos como un borrón de tinta. En cuanto se acercó, el olor a alcohol lo echó para atrás. ¡Madre mía! Pero ¿cuánto había bebido? Menuda fiesta se habían pegado. Se aproximó más a él dando tumbos y, al final, cayó en la cama con una risita.

—¿Estás bien?

Él se incorporó, inclinándose sobre el cuerpo desmadejado de la mujer. Se le había deslizado un tirante del vestido negro y apreció la curva de su hermoso pecho. Notó un pinchazo en el bajo vientre. ¿Cuánto tiempo hacía que no se acostaban juntos?

—Tengo sueño… —murmuró ella con un ronroneo.

—Pues tienes que ir a trabajar dentro de un par de horas… —Le acarició el cabello.

—Ojalá pudiese pedirme el día libre —protestó haciendo un mohín con los labios.

—¿Todos se han quedado hasta tan tarde?

No contestó. Se limitó a colocarse de lado, con los ojos cerrados. Su pecho subía y bajaba de manera casi provocativa, aunque no era consciente; estaba demasiado borracha. Él se inclinó más, dispuesto a darle un pequeño beso en la frente —pues ella apenas le dejaba hacer nada más alegando que no pasaba por una buena racha—, y entonces lo notó. Tabaco. Muy fuerte. Bueno, quizá había pasado la noche con un montón de personas en un local. Sin embargo, el pecho le palpitó con fuerza. Sin poder evitarlo, la tomó por la nuca y hundió la nariz en su cuello.

—¿Qué coño haces? —Intentó quitárselo de encima.

Pero ya estaba todo hecho. Ya lo había olido. El perfume de un hombre. Un aroma muy familiar que le provocaba náuseas. La apretó más de la nuca al tiempo que ella soltaba un quejido.

—¿Has estado con él otra vez?

—¡No!

—¿Por qué coño me mientes?

La ira empezaba a invadirlo. Ella se lo había prometido. Le

había jurado que jamás volvería a encontrarse con ese hombre, que tenían que darse una oportunidad porque se la merecían.

—No sé de qué estás hablando —susurró ella, trabándosele la lengua un poco.

No le dio tiempo para que reaccionase. Encendió la lamparita y, a continuación, se puso a inspeccionarle el cuello en busca de alguna marca. Sabía que aquello no estaba bien, que estaba volviéndose loco como tantas otras veces… Pero, sinceramente, era esa mujer quien lo convertía en un maniático. Ella se retorció bajo sus manos, pero al fin encontró lo que buscaba. Sintió que el corazón volvía a rompérsele en cientos de pedazos. En su plano y sensual vientre había una marca de un chupetón, casi un mordisco. Le bajó el vestido con intención de tapárselo y se llevó las manos a la cara, frotándose los ojos.

—¿Por qué has vuelto a hacerlo? Me prometiste que podrías evitarlo. Me dijiste que lo superarías.

Ella, enfadada por cómo acababa de tratarla, se incorporó a duras penas y lo miró con una sonrisa ladeada. Le costaba mantener los ojos abiertos y, aun así, estaba tan hermosa… Ardió en deseos de besarla, de lamer todo su cuerpo, de no dejarle un milímetro de la piel sin acariciar.

—Él siempre vuelve, ¿lo entiendes? No puedo escaparme. Me atrapa.

No respondió a su provocación. Pero notó el bulto en su entrepierna. Sí, hacía demasiado tiempo que no la sentía debajo, encima o en cualquiera de esas posturas que tanto les gustaban antes. Quería oír sus gemidos, observar su cara de placer cuando la penetrara. No se lo pensó dos veces: se colocó sobre ella con un movimiento rápido, apresándola de las muñecas y poniéndoselas por encima de la cabeza para que no pudiera moverse. Ella no protestó. En cierto modo, apreció que estaba excitada por la forma en que se contoneaba bajo su cuerpo. Apretó su erección contra su vientre, a lo que la mujer contestó con un gemido.

—¿Por qué me haces esto? ¿Por qué has vuelto a acostarte con él? —le preguntó al tiempo que arrimaba los labios a su cuello y se lo besaba—. ¿Por qué permites que me convierta en una bestia?

—Porque me gusta —respondió ella en un tono demasiado sensual. Y después añadió—: Porque él siempre me folla así: duro, bestial. Sexo primitivo. El que tú nunca me has dado. —Soltó una carcajada.

Quiso pensar que sus palabras se debían a que estaba demasiado ebria. Descompuesto por la rabia, le subió el vestido y le arrancó el tanga. Lo tiró al suelo, roto. Ella gimió y prosiguió con sus sinuosos movimientos. Estaba excitándolo tanto... Se inclinó y la besó de manera violenta, metiéndole la lengua en la boca, atosigándola con ella. Quería darle todo, todo lo que ella le decía que no era capaz de darle. Se colocó en su entrada, húmeda y caliente, y la penetró de una embestida. Ella gritó, cerró los ojos y se mordió los labios. Era la segunda vez que la penetraban esa noche, se dijo él, y, a pesar de todo, continuaba gozando.

Y entonces, al pensar en el otro, al imaginar que el otro la había besado, que había acariciado cada una de las partes de su cuerpo, que había lamido sus pequeños y hermosos pechos y que se la había follado como estaba haciendo él en ese momento, le sobrevino una arcada. Tuvo que apartarse para no vomitarle encima. Mientras corría al baño, la oyó reírse y decir:

—¿Ahora entiendes por qué caigo en sus garras? ¿Me has oído? ¡Porque me lo hace mejor que tú!

Se acuclilló sobre el inodoro, pero no salió nada de su boca. Su estómago se contrajo, invadido por el dolor. Oyó que ella se levantaba y acudía al baño a trompicones. Alzó la cabeza como pudo para mirarla. Era preciosa. Podía entender que cualquier hombre mucho más atractivo que él, más poderoso, con más encantos, la sedujera. Pero lo que no podía soportar era la idea de tener que compartirla. Y, a pesar de todo, tampoco podía dejarla. Llegó a pensar que, a veces, podías enamorarte de tu propio dolor y acostumbrarte a él.

Ella lo observó con una sonrisa indulgente, como si se tratase de un niño, y dijo:

—Lo siento. Te quise… Estoy intentando volver a hacerlo. Pero mi cuerpo me lleva a él. ¿Crees que podrás perdonarme? ¿Me estás escuchando?

—¿Me estás escuchando? ¿Héctor?

Tiene la mirada perdida. Parece sumido en sus pensamientos, que deben de encontrarse muy lejos de aquí. Agito los dedos ante su rostro, pero no hay manera. Noto un pinchazo en el pecho al distinguir un destello de dolor en sus ojos turbios. Sí, de ese dolor del que ambos estamos procurando escapar. Pero ¿qué leches le pasa? Lo zarandeo del brazo y, al fin, reacciona. Parpadea confundido, como si no supiese dónde se encuentra.

—¡Eh! ¿Adónde te habías ido? —le pregunto forzando una sonrisa.

—Melissa… —Su voz es un susurro.

Lo abrazo por detrás, apoyando mi barbilla en su cálida espalda. Tan solo lleva puesto su bóxer y está tan sexy que el vientre me cosquillea. Su pecho se refleja en el espejo del baño, ofreciéndome un fantástico espectáculo. Deslizo mi mano por él, acariciándolo con suavidad, regodeándome en sus marcados abdominales.

—Estabas en tu mundo. ¡Mira que te he llamado veces! —lo regaño en broma—. Tenemos una reserva para dentro de quince minutos, ¿lo recuerdas? ¿Qué estabas haciendo? Yo ya he terminado de arreglarme, solo me falta maquillarme un poco. —Le señalo mi vestido negro, el que llevé en nuestra primera cita.

Me mira a través del espejo y sonríe. Mueve la cabeza de manera divertida.

—Me acuerdo de ese escote…

Me echo a reír. Menos mal que el Héctor al que tanto adoro ya está aquí conmigo de nuevo. Últimamente lo noto un poco raro. No es la primera vez que se queda pensativo, aunque esta le ha durado más. No puedo evitar preguntarme qué es lo que le sucede. En más de una ocasión he querido saber si se encontraba bien. Siempre contesta que sí, pero sé que no es cierto. Y estoy empezando a asustarme porque lo veo mucho más apagado que hace unas semanas. ¿Tendré algo que ver? No, no puede ser… No sé si se muestra así desde que me pidió que me viniera a vivir con él; quizá solo lo imagino. Me fijo en que tiene el puño apretado con fuerza, como si encerrase algo en él. Le acaricio los nudillos y le pregunto:

—¿Qué tienes ahí?

—No es nada.

—¿Seguro?

Le saco la lengua e intento abrirle la mano. No opone resistencia. Al despegar sus dedos, encuentro los restos de una pastilla destrozada. La ha hecho pedacitos de tanto apretar. Alzo los ojos y lo miro sin comprender.

—No es más que un paracetamol. Me dolía la cabeza —dice meneando la cabeza con una sonrisa para restarle importancia.

—¿Estás bien? Si quieres nos quedamos en casa —sugiero, aunque lo cierto es que me muero por compartir esta cena con él y divertirnos un rato; ¡que se olvide de tanto trabajo!

Tira los restos de pastilla por el desagüe y a continuación se vuelve hacia mí. Apoya el trasero en el lavabo y me coge de la cintura, arrimándome a él. Le sonrío de manera coqueta.

—Me encantaría quedarme, pero ya sabes para qué.

—Pues eso tendrá que esperar un rato.

Le doy un beso rápido en los labios y me aparto. Protesta

porque quiere más. Me fijo en que su sexo está despertando y, mientras camino hacia la habitación, me contoneo.

—¡Vamos, vístete! —le grito desde allí.

Héctor aparece segundos después. Se ha lavado la cara, y tengo la impresión de que se encuentra mejor. Se pone una camisa celeste y unos vaqueros que le marcan su estupendo culo. Madre mía, menudo hombre tengo a mi lado. ¡Y pensar que durante unos cuantos años no me había fijado en él! La verdad es que ahora que trabajamos cada uno en una empresa creo que me siento más tranquila. Supongo que podría haber salido con él aun siendo mi jefe, pero habría sido incómodo acudir cada día a la oficina y que todo el mundo me mirase o comentase sobre mí. Aunque seguro que lo hacen y yo ni me entero…

He reservado mesa en uno de los mejores restaurantes de la ciudad. Tengo algo que decirle a Héctor. Han tenido que pasar unas semanas, he dado muchísimas vueltas a la cabeza, he sopesado los pros y los contras, no he permitido que los recuerdos regresasen y… creo que he conseguido abandonar todos los miedos. Sus continuas visitas a mi piso, las mías al suyo, las noches y las mañanas que compartimos en nuestras alcobas, la forma en que me mira y me susurra que me quiere, que yo camine por su apartamento como si fuera el mío… Todo ha acelerado mis sentimientos. Y estoy preparada para vivir con él.

Ya en el restaurante, se comporta como el Héctor de siempre. Seductor, sonriente, pícaro. Me suelta tonterías de vez en cuando, como si fuera nuestra primera cita, y no puedo sino reírme y balancear mi copa de vino.

—¿Ese escote va a ser mi postre hoy también? —me pregunta con una sonrisa maligna.

—Pues no lo sé… Tengo que pensarlo, señor Palmer —contesto inclinándome hacia delante para enseñarle un poco más.

—Habré de castigarla contra la mesa, señorita Melissa Polanco —dice llamándome por mi apellido. Rememoro aquellos días en que lo hacía y siento una especie de nostalgia.

—¿Estás más tranquilo en el trabajo? —He esperado al postre para preguntarle sobre ese tema. Últimamente no le gusta hablar sobre ello, aunque supongo que tan solo es porque no quiere agobiarme con sus problemas.

—Más o menos. —Se encoge de hombros al tiempo que toquetea su porción de tarta de tres chocolates con la cucharilla—. Pero es comprensible: el puesto en el que estoy es importante, siempre nos jugamos mucho y no puedo permitirme un solo error.

—Eso suena duro, Héctor. —Esbozo una mueca. Alargo la mano, haciéndole notar que estoy aquí, con él, y que puede contarme todo—. Pero vamos, estoy segura de que lo haces muy bien. Te gusta la perfección, el rigor… Creo que te exiges demasiado.

—Dentro de poco empezaremos con un nuevo proyecto en el que hemos puesto mucho. —Se me queda mirando, aunque en realidad no me ve; está en su propio mundo—. Cuando pase, estaré más tranquilo. —Ha regresado y me regala una gran sonrisa.

Se la devuelvo, aunque estoy un tanto intranquila. Mi mente ha volado hasta el momento en que lo he encontrado en el baño. Durante unos segundos, se llena con la imagen de esa pastilla que apretaba en una mano. No tenía pinta de ser un paracetamol, pero si no era eso, ¿qué era? Pero Héctor no me mentiría.

—¿Y tú? ¿Te tratan bien en la revista desde que no estoy? —me pregunta, sacándome de mis pensamientos—. No habrá ningún jefe que esté tonteando contigo, ¿no? —Ríe de su ocurrencia y me uno a él.

—La verdad es que el nuevo jefe no es tan guapo como el antiguo… —contesto, siguiéndole el juego—. No lleva esas corbatas que tanto me gustan y tampoco tiene un excitante tatuaje.

—¿Ah, no? ¿Y cómo sabes eso? —Arquea una ceja y, aunque parece habérselo tomado en broma, creo que no ha sido un comentario demasiado afortunado.

Por suerte, el camarero viene a nuestra mesa y me saca del apuro. Le pedimos la cuenta y, cinco minutos después, estamos en la calle, caminando cogidos de la mano. Me apretujo contra Héctor, buscando el calor de su cuerpo. Las noches son cada vez más frescas; es pleno otoño… Cuando menos me lo espere, habrá llegado el invierno.

—Mañana he quedado con Aarón para ver el fútbol —me anuncia con su nariz entre mi cabello.

—¿Otra vez? —Chasqueo la lengua, aunque en realidad no me molesta. Empiezo a aficionarme a ese deporte de tanto compartir partidos con ellos—. ¿Va Dania?

—Puedes venir aunque ella no esté —me recuerda él.

—No quiero hacer bulto en vuestra cita —bromeo con la sonrisa en el rostro.

—La verdad es que Aarón y yo estamos intimando mucho de un tiempo a esta parte. —Me acaricia los hombros y me aprieta más contra él.

—¿Tengo que ponerme celosa? —Hundo el rostro en su camisa y aspiro su olor, que se está internando ya en cada uno de los rincones de mi cuerpo y de mi alma.

—Hombre, reconozcamos que sabe más de fútbol que tú… ¡Y es capaz de tragarse una cerveza tras otra!

Los últimos metros hasta su apartamento los cubrimos corriendo, persiguiéndole yo como si fuera una adolescente tontaina mientras él no deja de reírse. Hay que ver lo que hacemos cuando estamos en los primeros meses de una relación… En el ascensor me llena de besos la frente, las mejillas, la barbilla… hasta que se detiene en mis labios y pasa la lengua por ellos. De inmediato enrosco mis brazos en su cuello y me dejo llevar, sonriendo sobre su boca porque sé que vamos a tener una sesión de sexo magnífica. Me empuja contra la pared en cuanto entramos, y nos quitamos la ropa de forma ansiosa para después observar nuestros cuerpos desnudos como si fuera la primera vez. Nada más poner un pie en el dormitorio, nos echamos en la cama y permanecemos enrollados un buen rato, besándonos simplemente, descubriendo nuevos rincones de nuestra piel y compartiendo miradas cómplices.

—Estás preciosa cuando te excitas, Melissa —me susurra al oído, apartándome un mechón de pelo—. Se te sonrojan las mejillas de una forma encantadora.

—No voy a confesarte lo que es encantador en ti cuando te pones así... —le digo, muy atrevida yo.

Me besa el cuerpo riéndose, me lo recorre entero con su cálida y experta lengua, provocando que me contorsione sobre la cama, ávida de más sensaciones como las que solo él me despierta. Esta noche lo hacemos lento, pausado, intenso, sin dejar de mirarnos ni un segundo, con mi rostro entre sus manos, con mi vientre apretado contra el suyo, notando nuestros corazones que se aceleran con cada uno de sus movimientos. Me reflejo en sus ojos, y no puedo más que sonreír y dejar que una inmensa calidez se acomode en mi pecho. Sí, tengo muy claro que no solo su apartamento se ha convertido en mi hogar; también su cuerpo.

—Eres tan bonita... —murmura, haciéndome cosquillas en el cuello con la punta de la nariz.

Héctor se adentra más en mí, inundándome de toda su esencia, logrando que ascienda hasta los rincones más alejados del universo y permitiendo que descubra quién soy: la mujer que quiere hacer esto con él cada noche de su vida.

—No salgas de mí... —le suplico al terminar.

Parpadea, un tanto sorprendido, pero al instante sonríe y asiente con la cabeza al tiempo que me acaricia el pómulo con tan solo la punta de los dedos.

—Me pasaría cada segundo dentro de ti, Melissa. Es lo que hace que me sienta vivo.

Lo estrecho contra mí y suelto un suspiro, gozando de esta deliciosa familiaridad que me inspira su cuerpo contra el mío. Unos segundos después, acojo su rostro entre mis manos y lo miro con intensidad.

—¿Qué? —me pregunta observándome con sus preciosos ojos almendrados.

—Me vengo contigo, Héctor.

—¿Cómo?

—¡Me iría contigo al fin del mundo! —Lo atraigo hacia mí para posarle un delicado beso en cada párpado.

—¿Quieres decir que…? —Me mira con ojos brillantes, sorprendidos, repletos de alegría e ilusión. Asiento y esbozo una sonrisa casi más ancha que mi cara.

—Tendrás que ayudarme a traer mis cosas.

—¿Estás segura, Melissa? —Se le ha empañado la vista.

Le acaricio la mejilla mientras me veo reflejada en esos ojos como la miel que tanto adoro. Asiento otra vez sin dejar de sonreír. Me toma de las mejillas, me apretuja contra su cuerpo y me llena el rostro de besos de nuevo. Jamás me he sentido tan amada. Y ya no puedo pasar mucho más tiempo sin imaginarme con él en un hogar. Porque, desde luego, su apartamento se ha convertido también en mi hogar.

No puedo ser más feliz. Y espero que esta sensación nos dure mucho. Por eso aparto de mi cabeza el recuerdo de cuando lo he encontrado esta noche tan raro. Y también obvio que, ya de madrugada, Héctor se levanta y va al cuarto de baño a hurtadillas. Desde mi cama oigo que abre el grifo y, a continuación, el silencio de la noche que se me antoja algo inquietante. El recuerdo de la pastilla deshecha en su mano acude a mi mente y me provoca una ligera sensación de malestar.

«Solo es un paracetamol, Melissa», me digo, esperando a que regrese a la cama y me acoja entre sus brazos.

Pero tarda mucho más de lo normal. Estoy a punto de ir en su busca cuando la puerta del baño se abre. Pienso en que él nunca la cierra cuando está conmigo, que la deja entreabierta. Y ese nuevo gesto hace que el malestar que siento sea aún más profundo.

—¿Héctor? —susurro cuando se tumba a mi lado. No responde, tan solo suelta un suspiro y se queda boca arriba, como si le diese miedo volverse hacia mí—. ¿Estás bien? —insisto.

—Melissa… —Su tono de voz no es para nada el de siempre, sino un poco más impaciente y bastante menos cariñoso—. ¿Qué haces despierta?

—Te esperaba —musito.

—Pues ya estoy aquí. —Esta vez sí ladea el cuerpo y me toma entre sus brazos. Y quiero creer que está cansado, solo eso, y que no hay ninguna razón oculta que explique su actitud arisca de hace un instante—. ¿Me das un beso?

Acerco mi rostro al suyo, buscándolo en la oscuridad. Cuando nuestros labios se juntan, lo noto tan mimoso como de costumbre. Me acurruco entre sus brazos, inspirando con fuerza para empaparme de su aroma.

—Te quiero, Melissa… —dice en voz baja cuando ya se me cierran los ojos—. Estoy tan contento de que te vengas… Este será tu hogar. Nuestro hogar.

Soy consciente de que hay algo diferente en él. Pero, como siempre, aparto ese pensamiento a un lado y trato de convencerme de que todo marcha bien.

Y acabo durmiéndome… Mecida entre sus brazos. Soñando con sus trazos de placer.

Agradecimientos

Es difícil expresar con palabras lo que siente una escritora que lleva tantos años soñando con este momento. La historia que tenéis entre las manos surgió gracias a una lectora que pronto se convirtió en una inseparable amiga y hermana: Nazaret. Es a ella a la que tengo que agradecer en primer lugar porque me animó a escribir esta historia y a que luchara por ella. En segundo lugar, debo dar las gracias a Ángel, que me soporta cada vez que se me ocurre una idea y se la cuento emocionada y él, por supuesto, me escucha dejando de lado todo lo demás. En tercer lugar quiero dar las gracias a mis niñas tentadoras y placenteras (las primeras en leerme) porque, desde un primer momento, confiaron en mí y me dieron la oportunidad. Con ellas cada día comparto risas en el grupo de whatsapp. Ellas siempre están ahí para apoyarme, otorgarme palabras de ánimo y también alguna regañina (Alicia, Cristina, Katy, Elena, Elena, Lorena, Gema, Thania, Maju, Lluïsa, Neus, Mamen, Isi, Rocío, Itziar, Norma, Lydia...). A mi Bea, que se ha convertido en una gran amiga a pesar de la distancia. Y a mi Eli, por la misma razón. Por supuesto, hay muchísimas más: mis niñas madrileñas, las niñas alicantinas loquitas, las de Valencia, las de las islas, las del norte, las del sur, las de los grupos de whatsapp con las que nos echamos unas risas (a Patry, que me la como, y a Lorena, y a Pili, y a Mercedes, y a Minny, y a

Maika... ¡Uf, a todas!)... Todas ellas repartidas por España y también fuera (de México, de Argentina, de Chile...), siempre dándome alegrías. No me olvido de ninguna de vosotras, que lo sepáis, lo que pasa es que es difícil poner todos y cada uno de vuestros nombres en estas páginas, pero desde luego están grabados en mi corazón, os lo aseguro, al igual que lo estáis vosotras. Os recuerdo cada vez que os leo en mi facebook, ya sea por privado, en mi perfil o en mi grupo. Sois el motor de mi creatividad, porque quiero ofreceros siempre lo mejor. Por eso, deseo que, leyendo las palabras de esta dedicatoria, tengáis la seguridad de que he pensado en vosotras y no en conjunto, sino en cada una.

Por último, agradecer a mis padres que me dieron la vida para poder dedicarla a lo que más me apasiona: escribir. A mis amigas de ahora y siempre, María José (que me dijo que llegaría lejos) y Esther (que también me lo dice y encima me lee aunque no le gusten mucho este tipo de historias, pero sí las mías, jaja). Mis más profundo agradecimiento a María Jesús Romero y Neo Coslado, mis agentes, que lucharon conmigo por hacer realidad este sueño. A mis compañeras de agencia y a mis compañeros/as y jefe de la escuela Route66. Y, por supuesto, a mi editora Ana Liarás y a todo el equipo de Grijalbo que lo han dado todo por la historia que tienes en tus manos.

Y a ti, que te has decidido a acercarte a ella.

Gracias infinitas a todos. Gracias por estar y por caminar conmigo.

CON LA
«TRILOGÍA DEL PLACER»,

Una historia de hoy sobre mujeres que buscan
el amor y hombres que dicen querer solo sexo.
Tan real y tan intensa como la vida misma...

Septiembre, 2015

Octubre, 2015

Noviembre, 2015